剑来

38

请君入梦来

◎ 烽火戏诸侯 著

浙江文艺出版社
Zhejiang Literature & Art Publishing House

第一章
行刑

　　双袖曳地的青同,就像被一拳瞬间打碎,身形顿时一分为二。

　　青同再不是那双袖极长、仙气缥缈的姿态,原地出现的一具阳神身外身是位老者,身材魁梧,双臂肌肉虬结,须发如雪,赤脚而立。

　　老者露出微微讶异的脸色,双脚在平滑如镜面的大地之上,笔直倒退出去十数丈,才止住身形,抖了抖手腕。

　　仅是这么个再寻常不过的细微动作,便如蛟龙抖鳞,一身拳意如江河汹涌流泻,并且显化出一种肉眼可见的金色气象,拳罡浓稠如水,熠熠生辉,衬托得这位自称半个神到的年老武夫,如一尊不朽神灵立于香火雾气中。

　　这个将肉身坚韧程度淬炼到极致的青同,当下似乎颇为意外,一位只是止境气盛一层的纯粹武夫,尤其还是一个从归真一层跌境的十境武夫,就有这么大的气力?

　　青同眼神玩味,看了眼远处,那把夜游长剑还悬停在原地。

　　显而易见,就是一场很纯粹的问拳。

　　也对。难不成一位都不是玉璞境的剑修,要跟一位飞升境修士问剑?

　　不是自取其辱是什么?

　　一袭鲜红法袍站在先前青同所站的位置上,双袖飘荡,猎猎作响。

　　相较于青同的拳意流淌、气势汹汹,陈平安的拳意显得极为内敛。

　　青同不着急动手,反正这个人不人鬼不鬼的家伙,都会自己乖乖送上门来。

　　说句不客气的,双方境界差距摆在那里,青同完全可以站着不动挨上几十拳,到时候只需要回礼一拳，就完事了。

眼前这个年轻武夫，既然没有面容，自然就谈不上什么眼神、脸色了。

青同只见对方一个微微弓腰——来了。

青同眯起一双眼眸，稍稍加快体内一口纯粹真气的运转速度，人身小天地的山河万里，随之出现一阵阵异象，天上雷电交织，大地山河震颤。

这还是青同尚未真正跻身神到，只是有了个雏形，准确说来只是个空壳。

一旦武夫真正跻身传说中的止境顶点，肉身就是一座万神殿，而武夫的那一口纯粹真气，就是勾连天地、通往神殿的香火神道。

我即神。

青同靠着日积月累的水磨功夫，打熬体魄这么久，依旧还是没有打好地基，只能走一条取巧的捷径，打造出一座空中阁楼。

对方的近身路线，是一条弧线轨迹，风驰电掣，速度之快，简直就是一张白驹过隙符，拖曳出来的那道残影，就像一条火龙。

青同却依旧站在原地，只是稍稍侧身，不闪不避，伸出一掌，抵住对方的一拳。

拳掌相撞之下，天地间响起如同洪钟大吕的巨大声响，青同身后的广袤太虚境界，竟是蓦然出现了激荡而开的拳罡涟漪，大如湖泊。

青同握住对方的拳头，猛然向上一提，就要一脚踹出。

只是他不得不改变主意，那只始终负后之手，如闪电般绕到身前，抬起遮住自己的面孔。然后就被一脚踹中手心，手背重重砸在面门上，瞬间身形再次倒退出去。

青同用手背擦了擦脸颊，身上那件雪白长袍，出现一阵阵细微的丝帛撕裂声响。

再次站在青同原先位置的一袭鲜红法袍，一条胳膊笔直下垂，竟是呈现出一种瘆人的扭转样式，肩头微动，关节发出一连串声响，整条胳膊迅速旋转，瞬间恢复原样。

一身雪白的老者，扯了扯嘴角，手指勾了勾——再来。

双方身形，倏忽现身，骤然消失，两者拳意轰砸在一起，残影无数，一鲜红，一雪白，流光溢彩，好似百花缭绕。

青同故意一直没有真正还手，只是在招架。

他想借此机会，好好掂量掂量，这个如今都快被吹捧上天的年轻隐官，到底有几斤几两。

青同神色自若，头颅后仰，躲过一记横扫而过的鞭腿，身体微微后倾几分，只是蓦然抬起手臂，手掌如刀，一斩而去。

对方身形一闪而逝，青同收起手掌，横移一步，瞬间拉伸出百余丈距离，一肩倾斜靠去，将那鲜红法袍凶狠撞飞出去。

陈平安在远处飘落。

青同嗤笑一声。终究只是一副血肉之躯,虽说没有丝毫颓态,也远远没有到强弩之末的境地,可如果陈平安就只有这点速度和拳脚力道,那就真是盛名之下,其实难副了。

当然了,这小子肯定还有些压箱底的杀手锏,暂时没有施展出来。

青同笑问道:"难道要我压境喂拳?"

还是说这家伙吃饱了撑着,在试探自己的武道高低、体魄强弱和那拳法路数?

陈平安依旧没有说话。

青同想了想,开始主动移步,一个快若奔雷的横移,刹那之间就离开原地十数里。

不承想那一袭鲜红尾随而至,青同微微一笑,脚踝拧转,再次瞬间出现在十数里外,不料对方依旧如影随形,青同身形拔地而起,一道白虹迅猛升空,身形的移动速度又快了三成,结果陈平安依旧跟上,并且直接一拳递出,砸向青同的眉心处。换成个玉璞境练气士,或是止境武夫,估计挨上这看似轻描淡写的一拳,也就脑袋开花,当场变成一具无头尸体了。

青同却只是微微转头,再一巴掌按住对方额头,骤然发力,砰然一声,一袭鲜红法袍倾斜坠向大地,镜面之上,砸出一个巨大凹陷。

只是对方在被打落身形之时,也不算全然无功。青同有些恼火,双指并拢,抵住脸颊一侧,擦掉血迹。其实都算不上伤势,就是有点丢人现眼。

青同咦了一声,颇觉古怪。对方明明没有强提一口纯粹真气的迹象,竟能以更快速度折返,朝自己递出下一拳。

青同试图看清楚这一拳的拳理,眯起眼眸,第一次流露出郑重其事的神态,开始仔细查看拳罡的细微流转。比如陈平安递拳时那条胳膊的筋骨颤鸣,气血游走,经脉的扩张,这些"山脉"起伏、"山水"奔流的走向,落在武学大宗师眼中,即是拳路,是拳意行走之路,比起所谓的花架子拳招,这种藏在人身深处的拳理与拳法,才是纯粹武夫真正的立身之本。

挨了五六拳后,青同依旧未能看清楚拳路,只是依稀觉得陈平安这一拳,大有深意,妙不可言。

可谓一气呵成。

因为这一拳,绝不是简简单单地以同样招式"重复"递拳。就像描字再像,究其根本,还是有一些细微差异。而毫厘之差,就是千里之别。

更古怪的地方,在于陈平安出拳的角度、身形姿态明明都是不一样的,但是那一口纯粹真气的流速,始终如一。就像这一拳,目的地所在的入海口是一样的。甚至就连递出此拳的陈平安,整个人的精气神,都是与上一拳的陈平安,如出一辙,没有丝毫偏差。

这让青同在意外和震惊之余，又有一份不小的惊喜。拳还可以如此练？还可以如此递拳？

只是十数拳之后，青同就意识到不对劲了，怎么感觉这一拳，就没个止境？是不是只要自己扛得住，陈平安就能一直出拳不停？

对方不但拳意叠加，而且身形移动速度越来越快，辗转腾挪，已经不输一位仙人的缩地山河。加上拳拳不落空，青同身上已经有十数道冬雷炸响。

第二十拳过后，青同不得不咬紧牙关，一步后撤，第一次拉开个正儿八经的古老拳架，与现如今的桩架大为不同，一手双指并拢如作剑诀，另外一手，五指掐五雷诀，此拳一起，青同面目七窍之中，竟是各自亮起一片莹光，如北斗七曜光芒交射，嘘呵之际，宛如大野雷动，转瞬拳出。

与陈平安互换一拳，却依旧没能打断对方的那份连绵拳意，青同又接连挨了五拳，不过青同也没闲着，略加犹豫，只是还了陈平安两拳。

他还真就不信邪了，你陈平安一个气盛一层的武夫，挨了自己总共六拳，再加上陈平安这一拳法，递拳本身就会损伤武夫自身的体魄，真不怕自己没倒下，你就再次跌境了？从归真跌落气盛，到底还是在十境，可要是从止境跌到山巅境呢？

青同七窍处悉数渗出血丝，看似面容狰狞，其实受伤并不重，不过体内小天地，动静不小，一条由纯粹真气余韵显化而生的黑龙，盘于一处山脉之巅，云出雨蒸状，另外一处关键窍穴，紫霄升腾，其中有条大白蛇作神龙变化，庞大头颅上边的一处"平坦广场"，金色雷篆若隐若现。

这就是练气士兼修武学的天大好处了，只要迈过那金身、止境两道门槛、天堑，诸多手段就可以熔铸一炉，相得益彰，再难区分术法、拳法两者之别。

老者的那双眼眸，再次异象横生，一金黄一银白，熠熠生辉，只是这份异象稍纵即逝。

与此同时，出现了一道不易察觉的涟漪，就像一面镜子，挡在陈平安身前。

镜中的一袭鲜红法袍，出拳与镜外的陈平安完全相同。镜中人，就像要与陈平安问拳。

陈平安几乎不用如何思量，就只是一个闭眼，镜子瞬间消失，下一瞬就将那面镜子打得粉碎。

但奇怪的是那个镜面后的"自己"，那一拳竟然并非假象，而是千真万确的一拳继续递出，只是路线照旧，略显死板。

陈平安没有任何犹豫，再次加快那一口纯粹真气的运转，一身拳意随之暴涨几分，身形移动速度骤然加快，并第一次用上左手，以手刀横抹的姿势，将那个"自己"割掉头颅。

已经撤出战场极远的青同心中忍不住骂一句:年纪轻轻,真是铁石心肠。

想一想也对,好歹是个在那剑气长城战场的尸骨堆里,一步步成长起来的剑修。

陈平安蓦然止步,悬停在空,身形佝偻,视线冰冷,继续维持神人擂鼓式的拳意不断,同时环顾四周。只见那青同撤退的同时,又树立起了一面面镜子,十几个身穿鲜红法袍的自己,依旧是先前一拳的姿态,从四面八方拥向位于中央地带的陈平安,人是假的,拳却是真的。

就是不知道这些个"自己",能够维持多久的"镜像"。

陈平安心中默念一声,鲜红身形蓦然如花开。

他竟是选择了一个在青同看来最下乘的法子,仿佛与己为敌,同样是以拳对拳。

十几个镜像几乎同时崩碎溅射开来,狂乱拳意肆意流散四方,最终就像下起了一场鲜红的滂沱大雨。

陈平安第一次开口言语,嗓音沙哑,如磨石与刀相互砥砺,他沉声道:"双方问拳,以拳学拳,那是本事。可如果是以修士身份,搬出山上手段,凭借术法摹拓此拳……我奉劝你别这么做。"

虽然这些能够摹拓陈平安片刻拳意的诡谲镜像,极其玄妙,看上去更像是某种练气士的术法神通,可确实是一种拳招。只是青同在这之外,还偷偷摸摸动了点小手脚。

青同挤出一个皮笑肉不笑的表情,被一个晚辈当场揭穿这种不太光彩的勾当,多少有点难为情,只道:"一个没忍住,我会就此打住。"自己本就占了境界高出一筹的先天优势,还用术法偷拳,确实有点不像话了。

显而易见,青同在这场问拳当中,依旧十分轻松,那份游刃有余的宗师气度,不是作伪。

唯一的问题,还是青同发现没少出拳的陈平安,好像依旧深不见底。

方才青同那三拳,虽说没有倾力而为,可是落在寻常宗师,尤其是妖族之外的纯粹武夫身上,怎么都该半死不活了,还是说,目前这种姿态的年轻隐官,表面上看不出来什么异样?

还让青同忍不住有点犯嘀咕的是,方才双方换拳如此凶险,这小子竟然还能分出额外的心神,注意自己的所有细微动作?

青同微笑道:"空白一片的天地,瞧着实在太过枯燥,那我来设置一处战场好了,作为助兴之用。"

弹指间,一座城池凭空出现,占地之广袤,兴许足可媲美中土神洲第一大王朝的那座京城。

城内琼楼玉宇鳞次栉比,坊市星罗棋布。城外犹有山脉绵延,江河万里,一座山峰在平原地带异军突起,孤峰独高,云海作腰带。

青同站在一处大殿的屋脊之上，一手负后，一手摊开手掌，道："陈平安，我接下来只陪你耍一炷香的工夫。"

言下之意，是准备认真出手，不再是帮忙喂拳了。

看着那个暴得大名却模样可怜的年轻人，青同冷笑不已。陈平安要不是有个隐官身份，又有个文圣关门弟子的头衔，是文庙极为关照的有功之人，而且还有那个小陌同行，今天他都见不着自己的真身，就更别谈先前这场打不还手的喂拳了。

如果下场问拳输了，陈平安就该死心了，乖乖就此离去，以后双方就算井水不犯河水，各走各路。

可谓是，我不耽误你在这桐叶洲查漏补缺，但是你也别纠缠我了。当然，那种意气用事，什么将半座剑气长城搬迁来此，这种伤敌一千自损八百，损人不利己的勾当，也别做了。

青同气势浑然一变，脚尖一点，脚下那座大殿不堪重负，瞬间化作齑粉，尘土飞扬。

主动一拳过后，那一袭鲜红法袍作双手格挡状，以后背在城中割裂出一条巨大沟壑。

白发老者出现在街道上，行走在沟壑旁，闲庭信步，犹有闲情逸致，问道："曹慈跟你在功德林的那场问拳，他肯定有所保留了，具体是留力几分？"

之所以有此问，还真不是青同故意恶心人，或是看不起陈平安的武学境界。

能够拿来跟曹慈做对比，本身就是一种高看。

如今不单单是浩然天下如此认为，事实上，可能除了飞升城一家独大的五彩天下，其余四座天下，都是这么个看法。

陈平安跃出那条沟壑，身上法袍，依旧纤尘不染。

接下来的动作，让青同看了就想笑，只见那个挨了一拳就倒地的陈平安，竟然轻轻蹦跳几下，就像是在伸展筋骨。

但是青同很快就不太笑得出来了，不是出于忌惮对方，而是出于一种愤怒。

因为自称会几张大符的青同，看到了那一袭鲜红法袍四周，先是火光闪烁，然后是灰烬飘散。正是那数十张符箓同时燃烧殆尽的场景。

凭借那些符箓残余的灵气涟漪，青同作为一位飞升境的符箓大家，很快就推演出那两种符箓的共同功效——滞缓身形，不单单是加重对方手脚的负担，还会以修士之身压胜武夫体魄。

归根结底，这个家伙，就是故意让自己的出拳变慢！

青同见过锋芒毕露的，见过狂妄跋扈的，但是这么年轻还敢这么托大的，还真是第一次碰到。

一心找死吗？

对方好像猜出青同的心思，虽然没有任何言语，但是青同同样猜出了对方的心思。

我打不死前辈，可你只以武夫身份，就打得死我吗？我看未必。

青同点点头。果然，自己憎恶这些剑修，不是没有理由的。

尤其还是一个练拳习武的剑修，年轻剑修。

先前小陌不愿留在原地碍手碍脚，便身形倒掠出去百余里，盘腿坐下，将那根绿竹杖横放在膝。

青同作为练气士，一个飞升境，强不到哪里去。

不然之前遇到自己，这个青同也不会关门谢客，直接赶人就是了。

小陌唯一比较感兴趣的，还是青同末尾所谓的"会几张大符"。

自家公子的拳脚分量，轻重高低就没个定数。

第一层境界，是一般意义上的所谓切磋，其中又分两种：一种是压境，压境又分压几境；一种是完全不压境。

第二层境界，是需要分出胜负的，比如之前与蒲山黄衣芸的那场问拳，就得抹掉手脚上边的那些半斤八两符。

但是当时观战的看客们，境界还是不太够，反而是小陌，虽然没有出现在谪仙峰，只是在青衣河落宝滩，但他还是留意到，其实公子当时并没有抹掉全部的符箓，还留下了约莫两三成数量的符箓，用来压制出拳的速度。

只是陈平安动作太快，一瞬间的事情，故而就连叶芸芸都没有看真切。

最后才是当下的状态，又分两种。

这就涉及陈平安的心态了。到底是与人分胜负，还是决生死。

陈平安与曹慈那场从功德林一路打到文庙天幕的问拳，大概是第一种，虽然双方私下有过一场君子之约，各自留力两成，但是在这个前提下，那场问拳，是实打实的酣畅淋漓，各自倾力而为了。

层层递进，每一级台阶，都有不同的风景。

那么今天，此时此地，陈平安就是第二种姿态。

小陌举目眺望，战场上，公子出拳还是一如既往地赏心悦目。

小陌突然想起一事，只是不知道那个蒲山云草堂一脉，既是练气士，又能兼顾武学，与这棵梧桐树有无道缘，会不会是这个青同的某种"开枝散叶"？

远处凭空多出一条小路，铺满了金色的梧桐落叶，如一条灵蛇朝小陌那边蔓延而去。

青同先前一分为二，不见真身，阳神身外身的纯粹武夫，正在与陈平安问拳，阴神出窍远游，走在这条小路上，是一位姿容俊逸的少年，犹胜美人，峨冠博带，道貌非常。

少年身披一件精心炼化的法袍，货真价实的披星戴月，雪白长袍之上，依稀有星光点点的异象，身后显化出一轮宝光月相。

等到青同的阴神停下脚步，与小陌只有咫尺之遥，少年双指捻动，点燃一炷香，开始计时，并笑着提醒道："两刻钟内，如果陈平安赢不了我，就要送客了。"

小陌点点头。到时候你为公子送客，我替你送行。

这尊青同的阴神，盘腿而坐，陪着小陌一起眺望那处擂台，感叹道："与道友一别万年，再次重逢，别来无恙，真是大幸运。"

少年无论是言语内容，还是神态语气，都有一股老气横秋的意味。

只是在小陌看来，一身腐朽气太重，没来由想起昔年远游途中，遇见的一位无名道友，在水边望天，愁神苦思，香草清新，见之忘俗。

万年之前，百花齐放，天高地阔，无拘无束，最不缺奇人异事。

小陌收起些许杂念，微笑道："对你来说，当然是幸运事。"

青同沉默片刻，自嘲道："就像一下子就把天给聊死了。"

因为这位喜烛道友的言下之意是，你是靠着运气存活至今，而我能够活到今天，是靠真本事，是靠一身剑术。

万年之前，即便是那所谓得道的地仙之流，境界相差无几，本事高低、杀力强弱却是云泥之别。

剑修是当之无愧的第一等道人。

在当时的人间，像这棵梧桐树老祖宗，依旧只算平常，还是很平常的那种。

道理很简单，只说草木，要是各论各的祖宗，数得过来？只说那场水火之争，毁去了多少山脉、江河，人间草木更是不计其数。

就像小陌，曾经路过树边，也就只是看几眼而已，这还是因为此树在一场大火中烧焦却未死，枯木逢春，重新焕发出生机。

至于所谓道友？客气话罢了。道什么友，双方既不是朋友，更不是一条道上的。这场万年之后的久别重逢，就像一个钟鸣鼎食的豪阀子弟，与一个骤然富贵的暴发户，坐在一起聊天罢了。

青同摇头道："你们能够成为剑修，何尝不是一种有过之而无不及的天大幸运？再看看我们这些花卉草木精怪之属，运气再好，即便炼形成功了，又有哪个成为了剑修？修行之初，开窍不易，本就是有灵众生之中最为艰辛的，光是炼形，不说比起人族，只说比你，还有袁首、仰止之流，我们何止是事倍功半！在炼形成功之前，又因为无法移动，面对那些突如其来的各种天灾人祸，不说躯干，只说那份雏形道心所遭受的煎熬，你们这些在修行路上得天独厚的家伙是不懂的。大水洪涝，大火燃山，金戈兵祸，狂风暴雨之摧折，诸多灾殃，不一而足。许多你们三两年工夫好似一蹴而就的某个境界，往往是我们一生求而不得的大道高度。"

结果小陌直不隆咚来了一句:"我懂这个作甚。"

青同一时语噎,这就是剑修了,万年不改的臭德行!

小陌瞥了眼那炷香,问道:"半个神到?如今天下武道,有这么个说法了?"

青同微笑道:"行百里者半于九十。"

所以青同不说自己的武学境界,只是那归真一层,很有诚意了。

小陌察觉到对方的心弦变化,嗤笑道:"真身都不敢来此叙旧,还谈什么诚意?"

青同当然很清楚这位道友的本命神通之一,也无所谓这点心声会被小陌察觉,只是嘴上还是调侃道:"喜烛道友,跟随年轻隐官游历浩然天下这么久,总该听说一句'非礼勿听'吧。"

这位被陈平安称呼为小陌的道友,作为名动天下的远古大妖之一,当然是有真名的,鼃竈。与后世的蜘蛛是相同的读音。只是这两个字实在太过生僻,而且随着岁月变迁,又有数种字形变化,如今除了那部《说文解字》,还有几句类似"吐丝成罗,结网求食,利在昏夜"的零星记载,其他都成为过眼云烟了。

青同却是知道不少小陌的壮举,除了喜好与剑修问剑、擅长捉对厮杀之外,还曾经设下埋伏,将两轮日月捕获,围困网中……先吞明月,再捉大日,将那轮明月咽下腹中,已经着手炼化,闹出了极大动静,那位明月共主就让青鸟传信天庭雷部诸司,继而传檄天下,要将这位犯天条的妖族剑修押解到一处行刑台问斩,小陌岂会束手待毙,挨了不少道天雷,也手刃了不少雷部斩勘司辖下的官吏神灵,而依附雷部的人间地仙,不乏少数,反正这个攻守兼备的飞升境剑修妖族,遇到一个就杀一个,遇到一群就杀一群,那场逃亡,简直就是一场炼剑和修行。

最后天庭震怒,传闻不但雷部主官的十二高位神灵之一,要亲自下界捉拿小陌,另有一位高位同行,只是不知为何,到最后却是一个雷声大雨点小的结果,不了了之。但是在那之后,小陌也同样收敛许多。当然,所谓的收敛许多,是相较于以前的无法无天、横行无忌,不小心撞到这位大妖剑修手里的地仙,下场还是很惨。

说句实话,青同此次重新见到小陌,后者如此……克制,出剑如此含蓄,青同非常意外。

小陌问道:"青同道友为何对我有成见?"

青同疑惑道:"我对你什么时候有成见了?"

小陌伸手轻拍绿竹杖,笑道:"你对剑修的成见还不大?"

我小陌就是剑修。

青同哑然失笑,沉默良久,才袒露心扉:"你们这些剑修,自恃一剑破万法,眼高于顶,桀骜不驯,嗜杀成性,只顾自己出剑痛快,全然不顾天地苍生的死活,对待天下道友的修行,不屑一顾。"

小陌点点头,不否认这个事实,笑问道:"你曾经在剑修手上吃过苦头?"

青同闻言瞬间脸色阴沉。显然,心中所想的一桩旧事,绝对不是什么开心事。

小陌善解人意道:"不愿意说就别勉强。"

毕竟自己不是一个喜欢听诉苦的,也不乐意听那……遗言。

青同身躯纹丝不动,只以手指拈动一片梧桐落叶,如木人扇风。

青同缓缓道:"多年前,曾经有三位年轻剑修联袂远游,其间与一拨披甲者麾下巡狩人间的神灵起了争执,我不幸靠近战场,大道折损颇多。"

那三个年轻人,后来都成为了人族巅峰剑修,正是元乡、观照、龙君。

青同抬起手,双指抹过脸颊,脸上浮现出一连串的细微文字,如遭受那黥刑。

小陌瞥了眼,是那远古文字,大致意思是记录了那场厮杀的丰功伟绩,点头笑道:"是元乡做得出来的事情。"

因为那个元乡,性情跳脱,飞扬跋扈,而且一直是……最手欠的。

比如跑去落宝滩偷酒这种勾当,也就元乡做得出来。一两次也就忍了,竟然还有第三次。

关键是元乡喝完酒之后,还说不好喝。

小陌不砍他砍谁?

只是后来的登天一役当中,元乡也是最早慷慨赴死的人族剑修之一,以至于他死前都未能见到旧天庭大门。传闻当了一辈子话痨的老剑修在仗剑途中,厮杀不断,始终一言不发,他率先登天,愈行愈高,除了递剑不停,一道道璀璨剑光,气势磅礴,接天引地,本人却不言不语,无声无息,仿佛唯有不曾开口的三字遗言:我先死。

毅然捐躯,是为先烈。

小陌问道:"除了这桩个人恩怨?"

青同冷笑道:"后来还有个剑气长城的末代祭官,行踪鬼祟,也曾来过这边,与我还聊得很不愉快。"

当初此人悄然离开剑气长城之后,并不是直奔宝瓶洲的骊珠洞天,而是先在桐叶洲登岸。

青同曾经说了几句套近乎的话,结果落了个类似热脸贴冷屁股的下场。当然,这不是最主要的,之所以谈不拢,另有缘由。只是没必要与小陌细说此事。

之后便有个还不是剑修的外乡少年,从扶乩宗登上桐叶洲陆地,当时他背了一把长剑,名为"剑气长"——是陈清都那把多年弃而不用的佩剑。

那位剑气长城的老大剑仙,明明都隔着一座天下了,却用这种无须亲自出马的方式,警告青同,为那少年用心护道,不然后果自负。

你他娘的陈清都,哪怕让那个姓陈的背剑少年,给我捎句话也好啊。或是凭借某种轻而易举的小小秘术与我暗中打声招呼,又有多难?

遥想当年,在众多人族剑修当中,陈清都资质不是最好的,修行速度不是最快的,飞剑品秩不是最高的,偏偏最终是他走到了剑道最高处。

而且相较于目中无人的天下各族剑修,陈清都算是口碑绝好的一个,一向沉默寡言,平时从不惹是生非,只是勤恳练剑,极少外出走动,远游次数屈指可数。

只是后来一连串的事实证明,一贯沉默者偶尔开口即雷鸣。

小陌啧啧道:"青同道友,你到底怎么回事,跟剑修是先天不对付吗?"

青同对此不置可否,看着战场那边,好奇问道:"你就半点不担心陈平安?"

小陌默不作声。公子做事周全,无须外人担心。

现在小陌唯一的念头,就是想着事后如何说服公子,允许自己痛快递剑。都不说自己的死士身份,只说扈从,都快要当得不称职了。

来到桐叶洲,尤其是进入此地之后,小陌就对某事有几分了然。

难怪桐叶洲的剑道气运,会是浩然九洲中最少的一个。不管是剑修整体数量,还是顶尖剑修的数目,这座桐叶洲都可以称为"寒酸"。

当然不是说因为青同对剑修的天然排斥,就可以完全主导形势,一手造就出眼前这个剑仙数量寥寥的惨淡局面,青同就是棵梧桐树,当真还没这份能耐。

只是它坐镇一洲山河气运,潜移默化,年月一久,积少成多,上行下效,这种影响就深远了。

最终就是整个桐叶洲,宗门、修士、人心,天时、地利、人和都开始有所倾向和偏移,形成了一种主动选择。

而一棵梧桐树的不挪窝,与整个桐叶洲的闭塞——喜欢关起门来坐井观天,也算是一种无形中的大道契合。

总而言之,就是一句简单不过的老话,不是一家人不进一家门。

落宝滩碧霄道友,就像桐叶洲幕后的一家之主,当然还有青同这个台前的牵线傀儡,一起维持这份家业。

可惜这位碧霄道友,已经去往青冥天下。不然公子在桐叶洲,想必会顺利不少。

那尊青同阴神,一边观战,伸手卷起鬓角一缕发丝,望向那座尘土飞扬的城池,笑问道:"这会儿还是不担心他的安危?"

之前自己只是略尽地主之谊,算是一种待客之道,接下来这位年轻隐官就要悠着点了。

青同装模作样侧过头,闭上眼睛,不去看那一袭鲜红法袍被打落街道后的那幅犁地画面。

自己主动一拳,你家公子就毫无招架之力了。一炷香,两刻钟光阴,会不会太难熬了点?

要是一不小心打得陈平安跌境,被扛回那仙都山参加宗门典礼,不太好吧?

那个刚恢复文庙神位没多久的老秀才,会不会对自己不依不饶,假公济私,公报私仇?

其实青同如今最忌惮的,不是别人,正是这个合道三洲的文圣。

小陌笑道:"只有没打过几场架的绣花枕头,没有真正经历过生死之战的花架子,才会问这种……白痴问题。"然后小陌补了一句:"不好意思,我只是就事论事,并非有意针对青同道友。"

青同呵呵一笑。并非是他轻敌,只是某个高度,终究还是有上限和瓶颈的。

尤其是陈平安走了趟蛮荒天下,还跌了境。

就算是那个在武道一途如日中天的曹慈,如果他只是气盛一层,游历至此,对上半个神到的纯粹武夫,又能如何?

陈平安之前正是在这桐叶洲太平山遗址的山门口,跻身止境气盛一层,并且是以前无古人的最强去往那处"山巅"。

气势之盛,动静之大,以青同的耳目灵通,当时就有所察觉。

只是陈平安当时与三山福地万瑶宗的韩玉树那场厮杀,一个凭借飞剑的本命神通,一个依仗着符箓造诣,各自结阵小天地,青同不敢肆意探究,毕竟当时山门口还坐着一个玉圭宗的姜尚真。

桐叶洲的版图是很大,几乎同于两个宝瓶洲,但是梧桐树万年扎根于此,就像在大地深处,学那身边的喜烛道友,结了一张蛛网。一洲广袤山河,寻常的风吹草动,不用他知道,他也懒得知道,但是只要是那种能够让他道心震颤的人与事,青同不管是职责所在,还是珍惜自身道行,于公于私,都会尽量探查究竟。

比如当初东海观道观的那个臭牛鼻子老道,对那只背剑老猿出手,他是知道的,只是从头到尾都不敢掺和,毕竟还有个镇妖楼的身份,只是没有其余八座雄镇楼里边的镇白泽说得那么直白。

十四境修士,本就稀罕无比,数来数去,几座天下加在一起,山巅就那么一小撮。

而这位道龄无比高的老观主,又是这一小撮人间山巅修士中,出了名的最性情不定,心思诡谲,手段通天。

被誉为人间最得意的读书人白也,手持仙剑,杀力第一,毋庸置疑。僧人神清的金身不败第一,也是几座天下公认的。而老观主看似两头不沾,却能够与十万大山的老瞎子,与白也、神清这两位十四境大修士齐名,青同是亲眼见过、亲耳听过,甚至亲身领教过他的神通广大的。

只说一事，天底下有几个修道之人，在大几千年来的漫长岁月里，会一直与道祖"问道"？

而这位曾经号称"自出洞来无敌手，能饶人处不饶人"的碧霄洞主，与如今这个黄帽青鞋的小陌，是关系极好的道友。这在万年之前，是人间地仙皆知的一桩事情。

那是一种强求不得、羡慕不来的香火情，不是谁攀附谁，就只是一种强者间的脾气相投，大道相契。

想到这里，青同忍不住感叹道："小陌道友，以你的境界和身份，什么地方去不得，为何不去天外炼剑，慢慢熬出个十四境，再回人间？"

小陌闻言转过头，直愣愣盯着，问道："'小陌'也是你可以喊的？"

青同顿时默然。虽然之前说杀心更重的其实是陈平安，而不是这个道号喜烛的远古剑修。但是这一刻，二者颠倒了。

只是小陌很快就不理睬青同，因为城池内街道上，陈平安首次将全部的符箓都去除了。

看到这一幕，这尊青同阴神却蓦然而笑，好像是实在忍不住了，一开始还有几分克制，到后来笑声便不可抑制，好不容易才止住笑意，微微低下头，伸出一根手指，擦拭眼角，断断续续笑了几声，板起脸，咳嗽几声，转头对小陌说道："对不住对不住，实在是觉得好玩，情难自禁，恕罪恕罪。"

小陌对青同这种发乎本心的情绪流露，反而不觉生气。

如果说先前在空白天地间的那场问拳，双方都是在练手，在热身，切磋而已，那么现在那座城池之内，对峙双方，就都开始拿出几分真本事了。

魁梧老者在递拳之时，无意间露出一截胳膊，上边浮现出密密麻麻的金色符箓文字，竟是镌刻在肌肉之下的白骨之上。文字内容，既有一篇篇仙家道诀，也有一部佛家典籍，更有各种失传已久的远古符图。

青同的整条胳膊，就像被炼化为一条白骨山脉，而那山崖石壁之上，榜书崖刻无数，如仙人符箓，用以坚韧山体，稳固峰峦，最终使得一条手臂就是一条龙脉，皮肤血肉筋脉，反而像一些可有可无的附庸。

一袭鲜红法袍被砸入一堵高大城墙中，手肘撑开碎石，硬生生将自己从墙壁中拔出来。

但是方才连续砸中陈平安额头与胸口的青同，却没有趁热打铁，虽然他以两拳换一拳，稳占上风，但他也察觉到陈平安这一拳的不同寻常。

这一拳不算太重，那份拳罡却颇为难缠，青同体内几处关键气府，动静不小，而那条篆刻符箓的胳膊上边，数百个金色文字和几张符图，几乎在一瞬间变得黯淡无光，如阵阵灰烬簌簌飘落。

之后青同便越发小心。

一抹鲜红游走在街巷中，一道白虹就要干脆利落多了，直奔那道好似游鱼乱窜的鲜红法袍，一路上建筑崩碎炸裂开来，一旦被青同得手，陈平安往往就会撞烂数百丈的建筑，就像在城内凿出一扇扇大门，反观青同，即便挨上一拳，多是身形摇晃几分，很快就会对陈平安还以颜色。

唯一不对劲的地方，是青同发现连同先前那个能够打散金色符箓的拳招，陈平安始终在反复使用五种拳招，就像一种临时抱佛脚的演练，从最早的略显生疏，到渐渐纯熟，拳意增长不能说突飞猛进，但是以青同的眼力，对方第一拳与最后一拳的变化，技巧上的进步，可以说是肉眼可见。

青同一脚将那家伙踹得倒飞出去百余丈，年轻武夫的后背直接将一处豪门府邸打穿，在墙外街道一棵大树下，鲜红法袍以手肘轻轻抵住树干，止住身形。

沿着那条崭新道路，青同缓缓走出墙壁上的那个窟窿，笑问道："自创？"

如果不是这些拳招的神意不够圆满，真是天下一等一的好拳。

陈平安笑道："他创。"

是曹慈的五种拳法。

先前文庙问拳，曹慈坦言自创了三十余种拳招，当时用上了不到半数。陈平安在今天就模仿了其中五种：昙花、流水、龙走渎、灵鹫山、神霄。

曹慈是半点不介意他人学拳的。

绝大部分，是学不会。一小撮勉强能够追上曹慈背影的武夫，也好不到哪里去。

学我者生，似我者死。这种话，可能换成别人来说，就是狂傲，难免带有几分居高临下说教的嫌疑。但对曹慈来说，可能就真的只是一个极其心平气和的道理。

就算是陈平安，也不是真的要学这几拳，唯一的用处，还是拿来"变着法子"打熬体魄。

不同的拳招、拳路和拳理，可以磨砺人身体魄的不同山河地界，这才是武夫切磋的意义所在，他山之石可以攻玉。

青同大笑道："难道也是偷拳？"

陈平安纠正道："学拳。"

青同疑惑道："有区别？"

言语之际，青同双脚交织出一阵雷电，如脚踏两座雷局，依旧是拳法，效果却等同于仙家缩地法。

青同转瞬间就已经伸手按住那一袭鲜红法袍的额头，一路向前狂奔，同时一拳迅猛递出，砸中对方喉咙处。

偷拳也好，学拳也罢，作为止境武夫，谁不会？

这一拳,青同正是模仿陈平安的神人擂鼓式,右手五指如钩,死死按住那额头,虽说右手如同撞到飞速旋转的磨盘之内,可哪怕是五指渗血,虎口裂开,青同的左手依旧出拳不停,倒要看看,自己这份一鼓作气的拳意,到底能够支撑二十几拳,对方又能够扛下几拳,到底是自己的拳意先断,还是对方的体魄率先出现崩裂迹象。

眨眼工夫,青同接连递出还不知名的十九拳,双方身形已经在城内"走出"数里路。其间陈平安三次骤然加快"撤退"身形,青同便依葫芦画瓢,刚好与陈平安的速度持平,就像猫逗老鼠一般。

不过青同不得不承认,自己这十九拳,力道不算轻,可惜意思不太够。

武学宗师之间的切磋,学拳说简单也简单,很容易就做到七八分形似,只是说难也难,学拳之所以难,就难在得其精髓,难以准确看穿对方一口纯粹真气的流转路线,而这条道路,就像是一部文字繁复、内容晦涩的仙家长篇道诀,对于山巅境尤其是止境武夫而言,如果只是将一个拳招学个形似,又有什么意义,不得其法,就是鸡肋。

但是青同此刻并不气馁,大不了以后自己反复演练几十万拳,几十万不够,那就几百万拳。

天下拳招,终究都是死的。只有递拳之人,才是活的。

青同站定,第一次更换纯粹真气。

双方都已经离开城池,陈平安如同断线风筝,在远处摔落在地。

青同笑道:"离着一炷香,差不多还有一刻钟,你行不行?"

陈平安站起身,深呼吸一口气,吐出一股枯败气息后,突然像是变了个人,从先前一个古井不波的迟暮之人,变成了一个意气风发的年轻人,伸手抵住腰间一把狭刀的刀柄,笑道:"如果只说拳法高度,你实在很难跟半个神到般配,还是说其实你最擅长的,是使用兵器?"

青同双臂环胸,笑道:"就算我赤手空拳,打你不也是绰绰有余?"

何况青同可没有真正倾力出拳,怕一个不小心,打得甜畅淋漓了,没能收住手,就打得对方跌境,或是干脆就直接打死了对方。

青同瞥了眼对方的腰间叠刀,伸出一手,道:"你要是用刀,大可以随意。"

陈平安微笑道:"你好像忘了说,两刻钟结束后,咱俩到底怎么算输赢?"

青同说道:"那就打得一方认输为止?"

陈平安点头道:"当然可以。"

他缓缓将那把斩勘抽出鞘,狭刀极长,光亮如水。随即,他摊开手掌,竟是直接攥住刀身,伸手一抹,锋刃如获赦令,焕发出一种古怪至极的五彩颜色。

青同略微疑惑,这也行?准确说来,对方不算作弊。

陈平安并没有用上修士手段,更像是一种临时起意的铸造,淬炼?

青同突然问道:"真是那把斩勘?"

右手持刀的陈平安没有直接回答问题,左手再次拔刀出鞘,笑道:"再猜。"

青同内心震动不已,死死盯住那个双手持刀的家伙。

青同嗅到了一股危险气息,再没有丝毫小觑的心思,竟是主动再起一个古老拳架。

一身磅礴拳意竟是如那修士现出法相,在青同四周,显化出一幅奇异画卷。

有人弹琵琶,只有头颅和四肢,而无躯干。

一个无头之人,双手作吹笛状。

只剩下上半身的女子,正在抚琴,如被古琴拦腰斩断。

有无臂者,身侧悬有羯鼓,摇头晃脑,作拍打羯鼓状。

种种奇形怪状,让人匪夷所思。

最让青同感到烦躁的,还是那把传说中十二高位神灵之一持有的行刑,关于这把神兵,光是那句"有幸见此锋刃者即是不幸",就让青同感到一种厌恶,还有恐惧。

一把斩勘,只是相对最为压胜蛟龙之属,而这把已经消失万年之久的行刑现世,相信不管是纯粹武夫,还是修道之人,谁都不愿意亲眼见到。

陈平安向前行走,双手持刀,一把斩勘焕发出五彩颜色,而那把行刑的锋刃一侧,竟是漆黑一片,如开辟出一条太虚界线,尤其是刀尖处,拖曳出一条极其纤细的琉璃光线,竟是某种锋刃割破光阴长河的恐怖景象,而那一袭鲜红法袍,脚步不急不缓,笑呵呵道:"等到挨了无数刀,这副仙蜕破碎,折损严重,消耗几百年光阴都难以修复,青同前辈再取出趁手兵器与之抗衡,会不会太晚了点,丢的面子岂不是更大?设身处地,换成是我,就不讲究什么脸面不脸面的小事了,务实点,赢下这场切磋,才是当务之急。"

大地剧烈震颤,地底深处闷雷阵阵,已经不见陈平安身形,他原先所在之处出现一个大坑。

那只剩头颅和四肢的弹琵琶者,一刀即碎。

无头吹笛之人,连身躯带长笛,刀光一闪,一并化作齑粉。

唯有上半身的抚琴女子,被斩勘穿透胸膛,一袭鲜红法袍现出身形,伸出手臂,手持狭刀,将前者高高挑在空中。

身形转移与出刀速度,都实在是太快了。

陈平安就像跻身了一种境地,人随拳走,这本该是一种武学大忌……

青同已经退到城头之上,俯瞰城外那个持刀者,对方整个人像是在……无声而笑。

那些异象只是拳意凝聚而成的半真半假之物,并不会伤及青同体魄丝毫,但是视线中的那个家伙,第二次让青同生出忌惮之心。

第一次,是行刑这把身外物而已。

这一次,却是那个人。

陈平安的一身气势太怪了,不是那种一味的乖张、残忍、暴虐,可要说是那种冰冷、死寂、纯粹的无情,也不准确,就像人性走到了另外一个极端。

青同再不敢有丝毫的掉以轻心,伸手一招,凝聚出一把类似斩马刀的巨大兵刃,碧绿色,篆刻有层层叠叠的符箓,宝光流转。

站在城头之上的青同,双手握刀,绕到身后,刀背贴后背,冷笑道:"锋刃无眼,若是不幸缺胳膊少腿,可别怨天尤人,这是你自找的。"

陈平安手腕轻轻拧转,将那抚琴女子的婀娜身形瞬间搅碎,仰起头,看着那个白发老者,微笑道:"告诉你一个道理,打架话多不高手。"

远处观战的青同阴神,原本一直颇为闲适,等到陈平安拔出行刑,就有点坐不住了,再等到陈平安出手,只以斩勘就将阳神身外身逼退到城头上,少年便将手中那片金色落叶随手丢掉,转头问道:"怎么回事?!"

小陌双手按住行山杖,道:"自己问啊。"

阴神与阳神本就心意相通,完全可以视为一人。

青同阴神叹了口气:"这么打下去,很难收场的。"

小陌有些讶异,怎么感觉这尊阴神,有点不同寻常。

不过无所谓了,小陌的注意力,还是放在双方重新返回城内的战场。

急什么,这才刚刚好戏开场。

其实小陌也不清楚公子对待这场问拳,到底是怎么想的,具体又是如何打算的。

小陌只知道一件事,公子还没有使出真正的杀手锏,这就意味着这场架,还有的打。

因为陈平安曾经给小陌泄露过底细:自创拳法,只有两招,与剑术相通。

其中一拳,被陈平安取名为"片月",是一极简一至繁两个极端中的后者。

第一次施展此拳,是在大骊京城内,收拾那拨差点酿成大祸的天之骄子。

练气士之所以最不愿意招惹剑修,是因为剑修的本命飞剑最麻烦的地方,还不单单是一剑破万法的蛮横无理,更在于飞剑伤人之后,遗留的剑气会长久兴风作浪,对人身小天地产生一种持久的损伤和破坏。

曹慈的拳招昙花是如此,陈平安的片月更是如此,这一拳若是打在对手身上,拳意蔓延极快且隐蔽,就像在敌人的小天地山河内,形成无数道鬼画符的榜书崖刻,几乎是不可逆的,留着就是大道遗患,受伤之人想要修缮,就只能磨掉那些石刻,比如匠人只能拿刀削平,或是拿锤头打烂。

小陌瞥了眼那片被青同丢弃的梧桐落叶。一叶一世界,是一幅类似《走马图》的画卷,只是不涉及光阴长河罢了。青同要是能够抽取那么多的光阴流水,早就是十四境修士了。

桐叶洲的山上领袖,是南北对峙的桐叶宗、玉圭宗。

这就涉及一桩很多年前的故事了,这两个气数绵长的"宗"字头,不是凭空出现的,属于应运而生。

按照公子的说法,那位曾经的小夫子,也就是如今的礼圣,曾经有过一些尝试。

最早是在大骊京城一座火神庙,遇到了封姨,因为那些以万年土作为泥封的百花酿,被陈平安一眼看破玄妙,猜到了酒水是一种贡物,封姨"话赶话",便率先提起了一个线头,说到了三个进贡对象,主动聊到了那些与阳间幽明殊途的酆都鬼府六宫,还有那位权柄巨大的方柱山青君,手握地上洞天福地和所有地仙簿籍……总之这些都属于礼圣制定出的一些"崭新"礼仪,后来陈平安就顺藤摸瓜,私底下与先生多问了些内幕。

与此同时,礼圣还亲自请出三山九侯先生,按照陆沉泄露的天机,陈平安相信三山九侯先生当年立碑"太平寰宇斩痴顽",正是为了配合礼圣,才愿意重新出山,帮助礼圣重订天条,原本是专门用来对付天下鬼物。陈平安猜测,礼圣此举若是成功,包罗万象,估计就没有后来的那场斩龙了。

但这都不是最夸张的地方,先生说的另外一件事,才是真正的惊世骇俗。

人间竟然曾经有机会诞生出人道之主!

这是一种极为涉险的举措,等于是礼圣剥离出一份自身大道了。而且一旦成功,证明此举行之有效,那么儒家文庙的地位可能不升反降,反而是走下一个台阶,就像后世的庙堂官员,辅佐有道之君,创建一个万年未有的海晏清平之世……

之后陈平安更是在文庙功德林翻阅秘档,果不其然,有个意外收获,正是在那期间,其中有位中土神洲的得道君主,曾经将一片桐叶削为圭形,赐给自己的弟弟,这就是文庙功德林秘档上所谓的"桐叶封弟"和"一叶封侯",在桐叶洲那条名为汾潆的大水之畔建国,当时大潆主要支流有那浍河、漱江。如今大泉王朝的埋河,还有燐河,都只是当年不起眼的河段、支流之一。

可惜不管是什么原因,礼圣终究未能做成此事。

城内之战,几乎毁掉了半座城池。

每一次锋刃撞击,都是一场火星四溅的滂沱大雨,双方四周的建筑,如被秋风扫落叶。

青同阴神脸色凝重,亏得自己那把精心铸造的法刀,品秩极高,不然别说对上那把行刑,就是斩勘,都要吃大亏。

小陌伸了个懒腰,问道:"那个被我家公子尊称为'吕祖'的道士,是什么来头?"

青同有些心不在焉,随口答道:"纯阳真人,是一位真正的得道之士,家乡在浩然天下,但是成名之地,却是青冥天下,被誉为金丹第一。曾经游历过藕花福地,与老观主一见如故,云窟福地的老篙师倪元簿,还有后来的俞真意,都在一定程度上模仿了纯阳真人。"

有一部署名纯阳真人的古老棋谱,棋谱无名,流传不广。那个云游道人在棋谱序言有诗云:自出洞来无敌手,能饶人处且饶人。故而被有识之士,按照许多传世字帖的取名习惯,誉为《烂柯谱》,又有别称《出洞谱》。全谱九篇棋理,总计三十六个棋局。

这便是那位纯阳真人,当年游历藕花福地之后编撰的一部棋谱,道人离开福地时,老观主对这个当时境界并不高的外乡人,似乎颇为欣赏,亲自将其礼送出境,桐叶洲中部地界,也就是后来的大泉王朝骑鹤城,这才有了仙人骑鹤飞升的遗址。

就像那水沟红叶,往往就与题诗有关。浩然不少诗词,每当论及梧桐,经常与井有关。比如那"入门紫鸳鸯,金井双梧桐",还有类似"去国客行远,还山秋梦长。梧桐落金井,一叶飞银床"。

藕花福地的大门,其实就是一口水井。

关于这一点,当下置身战场的陈平安,肯定是有切身感受的。

城内,一处战场,尘土散尽。

白发老者,嘴角渗出血丝,尤其是整条握刀的胳膊,已然力竭,这尊青同的阳神身外身,看着那个从废墟中站起的鲜红男子,不由得感叹道:"真不是人。"

这家伙如果不是因为合道缘故,失去了阴神和阳神身外身,不然三者加上双刀,还有那把悬停在城外的长剑,那才叫一个棘手。

青同阴神有意无意瞥了眼那炷香。

小陌微笑道:"这算不算风水轮流转?"

青同转移话题:"就没想过去青冥天下找故友?"

小陌笑道:"不着急。"

青同欲言又止。

小陌说道:"我知道,直到现在,城内的你,还是有所藏掖,是要等两刻钟结束的那个瞬间。"

青同摇头道:"如果没有一炷香的限制,就这么拖下去,陈平安就算有那两把刀,还是必输无疑。"

小陌疑惑道:"一炷香两刻钟,是谁的手笔?"

青同无可奈何。

在文庙允许的规矩之内,一些个涉及山河气运的收益,青同的镇妖楼与那地位超然的观道观,双方形同坐地分赃。

而观道观只"掐尖",梧桐树这边就吃点残羹冷炙。

当年那场影响深远的太平山动乱,一只背剑老猿,杀掉大伏书院的君子钟魁。

因为按照蛮荒军帐的推演结果,钟魁,被说成是相当于五个仙人境的剑修。

白猿得手后，老天君一怒之下，立即缩地山河返回太平山，手持明月镜追杀白猿万里，白猿身受重创，最终逃到了一个龙脉破碎的别宫之中，与那个太平山"年轻道士"会合，然后就被老观主轻松找到了踪迹。在那座古称汾渎龙宫的一处避暑之地，老观主意外现身，站在锁龙台遗址上，脚下遗址，是早年大渎龙宫动用私刑的地方，类似一种"家法伺候"。

白猿被老观主随手丢到了藕花福地中去，失去了所有灵智，不得不重新修行。年轻道士只因为"一言不合"，本就残缺的魂魄悉数离体，皮囊瘫软在地。

就真的只是因为一句话而已，一个照理说很得体的称呼罢了。

年轻道士称呼老观主为前辈，结果在老观主这里就成了："你一个妖族修士，口口声声喊我前辈，自称晚辈？骂我是老畜生不成？"

只是这个妖族修士的残余魂魄，约莫是一魂四魄，老观主没有一袖子将其打成灰烬，反而对其网开一面，还故意将那顶芙蓉道冠一并留在了锁龙台上。

只是也没有由着对方乱窜，以至于这只大妖的魂魄被拘押在了那顶道冠之中，牢牢钉死在了太平山牢狱遗址内的山根深处，至今未能脱困。

老观主还曾偷偷出手，以通天手段瞒天过海，等于为太平山聚拢"预留"了一部分山水气运，不至于彻底流散。不然之后那场战事，太平山修士都死绝了，整座山头，处处破碎不堪，就是个破败筛子空竹篮，哪里留得住半点道韵。

桐叶洲不堪一击，顷刻间便山河陆沉，很快就被妖族大军占据，大概是文海周密对老观主的一种示好，并未去动那顶道冠，也没有将太平山遗址开辟为一处山水渡口，只是论功行赏，对那个妖族修士残余魂魄所在的那具真身，额外补偿，他因祸得福，如今在蛮荒天下也算雄踞一方的大妖了。

其实这就是那把明月镜彻底破碎之后，太平山遗址地界还能拥有一份萦绕不去的残余道韵的原因，这也才有了之后包括小龙湫在内的几股本土势力觊觎太平山这块鸡肋的举动。

老观主在那锁龙台之上的某些言语，更是"大逆不道"，听得青同道心震颤，偏偏又无法不听，想要当聋子都做不到。明摆着是被那个臭牛鼻子老道给强行拉上了一条贼船。

其间老观主对那个晚辈说了句类似盖棺论定的言语——不敢杀陈平安，就等于错过了一桩天大机缘。

因为要是杀了此人，于蛮荒天下有大功德。老观主也可以顺势将"陈平安"收入道观，将蒲团的位置抬升极多。这个臭牛鼻子老道所谓的蒲团，当然就是整座观道观了，也就是一座与莲花洞天接壤的藕花福地。

至于陈清都为何借给陈平安那把佩剑，老观主当时就给出了一部分真相："为的就是将某些因果转嫁到陈平安的肩上。"

年少时就背一把剑气长,从倒悬山返回浩然天下,游历桐叶洲。

桐叶洲有座镇妖楼,进入藕花福地。

年轻隐官,承载大妖真名,合道半座剑气长城。

一人守城,侥幸不死,重见天日。

时也命也？时耶命耶。一饮一啄,莫非天定？

小陌瞥了眼那炷香,一炷香即将烧完。他伸手抓住行山杖,缓缓站起身。

青同问道："你该不会是?"

青同刚刚松了口气,因为胜负已成定局了,只是小陌起身,他又不得不心弦紧绷,担心小陌要坏规矩选择出手？

小陌笑道："你想岔了。"

战场早已转移到城外,双方各自更换一口纯粹真气。

正好隔着那座一峰独高的大岳,双方分别位于山前山后。

陈平安与小陌游历了不少地方,除了反复演练那种剑光遁术,就是在仙都山的那处洞天道场内闭关,更像个货真价实的修道之人,的的确确在认真修行。至于习武练拳一事,有,虽然外人听上去,觉得很简单,但是做起来,无异于登天之难。

半拳,反反复复,只练半拳,却始终不得其法,甚至可以说是不得其门而入,既然连形似都不成,又何谈神似？

而这半拳,恰好就嵌在陈平安的人身山河之中,是一位十一境武夫的半拳。

一袭鲜红法袍收刀入鞘,开始不断后掠,等到与那座高山足足拉开数百里距离,才开始向前狂奔。

倏忽间陈平安身形凭空消失。

为了递出此拳,在向前奔的途中,陈平安甚至不得不在身形消散之前,迅速摘下两把狭刀,随手丢开。

小陌稍稍抓紧手中那根绿竹杖,眯眼站定。

青同阴神鬃角发丝肆意飘拂,神色慌张,喃喃自语,嗓音细若蚊蝇。

不远处的满地金黄落叶,开始朝同一侧飘散而去。

大山之后,那位一身拳意同样攀至巅峰的白发老者,猛然间睁大眼睛,因为眼前已经无山。

第二章
小陌

在接那拳之前，青同那具阳神身外身的身上突然多出了一件古老甲胄。

此拳太过古怪，既然无法力敌，同时注定避无可避，青同就只好选择硬扛一拳，在那件雪白法袍之外，又增加了一副用来保护体魄的甲胄。

显而易见，青同不觉得自己半个神到的武夫体魄，在不依仗外物的情况下，当真能够完整地接下这一拳。

一拳过后，白发老者身上那件宝甲如镜面崩碎开来，如无数道流星激射而出。

而且老武夫的魁梧身形开始坠地，却不是一条直线，只因为这座天地就像一个稚童随意攥起的褶皱纸团，在此间，光阴长河的流逝方向已经超出世俗的认知，所谓的方向都是虚妄，东南西北，上下左右，都是扭曲折叠的，以至于许多看似相邻的地界，咫尺之间却有千里之遥，许多看上去相隔千里之地，反而只是毫厘之差、一步之遥。

这就使得白发老者的身形，像撞在竹筒内的一颗琉璃珠，摇晃不已，四处乱窜。

一般情况下，有这么一位止境的纯粹武夫坐镇这种天地，对于置身其中、与之对敌的练气士，简直就是一场噩梦。

等到魁梧老者终于停下身形，竭力稳住体内山河震动的紊乱气象后，他低头看了眼身上破碎不堪的甲胄，吐出一口血水，将那些支离破碎的宝甲悉数剥落，再一招手，聚拢天地间其余那些散乱的破碎甲片，最终连同身边的碎片，恢复成一颗黯淡无光的兵家甲丸。

青同心疼不已，好不容易才将这具远古神甲，修缮到可以披挂在身的程度，再想要恢复原貌,要到猴年马月了。

不得不承认,陈平安这一拳,有点重。

青同抬起手,抹掉满脸血污,抖了抖手腕,将那些血水甩落在地,融入天地,好奇问道:"拳从何来?"他绝不相信这是陈平安自创的拳法。

陈平安摊开双手,身后远处,之前被摘下的两把长刀,如获救令,只因为青同尚未隐藏小天地道法轨迹的缘故,斩勘的轨迹路线与青同先前撤退时差不多,七弯八拐,倏忽不定;行刑却是笔直一线,完全无视天地禁制,直接返回陈平安手中。

一袭鲜红法袍,双手持刀,狭刀微微晃动,两种刀光流溢出不同的轨迹。

白发老者见那家伙好像扯了扯嘴角,讥讽之意,十分明显。

止境武夫是真,纯粹武夫是假。真就只是个一点点熬出来的武夫止境,只能靠着悠久岁月打磨体魄。

陈平安这一拳过后,刚好两刻钟结束,一炷香燃烧殆尽。

远处,小陌转头望向身边的青同阴神,笑着打趣道:"青同道友,你还是有点家底的。"

活得久,有一点好,就是见多识广,因为本身就是老皇历前边几页的远古道人,所以根本不用翻阅那些吃灰万年的秘档,就可以轻松知晓真相。比如眼中这位魁梧老者身上披挂的甲胄,小陌一眼就看出了大道根脚,来历相当不俗,品秩不亚于作为上古斩龙台行刑之物的狭刀斩勘。

少年姿容的青同阴神,脸上泛起一阵苦笑。这件宝甲,可是他压箱底的手段之一。曾是中土文庙借给镇妖楼的,青同算是凭借一份功劳,才将其收入囊中。只可惜缝补多年,只因为青同不擅炼造,始终进展缓慢,结果今天这么一场狗屁倒灶的问拳,又被打回原形了。

以远古天庭五至高之一的披甲者身上那件甲胄为原型,曾经出现三件被视为次一等真迹的神甲,是那十二高位神灵之一的铸造者,在得到火神和水神的许可后,采撷日精,再以火神行宫之一的荧惑作为熔炉,光阴长河作为淬炼之水,耗时颇久,精心锻炼、仿造而成。

小陌在飞升城酒铺那边见到的代掌柜郑大风,前身披挂的那件银色铠甲大霜,正是三件神甲之一。

只可惜在那场道人与神灵皆陨落无数的登天一役中,不愿让出道路的看门神将郑大风,在大势已去的情况下,最终被某位存在一剑钉死在大门上,大霜宝甲就此破碎,遗落人间。

如那人间第一位道士的簪子,是一样的下场。

后来兵家初祖便根据这三副甲胄,大道演化,衍生出了后世的那三种兵家甲丸,打造出又次一等的一批"赝品",正是后世经纬甲、金乌甲和神人承露甲的开山之作,是三种兵家宝甲的老祖宗。"祖宗"经纬甲有两副,分别以经线、纬线铸造而成,练气士可穿戴在身,前者如同获得类似佛门一座无量世界的神通庇护,哪怕就站在近在眼前的地方,可无论是飞剑还是术法,都像是无头苍蝇,徒劳无功地寻找一个"近在咫尺远在天边"的敌人;后者品秩稍稍逊色,却同样无比玄妙,练气士能够将自身道行的一滴滴灵气积攒起来,浇灌其中,哪怕灵气多如恒河之沙,依旧无法填补那座无底洞,那么这件宝甲的坚韧程度,自然超乎常人想象。

而天底下的练气士,原本人身天地的灵气积蓄,在不同境界都存在着一个瓶颈,如同一座福地跻身了上等品秩后,总有一天天地灵气会满溢而出。

可想而知,如果有一位修道之士,侥幸将此宝甲得手千年甚至是万年之久,哪怕不是十四境大修士,只是一位飞升境,只需身上披挂这副宝甲,哪怕站着不动,都可以任由一位飞升境剑修砍上半天了。

小陌恰好知道那件"纬甲"的下落,跟自己一样,这件宝甲的主人,在蛮荒天下隐蔽之地沉睡万年之久。问题在于这个老家伙,还是个女修,而且同样是一位剑修,并且万年之前她就以杀力巨大著称于世。

小陌微笑道:"青同,我很好奇,是谁给你的底气和胆子,让你如此目中无人。"

照理说,青同在浩然天下修道万年,一些个人情世故,山上的规矩忌讳,应该很熟稔才对。

小陌面无表情,缓缓道:"我家公子,作为剑气长城避暑行宫的最后一任主人,陈清都钦点的末代隐官,他的功劳大小,你们这些浩然山巅修士,其实心知肚明,哪怕只说苦劳,公子能够孑然一身守住半座城头实为不易,何况公子还是那场托月山一役的领衔者。只说随行之剑修,无论是齐廷济、刑官豪素、陆芝,还是白玉京三掌教陆沉,若是他们之中有人来此游历,你敢不见?你能不见?

"即便撇开隐官这层身份不说,公子还是文圣一脉的关门弟子,是文圣老先生的学生,是崔瀺、左右、刘十六、齐静春他们的小师弟。

"公子还是落魄山山主,浩然天下的一宗之主,如今更是要创建下宗,立春庆典过后,公子就会成为未来仙都山修士眼中的一位上宗祖师。别人不清楚内幕,以你青同的感知,不会不知道那将是一座名副其实的剑道宗门,是你们桐叶洲继碧桐剑宗覆灭后,数千年未有的一座剑道宗门,故而此举会为桐叶洲原本一潭死水的山河气运额外增添生气,公子与其学生崔东山正是这股源头活水的水渠开凿之人。"

此外,公子还是某位道人在这一世的修行领路人,双方将是一同登山的同道中人。此人如今名叫年景,字仙尉。

公子还是五彩天下第一人宁姚的道侣。

只是这两件可大可小的私事，小陌都没有放在台面上说。

如果说你青同是个不谙世事的愣头青，对于公子的这些身份，一点都不在意，那么只说文圣当初合道三洲之地，以自身大道折损作为代价，拼命护住三洲山河不至于彻底崩碎，这三洲之中就有桐叶洲。

何况如果不是宝瓶洲的崔瀺，与师弟齐静春、重返浩然的刘十六，三位文圣一脉的嫡传弟子，先后与文海周密在这桐叶洲有过一场暗流涌动的交手，那么这座镇妖楼的存亡，恐怕都要打个大大的问号。

与其大道戚戚相关的青同，就算背叛文庙，投靠文海周密，至少需要斩断自己与一座雄镇楼的紧密牵连，周密就算真的手段通天，能够帮青同断绝这种关系，青同估计至少也要跌上一两境。那么等到两座天下形势颠倒，袁首、绯妃之流的旧王座大妖，还能逃回蛮荒天下，与桐叶洲有大道牵引的青同，除非被周密带着一同登天，否则下场就只能与那被拘押在老君炉地界的大妖仰止一样，沦为儒家文庙的阶下囚。何况以至圣先师的脾气，要是青同胆敢如此作为，就算周密愿意死保青同一同登天离去，恐怕也只会被半道打落人间。

此外，陈平安的师兄左右，也曾在桐叶洲，以剑气长城一名剑修的身份，亲自庇护通往崭新天下的大门通道，帮助桐叶洲保存了一份元气，等到下次开门，那些浩浩荡荡逃难到五彩天下的流民，不管他们是否愿意返回家乡，都可以在一定程度上反哺桐叶洲的气运。

所以说文圣一脉，无论是当陈平安先生的老秀才，当陈平安师兄的四位，还是陈平安本人，于桐叶洲，于这座镇妖楼，于一棵梧桐树，都是有恩之人。

陈平安和仙都山要在桐叶洲为大地山河缝补地缺一事，对青同来说，就是一种躺着享福的天大好事。这份大道神益，注定是一笔源源不断的入账，青同的日子可比那一本万利的收租公、地主婆更加轻松惬意。

陈平安将下宗选址在桐叶洲，尤其是青萍剑宗还是一座剑道宗门，这就意味着，与剑气长城隐官身上牵连的某些剑道气运，都会被陈平安带来桐叶洲，而不是馈赠给家乡宝瓶洲，那些剑道气运会在此落地生根，通过仙都山和青萍剑宗，以及未来成为仙都山谱牒修士的剑修，如四方浮萍聚拢一山，再如蒲公英四散而去，随着时间的推移，在各处次第花开，开花结果。

小陌不再言语，只是摇摇头。

那位故友碧霄洞主，已经离开桐叶洲，连作为道场的东海观道观，都一并搬迁离开，去了青冥天下，这就意味着老观主在短期内不太可能重返故地。文庙似乎也对镇妖楼放开了禁制，等于让青同恢复了自由身。

退一万步说，这次公子带着自己来到此地，即便双方见了面，价格没谈拢，生意谈崩了，可到底是买卖不成仁义在，以公子一贯万事好商量的脾气，至多就是多跑几趟镇妖楼，依旧是像今天这样，规规矩矩执晚辈礼。

故而于公于私，于情于理，这个青同，今天都该与拥有多重身份的陈平安，见上一面。

究其根本，青同就是抱着一个"好处我全要，出力别找我"的宗旨，选择闭门谢客，连陈平安的一面都不想见。

这种行径，无异于火龙真人做客皑皑洲刘氏，走到了山门口，和颜悦色，说是有事相商，然后刘聚宝不露面。之后即便不得不开门待客，做事情也还是不讲究。

就像火龙真人要见到家族祠堂那边的刘聚宝，得过关一样。

什么骑驴找驴，总计十二幅画卷，十二处幻象天地，青同一连串诸多试探，都是在陈平安的道心上抽丝剥茧，在人心之上下功夫，在心田中刨根问底，在修士的山中道场访胜探幽。

这已经是修道之人切磋道法，是一场问道。

这就是剑修之间的问拳，纯粹武夫之间的问拳。

如果再换一个比喻，就是陈清都离开剑气长城，做客中土文庙，得先通过一层层的诗词学问考校。

小陌转头问道："青同，我最后问你一句，有无难言之隐？"

问完话后，小陌静待下文，青同几次欲言又止，不过最终仍是默不作声。

小陌自顾自点头道："不说话，就当你默认没有了。"

在小陌看来，这就是一种典型的给脸不要脸。

忍你很久了。

之前那大骊京城的老车夫，对方只不过是远古雷部玉枢院的斩勘司主官，官身不大，本事不够高。再者那些都是些陈芝麻烂谷子的陈年旧怨了，何况事情也不算大，早就翻篇了，翻旧账不是小陌的风格。

至于钟馗身边的鬼仙庾谨，更像是开玩笑，闹着玩的。

小陌将那根行山杖收入袖中。

青同阴神立即慌了神，不再当那哑巴，急匆匆说道："且慢！"

只是小陌却没有再搭理青同，而且青同接下来，也未能拦阻小陌的……递剑。

就像被一道镜面隔出上下两座小天地，天地与天地接壤的那条边境线，如同覆住天地万物的一块布料，结果被人掐指拎起，最终撕裂出一道口子。

又像是一个蚕茧，有剑修破茧而出。

远处，第一时间就敏锐察觉到异象端倪的陈平安，转头看了眼小陌那边。

与小陌第一次见面，是在那轮明月皓彩之中，小陌是老人面容，气焰嚣张，出剑凌厉。

等到双方再见面,小陌就是温文尔雅的青年相貌了。

但是此时的小陌,人如其名,就是真的很"陌生"了。

不见真身,只见法相。

一身宽大法袍,若隐若现的面容,白玉莹然,整个人身躯晶莹剔透,净如琉璃,不见任何骨骼、筋脉和血肉。雪白头发极长,虚无缥缈,仙气空灵。手持一剑,气象巍峨,剑意凛然,呈现出一种仗剑飞升之姿。

大概这才是小陌境界圆满的巅峰姿态?

来到镜面之上的天地,梧桐树真身就在此地。

小陌尚未真正递出一剑,一身剑气已经充塞天地间。整座天地,一瞬间被无数条剑气"支柱"肆意贯穿。可怜一座天地,宛如一只精心编织的锦囊,同时被成百上千条锋芒毕露的尖锐冰锥洞穿。

一座广袤天地,被数以万计的剑光切割,变得支离破碎,最可怕的地方在于,这些毫无章法可言的剑光还在疯狂叠加,以至于旧有剑气凝聚而成的光柱,转眼间就被崭新剑光轻松撞碎。

桐叶洲上五境修士,按照各自境界的高低、神识的强弱,出现了不同程度的道心微颤,都依稀察觉到了不对劲。

负责坐镇桐叶洲天幕的三位儒家圣贤,举目远眺,笑了笑,只见桐叶洲中部上空,仿佛出现了一只光球,只是不知为何布满了尖刺,剑气森森。

距离那颗光球最近的某位老夫子,轻声笑道:"好好一座镇妖楼,怎么变成了只……刺猬?"

这种修道之人之间的私人恩怨,拦什么拦。再说了,老夫不跑去拉偏架,就算很给这位青同道友面子了。

大战落幕这么些年,因为至圣先师与礼圣、亚圣,不知为何,都没说什么,这座镇妖楼也就装聋作哑,就像个捂紧钱袋子的吝啬鬼,是个半点不肯开销的主儿,只是作壁上观,故而收拾桐叶洲这么个山水破碎、人心涣散的烂摊子,就只能让三座书院的山长、君子贤人们,四处奔波劳碌断腿了。因为不可参与人间具体事务,是礼圣早年亲自为他们这些坐镇天幕陪祀圣贤制定的一条铁律,所以他们三位也就只能是忧心了,都没办法与那座雄镇楼说半句牢骚话。

其实看不顺眼好几年了,只是无法苛求他人做圣贤。

这位曾经亲口赞叹年轻隐官一句"后生好风采"的老夫子,抖了抖袖子,将那份天地异象给遮掩过去。

怎的,职责所在,谁能挑我的刺?一座文庙封正的雄镇楼,与文圣一脉的儒生,自家人关起门来打打闹闹,这就叫家丑不可外扬。

天地内的新战场,青同阴神与那个作为阳神身外身的魁梧老者,一同消失,重归真身。毕竟是要与一位飞升境剑修对敌,青同岂敢掉以轻心?

而那棵梧桐树真身,又变幻成一位身材修长的修士,面容模糊,头戴一顶芙蓉道冠,身披一件崭新甲胄,内穿一件金黄法袍,脚穿一双碧绿鞋履,腰悬一连串的古朴玉牌,双臂之上环以鲜红色臂钏。总之是能穿戴上的,都派上了,五花八门的山上法宝,花里胡哨的装饰……

与此同时,这位道龄极长的飞升境大修士也未束手待毙,步罡踩斗,双手掐诀,分身如花苞绽放。一千多个青同化身,各展神通,纷纷祭出不同的法宝,施展不同的攻伐术法、防御神通。

好个技多不压身。只说术法之多,种类之驳杂,不谈道法玄妙和修为高度,估计青同只凭今天这一手,就能跻身浩然前十。

这些青同分身,其中百余位负责结阵,营造出一座山水阵法,剩余更多的符箓分身,为了阻拦那些层出不穷的剑光,不惜与之玉石俱焚。

而青同这位自称会几手大符的飞升境修士,将压箱底的那几张大符一并祭出,大符各自契合五行大道,堪称符箓一途的造诣极致。

一张火符祭出,便出现了一尊身高千丈的火部神灵,全身交织着千百道火焰,乱拳打碎一条条不断靠近山水大阵的剑光。

又有一张水符祭出,数以万计的符箓交织、重叠、衔接,连绵掠出,像那江河滚滚,波光粼粼,最终汇聚显化出一条身长千里的青色鲤鱼,身上每一片鱼鳞,皆大如庭院,都是一份符箓灵光。

一张张撮土成山的三山五岳符,猛然间砸地,五座古老大岳落地生根,三山互成掎角之势,外围又有五座古岳围绕三山,帮助外边的山水大阵稳住阵脚。

而青同真身背后,一张木符的符光四散,丝丝缕缕的光线堆积出了一架好似世间最精巧、繁密的木作偶人。

但是小陌面对这些乱七八糟的手段,只有一剑而已。

一道璀璨至极的剑光,如游鱼摆尾,朝那座阵法和青同真身而去。剑光所至,摧枯拉朽。就连自身剑气凝聚而成的无数道倾斜光柱,因为拦路,都一并崩碎再悉数化作虚无。

剑光四周,出现了一条类似天外太虚境地的通道。

这就是一位飞升境巅峰剑修的真正杀力。

在天地别处,同时生发出十数个好似水花四溅起涟漪的微妙泉水。泉眼所在,叮咚作响,宛如天籁。

天下江河大渎,无论入海时如何气势汹汹,水势雄壮,水脉源头处,往往只有几处细微泉眼。这些看似不起眼的存在,剑气之细微,仿佛完全可以忽略不计,却好似小陌剑术之大道初始。

在你青同的自家地盘上,躲,能躲到哪里去? 跑,出了一座镇妖楼,你青同又能跑到何处?

一座山水大阵眨眼间告破,崩碎的声响,惊天动地。

青同耗尽了所有大符,才堪堪打消了那道如入无人之境的可怕剑光。

万年之前,就知道这位名动天下的剑修剑术很高,只是青同依旧无法想象会如此之高。而且不都说他的剑术并不以杀力著称,只是因为他攻守兼备,才难缠至极吗? 不是说他当年的剑术杀力,排不进天下剑修前五吗?

蓦然间,青同瞪大眼睛,眼中出现了一张越来越清晰明显的面容。这位远古妖族剑修带着笑意的面容越来越靠近,手中一剑横抹而至。整个天地间都拖曳出一道漫长的弧线,直奔青同的头颅而来。

那个如今改名小陌的家伙,好像在说:"你好,青同道友。再见,废物飞升。"

命悬一线,青同情急之下,倒也不算是束手待毙,突然高声喊道:"陈平安! 至圣先师有话转告!"

那一袭鲜红法袍,正从小陌破开的天地缝隙中,跨越小天地,宛如一位远古登高天仙,脚踩虚空之地,拾级而上,缓缓现身。双手笼袖,腰叠双刀,身边跟随着一把自行掠空的夜游剑。

但是青同瞬间如坠冰窖,与那持剑近身的小陌一个交错而过,站在原地的青同,被那道弧线剑光割掉了头颅。

头颅被高高抛起。

可能是陈平安来不及出声阻拦小陌,可能是以心声言语了,小陌来不及收剑,可能是小陌听到了心声,这位远古妖族剑修心中却是戾气横生,不愿意停剑。

更有可能是,陈平安并没有出声,因为根本就不愿意开口,懒得开口。

谁知道呢?

小陌手中剑意凝聚而成的那把长剑,当场消散,换手持剑,环顾四周,微微一笑,好歹是位飞升境修士,哪里这么容易被当场斩杀,距离所谓的身死道消,还有段距离。

不过再怎么说,都比当年试图斩杀仰止来得轻松,一来仰止的飞升境更加巅峰,而且她的体魄先天坚韧,再者在那远古人间,疆域广袤,仰止的修行之路得天独厚,是身负一部分大道水运的,故而每逢临水地界,仰止逃得飞快,远遁速度犹胜剑光。

而青同却是画地为牢的处境。

那颗头颅,以肉眼可见的速度,如一截枯木腐朽,继而化作灰烬飘散天地间。

小陌身后,青同真身所在位置,宝甲铿锵坠地,声响清脆,那件法袍则颓然飘落在地,瘫软在宝甲之上。

青同用上了一种类似蝉蜕神通的遁法。一棵大树,只伤枝叶,不伤主干。

当然,青同大道折损,是必不可免的。

天地四方,回荡起一个如震雷般的暴怒嗓音:"休要得寸进尺!"

这里是浩然天下九座雄镇楼之一的镇妖楼,你小陌正好是来自蛮荒天下的妖族!

小陌却是笑容灿烂,转瞬间不见法相,循着一条蛛丝马迹追杀而去。

一尊仙气缥缈的法相,明月芦花杳无踪迹。

片刻之后,天边悬起一轮无比诡谲的漆黑圆月,是青同被迫现身,不得不施展出的一道压箱底的保命神通,月相。

而小陌的那尊法相,相较之下只能算是芥子之于井口,但是那轮明月附近,先是亮起一粒极其细微的光亮,然后瞬间蔓延成线,最后那条剑光长线,就像一条腾空而起的巨大蛟龙,蜿蜒游弋于一轮明月的上空。

这是小陌昔年在一双日月运行轨迹之上,悄然布网吞咽下其中一轮圆月后的自创剑术,食月。

只是比起那位拥有"纬甲"的远古道友,那一手名副其实的日食道法,小陌自认还是差了不少。

当时他们这拨山巅大妖,得到白泽的那道敕令,不得不纷纷从沉睡中醒来,其中一位古老存在,因为万年道场,或者说养伤之地,是在那蛮荒天下的大日之中,故而这个同为剑修的婆姨,便与天上"邻居"、身在明月皓彩中的小陌,以独门神通随便言语了几句,双方原本约好了人间重逢的相见之地,对方还说如今给自己取了个化名,谢狗。

之前小陌与陈平安提及它们这拨远古存在的修为和战力一事,担任死士的小陌坦诚以待,说自己既不是杀力最大的那个,又不是防御最强的,只是小陌可以肯定一事,自己的攻防都在前三。小陌因为刚刚与陈平安打交道没多久,加上剑修的心性使然,所以当时仍然有所保留,没有多说内幕,比如攻防两道的各自前三,其实撇开自己占据两席之地,剩下四席,并非四位,而是三位,因为那个"谢狗",同样是攻守兼备的巅峰强者。

至于小陌与这位如今化名"谢狗"的道友之间,就又有一段故事很长的恩怨情仇了。这大概也是小陌不愿说更多真相的缘由之一。

陈平安肩头一沉,越发身形佝偻。

是那青同再次搬出镇妖楼主人的身份了。

片刻之后,各地依旧有剑光突兀亮起,又骤然消逝。

青同终于首次现出真容,年轻相貌,姿容俊美,雌雄莫辨。只是此时他一身血污,狼狈不堪,身上伤痕纵横交错,伤口不下十数道,白骨裸露,惨不忍睹。

青同再无山巅大修士的雍容气度,显得有些气急败坏,就站在陈平安不远处,好像只有这样才能稍微喘口气。

青同的选择,是对的。

小陌果然没有继续递剑,那只持剑之手**绕在身后,以示诚意**。

容你在我家公子身边休息片刻便是了。

陈平安看到青同的容貌后,一时间神色古怪。

按照避暑行宫的秘档记载,古语梧雄桐雌,"梧桐"同长同老,同生同死。

而出身中土阴阳家陆氏的陆抬,便是千年难遇的阴阳鱼之身。

当年也是陆抬陪着陈平安一起游历桐叶洲。一位练气士,却天然恐高。

邹子与剑术裴旻,都是陆抬的传道恩师。陆抬当年与自己分别后,会不会也曾被邹子带着来过这里?

陈平安却没有与青同询问此事,无所谓的事情了,陆抬也好,剑修刘材也罢,相信来年终有重逢之日,或是见面之时。

小陌朝那青同抬了抬下巴,示意你可以离开此地了。

青同一咬牙,远遁离去。

等到第二次现身,青同一条胳膊已经被小陌斩断,只是他一个肩头摇晃,便又生出一条胳膊。

陈平安笑道:"还没有想好措辞?这会儿是不是很纠结?既没有把握胡诌骗过我,又没胆子假传至圣先师的旨意?只是不胡说八道,又要被小陌追着砍,就算一时半会死不了,可那道行折损,却是一剑几十年上百年的实打实损耗,别说一炷香两刻钟,恐怕一刻钟,就要跌境了吧?"

青同抬起手背,擦拭嘴角鲜血,道:"你就不怕我先拼着镇妖楼毁于一旦,再跑去找坐镇天幕的陪祀圣贤救命?"

陈平安从袖中探出一只手,高高举起:"去吧。"

青同咬牙切齿道:"至圣先师虽然不曾让我捎话给你,但是终究是来过此地的,千真万确与我寄语一句,希望我能够好好修行,你要是胆敢毁坏一座镇妖楼,纵容一位出身蛮荒天下的飞升境剑修,坏我大道……"

陈平安收起手,点头道:"回头我有空就去文庙自行请罪,嗯,可以先找我先生,再找礼圣就是了。"

青同脸色阴晴不定。

你青同不是喜欢躺着享福吗?

可以,完全没有问题。

先前趁着小陌剑光打破天地禁制之际,陈平安其实就以笼中雀加上井中月,飞剑传信给那位老夫子。与那位陪祀圣贤，有了一场君子之约。

请他帮忙务必瞒过自家先生，给礼圣传信一封。恳请礼圣，搬来半座剑气长城。

至于功德折算一事，无非是个明算账，礼圣和文庙那边按照规矩走就是了。

在熹平先生那边，关于陈平安这个名字的那本功德簿，该勾销掉多少就是多少。

但是你青同的十四境，这辈子就都别想了。

说来可笑，陈平安这段时间以来，一直想着三教祖师散道之后，会有某些十四境大修士明目张胆地大开杀戒，或是针对飞升境巅峰修士的暗中布局使绊子。

不承想阴差阳错之下，自己倒是成了第一个拦阻他人跻身十四境的拦路人。

那么你青同接下来在桐叶洲，是养伤一百年，还是一千年，或者一万年，又有什么区别？

只是事已至此，就没有必要开口了，免得像是在威胁谁。

虽说代价有点大，但是收获同样不小。一洲山河，很快就可以气运稳固。而且以后缝补一事，就会顺畅许多。

先有人和，就有地利，再有天时。

许多原本需要借助青同的事情，自己就可以动手。

唯一的麻烦，估计是先生得知此事后，会被自己气得不轻吧。

不管了，果然老大剑仙说得对，修行修行，不能总是那么死板。

每个百年间，总要做一件根本无须讲理的事情。

突然之间，青同神色微微讶异，不情不愿打开一条山水禁制，如打开一扇门。

陈平安更是意外，因为那把先前离开这座天地的传信飞剑，一闪而逝，直奔自己而来，陈平安只得将那道剑光收入袖中。

然后青同开始跳脚骂道："陈平安，你个疯子！真是鬼迷心窍了，小时候脑子被门板夹了吧，损人不利己的勾当，做得这么顺溜，你就非要这么针对老子，你要是真将那半座剑气长城搬到这里来，你到底知不知道后果，只要桐叶洲山河破碎一天，你就别想破境了……"

陈平安微微皱眉，倒不是在意青同那点不痛不痒的骂声，而是不知那位老夫子此举用意何在，双方明明已经敲定了那桩买卖。

青同在心湖中，似乎挨了一句骂，而且措辞绝对不算婉转，故而一下子变得病恹恹的，直愣愣盯着那一袭鲜红法袍，叹了口气，先关上那道门，然后犹犹豫豫地从袖中摸出两张残余符箓，一张符箓只是寻常的黄玺材质，另外一张是金色材质的珍稀符箓。

陈平安瞬间眯起眼，沉声道："小陌，等下如果需要你动手，可以不计后果。"

原本打算恢复真身的小陌点点头，继续维持法相姿态，而且首次变成了双手持剑。

青同以心声说道："你记性那么好，肯定还记得这两张旧符。"

陈平安面无表情。

当然记得。一张是自己当年在飞鹰堡内,按照陆抬的指点,反画阳气挑灯符,变化而成的一张阴气指引符。另外那张金色材质的符箓,符纸还是陈平安送给陆抬的,陆抬最终画出了一张冥府摆渡符。

青同继续以心声与陈平安说道:"你没猜错,邹子当年确实带着陆抬找过我,邹子除了为我留下一句不太吉利的谶语,还送给我这两张残余符箓,说以后或许能够帮我渡过一劫,我觉得邹子是在说笑话。"

陈平安点头道:"就是个笑话,你不当真是对的。"

青同其实已经做好了死马当活马医的心理准备,实在不行,就只能乖乖认命了。

拼着一座镇妖楼不要,也要给这个陈平安和那小陌一点颜色看看。大不了最后闹到文庙那边,各打五十大板。

青同犹豫了一下,说出一件小事:"邹子当时身边还带了……一拨阴物孩子,说是让我拿出些许功德,他有用处。"

陈平安问道:"然后呢?"

青同无奈道:"些许功德而已,又是邹子的请求,我当然照做了。"

小陌是第一次看到自家公子,露出一种犹豫不决的神色。

很多年前陈平安与陆抬结伴游历,其间在飞鹰堡下榻,那门外是条陋巷,是一条断头路,更有一堵布满尸骸的墙壁。当时陈平安还没有将那支名为小雪锥的毛笔借给钟魁,那会儿画符一道,可能都不能算是登堂入室。

陈平安最终还是一言不发,伸手握住那把夜游剑,转身离去,转头与那青同说道:"以后别让我看到你。"

青同神情复杂,心中惊疑不定,这家伙当真就这么走了?

小陌倒是懒得多想为何公子会改变初衷,公子做事,总是对的。

青同犹豫了一下,喊道:"陈平安,你就不好奇为何我如此……不近人情?"

最后四个字,青同硬着头皮,说得别别扭扭。

背对青同的陈平安只是仰头望向天幕处,沉声道:"赶紧开门,不用送客了。"

他娘的你青同的脑子呢,老子一转头,就是"重逢",真是找砍。

青同继续说道:"我自然是有理由的。"

陈平安转头笑道:"你就这么喜欢节外生枝?"

青同被瞧得毛骨悚然,沉默片刻,只得拗着性子,试探性说道:"复盘一二,闲聊几句?万一聊得投缘了,合作一事,不是没得谈。"

一来担心双方误会太深,自己会被记仇。青同其实不是想着什么万一投缘,而是万一这家伙脑子一根筋,出了这座镇妖楼,继续与那文庙夫子商量搬迁半座城头一事,该如何是好？然后万一那位小夫子又答应了？

二来，青同到底心有不甘，想要在某些事情上找回点场子，至于打架一事就算了，形势不由人，苦头吃饱，今儿这先后两场架，尤其是后者，打得有点撑到了，现在还是心有余悸。如果可以的话，陈平安见不见自己，倒是无所谓，总之别让自己再见到他身边那个小陌了。

陈平安想了想，笑着点头道："客随主便，求之不得。"

他抖了抖袖子，盘腿坐下，横剑在膝。

陈平安就那么当着青同的面，重新从袖中拈出一张白驹过隙符，悬停在身边，用以计时。

青同看得眼皮子微颤，是该说这家伙小心谨慎，还是说丝毫不给自己面子？

见那小陌跟着落座，青同犹豫了一下，还是选择坐在他们对面。

陈平安第一句话，就显得杀机毕露："桐叶洲，桐叶宗，杜懋的那座梧桐洞天，是你给的？"

青同显然学聪明了，输人不输阵，没好气道："当年你带出藕花福地的那把梧桐伞，除了可以隔绝天机，还是四分之一个藕花福地所在，追本溯源，不也是从我这边出去的物件。"

翻这种旧账，有甚意思？

陈平安笑道："没有翻旧账的意思，杜懋那档子事，早就翻篇了。"

青同下意识看了眼小陌。

小陌微笑道："不要用自己的脑子，揣度我家公子的心思。"

梧桐枝，自古就被誉为"凤条"。一分为四的藕花洞天，陈平安得到的那份，就是老观主赠送的一把油纸伞，而伞骨正是梧桐枝。而梧桐自古枝叶怕强风，树根怕受涝。

眼前这个年轻剑修，身上道气若隐若现，是从封姨那个臭婆娘那沾染了大道气息。

陈平安在不到半百道龄的修行路上，大道亲水，而且绝对不是练气士适宜水法修行的那种，如果说那个封姨的大道气息还算清浅，那么冥冥之中，一位远古雨师转世的某份大道馈赠，即便陈平安并未全盘接受，对青同而言，也是一种深恶痛绝且无比忌惮的大道压胜。

加上陈平安又是一名剑修，尤其他还在剑气长城待了那么多年，当年身上还背了一把陈清都的剑气长。

如今陈平安这副皮囊，承载妖族真名，当然又与镇妖楼大道天然相冲。

这么多的理由叠加一起，让青同对此人如何亲近得起来？

听着青同的"诉苦"，陈平安点点头，眯眼笑道："言之有理，情有可原。"

这些理由都是理由，但都不是那个真正的理由。

此刻在青同看来,眼前此人的言语,毫无诚意可言,让青同又增添了一个不喜此人的额外理由。

像,实在太像了!

眼前这个性情叵测的年轻剑仙,就像当年那个来自青冥天下的孙道长,后者曾经云游至此,故意隐瞒自己的玄都观身份,就产生了一场全然属于对方有意为之的误会,闹了一场后,对方嘴上说着:"贫道胸襟如海,气量高如山,些许误会,何必计较,贫道岂会上心? 青同道友你要是心有芥蒂,一直难以释怀,可就是以小人之心度君子之腹了,青同道友要是这般小心眼,就别怪贫道做事情不大气了……"

孙道长临行之前,也不直接说什么,只是有感而发,吟诗作赋一番,在树下徘徊不去,拐弯抹角,念叨着一些酸溜溜文绉绉的话语:"贫道返乡之后,当在明月夜中,挑选良辰,移植一株碧梧于自家道观庭院中,此树皮青如翠,叶缺如花,华净妍雅,可谓姗姗可爱,吾辈行其下者,衣裾尽碧,春冬落叶,以求日头暄融之乐,夏秋荫凉,可蔽炎烁蒸烈之苦,其乐无穷……"

一位青冥天下道门剑仙一脉的执牛耳者,雷打不动的天下第五人,那位老观主所谓的"移植一株碧梧",怎么可能只是拣选一条纤细枝丫,当然是无异于让青同自个儿砍下一条胳膊了。

所幸当年还有那位纯阳真人在场,帮忙缓颊,才算替青同免去一桩天灾人祸。

青同再次以心声说道:"邹子当年离开这里,交代过一件事,说让我将来为某人勘验道心,至于结果如何,观感如何,都不用告诉他。至于某人是谁,只说我到时候一见便知。"

"某人?"陈平安疑惑道,"我当时背着那把剑气长,你就没有一直盯着我? 不是明摆着的事情?"

青同无奈道:"不管你信不信,在我眼中,你当年身边是没有那陆抬的,甚至许多我自以为看到的景象,都是邹子故意让我看见的一连串假象,那才是一种真正意义上的一叶障目,至于邹子是怎么做到的,我不清楚。我是这次看到你之后,才察觉到不对劲,趁着你先前行走在那些幻境画卷中,我立即着手进行了一番大道推演,倒推回去,才得到了这个……可怕的真相。"

陈平安看上去半信半疑。不过青同这个理由,不管真假,倒是勉强能算个过得去的借口。

陈平安让小陌恢复真身,青同顿时如释重负,一挥袖子,从满地金黄落叶中拣选出十二片叶子,悬停在身前,双指并拢,轻轻抵住其中一片落叶,向前一划,飘向陈平安那边。

每一片落叶,都是一座类似光阴长河的走马图。

各有关键所在。

下棋。吕喦,黄粱一梦。大旱,官员祈雨。郡守治水,两根灯芯。战主不愿半渡而击,仁义。才子佳人姻缘。老和尚,小沙弥。

骑马老妪,中元节,幽明殊途。一地神灵,山盟海誓。一处脂粉气略重的花国秘境,身为国君。得道之士,光阴倒流。买饼。

青同神色认真起来,略带几分缅怀,缓缓道:"昔之得一者,其实屈指可数。"

"天地得一,各以清宁。神得一以灵,是为神灵。谷得一以盈,万物得一以生。其中光阴长河,与为练气士所用的天地间灵气,皆从神灵尸骸而生。天下术法神通,就像一棵倒映在水中的大树,各有枝干脉络,是为后世的道统法脉,每有开花结果,即是得道之士。"

听到这里,小陌呵呵一笑。

你搁这儿王婆卖瓜自卖自夸呢?真有本事,怎么连我几剑都接不下?何况自己都未用上任何一把本命飞剑。

青同气不打一处来,恼羞成怒道:"这个比喻,又不是我说的。"

小陌伸手轻拍一下横放膝盖上边的绿竹杖,示意对方说话不要那么大声,自己胆子小,经不起吓。

陈平安问道:"你所谓的'屈指可数',是指谁?"

青同说道:"当然是远古岁月里的'天下十豪'!"

陈平安神色自若,可其实这是他第一次听说此事,避暑行宫从无记载,文庙一样没有,自家先生,学生崔东山,连同身边小陌,当年的老大剑仙,师兄左右,谁都没有提及此事。

可惜青同接下来只提及了其中一部分"名单",原来在那上古岁月,在水火之争和登天一役发生之前,曾有"天下十豪"。

无一例外,成圣如神。

十位出身不同的修道之士,相互间并无名次高低之分。

其中有三教祖师,兵家初祖,世间第一位修道之士,还有一位当之无愧的天下剑道魁首——练剑资质最好,修行破境最快,飞剑数量最多,且品秩最高。

这些存在,实力如何,其实只看那几个"候补"就清楚了。

候补数量较少,总计只有四人,分别是剑修陈清都、小夫子、白泽,以及开创符箓一道的三山九侯先生。

当青同说到陈清都的时候,忍不住看了眼对面的那个人模鬼样的年轻人。

陈清都与那位剑修魁首的关系,其实有点类似如今武学道路上的一场青白之争,陈平安和曹慈,前者始终在追赶后者。

但最终天下剑道最高者，还是后来者居上的"候补"陈清都。

青同继续说道："上古时代，水火之争，殃及天地，使得天柱折，地维绝。对于当时的芸芸众生而言，当然是一场灾殃，但是与此同时，对于所有侥幸逃过一劫的有灵众生，尤其是修道之士而言，却是一场……"

青同停下言语，似乎在想一个形象的比喻。

陈平安便接话道："否极泰来，莫大机缘。就像后世庄稼地的火烧和翻土，灵气充沛，就像从贫瘠之地转为肥沃之地。"

青同点点头："天道倾斜，日月星辰的移动规矩，随之越发彰显，地势不平，天下五湖四海，人间水潦尘埃四起，皆是幸存者的修道机缘。"

而邹子上次送给青同的那句谶语，正是"地陷东南，天倾西北"。

青同感叹道："在此之后，术法有成的得道之士，各自占据一地。"

再次酝酿措辞，片刻之后，青同终于替这些远古岁月里的证道之人，给出一个气魄极大的说法。

"吾为东道主。

"天之道损有余而补不足。人道却是以损不足奉有余。

"故而道祖有言，孰能有余以奉天下？其唯有道者。

"如今山上宗门、仙府，不管门派大小，祖师堂都有供奉一职，寓意'行供奉之事，以礼敬天地'。只是现在绝大部分的山上供奉，那帮谱牒修士，谁还知道这个？就算知道了，又有几个会当真？就算有谁愿意当真，道之日薄西山，余晖中的行人过客，又能做些什么？

"所以，你之前说以人道之法，要为桐叶洲缝补山河。陈平安，换成是你，此刻回头再看当时言语，会不会觉得可笑？"

结果对方直接来了句："道祖所谓的天人两道之分，与儒家宗旨是不一样的，你觉得哪个可笑，还是两者都很滑稽？"

青同头皮发麻，一时语噎。

你大爷啊，这都能扯到道祖和至圣先师?!

青同差点没被吓得赶紧起身，先模仿儒生作揖，再行道门稽首。

一时间气氛就比较尴尬了。青同终于想起一事，收起镇妖楼的所有道韵。

小陌毫无异样，但是陈平安逐渐恢复一袭青衫的原本相貌。

青同这才说道："天地生人，本就是一个错误。至于那些各行其道的圣人，就像陆掌教所说，圣人不死，大盗不止……"

陈平安笑道："还来？"

你青同不是擅长几手大符吗，符箓气象那么大，不如直接往我身上贴张旧天庭共主的标签,再把三教祖师喊过来瞧瞧?

之后陈平安伸手指了指那张白驹过隙符,示意对方珍惜光阴。

青同便有几分悻悻然。

陈平安看到青同这番姿态,没来由一个神游万里,就想起了人性一事,以及练气士的阴神出窍和炼就阳神,算不算青同所谓的某种"天道倾斜,日月彰显"?

不说那个被小天君杨凝性斩三尸而出的杨木茂,只说老真人梁爽的阴神出窍远游,还有近在眼前的小陌目前的状态,当然还有学生崔东山。

差以毫厘,失之千里。道心的差异,会带来性格的偏移。

唯一的例外,大概只有郑居中了。

青同双指一划,那片梧桐落叶一闪而逝,重新飘落回众多落叶中,他再将第二片落叶推给陈平安。

青同好奇问道:"在那邯郸道旁客舍中,你为何不去确定那吕喦的真假?"

之前在第一幅画卷幻境中,陈平安撇下小陌,独自去往道路,毫不犹豫就打翻书箱,却见书页空白。

依葫芦画瓢的事情,很简单就能做成。只需让那小陌朝那客舍老道递出一剑,便知真假。

陈平安说道:"对待修行路上的前辈先贤,我们这些大树底下好乘凉的晚辈,走在他们开辟出来再踩踏结实、越发平坦的阳关大道上,当然要由衷敬重几分,何况还是晚辈神往已久的吕祖。"

青同神色别扭。

陈平安说道:"当然遇到一些为老不尊,尤其是喜欢倚老卖老的,客气一番,意思意思,该有的礼数有了,就不用太客气,毕竟都是修道之人,年纪和道龄当不了饭吃。前辈以为然?"

小陌微笑道:"青同道友在这个时候,就应该答一句'深以为然'。"

年轻隐官立即唉了一声,尾音上扬:"怎么跟又是道友又是故友的青同说话的。"

小陌点头道:"下次注意。"

青同可不想有什么下次,立即转移话题:"你们离开此地后,等到宗门庆典结束,不妨直奔吕祖家乡所在的梦粱国,按照老观主的说法,那部剑诀,大道直指金丹。"

见那陈平安似乎没什么兴趣,青同继续好言相劝道:"此事不算强求,既然吕喦都直说了,那么你就已经是有缘人之一,天予不取,反受其咎……"

说到这里,青同只觉得别扭万分,只得打住话头,换了个说法:"你们仙都山,是一座剑道宗门,如果能够得到这份机缘,再加上你得自埋河《祈雨篇》的道诀,相信落魄山和仙都山在未来两三百年之内,地仙的数量说是如同雨后春笋可能有点夸张了,但是比起中土神洲的一些顶尖宗门，无论是数量还是成色，都不会相差太多。"

陈平安笑道："浮萍聚散，一切随缘。"

之后陈平安又补了一句："梦醒之时，黄粱未熟。真真假假，好好坏坏，说不准的。就像此时此刻，你青同如何确定自己不是还置身于邹子制造的幻境天地中？"

青同笑了笑，显然是觉得这种无稽之谈，还是交给那些忧天之辈去自扰好了。

陈平安将那片金黄落叶随手一抹，同样归于远处落叶中。

接下来的两张叶子，是数种暗示，比如将落叶前后合在一起，其实就是一页老皇历。

大旱加洪涝。

远古那场引发天崩地裂的水火之争，令人间生灵涂炭，死伤无数。

此外，蛮荒天下的妖族大军，将一洲山河席卷而过，山河陆沉，礼乐崩坏，再无纲常。

不管如何，不管出于什么原因，你陈平安来得晚了，就注定救之不及，生死有命。至多就是学那祈雨官员，事后补救一番，而且未必能够成事。

而且青同又有一番"题外话"，恰恰是这场降雨，便是那"一郡之地，岁大涝，居沉于水"的原因所在。

天庭倒塌，天道崩坏，皆因你这个一的袖手旁观而起，难道如今才想到要来收拾自己一手造成的烂摊子?! 莫不是文海周密的登天离去，三教祖师的散道，都在你的算计之中？

这一切的因果循环，相隔万年，其实都被"言尽天事"的邹子早早给算中了，说准了？不然当初那场水火之争，你难道拦不住？即便拦不住，为何连出手阻拦一二都不肯，反而从头到尾，都没有露面？

这就是青同毫不留情的一种嘲讽了。

至于那位大旱之中的祈雨官员，手捧那封出自陈平安之手的祈雨文，开篇就是那句"雨师风伯，雷君电母，听我敕令，违令者斩"。

其实等到青同远远看到这一幕，说实话，那一刻何止是道心震颤，都快吓得肝胆欲裂了。

想那万年之前的那段漫长岁月里，那个一，可是至高中的至高存在。

只是没有任何一个人间人，可能也没有任何一位神灵，知道这个存在到底在想什么。

最接近某个真相的，兴许只有那位道祖？

陈平安低头看着那两张落叶中的一幅幅画面，突然笑道："青同前辈好像很擅长调侃他人？"

青同皱眉道:"此话怎讲?"

先前在其中一幅画卷中,陈平安是当了一回负责治水的郡守。寒族出身,年纪轻轻,金榜题名,尚未娶妻。这些无一例外,都契合陈平安的履历、处境。

陌巷出身,最终身居高位,成为那末代隐官,坐镇避暑行宫,蛮荒天下大军攻城,如洪水滔天。不得不四处化缘,就像那五十四条跨洲渡船,倒悬山春幡斋。虽然与那宁姚是天下皆知的一双道侣,却始终尚未正式娶妻,等等。

不全然相似,可只要细心探究,却都有种种共通之处。

此外,陈平安遇到那位赋闲在家的文人,言之凿凿,说等那科举制艺文章做得好了,再做其他事情就是一鞭一条痕,一掴一掌血,不然就都是些野狐禅和邪魔歪道……

万般皆下品,唯有读书高。读书为了什么? 做官吗? 封妻荫子?

山上术法万千,唯有剑修一道,如世间百业中的读书,睥睨天下,蔑视旁人。

何尝不是青同在借机冷嘲热讽那自恃"一剑破万法"便目无余子的剑修?

处处含沙射影,另有所指。

比如那座高门府邸,象征着曾经的剑气长城。而剑气长城的宁姚,就是那个可惜不是男儿身的女子,所以入赘府中的那个女婿,之所以是"门当户对的,也是有才情的",当然是因为此人是文圣一脉的关门弟子,是崔瀺、左右他们几个的师弟,所以老大剑仙对此人是颇为看重的,而"偏偏不肯举业"一语,是暗示陈平安当时不是剑修……

青同有些心虚。怎的,这也能猜得到自己的心思与用意?

这次又轮到小陌如坠云雾了。心肠能如此弯绕的,不是心思海底针的女子,就是……我辈读书人了。

陈平安瞥了眼对面的青同,当下其实是个女子?

至于最后那一幕,郡守大人推门而入,将桌上那盏油灯挑去一根。

大概是青同这个对剑修怨气不小的,依旧是在拐弯抹角说老大剑仙与自己了。是说老大剑仙晚节不保,竟然只能临终"托孤"给一个到剑气长城没几天的外乡人?

结果到头来,那个躺在病榻上一言不发的老人,就像那个在战场上一剑不出的陈清都,最终就只能留下半座剑气长城?

陈平安双手笼袖,笑眯眯道:"你又不是骂我,只是在这儿骂一个已经作古的老大剑仙,我不生气,怎么可能生气呢,犯不上,没必要。

"就像在剑气长城,任何一个活着的下五境剑修,都可以随便调侃宗垣不如自己。

"对了,青同前辈,你没有骂我吧?"

青同默不作声,不承认也不反驳。

小陌觉得这家伙先前就该听自家公子的劝,别节外生枝,就让公子返回仙都山得了。

青同稍稍松口气,因为陈平安已经主动推开那两张落叶,换成了下一幅画卷。

陈平安问道:"是善意的提醒?仍然是邹子的安排,还是你自己的本意?"

青同给了一个含糊说法,轻声道:"大势所趋,是谁的意思,并不重要。"

陈平安讥笑道:"还想不明白吗?这是邹子对你的提醒。"

画面中,是身为战主的一方霸主,一场有关是否"仁义"的半渡而击。

青同后知后觉,道心一震。

青同原本认为这片落叶,是说那三教祖师一旦散道,就是一场万年未有的崭新格局,群雄并起,共同争渡。肯定会有飞升境和十四境大修士,做出那种坐断津流,甚至是过河拆桥的拦路举动,在自身大道之上,打杀一切有可能与自己起大道之争的修士。

只是再想到先前陈平安的飞剑传信,青同便忍不住背脊生寒。

陈平安冷笑道:"难道你跟邹子打交道,就是干脆躺在地上装死,听天由命了?"

接下来的画卷中,有一对缠绵悱恻的才子佳人,大概如世间一样的花好月圆人长寿,一样的有情人终成眷属,却是走在不同的相思路上。

其实在陈平安当那一地郡守时,或四处奔走化缘,或微服私访,算是体察民间疾苦。曾经看到一个穷酸老书生,黄昏回家之时路过街口,看见那里摆了个熟食案子,老先生走出去很远,反复念叨着:"行不得行不得,我一个读书人,怎好亲自上街去买东西呢。"等走到了家门口,实在嘴馋得紧,看了眼天色,想着等天黑了,认不清人时……只是再一想,月亮大明起来,又认得清人了,不如等天已暮色月又未起时,倒还天黑些……最终老书生便去屋里提了个篮子,快步走出,在那熟食案子也不敢如何争执价钱,等买了一篮子回来,才骂那商贾真是黑心,真真比这天色都要黑了……

也曾看到一个不小心丢了工钱的男子,坐在离着家里还有些距离的街旁,使劲打自己的耳光。

一旁不远处,还有一帮赌鬼在那儿赌钱,赚那些如流水过家门而留不住的银钱,大声吆喝的声响,与耳光声并起。

之后那个老和尚在大殿内,劈砍佛像作为取暖的柴火。妄称开悟的野狐禅,读书人钻研佛经的文字障,还有那些打葛藤,以及那些动不动就呵佛骂祖的狂禅……

陈平安却知道,这些加上先前遇见吕祖的一枕黄粱,以及这文官祈雨、郡守治水在内数事,这都是邹子在探究自己的道心倾向,或者准确说来,是三教宗旨在自己心中的轻重。

邹子用心最深的,还是那雨后道路遇见老妪。老妪衣衫褴褛,却骑乘骏马,鞍辔华美。

如果只是理解为,鬼物尚有阳间亲人在那中元节时分上坟祭奠,那么那些在阳间颠沛流离之人,又该如何自处?天地悲秋,草木凄然,陈列祭品,酹酒祭奠,有此凶年,流离失所,吊祭不至,精魂无依……这么想,当然没问题,但是邹子的用意,绝对不止这一层,而是借那老妪点明如今那些远古神灵余孽如今的处境,真正的用意所在,更是那句"公子何往",以及之后那句"路途积潦,暂作休歇,翌日早行,得从容也"。

因为下一幅画卷,陈平安和小陌,就成为了一地神灵。

从容登高,恢复神位?!

但是在陈平安心中,邹子用心最为险峻的,还是最后那幅画卷,那个既陌生又熟悉的场景。

可能是因为人间所有的悲欢相通,都只会来自感同身受。

陈平安环顾四周,没有察觉到一丝一毫的异样。

相信即便自己祭出一把笼中雀,完全笼罩这座梧桐天地,还是一无所获。

好像更多的知道,只会带来更多的未知。

其实很多时候他会羡慕青同这种修道之士,老子就往地上一躺,万事不想,爱咋咋的,明儿到底是刮风下雨,还是日头高照,爱来不来。

陈平安从袖中取出那只养剑葫,抿了一口酒水,视线上挑,望向对面的青同:"说吧,真正的理由。"

青同脸色古怪,以心声说道:"你已经知道我与陆抬的那种相似之处了?"

陈平安点点头。

青同有些看上去比较真诚的笑意了,不再以心声言语,而是嗓音清冷道:"一个我相信邹子的猜测,一个我相信自己的眼光。只是两者经常打架,我就想要多看看,其实越看越迷糊,但是也不算是看不如不看。"

青同抬起双手,轻轻拍打膝盖,神色轻松许多:"可能都是一叶障目,不过又有什么关系呢,就这样了。"

言下之意,一个青同相信邹子所预测的未来陈平安一定会到来,但是另外一个青同,却选择相信陈平安会一直是那个曾经的少年。

陈平安点点头,表示理解。

收起养剑葫,陈平安站起身,笑着说道:"元乡前辈之所以会在梧桐树上刻字,是因为那位前辈觉得人生其实有两场远游,一次是修道之人的身死道消,一次是被世界彻底遗忘,所以元乡前辈才会四处刻字,因为他希望未来千年万年,都有后世人知道,曾经有一个名叫元乡的剑修,存在世间。"

青同跟着起身,问道:"是避暑行宫的档案记载?"

陈平安笑着摇头道:"是我猜的。"

在陈平安就要离去时,青同突然说道:"请坐。"

陈平安愣了愣道:"你为何改变主意?"

青同微笑道:"其实没什么理由,就是赌一把。要么亏到姥姥家,要么赚个盆满钵满。"

陈平安问道:"不后悔?"

青同微笑道:"等到后悔了再后悔不迟。"

陈平安重新落座,说道:"小陌,帮忙为我们护道。"

小陌笑着点头,斜瞥了一眼青同。

青同看似神色淡然,实则略带几分促狭,好像在说一句:"小陌道友,以后对我客气点啊。"

在大年三十这一天,浩然天下梧桐叶落纷纷。

与此同时,有人造梦,一场天游。

我请诸君入梦来,与君借取一炷香。

红烛镇一向是竖街横巷的格局,观水街和观山街之间有条无名小巷,开着一间没有匾额的小书肆,生意一年到头都挺冷清,只是书籍价格奇高,还不降价,属于是三年不开张,开张吃三年。

书肆的年轻掌柜,正是冲澹江水神李锦,这会儿躺在藤椅上,拎着一只手炉,打盹儿。

一些个年夜饭早的人家,门口已经响起了一阵阵的爆竹声。

当官的,在外人眼中,无非是好坏之分,对于官场中人来说,也简单,只看想不想往上爬。世俗公门和山水官场其实没两样,李锦这位冲澹江水神,显然就属于不想着往上爬的。

只说前些年那三场金色大雨,北岳披云山的那位魏山君,受益最大,关键是在辖境之内的一众山水神灵看来,魏大山君那叫一个抠抠搜搜,就连那北岳地界的储君之山,都没怎么雨露均沾。

李锦眯起眼,心弦紧绷,只是很快就笑着起身相迎:"陈山主,好神通。"

等到听过这位"不速之客"的请求后,李锦疑惑道:"类似万民伞?"

陈平安听到这个比喻,哑然失笑,想了想,道:"勉强可以这么说吧。"

李锦思量片刻,说道:"我可以不要你的那份功德馈赠,但是我有一事相求,算是作为交换。"

陈平安笑道:"买卖照旧,如果李水神相求之事,只要我做得到,就一定不会拒绝。"

李锦试探性说道:"等到下次山主返回落魄山,能否有劳山主为一幅白描画卷'着色'?"

陈平安笑问道:"可是当年朱敛与沛湘从清风城返回,路过贵地,赠送给李兄的两幅画卷之一?"

李锦点头道："正是。"

陈平安心中了然，上次朱敛路过店铺送给了李锦两幅画卷，皆是白描图。第一幅画卷所绘是鲤鱼高士图，李锦容貌的文士骑乘一条大鲤，只露出首尾，鲤鱼身躯掩映在云海中。在这画卷上，朱敛以朱文印章，篆刻八字：吾心深幽，大明境界。至于另一幅画卷，则是前边的那位文士，一手支撑龙门大柱，就像已经跃过龙门了，在那龙门之上俯瞰激流。朱敛以白文钤印八字：鱼龙变相，出神入化。

只因为是两幅白描画卷，所以李锦请求的所谓"着色"，就像是寺庙道观为神像……描金。

山水神灵的封正一事，当然只能是当地朝廷的皇帝旨意，或是文庙圣贤"口含天宪"。但是此外次一等的描金，一些个功德圆满的修道之士，或是一些境界足够的大修士，确实是有一定功效的。

陈平安点头道："无须下次，今天就可以做成此事。"

李锦无奈道："在这……梦境中，我那两幅画卷皆是虚物。"

陈平安笑道："李水神只管凝神观想，一试便知。"

李锦便凝神想象那幅画卷，当然是那幅鲤鱼高士升仙图，至于鲤鱼跃龙门一事，暂时不敢想。

陈平安手腕一拧，手中竟然是那支当年赠送给君子钟魁的小雪锥，接过那幅画卷，悬空摊开，为那尾鲤鱼仔细描金，最终再为其点睛。

李锦大为意外，这般观想竟然就能够转虚为实？

我莫不是在做梦吧？

对，我就是在做梦……

那么梦醒之后，总不会是竹篮打水一场空吧？想来不至于，陈平安肯定不会在这种事情上跟自己开玩笑。

陈平安突然说道："既然来都来了，那就好事成双。"

李锦有些犹豫。

陈平安笑道："举手之劳。"

随手将第二幅画卷上文士身上的那件长袍描绘成金色。

之后陈平安掏出两方名号章：落魄山陈平安，陈十一。

上阳文下阴文，朱白并用，寓意连珠。

因为有那钤印数目、古喜单数的讲究，因为有"用一不用二，用三不用四，取奇数以扶阳"的用意。

所以最终陈平安又取出一方印章，是那枚相伴多年的水字印。

李锦收起两幅画卷，与陈平安作揖行礼，由衷致谢，起身后沉声道："稍后那炷香，定然诚心实意。冲澹江江水正神李锦,愿为桐叶洲山水,略尽绵薄之力。"

一袭青衫,消散不见。

李锦睁开眼睛,赶紧从方寸物中取出两幅画卷。

果然已经描金,水运充沛,超乎想象。

李锦立即御风返回冲澹江水府,并且郑重其事地沐浴更衣,最终深呼吸一口气,面朝南方,双手拈香火状,凝聚一部分辖境水运,最终点燃一炷水香。

与此同时,冲澹江附近,一位青蛇缠绕手臂的江水正神,亦是如此。

而某位水神娘娘,更是如此,无比心诚,丝毫不输前两位同僚。

落魄山中的那座莲藕福地,水蛟泓下领着福地内的一众江河水神,各自点燃一炷清香。

北俱芦洲济渎。

在一座气派恢宏的崭新侯府内,一位双眸金黄的黑衣少年,盘腿坐在大堂那把主位座椅上,笑嘻嘻地看着那个登门做客的上祠水正,问道:"司徒激荡,你说说看,这算不算穷在闹市无人问,富在深山有远亲?"

那位曾经的同僚,如今的下属,脸上的笑容有几分难以掩饰的尴尬。

李源只是嘿嘿笑着,倒是不怕对方心生芥蒂。毕竟双方知根知底,都是水正出身,当了无数年的邻居,难兄难弟很多年了。对方是个无利不起早的,只要钱到位,万事好说。

昔年济渎三祠,只剩下两祠,其中上祠位于大源王朝崇玄署,李源职掌的中祠,就在水龙宗,只是被炼化为一座祖师堂了。龙宫洞天里边,昔年作为李源道场的凫水岛,李源也帮着牵线搭桥,帮陈平安用了一个极低的价格买下。

相较而言,在荣升大渎龙亭侯之前,还是眼前这个名叫司徒激荡的家伙更阔绰了,之前那么多年,也没见这家伙来龙宫洞天找自己客套寒暄半句,傲气得很,有靠山嘛,就瞧不起自己这个混吃等死的。今时不同往日啊,现在司徒激荡隔三岔五就跑来跟自己套近乎。

司徒激荡作为济渎上祠水正,曾经是老者容貌,如今不至于说是返老还童,却也容光焕发,枯木逢春,就像那凡俗从耄耋之年重返花甲之年。因为以前的文庙,一直刻意忽略大渎封正一事,作为职掌大渎祠庙香火的存在,数千年以来,却始终处于一种自生自灭的可怜境地,顶个历史悠久的古老官职,却像一个完全领不着俸禄的官场可怜虫,比在那山下王朝的清水衙门当差更可怜。

大渎沿途的各个国家的皇帝君主,那些大大小小的朝廷,是想帮忙都帮不上,而之前四海又无龙君,当然更是远水救不了近火了,故而浩然天下所有大渎的水正金身出现裂缝时,几乎就是无法挽回、没有退路的定局。每倒塌一尊金身,天下就会少去一位水正,使得昔年鼎盛时,大大小小通海渎水的两百多位水正,十不存一。

可自从宝瓶洲以人力造就出一条大渎后,等于是"开了先河",文庙终于有所动作了。一些个大渎水正,哪怕没能像李源这样,直接晋升为大渎公侯,比如维持水正身份不变的司徒激荡,也因为文庙的封正而枯木逢春,这等于浩然的大道正统,再次认可了水正一脉。

李源倒是没有继续拿话调侃司徒激荡,转头开始聊正事。

聊过了正事,李源就亲自送客到大门口,一来是礼数,二来每次在自家大门口,抬头看那"龙亭侯府"的金字匾额,心里边就美滋滋的。

他们这些水正的名字,姓氏无忌讳,就算是火字旁的姓氏,都不会妨碍大道。

但是名,必须是水字旁,这是自古而来的一种定例。比如李源的"源",司徒激荡的"激荡"。

可是"渴、沙"这些字,肯定也不行,至于"满"字稍大,"湾"字又太小,"洪涝"则过于晦气了,所以如果需要改名,那么"涨、泂、涌、温"等字,都是不错的选择。

李源以前就一直觉得司徒激荡混得比自己好,肯定是名字占优的缘故,如今看来,呵呵,一般般哈。

李源大摇大摆走回府内,实在不愿意去衙署公房那边找罪受,便掐诀施展水法,去往大渎水中,瞬息远遁千百里,最后悄然去往龙宫洞天之内,坐在云海之上俯瞰那湖中岛屿,碧玉盘里青螺蛳。看了半天,也没能看出一朵花来,李源打了个哈欠,后仰倒去,就那么躺在云海上,反正无所事事,不对,大爷我是忙里偷闲,那就睡个懒觉。只是片刻后,李源缓缓睁开一双金色眼眸,冷笑道:"何方小贼,好大狗胆,竟敢……"

话说一半,李源一个蹦跳起身:"陈平安?!"

一袭青衫长褂,笑容和煦道:"有事请你帮忙。"

李源抬起双手,重重一拍脸颊,声音清脆悦耳,道:"说!"

打肿脸充胖子,也要帮上这个忙。需要问啥事吗? 不能够。先点头答应下来,才算兄弟。

李源最后大手一挥:"要啥功德,见外了见外了……"

陈平安摇头坚持道:"规矩所在,不可例外,回头找你喝酒就是了。"

李源犹豫了一下,点点头,正色问道:"接下来要去见沈霖?"

陈平安笑着点头:"见过灵源公后,还要继续赶路。"

李源小声问道:"要去很多地方?"

陈平安还是点头:"很多。"

之后陈平安继续"梦中远游"。

在"某座"镇妖楼内,一位身材高大的老夫子,凭栏而立,眺望不远处的那棵梧桐树。

身边是一位中年道士,手持紫竹杖,腰悬一枚大葫芦酒瓢,着黄衫穿麻鞋,背剑执拂。

其实老夫子与道士,如果就现在这一刻而言,双方都是之前人在看当下的将来事了。

道士笑问道:"外出游历,遭遇如何?"

老夫子自嘲道:"不如何,很不如何,村童欺我老无力。"

老夫子看了片刻,说道:"纯阳道友,你帮着算一卦?"

道士笑着点头:"至圣先师都发话了,吕喦岂敢不从。"

老夫子打趣道:"什么吕喦,是神往已久的吕祖才对。"

吕喦哭笑不得,掐指一算,神色凝重道:"风行地上,观。"

老夫子嗯了一声,是那观卦第五爻,点点头,随手挥了挥袖子,说道:"再算。"

先前吕喦算出的爻辞,是说那天地运转,阴长阳消,大道衰微万物难行。或者准确说来,是万事变化中,应当观望时势。

君子宜静不宜动,暂时作壁上观风。

吕喦片刻之后,继续说道:"九五,观我生,君子无咎。"

老夫子笑道:"这就很好嘛,自助者天助之。"

吕喦欲言又止,算了,你是至圣先师,在浩然天下,当然是你说了算。

老夫子双手负后,微笑道:"千万别觉得是我做了什么,怎么可能?"

至圣先师突然啧啧称奇,说了句:"哟,忽然觉得今宵月,元不黏天独自行。"

吕喦笑着点头。

老夫子没来由感慨了两句。

这位浩然天下的至圣先师,提到了几个名字,其中余客,是礼圣的名字;而寇名,则是白玉京大掌教的真名。

后边一句:"真不知道人间有几人立教称祖,有几人自称无敌。"

先前一句:"如果没有陈清都,余客,寇名,陈平安。"

第三章
如沐春风中

陈平安原本打算直奔灵源公水府,临时改变主意,转去别处,心念一起,便无视山川距离,一袭青衫就站在大源王朝京城内的一棵梧桐树下,抬头看了眼远处,陈平安再跨出一步,来到了一座唯有黑白两色的皇宫内,仿佛一个无境之人,如入无人之境。

这个大源王朝,以水德立国,上次陈平安在崇玄署云霄宫与卢氏皇帝见面谈买卖,当时皇帝身边就只带着一位少年皇子,名为卢钧,如今已是太子殿下了。陈平安除了赠送给卢钧一幅先生亲笔的字帖,还送了他一本手抄的拳谱,正是出自大篆王朝止境武夫顾祐的那部《撼山拳谱》。

至于卢钧的修行、习武资质,其实都很一般,当初陈平安也是照实说了,没有拿那些客套话敷衍了事。结果最后鬼使神差的,双方就成了不记名的师徒。

天未亮,距离早朝还有一段时间,皇帝卢泱早早醒来后就再难入睡,干脆让宦官点灯,盘腿坐在一间小暖阁的炕上批阅奏折。暖阁铺设有地龙,即便是隆冬时节,都会温暖如春,只是皇帝陛下偶尔会下令宫内停止烧炭,说是冻一冻,熬熬筋骨,反而能够强身健体。反观那些在文英殿南庑读书的卢氏皇子们,除非遇到那种数十年一遇的天寒地冻,才会给个手炉,不然就要一边大声读书一边悄悄跺脚打哆嗦了,雷打不动的卯入申出,念书而已,说辛苦也算不上,不轻松就是了。

只是不知不觉,卢泱就有些犯困,在迷迷糊糊之间,依稀听到敲门声响起,卢泱下意识说道:"进来。"

暖阁门槛外,陈平安一袭青衫微笑道:"陛下,冒昧前来,还望海涵。"

卢泱睁开眼睛，望向门外那一袭青衫，有片刻失神，只是很快就恢复如常，下了暖炕，随便踩着靴子，都没怎么穿好，便快步走向门口那边，爽朗大笑道："原来是陈先生大驾光临，有失远迎，恕罪恕罪。"

陈平安站在原地，拱手抱拳，歉意道："事出突然，没办法通报门禁，保证仅此一次。"

"奇人自有异事，陈先生是得道之人，何必计较这些繁文缛节。"卢泱伸手抓住青衫客的手臂，笑道，"我倒是希望陈先生能够常来这边做客。走，我们去屋内坐下聊。"

陈平安跨过门槛后，卢泱便松开手，双方分坐暖炕两旁，卢泱就由着那些奏折摊放在几案上面，没有半点忌讳。

卢泱听过陈平安言简意赅的解释，惊奇万分，忍不住感慨道："匪夷所思，奇哉异哉。"

这位以雄才伟略著称于一洲的卢氏皇帝，毫不犹豫道："其实陈先生根本无须来京城，多跑一趟容易耽搁正事。"

陈平安笑道："崇玄署再地位超然，毕竟还是大源朝廷辖下机构之一。云霄宫杨天君再德高望重，杨氏子弟再大公无私，终究也是人源王朝的臣民。"

卢泱哈哈大笑，十分真情流露，从头到尾，都没有看向门口一眼。

好话？当然是好话。

就只是顺耳的好话？当然不止。

这本身就是年轻隐官看待大源皇室与崇玄署关系的一种明确表态。

山上神仙与山下帝王，就像一个管天一个管地，双方关系复杂，既有一荣俱荣的休戚与共，也不乏龃龉和貌合神离，甚至是相互算计，背道而驰，互相视为仇寇。

自家钧儿好福气，好运势，没有白认这个教拳师父。这位身份重重的陈先生，胳膊肘总是往里拐的嘛。

而且同样是剑气长城的隐官，刻字与否，又有天壤之别。

上次双方在云霄宫碰头议事，那时的陈平安尚未远游蛮荒天下，并未城头刻字。

卢泱笑问道："趁着距离朝会还有半个时辰，我能否与先生同游云霄宫崇玄署？"

倒是没有什么试探，更不是信不过对方，卢泱虽然身为一国君主，贵为九五之尊，可是对于腾云驾雾还是有几分神往。

陈平安点头笑道："失礼了。"

等到年轻隐官言语落定，卢泱很快就感到失望了，因为自己只是眨眼工夫，便已经移动到了上次见面的地方，根本没有那种仙人御风的腾云驾雾，与预想之中的飘飘乎泠然之感，更是全无关系。

陈平安与卢泱并肩而立，很快就有一位老真人现身来到崇玄署，来人正是国师杨清恐，老真人手中捧着的白玉杆麈尾，铭刻有"风神"二字。

陈平安算是熟能生巧了,与这位道门天君致歉,杨清恐微笑道:"无妨,贫道就当是一场神游了。"

杨清恐与皇帝陛下打了个道门稽首,道:"见过陛下。"

卢泱双手负后,与国师点头致意,淡然笑道:"寡人就是个凑热闹的,国师只当寡人不存在便是。"

如果说崇玄署是大源朝廷设置的官场机构,那么云霄宫就跟龙虎山天师府一样,都是子孙丛林。虽然大源朝廷在这边设置了道门衙署,可其实就是个摆设,反正大小道官,要么姓杨,要么是被云霄宫授予度牒。

云霄宫道人虽非水神,可是这位杨国师的道气与水运皆重,何况那位未能跻身公侯的大渎上祠水正司徒激荡的祠庙就在附近。

三人各自落座树下石凳,其实就是上次的位置,听过陈平安的那桩买卖后,杨清恐笑道:"只说这份送上门的功德,贫道若是心中再有半点芥蒂,就真是修行不够且人心不足了。"

陈平安心中大定,不虚此行。只是不能买卖一谈妥就立即拍拍屁股走人,陈平安便主动与老天君聊了聊杨凝真与杨凝性兄弟二人在五彩天下的近况。不过没有说自己与那位"木茂兄"的那场见面,只说自己是在飞升城避暑行宫听来的传闻。起先听到兄弟二人,一个接连破境,一个与那天隅洞天的元青蜀已经成为好友,杨清恐始终神色如常,只是等到年轻隐官看似随口说了些青冥天下青神王朝与那位雅相姚清的事情,杨清恐便看了眼青衫剑仙,微微一笑,轻轻点头。

杨清恐随即突然说道:"后觉对陈先生仰慕已久,今日借此机会,见面一叙?"

陈平安只当是老真人的一句场面话,点头道:"当然可以。"

杨清恐笑了笑,轻轻一摔尘尾,便有一位青年容貌的道士,好似被拘押至此。

此人现身此地后,环顾四周,一颗道心古井不波,很快就朝三人打了个道门稽首,道:"拜见陛下,见过祖师、隐官。"

杨后觉,玉璞境,道号"抟泥"。在北俱芦洲,甚至是整个浩然天下,都算是一个极其年轻的上五境修士,虽然顶着国师、天君两个头衔的还是杨清恐,可事实上,无论是大源朝廷的崇玄署,还是杨氏的云霄宫,朝廷事务与家务都是杨后觉一把抓。此外,杨后觉既是那对兄弟的长辈,更是他们的半个传道人。

之前陈平安帮着彩雀府找的三位记名客卿,来头都极大。除了指玄峰袁灵殿和作为郦采大弟子的元婴剑修荣畅,第三位就是崇玄署管事人杨后觉。

后来陈平安听说是卢氏皇帝亲自举荐的人选,而且杨后觉毫不犹豫就答应下来。这其实是一件不太合常理的事情。

除了一个暂时还站着的杨后觉,在座三人,都是老于世故的。

只从年轻隐官与老国师之间的一个极其微妙的停顿间歇,卢氏皇帝就想明白了其中关节。

应该是陈平安需要那么一点缓冲时间,好确定老天君能否亲自喊来杨后觉,是否需要自己代劳。而杨清恐便顺势抖搂了一手出神入化的仙人神通,在这陈平安的梦境天地中,直接将天地之外的杨后觉"搬徙"至此。

杨后觉落座后,刚好与陈平安相对而坐,他神色诚挚,微笑道:"上次贫道凑巧有事,错过了。其实想见隐官一面多年了,今天得偿所愿,幸甚。"

杨清恐与这个自己寄予厚望的家族晚辈,大致说过了缘由,杨后觉轻轻点头,然后老天君笑着与陈平安打趣道:"其实当下崇玄署还有两位贵客,与后觉差不多,对陈先生亦是心神往之。不知陈先生可曾听说过高闲亭?"

陈平安神色肃穆,沉声道:"高宗师的大名,如雷贯耳。而且高首席所在的群玉山,虽非剑道宗门,最近千年以来,却一直是剑气长城的常客。"

在北俱芦洲看来,顾祐死后,如今北俱芦洲就只剩下三位止境武夫了。那个言行无忌的老匹夫王赴愬重新出山后,立下了不少战功,已然恢复了自由身,再也不用每年去天君谢实那边按时"点卯"。而狮子峰客卿李二,是个突然就冒出来的大宗师。此外就是百岁出头年龄的高闲亭了,在远游境时,高闲亭就曾以纯粹武夫身份,担任一座北方宗门群玉山的首席供奉。事实证明,群玉山老祖的眼光极好,高闲亭虽然此后破境不算太快,但是登高之路走得极为稳当,最终成为了一位止境武夫,并且有望跻身归真一层。而高闲亭的妻子,山上道侣,是一位跻身玉璞境没有几年的女剑仙,名为郑沅芷,道号青萝,而高闲亭就从首席供奉又变成了群玉山的女婿。

群玉山的当代宗主萧疏,是郑沅芷的师兄,是一位仙人境修士,他虽非剑修,当年却率领宗门一行三十余人,与太徽剑宗韩槐子一同跨洲南下,赶赴剑气长城。因为出手太重,出城太远,身受重伤而差点跌境。那拨群玉山无一例外皆是祖师堂嫡传的修士,更是伤亡惨重。

不过传言郑沅芷与郦采的关系……不算融洽,只因为有个姓姜的罪魁祸首,曾经把郑沅芷得罪惨了。而这个在北俱芦洲大名鼎鼎的姜贼,如今刚好是自家落魄山的首席供奉,真是一笔糊涂账。

闲聊片刻,杨后觉突然站起身,后退三步,再次与陈平安打了个道门稽首,竟是颤声道:"感谢陈先生,当年在鬼蜮谷内,为贫道了却一桩前生红尘的夙愿,今生之杨后觉,昔年之陇山国旧人,为自己,也为她,由衷谢过陈先生。"

不但是卢泱听得一头雾水,其实就连陈平安自己,一开始也是满脸茫然,直到听见杨后觉自称"陇山国旧人",才恍然大悟。

陈平安站起身,犹豫了一下,仍是拗着心性,回了杨后觉一个道门稽首,轻声说道:

"浮萍聚散，有缘再会。"

老天君轻轻叹息一声，不过眉宇之间还是轻松神色更多。

原来当年陈平安和那位好人兄，曾经一起游历至一处密室石窟，里边有两具白骨，一位是清德宗凤鸣峰女修，一位是陇山国君主，早年也曾是清德宗那"一声开鼓辟金扉，三十仙材上翠微"的修道坯子之一，只是后来国难当头，此人不得不半途而废，舍弃修行，重新下山继承大统。

如此说来，杨后觉愿意担任小小彩雀府的客卿，就也不奇怪了。

也难怪那位好人兄，会去往剥落山那位避暑娘娘的府邸处，而且还"恰好"被他找到了那条密室地道。

将卢氏皇帝送回京城御书房之后，陈平安便走了一趟摇曳河祠庙，再次见到了那位名叫薛元盛的河伯。

陈平安第一次游历北俱芦洲，在离开壁画城后，便是这位喜欢当那撑船舟子的河伯，载了他一程。

薛元盛还是老样子，一个肌肤黝黑的老人，就像个上了岁数的庄稼汉，年年面朝黄土背朝天。只不过那会儿的陈平安，还是戴斗笠挂酒壶的装束，乘舟过河。

确认了陈平安的身份过后，老河伯啧啧称奇，摇头道："不敢置信，自家小小祠庙，还曾接受过一位隐官大人的香火。"

当年薛元盛还误以为自己碰到一个不谙世事的傻子，竟然会任由那么一桩天大福缘，从指缝间漏掉，与一位壁画城骑鹿神女的认主最终失之交臂。

薛元盛与那位青衫剑仙一起走出祠庙，散步走到河边，很难想象，这位金身不输江水正神的老人，如今依旧是一位没有朝廷封正的淫祠河伯。

薛元盛指了指河边一处，笑道："当年那个姓裴的小姑娘，就是在这儿破境的，气象大到吓人。好嘛，这才几年工夫，如今都得喊一声裴大宗师了。"

落魄山观礼正阳山一役后，这件事就成了薛元盛与老友们在酒桌上一桩不小的谈资——老夫曾经在河边站着不动，接下那位裴大宗师的破境一拳，之后算是江湖上的不打不相识吧，老夫为她撑船过河，很聊得来的。

陈平安笑着点头。

裴钱当时的破境机缘，在于她心中道理与世上道理的一场打架。

陈平安曾经详细问过李槐，与裴钱一起游历的那段山水路程上的大小事情。

小姑娘长大了，变成少女，再变成成年女子，就该藏着些心事。哪怕是陈平安这个当师父的，都不好过问太多了。

薛元盛习惯性蹲下身，搓动泥土，嘿嘿笑道："当年你到底是怎么想的，别人求之不得的福缘，你却避之不及。一开始我误以为你小子要么是不解风情的木头人，要么就是个脑子拎不清的傻子,否则实在是说不通。现在想来,一个能够成为剑仙、当上隐官的人,怎么会傻?那么当年就肯定是装傻了。"

陈平安随意坐在岸边,点头道:"那会儿我确实是装傻,不过怕也是真的怕。"

薛元盛笑道:"那位骑鹿神女很清高的,从来只有她瞧不上的人,结果不知道从哪里蹦出你这么个外乡人,当年她已经被你气了个半死,要是听到这种混账话,非要再被你气个半死。"

陈平安笑道:"各有所好而已,没有高下之分。"

老河伯难免腹诽一番,奇了怪哉,好像身边这位年轻剑仙,当年路过一趟,那壁画城八位彩绘神女,春官、宝盖、灵芝、长檠、仙杖、骑鹿、行雨、挂砚,就全部变成了白描图案。当然,前边五位是早就离开壁画城了,有生有死,各有造化吧。

不过这位隐官大人,能不能算是一位作壁上观的收官之人?

陈平安掏出那枚养剑葫,喝了一口酒,这就是真到不能再真地喝假酒了。

当年仅存的三幅彩绘壁画,骑鹿神女被某个年纪轻轻的外乡人伤透了心,在因缘际会之下,转去投靠了道心相契的清凉宗宗主,贺小凉。而精于弈棋的那位行雨神女,名为书始,与那个手持古老玉牌、跪地磕头直到额骨裸露的年轻修士,有了一桩甲子之约,所以她才会去找"李柳"请罪。至于那位挂砚神女,已经跟随主人去了流霞洲,在离开骸骨滩之前,走了趟鬼蜮谷,将那座积霄山袖珍雷池收入囊中。而她认定的主人,正是夜航船上那位容貌城的城主,邵宝卷。

陈平安每次一想到这件事,就气不打一处来,老子当年凭本事挖了几条积霄山雷鞭而已,怎么就与你起了大道之争?你家大道,难不成就是条田间小路吗?哪怕是条田间小路好了,相互侧个身也就擦肩而过、各自前行了。

薛元盛好奇问道:"这是在隐官大人的梦境中?"

陈平安点点头。

薛元盛不由得感慨道:"这也行?!真是修道大成了,好个士别三日当刮目相待。"

"取巧而已。"

"你们读书人说话,就是滴水不漏。"

"也就值个八钱银子。"

薛元盛一愣,随即大笑起来:"说吧,这次找我什么事?"

得到陈平安的答案后,薛元盛皱眉道:"图个什么?值当吗?"

陈平安摇头道:"这种问题,谁都可以问,唯独薛夫子问得多余了。"

要是图个值当,河伯薛元盛如今的金身高度,至少可以高出五成。若是如此,如今大渎封正,薛元盛就算是补缺当个渎庙水正,都绰绰有余。

薛元盛抬起双手,狠狠揉了揉脸颊,点头道:"那就这么说定了,心诚一炷香罢了,就当拜你我心中的那个不值当好了。"

双方都是爽快人,谈正事其实就几句话的事情。倒是聊起裴钱,一下子就打开了话匣子,一个愿意多说,一个喜欢多听,并舍不得走。

薛元盛说无论如何都无法将当年那么个财迷姑娘,与后来的"郑撒钱"和"裴钱"联系在一起。

只说当年少女搬出一整套家伙什,用那戥子称了银子,再用小剪子将碎银子仔仔细细剪出八钱来,除了青竹竿的小戥子,还有一大堆的秤砣,其中有两个,分别篆刻有"从不赔钱""只许挣钱"——难怪后来她会化名"郑钱",行走江湖……

与薛元盛道歉之后,她懊恼万分,还说自己练拳练拳练出个屁,练个锤儿的拳。

当时还有个身穿儒衫的年轻读书人,人很好,不过说实话,一看就是个读书不是特别开窍的。

对于薛元盛对李槐的这个评价,陈平安只能是无言以对了。

陈平安收起养剑葫入袖,问道:"薛河伯是否愿意担任朝廷封正的河神?"

如果薛元盛答应此事,很快就会有一个摇曳河流经国家的礼部尚书,手持一封皇帝金敕,赶来此地主持朝廷封正仪式,同时还会有一位鱼凫书院的副山长到场。

这也是先前陈平安改变路线的原因,这需要大源皇帝卢泱和崇玄署帮忙牵线搭桥。

朝廷封正山水神灵一事,是需要消耗一国气运的,而薛元盛又是出了名的不在意香火,以至于谁都尊敬这位摇曳河河伯,但是所有大河流经的朝廷又都不敢主动找薛元盛,怕就怕入不敷出,连累一国运势。

只不过陈平安自有手段能把这笔账给抹平,事后肯定不会亏待了那个朝廷。

薛元盛神色古怪,笑道:"非要将我这座淫祠推到那个位置上去,陈山主你到底求个什么?是打算找我合伙做买卖,与那披麻宗和春露圃差不多?希望我这位新晋河神,在河道运输一事上照拂几分,然后一起挣钱分账,你财源广进,我香火鼎盛?"

陈平安笑道:"薛河伯想多了。"

薛元盛打趣道:"怎的,你难不成还要求我不成?"

陈平安忍住笑,道:"那就算我求你。"

薛元盛疑惑道:"堂堂剑仙,一宗之主,面子就这么不值钱吗?"

陈平安答道:"虽说不算太值钱,可好歹值点钱,只是薛先生担得起。"

薛元盛摇摇头,依旧坚持己见:"要是想当那江河正神,我早就当上了,只是我不乐意,毕竟束缚太多,不如现在自在。"

都说远亲不如近邻,半点不假。披麻宗的上任宗主竺泉,就是个很豪爽的山上婆姨,找过自己两次,每次都是差不多的说辞:"老薛啊,当个小小河伯,你不嫌寒碜啊?给老娘句准话,这就帮你运作去,保管一家一户敲门过去,将来摇曳河沿途两岸,没个七八座祠庙拔地而起,就算我竺泉没牌面,如何?"

只是薛元盛都没点头。

薛元盛转头道:"劳烦陈山主给句一竹篙到底的准话,不然就算我今天拒绝了这件事,以后也要心中纠结,多个挂碍。"

天下剑修好不好说话,北俱芦洲山上的那些祖师堂最清楚。

陈平安摆手笑道:"薛河伯千万别多想,不答应就算了,我就是临时起意,随口一说。"

薛元盛没好气道:"我信你个锤子。拿出一点诚意来!"

陈平安想了想,给了个心中所想的答案:"我虽然年纪不大,但是这辈子也算走过很多地方了,遇到的老江湖,不太多。"

薛元盛叹了口气,道:"有你这句话就成了,比当那神位高高的江河正神,可要舒坦多了。"

陈平安以心声说道:"薛河伯,如果你一直是淫祠河伯,可能会错过一桩不小的机缘。"

薛元盛伸手拍了拍年轻人的肩膀,笑道:"陈平安,好意我心领了。你继续忙去,赶路要紧。"

陈平安点点头。

薛元盛站起身,笑问道:"这么些年,不太容易吧?"

"说来说去,其实也简单,无非是……"陈平安略作停顿,缓缓道,"人做事,事教人。"

薛元盛点头道:"好像说破天去,也就是这么个道理了。"

陈平安笑容灿烂,抱拳作别。

薛元盛默然抱拳。

直到今天,老河伯才知道剑气长城与末代隐官,原来是相互成就,两不辜负。

济渎灵源公府。

拂晓时分,一拨暂时还不需要去官厅点卯当值的莺莺燕燕,正凑在一处抄手游廊内闲聊,因为不属于水府"官路",注定不会有外人路过此地,故而她们也无须太讲究礼制。她们的身份,多是水府溯源司和分界司的女官胥吏,前者负责勘定大小水脉的发源地,和护住这些水脉源头不被凡夫俗子涉足的封禁事宜,后者身份职责类似钦天监的地师,划清界线,定期巡视所有江河湖溪的边界线,看守各地界碑。两处都是名副其实的清水衙门,权柄小,无油水,但平常事情也少。

这些女子,不是南薰水殿旧人的水仙、女鬼,就是刚刚进入水府没多久的少女修士,大多犹带稚气,性格活泼,尚未被彻底磨去棱角,凑在一起,叽叽喳喳,热闹得很。若是邻近稽查司、赏罚司之类的显要衙署户房,是绝对看不到这种旖旎风景的。

有个出身大篆王朝豪阀门户的少女,忍不住问道:"依循许夫子的说文解字,'渎'字作小渠解,那么就只是一条小水沟啊,这是怎么回事?"

一位来自南薰水殿的分界司女官,点头笑道:"文圣老爷也有那《修身篇》,其中有一句,'厌其源,开其渎,江河可竭',显而易见,在咱们文圣老爷子看来,这'渎'是要小于江河的,这就验证了许夫子的说法。至于这个渎怎么演变成了大渎,我以前就在水殿档案处当差,看了好些官书野史,好像从没有文字记录呢。"

又有一位出身市井的修道坯子,怯生生问道:"怎么就是'咱们'文圣老爷了?"

她当然知道那位恢复文庙神位的老夫子,只是文圣不是中土人氏吗?

济渎水域,一分为二,依旧广袤,灵源公府辖境的众多王朝、藩属小国,有将近八十个,像那邻近济渎入海口的大篆王朝,前些年便下了一道旨令,连同大篆周氏本身,加上十来个藩属国,一口气"上供"给水府将近五十位修道坯子,此外还有一些类似官场的额外荫补,算是走后门,得以进入水府修行。其实也就是一些世家豪阀子弟的镀金手段,等于白捞个大渎水府的谱牒身份,不管十年之内是否修道有成,是就地留任,还是最终被遣返回乡,都算有了一份前程。

就像这会儿,一个坐在抄手游廊最边缘栏杆上的少女,就在那儿钻研一张纸马驮水符,那是手绘的金色符箓,符纸是金箔冥纸材质,绘有神将披甲骑马的图案,类似山上神仙的疾行方、缩地法,只是用上了水府秘法,走了神灵和香火的路子。因为多出一道祭祀燃烧的流程,才算真正符成,所以寻常符箓修士便画符不得了,故而此符又有那"纸钱甲马果通玄,万里近在眼前"的美誉。

修行不觉春将至,一寸光阴一寸金。

"这都不知道?"曾经在旧南薰水殿档案处任职的女官,嘿了一声,"当年我们北俱芦洲剑修,浩浩荡荡,联袂跨海远游,在皑皑洲登岸,要与一洲修士兴师问罪,就是文圣先生好言相劝,才没有打起来,但是我们可没有白跑一趟,在那之后,皑皑洲就没了个'北'字,这可是文庙都认可的事情,万年以来,浩然九洲,改名一事,仅此一次,能是小事?"

说到这里,女官神采奕奕:"所以说啊,文圣明摆着是更向着咱们的,是北俱芦洲的半个自家人。再说了,文圣的那位嫡传弟子,左右左先生,左大剑仙,剑术天下第一高,什么剑术裴旻,都得靠边站。当年左大剑仙出海远游,曾经来过我们这儿,猿啼山剑仙嵇岳几个,纷纷御剑到海岸边,领教左先生的剑术。结果当然是输了嘛,不过虽败犹荣啊!你们想啊,寻常剑修,成色不足,境界不够,就算兴冲冲去找左大剑仙问剑,人家能乐意搭理?要我看啊,别说抬手了,抬一下眼皮子都不愿意吧?

"即便不谈这有些年头的老皇历,只说前几年的事情好了,剑气长城那位好似横空出世的年轻隐官,与太徽剑宗,还有浮萍剑湖,是怎么个关系,如今谁不知道?浮萍剑湖的陈李、高幼清,可不就是年轻隐官亲手交给郦湖主的两位剑仙坯子?那陈李,还有个小隐官的称号呢,我可是听刘嬷嬷说了,这陈李在那无事牌上边自称必然百岁剑仙,呵,吹牛?错啦,是人家自谦呢,甲子之内跻身上五境,都是有可能的。"

那个来自山下豪阀的少女,小鸡啄米似的道:"晓得晓得,来水府之前,听我爷爷说过,那位年轻隐官,与太徽剑宗的刘宗主,那可是最要好的酒友了,但酒桌上一样喝不过刘宗主,所以说啊,我们北俱芦洲,要论剑修的剑术嘛,那是肯定要输给剑气长城的,可要说酒桌分高下嘛,真真半点不输他们。太徽剑宗的黄老掌律,不也说自己当年离开剑气长城,在那酒铺上,把那位名叫董三更的送客老剑仙给喝吐了嘛。"

随即她好像又想起一事,小声说道:"好像有个小道消息,龙亭侯说自己与那位隐官大人,还是斩鸡头烧黄纸的拜把子兄弟呢,真的假的?"若是真的,就确实厉害了,虽然是个大渎侯爷,比自家灵源公要略逊一筹,可在这件事上,好像就给侯府给扳回一城了……

那个旧南薰水殿的女官,没好气道:"吹牛呗,谁当真谁傻。那龙亭侯是个什么德行,外人兴许不知道,我们这些龙宫洞天的老邻居……"

一位偶然路过廊道的教习嬷嬷,远远听闻此语,立即快步向前,厉色训斥道:"放肆!黄口小儿,大言不惭。"

这位刘嬷嬷如今管着水府十六司中的礼制司,她曾是北俱芦洲一处大河龙宫遗址的属官,最是讲究礼数,老态龙钟的妇人缓缓走到这些丫头片子跟前,怒道:"竟敢乱嚼舌头,搬弄是非,一点规矩都没有,传出去给外人听见了,就要误以为我们公府毫无法度了。你们几个,但凡开口说过话的,皆在簿录司那边录档记过一次,再有类似言语,一经发现,当场逐出府邸!"

老妪视线如鹰鹭盯着那些小鸡崽儿,不单是那个旧南薰水殿女官,其余女子也被吓得噤若寒蝉,脸色惨白。

疾言厉色的老妪是真生气,不过还真不是她故意小题大做,跟一群丫头片子过意不去,借此机会耀武扬威,毕竟到了她这个位置,已然全无必要了。但是这种混账话,可大可小,真要传到龙亭侯府那边的耳朵里,一个不小心,就是祸事,主人与那龙亭侯难免心生嫌隙。

就算龙亭侯爷气量大,听见了都不当真,但是就怕有那一根筋的侯府官吏,有那主辱臣死的古风之气,两府山水接壤处颇多,很容易纷争不断。在那乡野田间,只因为抢水一事,尚且经常发生械斗,更何谈大渎公侯两府?

何况这些不知天高地厚的小丫头,真以为那个当水正时连水龙宗都不放在眼里的李源,是个好相与的?只说那大渎最西边的婴儿山雷神宅,当年连山门口的匾额都给人抠掉了两个字,最后为何还是捏着鼻子放人了?还不是李源发话了,说要是敢不放人,他这位龙亭侯就要水淹雷神宅!一个才当上龙亭侯没几天的昔年水正,就敢这么全然不把官位和文庙规矩当回事,他凭什么?他龙亭侯是个傻子不成?

可惜龙亭侯大人不在场,不然真要忍不住回一句:"你错了,我当真就是只凭那满腔热血和一身义气。"

这就叫为了朋友两肋插刀,先插自己一刀,再问对方怕不怕,对方若是不怕,就再插对方一刀,如此循环,就看谁更狠,更扛得住。

这时有妇人着宫装款款而来,帝妃状,气态雍容,美艳不可方物。神清骨秀,宛如一株远山芙蓉。

妇人正是昔年南薰水殿旧主,如今的大渎灵源公沈霖,她身后跟随着两位水府神女,分别是稽查司和清供司的领袖女官,一个位高权重,一个负责……收礼。

沈霖柔声笑道:"下不为例,这次簿录司那边,就不用记过了。"

老妪立即与灵源公施了个万福,灵源公都开金口了,是那些小妮子的莫大福气。

女官胥吏们纷纷与沈霖行礼,沈霖让她们都起身,然后摸了摸那几个聊得最起劲的丫头们的脑袋,神色温婉,轻声笑道:"以后在外边,说话还是要谨慎些,刘礼制既是好心,也是照规矩办事。不过回了自己住处,关起门来说些悄悄话,倒是问题不大,不用太过拘谨。嗯,尤其注意一点,千万不要被你们的'刘古板'听着了,那就万事大吉。"

老妪当然知道自己被水府官吏取了这么个不太中听的绰号,只是不甚在意,这会儿听见灵源公的调侃,老嬷嬷也是忍不住笑了起来。

沈霖微笑道:"时辰还早,你们继续闲聊。言语之间,多夸人少损人,总是不错的。"

然后转头对那位老嬷嬷说道:"刘礼制,顺便与你聊点事情。"

走出这条抄手游廊后,老嬷嬷问道:"主人还是在为那道场名称忧愁?"

沈霖点头道:"一直拖着也不是个事情。龙亭侯那边都已经想好了个名字,与文庙报备后,听消息似乎已经通过了。"

像那南边宝瓶洲,大渎长春侯杨花,就是一座府邸挂两块匾额,长春侯府,碧霄宫。

一个是文庙封正的公门,一个是神灵的开府道场。

齐渎淋漓伯,风水洞老蛟出身,旧神职是那钱塘长,受封之后,也早已挂上了一块匾额,云文宫。

两家的名字分别出自林鹿书院和观湖书院的两位山长手笔。

唯独灵源公水府这边,一直没有眉目,沈霖一开始心存侥幸,想要与那位存在求个赐名,建造府邸之初,沈霖就曾悄悄飞剑传信狮子峰,只是就如泥牛入海一般,再没有然后了。显而易见,对方根本就不愿意理睬自己,沈霖也再不敢打搅对方的清修。

还有一个法子，就是像长春侯和淋漓伯他们一样，与本洲书院山长求名，若是在中土文庙那边有私谊、有门路，请得动那些学宫祭酒、司业，当然是更好。只是别说文庙，就是和北俱芦洲鱼凫书院这些个正副山长，都谈不上有任何香火情。毕竟帮忙取名一事，不是简简单单给俩字的小事。

自己想一个？沈霖还真不觉得自己在取名一事上，能比李源好多少。

沈霖揉了揉眉心，确实头疼，事情不小，急又急不来，如何能够不揪心？她忍不住叹了口气："刘礼制，你与鱼凫书院的赵副山长还算认识，找个机会，去拜会一下，看看能否邀请他走一趟水府，也无须明说取名一事。"

这种事情的尴尬之处，在于对方要是答应了，认认真真帮忙取了个名字，拿出了一幅墨宝，结果自己心中不喜，觉得那名字与水府大道不契，岂不是打对方的脸？

老妪点头道："我晓得轻重利害，主人稍稍宽心，相信以我们水府的风水道缘，定会船到桥头自然直。"

沈霖强颜欢笑道："希望如此吧。"

老妪马上就动身，手持水府令牌，去鱼凫书院拜会那位赵副山长。

沈霖走入旧南薰水殿地界，大大小小的衙门，多是神女，男子也有，只是相对人数不多。

一些个行事勤勉的水府官吏，尚未官厅点卯，就已经在各自公房落座，开始处理手头事务。

沈霖回到自己书房，房内悬挂一块文房匾额，金字榜书，源远流长。

沈霖说道："传下话去，一月之内，闭门谢客。大篆周氏的那场开春典礼，帮我婉拒了，书信让簿录司翠婉代笔就是了，等下你就给她送去我的官印。如非要事，不要打搅。"

站在书房屋外的一位贴身神女，兼任水府印玺司女官，神色恭敬道："领旨。"

沈霖一挥袖子，关上房门，双手掐法诀，打开一层层极为隐蔽的山水禁制，随后身形消散，化作一幅玄之又玄的画卷，就像一幅水图。

金色的半条大渎主脉，淡金色的大江大河，一些银白色的支流，还有数量最多的灰色溪涧。

沈霖悄然来到一处南薰水殿秘境，这是沈霖的真正道场所在，相当于山上门派的祖师堂，也是沈霖一尊金身的搁放处，而道场真身，是一只青螺蛳，算是货真价实的'螺蛳壳里做道场'。这只法螺来自一个已经消亡的大宗门，是祭祀礼器之一，内壁篆刻有一篇极为高深的水法道诀，如果不是此物，沈霖恐怕都撑不到与那位至高重逢。

道场空间不大，与外边的书房差不多，却是一处道家"心斋"之显化，可见这只法螺的旧主人，道法造诣之高，已经到了一种匪夷所思的地步。

道场之内，除了一张紫色材质的金字符箓，便空无一物。那张紫气萦绕的符箓，大如一幅立轴山水画，悬挂在虚空中，一串金色文字，熠熠生辉，是那"正大光明之室"。丝丝缕缕的香火，从大小水府、江河祠庙汇聚于此，一粒粒人间香火的精粹气运，在屋内星光点点，漂浮不定。

沈霖原本打算忙里偷闲，花上一个月光阴，好好淬炼金身。虽然水府庶务繁多，沈霖又不像李源那么喜欢当甩手掌柜，她做事更为精细，可谓事必躬亲，但是她并未因为身份变化，就有丝毫懈怠。归根结底，他们这些神灵，以香火淬炼金身，抬升神位高度，才是大道根柢所在。

沈霖突然察觉到一丝不对劲，她立即伸手抵住眉心，一个下意识闭眼，眉心处宛如睁开一道淡金色天眼，只是原本紧绷的心弦，立即松弛几分，默默收起一道水法攻伐神通。

沈霖嫣然一笑，竟是与那个胆大妄为至极的不速之客，敛衽施了个福，柔声道："南薰水殿旧人沈霖，见过陈先生。"

眼前的青衫客，是那个当年被李柳称呼为"陈先生"的外乡人。

沈霖确实对他心存感激，只觉欠对方多矣。

倒推回去，如果自己不是碰到李柳，那么大渎公侯两个显赫职务，水龙宗肯定会扶持荣辱与共的水正李源，占据一席之地，那么自己就算得到浮萍剑湖和郦采剑修的支持，但是以大源王朝崇玄署的底蕴，在这种事情上，肯定是会竭力扶植起济渎上祠水正司徒激荡，自己还是毫无胜算。

可如果不是这位陈先生游历龙宫洞天，李柳就注定不会重返昔年众多避暑行宫之一的龙宫洞天，更不会帮助沈霖恢复金身。

所以说，这位陈先生，千真万确是她沈霖的恩公。

陈平安作揖还礼道："不请自来，多有得罪。"

沈霖微笑道："只会蓬荜生辉。"

不比水正李源，那些年沈霖名义上管着龙宫洞天风雨流转，其实那南薰水殿，就是无源之水，沈霖的金身，则是无本之木。

那大源袁氏王朝，由云霄宫崇玄署设置关卡，拦截大渎水运，流入龙宫洞天的分量，恰好维持在一个极其微妙的水位线，使得沈霖不至于因为水运枯竭而金身崩坏，却也难以利用水运淬炼、稳固金身、弥补那些金身缝隙，这就像在等死。

陈平安第一次游历龙宫洞天，初次见到沈霖，沈霖当时也无意施展障眼法隐藏真容，故而在那会儿的陈平安眼中，沈霖的面容破碎如青瓷釉面，无数条细微裂缝，惨不忍睹，那正是金身破碎、即将崩溃，说是命悬一线，都半点不夸张。

水正李源，担任大渎龙亭侯，是升官，是锦上添花；可对于南薰水殿水神娘娘而言，却是雪中送炭，是救命。

寄人篱下多年，就像个受气的小媳妇，终于辛苦熬成婆。

陈平安没有多看这处道场一眼，问道："能否换个地方，与灵源公有事相商。"

沈霖笑而不言。

陈先生你莫不是忘了，在你这……梦中，早已宾主互换身份，让我沈霖如何带路？

陈平安笑着解释道："灵源公只需随便观想一处熟悉景象即可。"

果然，沈霖稍稍起念，双方便置身于法螺之外的书房。

只是沈霖很快就发现奇异之处，自己记忆清晰之物件，便是彩绘，若是从不曾上心留意的物件，便是黑白颜色。

等到沈霖视线触及那些黑白物件，黑白却又瞬间变成了彩绘，好像一下子就为它们增添了一份生气。

沈霖不愿有那主客之别，便搬了两张椅子，陈平安轻轻扯了扯青袍长褂，正襟危坐。

沈霖说道："陈先生，你与我直呼姓名就是了。"

陈平安点头道："那就依旧喊灵源公为沈夫人好了。"

听说是那一炷香的事情，沈霖当然知道此事最为关键处，是身为敬香之人，得有个所谓的诚心正意，这是无法半点作伪的。

不然这一炷清香容易点燃，可那维持香火的心香，却是注定无法点燃了。

对沈霖而言没有任何问题，她对那桐叶洲修士心生厌恶是真，可既然陈先生的下宗都建立在了桐叶洲，心诚一事又有何难？

就当是遥遥拜谢恩公了。

至于那份功德，沈霖先是婉拒，见陈先生坚持，便恼羞成怒。陈平安继续晓之以理，沈霖便动之以情，脸色哀怨。等到陈平安继续酝酿措辞，沈霖便怒气冲冲，眼眶泛红，隐约有泪水，说："陈先生你这是故意将我陷于不仁不义之地吗，还是说陈先生心中，从始至终都觉得我沈霖是那忘恩薄情之辈？"陈平安只得收回言语，还得与沈夫人道歉一句，结果沈霖蓦然而笑，已经开始伸出拇指擦拭眼角泪水了。

陈平安从袖中摸出一份底本，交给沈霖，解释道："勉强算是补上沈夫人担任灵源公的贺礼，不过我肯定是有私心的。"

沈霖接过那本册子，翻开一页，便惊讶道："是那水陆道场的金科玉律？"

陈平安点头道："之前在桐叶洲遇到了一位得道真人，请教了一些学问，老真人不吝赐教。沈夫人可以用灵源水府的名义，送给孙宗主。"

沈霖所谓的"金科玉律"，是道教科仪所在，名副其实的金玉良言，是花神仙钱都买不来的"老规矩"。

　　道门开坛法事的科仪本,大体上分为祈福禳祸、消灾解厄、酬神谢愿等的阳事科仪,与超荐先灵、度亡生方、炼度施食在内的阴事科仪。其中底本最为珍贵,俗话说照本宣科,便是如此,依科阐事,像桐叶洲那个崇佛的北晋国皇帝,就是在底本一事上下功夫,试图恢复旧制。

　　之前陈平安在敕鳞江畔,与龙虎山外姓大天师梁爽一起散步江边,话赶话地,除了与老真人请教龙虎山独门科仪,便又说起了水龙宗的斋醮一事,龙宫洞天内每年的十月初十与十月十五,都会举办两场依循古礼的祭祀,按照不同的年份,又有那金箓、玉箓、黄箓道场之分。

　　所以老真人才会忍不住调侃一句:"你小子搁这儿薅羊毛呢?"

　　沈霖犹豫了一下,问道:"陈先生为何不将此物交给龙亭侯,让他帮忙转交给孙结或是邵敬芝?"

　　这可是一桩天大的人情。山上宗门,最重视这种细水长流的收益。

　　若论私谊,陈先生当然是与李源更好,今天之前,陈先生与自己才总共说了几句话? 屈指可数。

　　沈霖倒不是怀疑陈平安对自家灵源水府,或是对自己有什么企图。陈先生霁月清风,君子坦荡荡,何等光明澄澈。

　　陈平安笑着解释道:"李源藏不住话,一喝高了,就容易跟人交心,什么真心话都会往外掏,以前可能无所谓,可如今都是龙亭侯了,还是要注意点。李源交友门槛高,数来数去就那么几个,一下子拿出这份底本,在水龙宗很容易惹来不必要的误会。换成是我,也会怀疑李源早些年担任水正,明明有此科仪底本,却一直不拿出来。这是人之常情,怪不得孙宗主他们多想。"

　　沈霖点点头,陈先生此举,确实老成持重。

　　陈平安继续说道:"但是在沈夫人这边,就不用如此拘束了,灵源公府如今奇人异士,层出不穷,完全可以解释为某人得自某地的旧藏之物,然后被沈夫人慧眼识珠,故而时至今日,才算重见天日,赠送给水龙宗,自然是题中之义,也算善始善终,又结新缘再有善始。"

　　沈霖抿嘴而笑,乐不可支,好不容易才没笑出声,轻声道:"还有个理由,我要是得了这份珍贵异常的道门科仪底本,以沈霖当年的处境,除非自己不想活了,才会藏藏掖掖。"

　　陈平安微笑道:"这种大实话,我一个客人,说了不合适。"

　　沈霖笑颜如花。

　　遥想当年,初次相逢,年轻人手里拎着一把油纸伞,眼神明亮,就像雨水里的灯火。

　　陈平安说道:"帮人就是帮己。"

沈霖点点头,先前陈先生所谓的有私心,他当然很清楚,因为李源帮着陈平安用一个极低价格,在龙宫洞天买下了那座凫水岛。

　　如今投桃报李,何尝不是一种善始善终又善始?

　　陈平安准备起身告辞,沈霖突然说道:"得众动天,美意延年。"

　　陈平安会心一笑,起身抱拳道:"那我就借沈夫人的吉言了。"

　　这可是自家先生说的话,是那版刻成书被无数读书人背诵、注释的圣贤言语。

　　沈夫人这会儿说这句话,最合时宜。

　　沈霖跟着起身,挽留劝说道:"陈先生,何必如此来去匆匆,不差这一时半刻吧?好歹让我带路,请陈先生参观一下南薰水殿旧址?"

　　陈平安只得照实说道:"梦中远游一事,涉水光阴长河,是需要消耗一定功德的。"

　　沈霖一脸疑惑道:"几步路而已,想来损耗有数。何况在我这边,陈先生有消耗功德吗?难道说一开始陈先生就笃定我不收那份功德?"

　　陈平安倍感无奈,只得说了句客气话:"那就恭敬不如从命。"

　　沈夫人跟披麻宗上任宗主竺泉,看似是截然不同的两种性格,却是一般厉害。

　　当然,让陈平安最头大如簸箕的,还是皑皑洲的某位女剑仙。

　　之后陈平安便跟着沈霖,两人走在虚实难测、真假极容易混淆不清的水府中,双方肩头间距刚好可以容纳一人。

　　沈霖便觉得有趣,她之前听闻一些山上消息,说这位年轻隐官在当那二掌柜的年月里,经常因为喝酒一事,被宁姚关在门外,只得蹲一宿对付过去,而且半点脾气都没有的。

　　那位宁剑仙真有那么厉害?难怪她可以成为五彩天下第一人。

　　按照文庙制定的山水礼制,五岳大渎的公侯之家,可以使用碧绿琉璃瓦。

　　相较李源的龙亭侯府,两者占地规模大致相当,只是这边略显简陋,土木营造一事,至今还在进行,当年水龙宗是先给了李源一大笔神仙钱,帮忙营造侯府,李源当然是半点不客气的。

　　而且水龙宗也得了沈霖私底下的授意,说是先考虑龙亭侯那边,至于自己这边,不用水龙宗如何照顾,不过最后略松一口气的水龙宗,仍是往这边投入不少的人力物力,钱虽是不多了,捧个人场的谱牒修士,总还是不缺的。

　　所幸那座旧南薰水殿,已经搬迁出龙宫洞天,可以作为诸司枢纽所在,大小屋舍都开辟为诸司衙署。

　　大渎公侯府邸,无异于一座小朝廷,衙署众多,按照文庙规定的礼制,一般设置有十六司,数量稍有增减,倒是问题不大。

　　虽然灵源公与龙亭侯的官身品秩,在文庙的金玉谱牒上边相当,但实际还是有些区别的,比如沈霖可以建造两座渎庙,拥有两位负责香火的水正,李源就只有一个名额,此外辖下江水正神的数量,灵源公府也要比龙亭侯府多出两成,至于河伯河婆之流,并无定数,只看支流多寡而定。

沈霖走到香火司附近时,轻声问道:"那两座渎庙的人选,陈先生可有建议?"

陈平安摇摇头:"先前两次游历北俱芦洲,我与沿途山水神祇打交道不算多。"

如今一条大渎沿途的众多山水神灵,以前只归各国朝廷管辖,如今等于是凭空多出了两位顶头上司。

不过相比李源的单身赴任,沈霖却是除了那些南薰水殿神女,还从龙宫洞天带走了一批水仙鬼物之属,也算是一人得道鸡犬升天了。此外,沈霖还笼络了一拨数量可观的奇人异士。其中既有中五境修士,也有主动投奔而来的水裔精怪,就像身边这位职掌礼制司的教习嬷嬷,就是最好的例子。

如今灵源水府诸司总计十八座衙署,井井有条,各司其职。

要说经营之道,可能几个李源加在一起,都比不过一个沈霖。毕竟李源是孤家寡人惯了的,是能躺着享福就绝不坐着打瞌睡的那种,而沈霖是出了名的持家有道,以前在龙宫洞天,只有一座南薰水殿,那是巧妇难为无米之炊,今时不同往日,每次外出巡视辖境,仪仗森严,极有威势。

走到那处清供司门口,沈霖便有几分赧颜神色。

屋内一众女官,正在再次确认一份名单。

原来浩然天下的任何一尊江水正神,每年都有成道之日,类似山下俗子的诞辰。

只是一般的山水神灵,品秩不高的,都不会计较这个,不会大肆操办,至多是各自祠庙里边多些人间香火,否则一年一办,谁吃得消?山水官场的邻里之间,就像那山下的份子钱往来,可都是要讲究一个礼尚往来的,故而又有一条约定俗成的规矩,多是甲子一办,或者干脆就忽略不计。

但是像沈霖这样的大渎公侯,又是新官上任没几年的,就由不得她从简了。

而沈霖的成道日,恰好就在这个月,所以身边的那位清供司女官领袖,近几年,每年年底都会忙碌得焦头烂额,不说待客,光是收纳、清点各色礼物,或者说贡品,就是一桩名副其实的浩大工程,各国朝廷,世族豪阀,山上的大小宗门、仙府,辖境内的各路江水正神、山神、土地,还有那州郡县城隍庙……

兰房国的那几盆天价兰花,金扉国精心熬出的鹰隼,金鳞宫的数尾锦鲤,以及春露圃与大篆王朝的……

哪些将来是需要还礼的,以及还什么样的礼,哪些只需要记录在册,再分门别类,各自与之前的贺礼归档一处,都需要清供司一一敲定,还要再与礼制司那边商议,不能出半点差错。

陈平安第一次游历北俱芦洲,离开骸骨滩后,就曾徒步走过兰房国、金扉国一线,最后到了春露圃,然后偶然遇到了咱们那位刘大酒仙。

记得那兰房国商贸繁华,所以嫁为商人妇的女子经常会往水中投掷金钱问吉凶。而且放生一说,风靡朝野。每逢旱涝,就喜欢拿纸龙王出气。

春露圃以北地带,大篆王朝在内的十数国,自古崇武,民风彪悍,武夫横行,多以大篆王朝为宗主国,武运昌盛,动辄呼朋唤友,数百号武夫围殴一座山上门派的场景,时有发生。估计在整个浩然天下,都是独一份的。可怜金鳞宫那位元婴老神仙,自是苦不堪言,弟子每次下山游历,挨闷棍、被套麻袋,真不是什么玩笑话。

撼山拳,顾祐前辈,曾是一个化名丘逢甲的山庄老管事。

最终却与猿啼山剑仙嵇岳,相互问拳问剑。

听闻大篆周氏皇帝的贴身扈从,是位女武夫,用剑。

原本她跻身远游境,就被视为走到了断头路,之后却出人意料,跻身了山巅境。

在那营造司衙署,有位绿萝国年纪轻轻的工部侍郎,正在这边与相关官员谈论事情,听闻灵源公刚刚巡幸返府,却对外宣称闭门谢客了,年轻侍郎便有些惋惜,本来想着与她见一面总是好的,也不敢奢望更多了。

绿萝国作为济渎入海口,这些年主动揽事,都没有与灵源公府打招呼,就开始动土开工,要为沈霖开辟出一座作为巡幸大渎的驻跸行在,没几年工夫,绿萝国不光掏空了国库金银,仅仅对外借债,恐怕就是一个天文数字。沈霖当然不愿绿萝国如此破费,只是绿萝国自己都不喊穷,口口声声,国库盈余,毫无问题,等到营造司数位女官神侍亲临绿萝国,带着灵源公的一道旨意,一切开销,依旧只给水府报了一个低价,这种打肿脸充胖子的行径,让沈霖都哭笑不得,只好再次下了一道措辞严厉的密旨,不给绿萝国朝廷任何扯皮的机会,后续工程必须全盘交给水府营造司接手,不然就那么荒废好了,未来谁愿意入驻其中,你们绿萝国自己看着办就是了。

礼制司衙署的官员们当下有些为难,因为担任一把手的老嬷嬷刘礼制,刚刚离开水府,灵源公又闭门谢客,但是偏偏在今天正午时分,很快就会有两位贵客登门。

沈霖笑道:"这些人情往来,实在是累人。"

陈平安点头道:"深有体会。"

沈霖问道:"对付这类事情,陈先生可有诀窍?"

落魄山在北俱芦洲南边的山上口碑,那是极好的。

陈平安双手笼袖,摇头笑道:"只能告诉自己一句,除心不除事也好,除事不除心也罢,总要做到其中一点,别落个心事两不相除就行。"

沉默片刻,陈平安忍住笑,道:"其实捷径也是有的,只要找个称职的大管家,自己就可以放心当甩手掌柜。"

沈霖摇摇头:"学不来。"

这些年灵源公水府的客人可谓络绎不绝,门外是一年到头的车水马龙,不过再过几年,情形估计就会好转几分。

逛过了诸司衙署,陈平安停下脚步,沈霖说道:"陈先生下次游历北俱芦洲,不管有事无事,务必来此做客。"

陈平安拱手抱拳笑道:"肯定。"

沈霖冷不丁说道:"陈先生,我有一事相求!"

陈平安笑道:"没问题,我可以寄信一封给先生。"

其实陈平安早就猜出来了,是那匾额赐名一事,那就真算沈霖找对人了。别说一幅匾额,就是十幅匾额,以自家先生的学问,也能帮灵源公水府办了。

但是沈霖却神色尴尬道:"哪敢劳驾文圣老爷,陈先生能不能亲自赐名?"

陈平安哑然失笑,沈夫人你真是想一出是一出,这么大的事情,岂可如此马虎,连忙摆手道:"取名一事,实在非我所长。"

沈霖脸色玩味,捋了捋鬓角,柔声笑道:"陈灵均当年可不是这么说的。"

陈平安摇摇头。

沈霖深呼吸一口气,只好祭出杀手锏了,硬着头皮说道:"可能陈先生还不太清楚,我其实一直幕后主持龙宫洞天里边的金箓、玉箓道场。"

如果不是万不得已,沈霖岂会主动说这种事情,她实在是希望陈先生能够留下一幅墨宝,不得不出此下策。

陈平安神色自若,沉默片刻,在沈霖就要忍不住改口之时,陈平安点头笑道:"那就献丑了。"

回到了沈霖那处书房,陈平安抖了抖手腕,手中凭空出现一支提斗笔,轻轻一戳,手中那支提斗笔如蘸浓墨,墨汁却是金色。

书法一途,大楷之难,远胜小楷,那么想要写好榜书,就更是难上加难了。

凝神思量片刻,陈平安说道:"如果不采用这个名字,沈夫人不用有任何负担,就当是一幅书信往来的小小笔札好了。"

沈夫人如释重负,点头道:"当然没问题。"

陈平安左手持笔,右手双指并拢,轻轻一抹,身前便摊开一张半熟的雪白宣纸。

最终写下三字,德游宫,取自"德人天游"一语。

德人天游,秋月寒江。日问月学,旅人念乡。

又寓意大渎之水,川流不息,唯有功德稳固,如莲出水泥,可作安心之处。

沈霖聚精会神,看着纸上的一笔一画。字如神龙出海,气势磅礴。

陈平安收起提斗笔,抖了抖袖子,拱手抱拳告辞。

沈霖竟是呆滞无言，等到陈平安已经悄然离去，这位灵源公也未想起道别一句。

久久回神，沈霖如获至宝，才发现书房内已无青衫身影，沈霖作揖行礼，再小心翼翼收起那幅字。

下一刻，沈霖便重返道场，置身于那座正大光明之室。

沈霖站在虚空境地中，恰似远山芙蓉，亭亭玉立。

明天才是立春，只是今天沈霖，便已如沐春风中。

银屏国境内的苍筠湖，与那随驾城距离不远，管辖着一湖三河两渠。

身穿一件姹紫法袍的湖君殷侯，这些年收敛了许多，虽说之前文庙颁布山水神灵的金玉谱牒品秩，苍筠湖没有得到抬升，但是也算看开了，比上不足比下有余，不开心的时候，就想一想那黄钺城和宝峒仙境，也就宽心了。

铁打的山头，流水的仙师。

当年那条过江龙，是个自称陈好人的家伙，那叫一个城府深沉，心狠手辣。

当时年轻剑仙身边，还有个好像是江湖偶遇的跟班帮闲，鬼斧宫兵家修士杜俞。

苍筠湖算是踢到一块铁板了，这会儿殷侯还隐约觉得有几分"脚趾疼"。

不然殷侯贵为一座大湖水君，哪里需要隔三岔五主动去随驾城那座小小火神庙喝酒，就像一位清流正途出身的京城六部郎官，跟一个地方上的县太爷称兄道弟。

今天殷侯修行之余，就打算出门散散心，结果一个踉跄，就误入一处……山巅修士的山水秘境？

他一个定睛望去，就看到一个面带笑意的……熟人，殷侯立即行礼道："殷侯拜见陈剑仙。"

只听陈剑仙三言两语，湖君殷侯便斩钉截铁道："剑仙说怎么办，苍筠湖龙宫就怎么办！"

还是当年那句老话，一字不改。

一般言语，两种心思。

上次是形势所迫，就像刀架在脖子上，不得不从。双方斗智斗勇，殷侯斗法问剑都输给了这位城府深重、心狠手辣的外乡剑仙。

苍筠湖不可谓不凄惨，尤其是那几位心腹，都折在了自家地盘上。苍筠湖也从当年门庭若市，变成了一处门可罗雀的清净地。苍筠湖周边十数国的山上仙师，谁敢再来这边喝酒？比一般人多出几条命吗？

自己答应得如此爽快了，却见那青衫剑仙毫无离去的迹象，殷侯心中便叫苦不迭，凭咱俩的交情，不至于坐下来推杯换盏吧？难成是自己又有哪里做得不对，这个难缠至极的家伙又来算账了？比如，上次那个杜俞的造访？问题在于，殷侯自认算是很仁至义尽了,真心不能帮杜俞而已,自己又不是那大宗门嫡传,更不是山泽野修,招惹了琼林宗,能跑到哪里去?你这位剑仙,今儿要是因为这件事兴师问罪,那我殷侯可就要……伸长脖子,随便你处置了,反正只要你不打死我,我就去鱼凫书院那边喊冤,求个公道!

陈平安就像"拖曳"着一位湖君,并肩行走在熟悉的湖底龙宫内,然后很快就来到水面之上,凌波虚渡,去往那座曾经破败不堪的水仙祠。

至于那炷香,很多时候,那种发自肺腑的畏惧,同样会带来诚意。

陈平安随口笑问道:"如今湖君的龙宫佐官,想必换了不少新面孔?"

殷侯小心翼翼嚼着这句言语的余味。

对方是在伤口上撒盐?不能够。

自己能够与陈剑仙攀扯几句,荣幸之至。

一个愿意扛下随驾城天劫的过客;一个又在苍筤湖大开杀戒,如神灵高坐椅上的家伙:真是一个令人生畏的……怪物。

殷侯小心起见,点头道:"如今新任藻溪渠主,生前是一位极贞烈的女子,陈剑仙要是不信,只需改道去看那藻溪如今的山水气象便知。"

至于另外那个成事不足败事有余的渠主,不提也罢,反正自己与陈剑仙,双方都知根知底。

但是说来奇怪,早年两处水仙祠,一个就像蒸蒸日上的高门大户,常年高朋满座;一个就像惨到不能再惨的破落人家,就连祠庙里边的彩绘神像,都要承受不住渠主金身。

反而就是这么个脑子不够用的蠢笨婆姨,算是苍筤湖一众河神水仙中,唯一一个因祸得福的,如今发迹了,水仙祠修缮如新,那斑驳不堪的三尊彩绘神像,都得以重新补漆描金。

倒是那个风光无限的藻溪上任渠主,在当年那场风波中,率先说没就没了。

陈平安笑道:"我当然信得过殷湖君。"

去往龙宫之前,陈平安就早已看过那处崭新水仙祠的山水气数,更换了主人之后,确实气象一新,依旧是挂那块"绿水长流"的匾额,亏得当年自己竭力阻拦杜俞,劝他不能太掉进钱眼里就出不来,做人留一线日后好相见……不然估计那块祠庙匾额,如今已经更换位置了。

如今那条藻溪,溪涧清澈见底,溪底水藻丛生,每枝长达数丈,美如凤尾,随流漂荡,袅娜可爱。

而脚下这条道路旁的溪涧,虽说不能与藻溪媲美,却也算是变化极大了,两岸再不是杂草丛生的惨淡光景,鹅卵石铺就而成的道路,平坦且整洁,都可以让一驾马车通行了。当年渠主祠庙距离市井不过数十里山路，都会落个香火凋零的处境，以至于那祠庙里边的神像，都无法承载神光，只能在水府这边，年年拆东墙补西墙，借债度日，都说有借有还再借不难，她积攒了多年的陈年旧账，但是偏偏能够借着香火，也算她的能耐了。

陈平安问道："她那只潋滟杯，是不是来自清德宗？"

殷侯点头道："陈剑仙好眼光，此物确是早年道门清德宗的礼器之一。"

陈平安调侃道："结果就被这位渠主娘娘拿来承载迷魂汤，附着桃花运？"

殷侯顿时脸色尴尬起来。

到了水仙祠外，陈平安带着殷侯过门而不入，一起缩地山河，来到了一条邻近苍筼湖的挑矾古道。

陈平安徒步走在山间，问道："按照县志舆图记载，这里好像叫打石山，附近是不是有处跳尖尾？"

殷侯越发吃不准这家伙到底要做什么，只能是点头道："陈剑仙半点都不贵人忘事。"

陈平安手中多出一根行山杖，轻轻戳地，打趣道："拍马屁这种事，真心不适合殷湖君，接下来咱俩就别相互糟心了。"

登上山顶，陈平安俯瞰四周，可以看到远处那条白剑瀑，一条白水，似剑倒挂。

附近有山头盛产瓷土，烧造而出的瓷器可以装船，借着藻溪水路远销各地。

殷侯试探性问道："陈剑仙是不是去过一趟锁云宗？"

这场动静极大的问剑，已经在北俱芦洲传得沸沸扬扬了。

太徽剑宗的年轻宗主刘景龙，与一位姓陈的不知名剑仙，一起登养云峰，将一座底蕴深厚的宗门，拆掉了祖师堂。

仙人魏精粹，即便祭出了一把压箱底的奔月镜，依旧未能接下刘景龙的问剑，如今乖乖闭关养伤去了。

只是不知为何，没过多久，锁云宗杨确亲自下山，竟然主动与太徽剑宗缔结盟约了，而且是以半个藩属山头自居。

陈平安自嘲道："好事不出门，坏事传千里。"

殷侯刚要说什么，突然记起先前陈剑仙的那句提醒，便又止住话头，将那些确实挺恶心人的言语，咽回肚子。

殷侯又问道："那么琼林宗祖师堂？"

比锁云宗晚一些，琼林宗祖师堂那边又有一场异动，只是相对声势不大，琼林宗不遗余力试图掩盖此事，但是以琼林宗在北俱芦洲山上的有口皆碑，好友遍及一洲山河，怎么可能会没有人帮着"仗义执言"？

虽说到底是谁做的,至今还是个谜,唯一可以确定的,是剑修所为。

比如那浮萍剑湖,就出了一封邸报,用了一个别洲修士注定会目瞪口呆,但是北俱芦洲却很习以为常的措辞,说既然没有人承认自己拆掉了琼林宗的祖师堂,那我们浮萍剑湖就只好被泼脏水了,既然解释不清楚,那就不解释了……

问题在于琼林宗就没招惹过浮萍剑湖啊,甚至都没怀疑过郦采,泼什么脏水,你这位剑仙到底在解释个啥?

殷侯之所以有此想法,是因为那个杜俞当初做客自家龙宫,坦言说自己招惹了琼林宗,然后杜俞离开苍筤湖没几天,琼林宗就遭受了这么一场飞来横祸。

天底下真有这么巧的事情?

陈平安气笑道:"这也能算到我头上?"

是那刘景龙、荣畅联手柳质清,几人合伙做出来的勾当,关自己屁事。

陈平安转头望向藻溪祠庙那边,曾有俊美少年,站在一处翘檐上,腰间系有一根泛黄竹笛,正是黄钺城的何露。他与那宝峒仙境的晏清,是山上的金童玉女。

何露、晏清。对酒当歌人生几何,譬如朝露去日多苦。海晏河清。都是好名字,凑在一起,却像……一句命定的谶语?

之后被自己带出剑气长城的九个孩子,又有小胖子程朝露和何辜。

既有那"所幸平安,复见天日,其余何辜,独先朝露",又有那"至安之世,法如朝露,纯朴不散"。

大概这就是所谓的无巧不成书吧。

陈平安回过神,说道:"苍筤湖先前没有对杜俞落井下石,反而做了些力所能及的事情,殷湖君还是很厚道的。"

殷侯笑容牵强,其实听着也不像是什么好话,那就当好话听吧。

殷侯以心声问道:"能不能与陈剑仙问个真实姓名?"

自己总这么提心吊胆,也不是个事儿。

那位青衫剑仙竟然真的报上了名字、籍贯:"真名陈平安,来自骊珠洞天。"

殷侯一瞬间就被震惊得无以复加,悚然一惊,心湖如惊涛骇浪,咽了口唾沫,支支吾吾,含糊不清道:"陈先生是文圣老爷的那位关门弟子?"

殷侯故意不提那个更惊世骇俗的剑修身份。

陈平安会心一笑,点头道:"当然是。"

殷侯这家伙是在提醒自己呢,你陈平安可是一位正儿八经的儒家子弟,道统文脉,是一个读书人,小夫子,不要动不动就打打杀杀,有辱斯文!

陈平安手持行山杖,转头笑问道:"连你都听说过骊珠洞天了?"

殷侯点头道:"当然!"

如今浩然天下,谁会不知道那座虽说早已破碎落地的小洞天。

马苦玄、刘羡阳、顾璨……

这些年轻一辈修士,全部来自那么个好像只有巴掌大小的骊珠洞天。

在这其中,又有隐官陈平安,如探骊得珠,其余同龄人,宛如各得鳞爪,总之皆是天下一流俊彦。

陈平安脸色平静,举目南望,好像视线足可跨海,一直蔓延到了南边的宝瓶洲,大骊王朝,旧龙州。

刹那之间,山顶再不见青衫身影。

殷侯顿时重返苍筤湖龙宫,只觉得在鬼门关打转一圈,劫后余生,心有余悸。

只是片刻之后,殷侯小声嘀咕道:"老子曾经与他打得有来有回,这要是传出去,还了得?"

密雪峰府邸,黄庭已经炼剑去了。

于负山就趴在栏杆上,继续看风景。

蓦然间,烟水朦胧,渐渐散去,自己依旧坐在墨线渡的铺子里边。

于负山见怪不怪,冷笑一声,转头望去,只见那个戴斗笠披蓑衣的青衫客,再次登门造访店铺,轻轻摘下那顶竹斗笠,往门外抖了抖雨水,笑道:"负山道友,又见面了,我们仙都山待客可还好?"

于负山沉声道:"陈山主,好道法!"

青衫客微笑道:"不用紧张,我只是与负山道友,有一事相求,答应与否,都不强求。"

"陈剑仙既然身在仙都山,何必如此鬼祟行事,大可以面议。"

"实不相瞒,我此刻并不在山中。若有得罪之处,还望海涵。"

"不敢不敢,我哪敢啊。"

"负山道友都是要当太平山供奉修士的高人了,怎么如此不大气?"

"……"

聊过了正事,于负山好奇万分:"如何做到的?"

"心诚则灵?"

"能不能教,能不能学?"

"易学难教。"

"……"

之后同样是在密雪峰,陈平安找到了化名裴渡的老虬。

修道之人,想要得道,无论资质好坏,除非一些个极少数的特例,想来终归逃不过"勤勉"二字。

裘渎当下就在呼吸吐纳,睁眼后,赶忙起身致礼:"见过陈山主。"

随后离开仙都山,陈平安去了一趟碧游宫,找那位埋河水神娘娘,都不像是谈正事去的,反而是吃了顿货真价实的鱼肉面,亏得不是酸菜鱼。

抬起一条腿踩在长凳上,水神娘娘卷起一大筷子面条,吹了口气,问道:"小夫子,啥时候喊上你的那个君倩师兄,你们俩一起来做客哈。"

陈平安笑着点头道:"没问题。"

柳柔由衷赞叹道:"小夫子越来越能吃辣了,下次我让老刘多加两把干辣椒。"

陈平安无奈道:"真心不用了。"

"客气啥,别说两把,一箩筐干辣椒又能值几个钱。"

"就不是钱不钱的事。"

狮子峰。

李柳听过陈平安的那个请求,笑道:"不知不觉,陈先生变了很多,但是这样很好。不过一炷香而已,问题不大的,陈先生多虑了。"

陈平安摇头道:"如果是求这件事,我就不来找你了,牵扯太大。"

陈平安来找李柳,是讨要一件信物,等到了那位陆地水运共主的澹澹夫人那边,自己好狐假虎威,毕竟那座渌水坑,曾是李柳的避暑之地。

李柳调侃道:"会不会找那个只会耍小性子的稚圭?"

陈平安摇头道:"她就算了。四海水君中,只找李邺侯。"

那位道号青钟的澹澹夫人,被陈平安找上门后,双方好似刚好站在一条边境线的两边,她起先犹犹豫豫,明摆着是想要推托一二的,主要还是担心于礼不合,在文庙那边吃挂落。

你陈平安是有个文圣当那先生的,我可没有,在文庙那边就没个撑腰的,辛酸得很。

只是等到陈平安取出那件李柳赠送的信物,澹澹夫人立即哎哟喂一声,满脸笑意,说这种小事呢,哪里需要隐官亲临寒舍,随便找人给自己捎句话就成啊。

南海水君李邺侯那边,倒是毫不拖泥带水就答应了,反正就又是一桩生意。

功德一物,越往后越珍稀,这已经是浩然一小撮山巅修士的共识了。

隐官大人财大气粗,不当回事,李邺侯却是万分重视。要说万一事后文庙追责,以陈平安的性格,肯定不会退缩半步的,想来那种死道友不死贫道的勾当,他是做不来的。再说了,有老秀才在文庙,天塌下来都不怕。吵架嘛,老秀才就没输过,至于护犊子的决心和本事,呵呵,在浩然天下,好像跟谁比都别跟老秀才比。

只是李邺侯在陈平安离去之前,还是忍不住问了对方一个问题:"就算是缝补一洲山河,你何必急于一时?等到……"

不过"等到"二字说出口后,李邺侯便不再继续言语,他相信陈平安知道自己想说什么。

结果那家伙来了一句:"剑修行事,随心所欲,天地无拘。"

李邺侯无奈摇头,挥挥手,示意自己就不送客了。

反正谁是客人谁是主人都不好说。

他娘的剑修,就是……痛快。

雨龙宗那边,宗主纳兰彩焕今天兴致颇高,找到掌律云签,丢给她一块玉牌。

最简朴的无事牌样式,谈不上正反面,一面篆刻剑气长城,一面刻有浩然天下。

只是在剑气长城那面,除了小篆"隐官"二字,还有个蝇头小楷的数字。

云签疑惑道:"这是?"

纳兰彩焕笑道:"我刚替你收了嫡传弟子,这是他的拜师礼。"

云签微微恼火,哪有如此儿戏的举动,自己都未见过对方一面,就多出一个嫡传弟子?

纳兰彩焕笑道:"放心,是个修行资质不错的,而且……绝对不是个小色坯!"

纳兰彩焕瘫靠在云签屋内的椅子上,跷着腿,一晃一晃,道:"他要是剑修,哪里轮得到你。"

云签还是好说话,攥着手中玉牌,抬起手,问道:"有什么讲究吗?"

纳兰彩焕指了指她,道:"修行修行就知道修行,两耳不闻窗外事的臭毛病,最新邸报都不看的?"

云签赧颜道:"偶尔翻翻,是看得少了。"

纳兰彩焕便旧事重提,与这位自家掌律聊了些内幕。

当年在春幡斋议事堂内,像瓦盆渡船的白溪,皑皑洲太羹的戴蒿,仙家岛屿霓裳的船主柳深,还有流霞洲凫钟的刘禹等人,这拨来自浩然八洲的五十四位船主、管事,人手得到一件来自年轻隐官的小礼物,属于见者有份。

此外吴虹那块玉牌的数字是九,唐飞钱的是十二,柳深的是九十六。

如今的浩然天下,有好事者统计过,到最后好像也没有凑齐九十九块玉牌,只有八十多块,反正肯定不到九十。

这是因为年轻隐官之后亲自参加议事的次数并不多,再加上去往倒悬山的跨洲渡船,终究数量有限,连同中土神洲,总共才一百五六十艘,而且其中不少渡船是每隔数年甚至是十数年,才会走一趟倒悬山。

据说是由年轻隐官亲手画符绘制、篆刻文字,每块玉牌都蕴藏有两到三位剑仙的剑气,按照当时米裕的说法,不算值钱,但是独一无二。

当真不值钱?骗鬼呢。

江高台当年就曾主动要求将手上那块，换成九十九。现在看来，这位江船主真是高瞻远瞩！只可惜没成。

而那"一"与"九十九"，这两块数字最为特殊的玉牌，究竟是否出现过，出现了又到底花落谁家？至今没人知晓。

不少玉牌，都被那些船主或者送给了关门弟子，或是交给有望光耀门楣的某位家族嫡传，并且叮嘱后者好好收起来，因为这块玉牌，在关键时刻就是一张护身符，甚至是……救命符！

而一些金丹地仙的开峰典礼，作为宗门祖师堂贺礼，此物也曾偶有现世，然后被外界知晓。

之所以会出现这桩怪象，在于南婆娑洲的龙象剑宗，通过醇儒陈氏的书院邸报，将一个消息昭告天下。

说是龙象剑宗既认人，也认牌子，但是唯独不认山头。龙象剑宗会酌情考虑，要不要帮忙解决麻烦、渡过难关。只是一旦做成了，就会收回玉牌；要是能帮上忙，就以后再说。

简单来说，就是这些得自倒悬山春幡斋的玉牌，是可以代代相传的。但是如果这些牌子落了宗门、仙府，手持玉牌来求龙象剑宗办事，对不住，玉牌留下人离开。

在这之后，谢松花、宋聘和蒲禾等，这几位去过剑气长城的剑仙，也都有所回应，既像是与龙象剑宗交相辉映，又像是在……抢买卖？

云签知道这些真相后，点头道："难怪会变得如此值钱，真是救命符了。对于浩然修士来说，就算留着玉牌不用，代代相传下去，也会是一种对仇家的无形威慑。只是这种玉牌对宗主你来说，又不是特别需要吧？"

纳兰彩焕白眼道："你是不是傻，有了这块玉牌，将来雨龙宗真有要紧事，比如需要找帮手，或是一些个我们不宜露面的事情，就可以去找陆芝，不然就是宋聘，尤其是那个路子很野的蒲禾，让他们帮忙砍人啊。"

云签恍然大悟，叹了口气。果然让纳兰彩焕来当宗主，自己只当个摆设掌律，是对的。

纳兰彩焕转头望向窗外，就要开春了，雨龙宗地界却有一场大雪。

遥想当年，那个年纪轻轻却身居高位的家伙，就是在春幡斋议事堂内，单手托腮，怔怔看着门外的那场鹅毛大雪。

他娘的，纳兰彩焕现在回想起来，竟然还几分人模狗样呢。

历史上第一条去往倒悬山的跨洲渡船，是南婆娑洲的枕水；第二条，是扶摇洲一个名叫云渡山的宗门，渡船名为俯仰；而第三条渡船，便是桐叶洲的桐伞，沉没于一场海难，剑气长城那边，曾经为此有过一场遥遥祭奠。甚至就连北俱芦洲的一洲祭剑，都脱胎于此。

只是岁月悠悠,时日太久,如果不是那位年轻隐官当年吃饱了撑着,仔细翻阅过躲寒行宫的每一本档案书籍,然后在那场议事途中亲口说出,就连纳兰彩焕都记不清楚了。

纳兰彩焕大摇大摆离开屋子,云签继续修行,她突然惊骇发现,一个陌生男子从云雾中走出,青衫长褂,身材修长,神色温煦。

云签匆忙从那蒲团之上站起身,怒斥道:"你是何人,胆敢擅闯雨龙宗!"

不是一位道法通玄的飞升境大修士,岂能拥有这等匪夷所思的神通? 难不成是某位隐藏在广袤大海中的蛮荒余孽?

只见那个青衫背剑的男子,轻轻提起手,手中握有一块玉牌,上有古篆"隐官"二字,笑道:"云签宗主,我叫陈平安,曾是剑气长城隐官。"

云签极其意外,不过她仍是皱着眉头,摇头道:"仅凭此物,如何能够证明身份,道友就当我那么好糊弄吗?"

陈平安说道:"我曾经请春幡斋邵剑仙,转交一封密信给你,留得青山在不愁没柴烧。"

他双指并拢,凭空书写出一封密信,字体大小、排列,细微笔迹,私章钤印,皆一模一样。

云签长呼出一口气,竟然真是那位素未谋面的雨龙宗恩人亲临此地!

她连忙行礼,若非眼前此人的出谋划策,那么整个雨龙宗的香火,恐怕已经彻底断绝了。

云签试探性问道:"隐官为何用这种方式现身?"

陈平安歉意道:"说来话长,以后我会拜访雨龙宗,与云签宗主登门赔罪。"

雨龙宗是一处水运凝聚之地,宛如泉眼所在,甚至有点类似藩镇割据,像那南海水君李邺侯,其实都无法彻底掌控此地水运流转。按照避暑行宫的记载,对于雨龙宗的由来,有两种猜测,要么曾是雨师人间驻跸处,要么就是登天一役中的陨落之地了。

云签微微脸红道:"不敢隐瞒隐官,我如今只是雨龙宗掌律,宗主是纳兰彩焕了。"

陈平安恍然道:"事后请云签道友帮忙捎话,与纳兰彩焕说一声,我下次登门与她道贺。"

纳兰彩焕就是个无利不起早的。不过她来担任雨龙宗宗主,对雨龙宗和她都是好事。

雨龙宗如今在浩然天下的名声很一般,所以战后文庙对雨龙宗的扶持力度,极其有限。如果不是雨龙宗的地理位置太过重要,占了一份地利,估计就会不可避免地渐渐走下坡路了,再没有一个手腕强硬的宗主,只会越来越香火凋零。当然了,请神容易送神难,以纳兰彩焕的性情,估计她不把这个宗主位置坐到地老天荒,是决不罢休的。

寻常山巅大修士,跻身了仙人境、飞升境,尤其是飞升境,往往在开辟府邸和炼化本命物两事上,一下子就变得无事可做了,剑修则不然,可以腾出手来,查漏补缺,既取长又补短,两不耽误。

不过纳兰彩焕想要跻身仙人境,并不容易,她毕竟不是陆芝。

云签故意将那"曾是"二字忽略不计,听过了年轻隐官的解释,立即答应下来。

陈平安说道:"云签前辈,不着急答应此事,最好与纳兰彩焕商量一下,毕竟牵扯到宗门水运,事关重大。"

云签摇头道:"不用,我好歹是雨龙宗掌律祖师,这种事情,我自己就可以决定。"

陈平安道了一声谢,便告辞离去。

云签欲言又止,只是抬起手又放下,对方已经远游,何况就算年轻隐官多逗留片刻,好像自己也不知道说些什么。

不知为何,她眉眼低敛,微微脸红起来。

黄沙万里,山头裸露,几乎寸草不生。

在一个难得有流水经过的山脚处,前些年偏偏开了个小酒铺,悬帜甚高,就是旗招子皱巴巴的,软绵无力。铺子里边有个大酒缸,卖酒以角计,或以碗计。老板娘是个姿色平平的妇人,荆钗布裙。经常光顾酒铺生意的,就那么几张老面孔,山神老爷、少女模样的河婆,其余就是一些不成气候的精怪,不少炼形半成,勉强能算是回头客,反正在这鸟不拉屎的地儿,修行一事倒也安稳,按照那尊山神老爷的说法,能在咱们这边落脚的,甭管什么出身,都是道心坚韧、毅力非凡之辈,要爱惜,要呵护。大家都觉得那位沽酒妇人,是那位山神老爷的姘头,至多也就是说句荤话,万万不敢毛手毛脚的。

咱们山神老爷也是可怜,都听说别地山神了,就是个土地公公,也能给自己找个既貌美如花又贤惠持家的土地婆不是?哪怕不说国色天香,好歹也要瞧着年轻吧。

卖酒妇人喜欢看书,倒是与喜欢吟诗作赋、出口成章的山神老爷是一路人。而那位可怜兮兮的山神,每天早晚雷打不动去巡视一座火山口两次,其实不是文庙订立的规矩,只是这位山神觉得天降大任,自个儿必须挑起担子来,所以每次都战战兢兢去那火山口打个转儿,然后就去酒铺喝个小酒,压压惊。

如今酒铺生意,已算略好几分了,来的客人再是穷光蛋,好歹还是个半吊子的练气士,而且这边的酒水用不到神仙钱,花不了几两银子,不过那三张酒桌,仍是从未坐满过。

桌上油渍,也从不擦拭,能有生意,真是靠酒。

就连那个有事没事就来这边坐会儿的山神,都只将仰止误认为一只炼形成功的水裔修士,约莫是个洞府境。

至于那些乌烟瘴气的流言蜚语。山神老爷气得跳脚,呸! 老爷我就那么不挑吗?!

烈日炎炎,在这冬春之交,依旧热气升腾如蒸笼一般,铺子里边的一桌客人,都是些精怪,一个个汗流浃背,光膀子喝酒,在那儿划拳,妇人也全然无所谓,只是看自己的书,不过她突然抬起头,轻轻合上书,眯眼微笑道:"真是稀客。"

妇人拿起桌上一把泛黄老旧的蒲扇,轻轻扇动清风,鬓角发丝飘荡,说道:"进来吧,不过想要喝酒,还是要花钱的。"

远处缓缓走来一位头戴斗笠的青衫客,他手持绿竹杖,摘下斗笠轻轻放在桌上,微笑道:"掌柜的,一碗酒。"

仰止手持蒲扇,还真就站起身,给陈平安端来一碗酒,放在桌上。只是酒铺内,除了他们两个,其余客人都像陷入一条停滞不前的光阴长河中。

陈平安并无任何怀疑,端起白碗,抿了一口酒。

刘叉是被陈淳安强行留在了浩然天下。相较之下,仰止要更加憋屈些,先被从青冥天下诗余福地重返浩然的柳七,以术法对术法,完全给碾压了。之后仰止眼见力敌不过,只得逃窜,但是被一位文庙副教主来了个守株待兔,拘禁在一处传闻曾是道祖炼丹炉的火山群中,也就是陈平安脚下的这片土地了。

仰止坐在酒桌对面,轻轻摇动蒲扇。

于公于私,双方结下的恩怨都不算少。当年在战场上,仰止曾经在众目睽睽之下,亲手拧断一位岳姓大剑仙的头颅。后者南游蛮荒、隐藏身份多年,他在蛮荒天下腹地,果断出剑,四处游走,搅碎了两条重要补给线,负责维持路线安稳的那拨妖族上五境修士,为此疲于奔命,以至于甲子帐不得不让两只旧王座大妖黄鸾和仰止,亲自去追杀此人。在战场上,避暑行宫严令剑修不许救援,而这件事兴许只是因为年轻隐官和避暑行宫,做得"太浩然",太冷血,不但飞升城至今有不少剑修还颇有怨言,就连陈平安带出剑气长城的九个剑仙坯子,其中的两个孩子,就因为此事始终难以释怀,最后还是认了于樾当师父,从雾色峰祖师堂谱牒上边抹掉了名字,选择跟随于樾一起离开了落魄山。

此外,还有甲申帐剑修涅滩,算是仰止这位曳落河旧主的半个关门弟子,仰止对其极为器重。

何况还有那座宝瓶洲的整座南塘湖,好像就是被这个仰止喝掉的,导致战后湖水高度,不足当年一成。

陈平安问道:"是出自酒泉宗的佳酿?"

这种亏本买卖,一般人做不出来。

仰止笑道:"这都喝得出来?"

其实酒里边兑水严重,灵气稀薄得几近于无,其实已经称不上是什么山上仙酿了。

一来,身上那些咫尺物里边,酒水存储不多,喝一壶少一壶;再者,仰止也不希望那些客人喝出余味来,不然酒铺就开不下去了。

陈平安笑道:"别忘了我自己就是酿酒人。"

仰止疑惑道:"你这是梦中饮酒,如何能够喝出滋味?"

陈平安笑了笑,没有给出答案。

他在去往曳落河、无定河之前,路过酒泉宗,曾经在那里停步饮酒。

据说仰止和切韵都对酒泉宗颇为照拂,才让一个不擅厮杀的宗门,能够在蛮荒天下长长久久屹立不倒。

见陈平安不说话,仰止也懒得追问,就当是一门山上异术好了。

仰止与绯妃这两只旧王座大妖,曾经平分蛮荒天下的八成水运,只因为谁都无法赢过谁。换个更准确的说法,就是谁都无法吃掉谁,使得双方都未能成为天下水运共主,自然就无法凭此跻身十四境。只是除了这场台面上的大道之争,其实还有一层更隐蔽、更凶险的厮杀,既是争抢水运,又是一场水火之争,因为绯妃的大道根脚,极为特殊,而且绯妃是后起之秀,其实是仰止的晚辈。

文海周密给出的解决方案,再简单不过,帮着换一块更大的地盘,双方各取所需。

这也是她们愿意一心一意跟随托月山大祖,赶赴浩然天下的唯一理由。

仰止微笑道:"我如今已经想明白了,所谓修道,就是一件很没意思的事情。"

冥冥之中自有天意,比如自己被拦下,留在这边,绯妃虽然成功返回蛮荒天下,结果却被眼前这个青衫客,抢走半数曳落河水运,想必跻身十四境一事,又成了遥遥无期的虚无缥缈之事。

仰止没有什么幸灾乐祸,反而是有点同病相怜。

陈平安端着酒碗,问道:"是因为觉得天定?单凭己身,万般努力,徒劳无功?"

仰止扯了扯嘴角:"大概是吧。"

陈平安瞥见先前仰止桌上那本书,笑问道:"能否借阅一二?"

仰止玩味道:"这可是禁书,不犯忌讳?"

陈平安一招手,拿过书一看,原来是昔年浩然贾生的那本《新书》,他问道:"没什么可忌讳的,撇开敌我阵营不谈,他的许多学问,不但我家先生认可,我也觉得很有道理。"

事实上,很多浩然修士都对曾经的浩然贾生感到惋惜,甚至公然为其打抱不平,只是等到那场战事来临,才没有了声响。

发现书本有多个书页折角,陈平安翻到其中一页,随便扫了几眼内容,是那个两头蛇的故事,有那么一场对话。

"今日吾于道上见两头蛇,恐去死无日矣。"

"勿忧,君斩此物,有阴德者天报之以福。"

那么在昔年的浩然贾生眼中，什么是两头蛇？

后来在蛮荒周密眼中，又将何物视为拦住世道的两头蛇？

仰止笑问道："比如？"

陈平安说道："比如祭祀鬼神，非礼不诚不庄。又比如那句'礼者禁于将然之前，而法者禁于已然之后'，再比如一句'使民日迁善远罪而不自知也'，又有一句'移风易俗，使天下移心而向道'。"

仰止眼神古怪，本以为这位年轻隐官，就是说句敷衍了事的话罢了。

仰止放下蒲扇，给自己也倒了一碗酒水，道："我还以为你会最钟情那句'自为赤子，教固已行'。"

仰止朝对方那边举起酒碗，只是对方无动于衷，仰止笑了笑，自顾自仰头饮酒，一口喝完，放下酒碗后，擦了擦嘴角，道："说吧，找我有什么事情。"

等到陈平安说完，仰止嗤笑道："这都什么跟什么啊，且不说我点燃一炷心香，那道水运精粹香火能否离开此地，最终一路流转到桐叶洲去，就算我答应了，就这么点水运神益，拿去缝补那么大一个窟窿，意义何在？"

"这就不是你需要考虑的事情了。"

"陈平安，你是不是忘了些事情？"

"怎么说？"

"既然是一桩买卖，那我该得的好处呢？"

"以后还能活着卖酒啊。"

"隐官大人，就这么喜欢说笑话？"

"我知道你知道我不是在开玩笑。"

仰止掩嘴而笑，然后伸了个懒腰，道："我们这算是谈崩了，对吧？"

陈平安看了眼仰止，她那件大仙兵品秩的墨色龙袍，就用上了金翠城编织炼制法袍的独门秘术。

如今彩雀府女修，之所以人人变成纺织娘，昼夜不息，很大程度上就在于陈平安让米裕送去了一件出自金翠城的法袍。彩雀府将其作为样品，完全拆解之后，炼造法袍的技艺跨上了一个大台阶。光是大骊王朝，就跟彩雀府一口气预订了一千多件法袍。

仰止的墨色龙袍被誉为数座天下的十大法袍之一，此外还有白玉京道老二身上的那件羽衣，龙虎山大天师赵天籁、青神王朝首辅姚清身上的法袍，符篆于玄身上的那件道袍紫气……皆在此列，所以又有一个"天下头等法袍，道门占一半"的说法。

陈平安终于笑着开口道："你不点头，我一个如今连玉璞境都不是的剑修，又能如何？"

大不了下次游历中土神洲，带着小陌来这边一起喝酒。

仰止冷笑道："说得好听！"

这次轮到陈平安意外了。

仰止咬牙切齿道："你身上那份大道气息，就算隔着几百里地，我都能察觉到！"

白泽肯定已经重返蛮荒天下了！至于那个家伙，为何从明月皓彩中醒来，最终会与一个剑气长城的末代隐官走到一起，天晓得。

见那陈平安有了离去迹象，果不其然，酒铺瞬间恢复正常，那位山神老爷继续说那先前未说完的言语，触景伤情，摇晃酒碗，道："乱鸦揉碎夕阳天，寒花瘦可怜。"

同桌的少女河婆则抿了一口酒，唉声叹气道："麻绳专挑细处断，厄运只找苦命人。真是强者强运，可怜苦者更苦哩。"

山神忍不住搬出长辈架势，弯曲手指，轻轻敲击酒桌，提醒道："小小年纪，别总是说些假装看破红尘的丧气话。"

只是双方几乎同时发现，不知何时酒铺旁边桌上多了个青衫男子。老山神与小河婆一时间面面相觑，心道：莫不是个陆地神仙？

仰止以心声问道："陈平安，另外做笔清爽买卖？"

陈平安有些奇怪，静待下文。

仰止说道："你帮我预留一部分曳落河水运。如果可能的话，再帮我与文庙探探口风，看看能否准许我像那桃亭，以及你身边那个小陌一般，在浩然天下来去自由。我当然可以立誓，不管蛮荒天下那场架胜负如何，我都愿意学一学白泽，留在浩然天下至少千年。你要是答应这两件事，我便传授你一道术法。对我来说，就是鸡肋；对你而言，却可以解决燃眉之急。

"退一步说，就算你此法修行不成，但是对那个趴地峰的火龙真人而言，说不定就是一份大道契机，凭此柳暗花明又一村。我知道你与他关系极好。"

陈平安笑道："你是想让我做个担保人？"

仰止问道："如何？"

陈平安摇头道："很不如何，下次再说。"

陈平安站起身，重新拿起斗笠，问道："为何给自己取了这么个化名？"

仰止。高山仰止？

仰止犹豫了一下，她抬手指天。

陈平安越发疑惑，顺着视线，看了眼那轮悬空骄阳。再瞥了眼仰止，她有些神色恍惚，不像是随便打了个幌子。

仰止叹了口气，只是想起一事，她便需要去稳住自己的道心。

远古有至高之一，坐镇荧惑拂星斗，烹四海炼五岳，巍巍火德，万神仰止。

仰止在修行之初，远远没有得道证就地仙，却曾经亲眼见过一场惨烈至极的厮杀，所谓地仙,大道性命贱如蝼蚁。

她十分幸运,虽然躲避不及,竟然没被殃及,在那战场累累尸骸中,只有她存活下来,呆呆站立。

她睁眼,只见那个存在离开了王座,最终来到自己身边,弯下腰,伸手按住自己的脑袋,与自己对视。

最终说了句,小爬虫,丑是丑了点。

陈平安收回视线,戴好斗笠,继续远游。

第四章
山不在高

　　仰止突然以心声问道:"能不能让我跟那位道友聊几句?"

　　陈平安停下脚步,扶了扶斗笠,似乎在与人商量些什么。片刻后,远处便响起一阵驼铃声,黄沙古道,驼铃悠悠,有人头戴幂篱,身穿一件碧色长袍,牵了一峰白骆驼,姗姗而来。

　　大日悬空,烘烤大地,光线都是扭曲的,铺子里边那桌划拳的酒客,都纷纷转移视线,窃窃私语。只因牵骆驼的胳膊露出一节白藕似的手腕,他们便开始猜测那女子的岁数,不知相貌生得如何,有无可能是沽酒妇人的亲眷,有无婚嫁……

　　只是很快就被另外一幕奇异景象遮掩过去,远处空中,有车骑掠过座座山头,往酒肆这边风驰电掣而来,巡视阵仗很大,文武佐官,神女宫娥,得有小二十号人物,排场就像那些公案小说里边的八府巡按,手持尚方宝剑,鸣锣开道,有胥吏扛那两块"山肃水静""生人回避"牌,唯一的区别,就是一个在天上,一个在地上。

　　陈平安与走到身边的青衣点点头,然后挑高视线,仰见黄幔青油车中有一少年,丰仪瑰玮,面白如玉,一双淡金色眼眸,正好往酒肆这边俯瞰而来,只是扫了一眼那两个过路客,便不再上心,不过是一个五境武夫,一个洞府境女修,这么一双山上道侣,成为山神龚新舟的座上宾,绰绰有余,只是还真入不了自己的法眼。

　　在酒铺划拳的一大桌子精怪山鬼,纷纷停下吆喝,赶忙起身穿上衣物,着急了,都是就近胡乱拿了件衣衫穿上身,到最后便是瘦子挂宽衣、胖子衣衫紧绷的滑稽场景,只是时间紧迫,已经由不得他们换回衣物,一个个顿时头大如斗,谁不晓得那位府君最讲究那些虚头巴脑的礼数了，只求别因为这点狗屁倒灶的事被穿了小鞋。

本地山神老爷与那少女河婆都已离开酒桌，来到铺子外边迎接顶头上司的车驾。

双方一出一入，刚好与青衫斗笠的男子、头戴幂篱的"女子"擦肩而过。

青同走到酒桌旁，没有摘下幂篱，只是掀起一角，看了眼仰止，嗓音清脆道："仰止道友，喊我青同便是了。"

仰止施展的那点障眼法，对青同来说，形同虚设，而在桐叶洲，青同其实经常能够见到仰止的身影，说不羡慕是不可能的，那会儿的仰止，身为曳落河旧主，十四王座大妖之一，统领蛮荒两座军帐，地位犹在绯妃之上，真可谓是大权在握，大道可期。

"随便坐。"仰止拿书上蒲扇指了指桌旁长凳，微笑道，"身为阶下囚，也没什么待客之道了。"

仰止在陈平安重新落座后，问道："某人是不是忘了给酒水钱。"

陈平安笑道："这不是还没走，刚好新账旧账一起算。"

仰止只当没听明白言外之意，转头望向青同，轻轻摇晃蒲扇，道："剑气长城那边都说跟隐官大人做买卖，肯定稳赚不赔，押大赢大，青同道友好眼光。"

青同幽幽叹息一声，开诚布公道："只是不得已为之，先与隐官大人问拳一场，再接了小陌的一场问剑，要是再不知趣，隐官大人都要将那半座剑气长城搬迁到桐叶洲了，我又能如何？"

仰止笑道："问剑？小陌？"

青同一想到那个曾经在镇妖楼恢复巅峰状态的家伙，就脸色微变，越发无奈道："你先前已经猜出其身份了，他如今跟随隐官大人，不知怎的就以死士自居，还当了落魄山的记名供奉，在文庙那边，化名陌生，道号喜烛，平时喜欢自称小陌。"

仰止停下蒲扇，好奇问道："比起万年之前，这家伙的剑术精进了几分？"

青同苦笑道："那会儿他剑术如何，我又不知底细。"

仰止点点头，当年人间，最清楚小陌剑术高低的，除了那一小撮山顶剑修之外，大概就数她仰止最有资格说三道四了。

如果小陌这拨沉睡万年的远古大妖，可以早醒个几年，然后一入主英灵殿王座，与自己这些十四旧王座并肩作战，那么先前那场架，各大蛮荒军帐只需一路横推便是了。不敢说最后一定拿得下底蕴深厚的中土神洲，但是首先，南婆娑洲不会久攻不下，醇儒陈淳安兴许也能落个好名声。其次，金甲洲以北的流霞洲会被顺势拿下，皑皑洲那些墙头草只会随风倒，尤其是那个宝瓶洲，不管如今浩然天下谁来当家做主，仰止都可以确定一件事，等到战事结束，一洲山河稀烂，人间再无宝瓶洲。苏子柳七即便重返浩然，一样徒劳无功，说不定除了白也，符箓于玄都会一并陨落在扶摇洲……想来自己，也不至于退路被阻，被囚禁在此，只能每天卖酒看书打发光阴。

青同环顾四周,说道:"文庙在这边好像没有设置山水禁制?"

仰止嗯了一声:"与小夫子有过一场君子之约,在方圆千里之地,我可以任意行走,只要不滥杀,就没有任何忌讳,而且我也无须给文庙做任何事,像我这种阶下囚,可能不多见了。"

青同由衷赞叹道:"小夫子还是气量大。"

双方聊起礼圣,还是习惯称其为小夫子。

仰止笑了起来,道:"咱们那位白泽老爷,即便有万般好,只是比起小夫子,我总觉得还是差了点意思。"

青同试探性说道:"是白泽老爷不够心狠的缘故?"

仰止想了想,开口道:"比较难说。"

听着很像是两个市井婆姨在倒苦水,说些鸡毛蒜皮的家长里短。

而陈平安更多的注意力还是在车驾那边,耳边事也就只当听个热闹,倒是不会觉得陌生,只是聊的内容范围稍微大些,不然与早年在家乡街坊间、铁锁井旁听到的妇人碎嘴,没啥两样。

仰止看了眼那个双手笼袖的年轻隐官,与青同打趣道:"你这算不算是跟剑修命里相克?"

青同哀叹一声:"谁说不是呢,就这么熬着吧。"

仰止笑道:"比上不足比下有余,总比我好些。"

要是不叫陈平安喊来青同,聊这些有的没的,倒还好说,一颗道心如死水微澜,但一聊开了,仰止就难免气短几分,越想越憋屈。

剑气长城里边曾经安插有不少蛮荒天下的谍子、死士,故而甲子帐那边是知道不少内幕的,又因为宁姚的关系,对一个原本都不是剑修的年轻外乡人,跟着上心了几分。想当年,就连那位剑气长城的玉璞境本土剑修列戟,都暗中投靠了蛮荒,说真的,要是列戟当年在城头上没有失手,而是一剑砍死了担任隐官没多久的陈平安,估计也就没后边这么多事了。

说不定两座天下的大势,都要出现不可估量的改变。

可惜列戟的那把本名飞剑燃花,先是被米裕出剑阻拦,又被身穿两件法袍的陈平安,以一张锁剑符禁锢,最终列戟不惜炸碎一把本命飞剑,依旧只是重伤了陈平安。没法子,很多事情,差了一点,就是差了一万。

不过那个跻身了上五境便开始混吃等死的米裕,也确实可以,不愧是地仙时得了米拦腰这一绰号的剑修,当时在城头出剑不犹豫,凭借一把霞满天,为新任隐官拖延了一点宝贵时间,再拔剑出鞘之时,剑锋从列戟的肩头处斜劈而下,竟然直接将那个还算是好友的列戟,当场一分为二。

浩然天下的剑修,即便境界比米裕更高,也肯定会稍稍拖泥带水,做不到米裕那般……出剑杀人不用过脑子。

城头那场变故,仰止当时就身在甲子帐内,与托月山大祖、文海周密一起目睹全程。

当时周密还曾笑言一句,可惜米裕作茧自缚多年,不然要是被此人成功破境,再侥幸跻身了飞升境,恐怕剑气长城就要多出一个董三更了。

托月山大祖还专门问了一句,能否招徕米裕? 当时回答这个问题的是剑仙绶臣,说是如果没有兄长米祜,才有机会让米裕转投蛮荒。

仰止见那陈平安笑容有几分玩味,立即察觉到一丝不对劲,她蓦然心惊,厉色道:"你能窃取心声?"

陈平安微笑道:"别忘了你此刻身处何地,真当是自己的地盘了? 一位飞升境修士的心弦微颤,声大如雷鸣,就算我双手遮住耳朵,也是听得见的。你让我怎么办?"

仰止狠狠瞪了眼青同,青同满脸委屈道:"仰止姐姐呀,咱俩熟归熟,可别忘了我与隐官才是一伙的。"

陈平安忍住心中别扭,亏得不是头一遭了,当初与陆抬一起游历桐叶洲,自己也没少起鸡皮疙瘩,习惯就好了。

仰止没好气道:"酒水散卖自取。"

陈平安起身去了盖有木板的酒缸那边,揭开木板盖子,酒缸边沿挂了一支竹酒舀,给自己和青同舀了两碗酒,坐回酒桌后,笑问道:"什么来头? 为何是五岳山君的排场,却只挂了山神府的牌子?"

仰止说道:"叫梅鹤,曾是小国山君,世事变迁,换了国姓,其间他押错注了,就被新皇帝记仇,找了个法子撤销山君头衔,降为一地山神,反正在这边也没谁管这套繁文缛节,梅鹤如今算是管着这一片的万里山河,不过道行浅薄,就是个小小金丹,文庙显然没有通知梅鹤,所以他既不知道我被拘押在此,也不清楚此地的真正来历。只将这片火山群,当作一处灵气淡薄的鸡肋地盘,把我当作一位嬉戏人间的龙门境修士了,可能是他修行火法的缘故,所以才在这边扎根,结出一颗金丹,大概还想与我收点买路钱和安家费吧,这些年里,先后两次暗示我,我只当没听明白,估计这次来,是要与我下最后通牒了。"

仰止也懒得多看那梅鹤一眼:"按照客人们私底下的说法,这家伙好像生前是个当官的,官做得还不小,什么学士尚书总裁官的,加上那些谥号追赠,弄了一大堆在身上,我至今也搞不清楚里边的门道,说话文绉绉的,跟他聊天,老费劲了。"

陈平安抿了一口酒水,点头道:"半桶水的读书人,都不愿意好好说话。"

仰止神色古怪,就这么喜欢骂自己?

先前那腾云驾雾的巡游车驾,在靠近酒铺这边的山神庙与河婆祠后,故意减慢速度,好像有意让这帮游手好闲的酒鬼,早早做好接驾准备。

老山神叫龚新舟,按照文庙颁布的金玉谱牒,如今官身品秩是从七品。

而那少女模样的河婆,名为甘州,她管着酒铺附近那条河流,名为朝湫,与河伯、土地公一样,在山水谱牒上边都是垫底的胥吏,甚至不如县城隍。

少女河婆嘀咕道:"又来摆阔,烦死个人。"

老山神连忙提醒道:"官大一级压死人。你自己算算看,比咱俩高了几级?等会儿见着了梅山君,你千万别再像上次那样,拉着一张臭脸。梅山君府上管事的,上次来我这边喝酒,与我有几分香火情的,他偷偷告诉我,青云府的稽查司,已经对你有意见了,明年的山水考评,你多半又要垫底了。"

少女没好气道:"垫底咋了,我又没想着升官发财,就是个不入流的河婆,也没得官贬了,半点油水都没有的苦差事,官囊干瘪得都凑不出一枚小暑钱,我这条朝湫,啥个光景,谁不清楚?县城隍爷都要笑掉大牙。姓梅的就算把我就地撤职了,老龚你问那些清云府里边娇滴滴的神女,她们乐不乐意过来遭罪?只要谁肯点这个头,姑奶奶我还真就不伺候了,谁爱当河婆谁当去,大不了以后我就跟你老龚混了。"

老山神听得差点翻白眼,跟我老龚混?你是穷,那我辛苦持家又攒下几个钱了?伺候得起你这个小姑奶奶大碗喝酒大块吃肉?万一哪天你想要嫁人了,嫁妆不得自己出?龚新舟只得继续苦口婆心劝说道:"信我一句,逢人给笑脸总是对的,朝湫再小,也是自家地头,关起门来就不受气。"

那帮总算借机重新换好衣衫的精怪,畏畏缩缩地躲在山神、河婆后边,一直在使劲抖动衣襟,好让身上浓重的酒气转淡几分。

瘦死的骆驼比马大,哪怕那梅鹤不是山君了,也还是一位开府的山神老爷,建造在跑马梁上边的山神祠庙,那叫一个气派,每次山君巡游,更是地动山摇。再瞧瞧这会儿就站前边搓手的老龚,同样是个山神老爷,那栋破宅子,真是给人家梅老爷提鞋拎马桶都不配。

何况那传得有鼻子有眼睛的,说那梅老爷的青云府,每六十年一次的府君寿宴,次次都能够见到几道吓死了个鬼的剑光。

仰止瞥了眼那个少年姿容的梅鹤,问道:"这家伙腰间挂了块玉牌,上边有'天末凉风'四个字,是什么意思,有讲究?"

陈平安笑道:"没什么大讲究,就是句自怨自艾的牢骚话,约莫是说自己被流放在了天末之地,远离庙堂,身在江湖,天高皇帝远的,难以施展抱负。大概能算是一个自命不凡的富贵闲人?"

仰止啧啧称奇道:"你们读书人评价他人,就是一针见血。"

陈平安问道:"他就从没怀疑过,你可能是个隐藏境界的世外高人?"

仰止反问道:"换成是你,在自己家乡,路边随便遇到个摆摊卖酒的,都会觉得是个地仙?"

陈平安笑道:"当然会。肯定是。"

在我家乡,地仙算什么?

哪怕仰止所谓的地仙,是那远古时代的地仙,在骊珠洞天里边,一样不算什么。

甚至可以说,越是境界高的,不管什么出身、何种背景,反而越是需要行事谨慎。

仰止一时语噎,才记起眼前的年轻隐官,家乡好像是那个骊珠洞天,实在是习惯了将此人视为剑气长城的本土剑修。

至于骊珠洞天,既然会被周密当成登天之处,想来是不缺神异古怪的。

那队豪奢车驾缓缓停在地上,龚新舟扯了扯身边少女的袖子,快步向前,作揖道:"香榧山小神龚新舟,与朝湫河婆甘州,拜见梅府君。"

身后那些精怪便有样学样,与那位梅府君弯腰作揖,一时间闹哄哄的。

"你们都在外边等着。"梅鹤给山神府官吏下了一道旨意,一步跨出。下了青油车,落在地上,挥了挥袖子道:"免礼。"

见那沽酒妇人一桌三人,两张陌生脸孔,都还在自顾自喝着酒,没起身相迎,府君大人虽然心中不悦,却也没有如何摆在脸上。这些个山泽野修出身的泥腿子,兴许一辈子都没读过几本书,不懂礼数才是天经地义的事情,自己何必动气。

梅鹤步入酒肆,抬手捂住鼻子,微微皱眉,龚新舟拿袖子擦了擦桌面,甘州刚要率先落座,龚新舟连忙伸出脚,踩在她的脚背上,甘州一阵吃疼,只得继续站着。

梅鹤也不正眼瞧那些辖下精怪,神色淡然道:"换个地儿喝酒去。"

酒肆里边的三张酒桌,好不容易头回坐满客人,结果那帮酒鬼却如获大赦,赶紧快步逃离酒肆。

梅鹤与龚新舟、甘州说了些官场话,然后就转头望向那个沽酒妇人,笑问道:"景行道友,就没想过在这边寻一处灵气稍好的道场,开辟府邸?"

天下名山大川,灵气充沛的形胜之地,被宗门仙府占去一半,又被寺庙道观占去两成,再被山水神灵占据两成,这才有了那个千金难买小洞天的说法,不成气候的散修之流,找个能够称之为道场的好地方,何等不易。

这个来历不明的妇人,在梅鹤看来,就是个希冀着在此结丹的野修。梅鹤此次出游,随身携带了一幅堪舆图,还特意朱批圈出几处,供她选择。梅鹤自认已经很给她面子了,她一个尚未结丹的龙门境练气士,自己可是堂堂府君,等同于一位金丹地仙坐镇山河,那么对方只要不是剑修,就是一条龙也得盘着!

见那妇人笑了笑,却未言语,梅鹤便取出一只瓷瓶,拧开盖子,花香扑鼻,嗅了嗅,笑问道:"这两位是?"

仰止这才开口说道:"是我的两个山上朋友,一位姓陈,一位道号青同,都不是本地人。"

陈平安笑着摇头道:"不算朋友,讨债来了。"

仰止脸色如常,心中却很后悔当初这家伙宰了离真,独自站在战场中,手持一剑,剑尖指向他们这些旧王座时,自己那会儿没有随便伸出一根手指碾死他。

此刻仰止已经有意遮掩自身心境气象,陈平安自然就无法再听到那种所谓心弦震动如打雷的心声了。

"这个景行,别看她穿着朴素,其实家底颇丰,很有钱的。要是梅山君愿意,"陈平安抬起一只手掌,在脖子那边晃了晃,"事成之后,咱俩可以五五分账。"

甘州张大了嘴巴。

这个外乡人,咋个这么凶啊?这种杀人越货的勾当,都能说得如此正大光明的?

龚新舟更是泥塑木雕一般,心中叫苦不迭,自己不会被杀人灭口吧?

梅鹤看了眼那个说话不着调的青衫客,笑了笑,看在那个"梅山君"的称呼的分上,就不跟你一般见识了。

梅鹤也懒得继续与那妇人兜圈子,直奔主题,不给对方装傻充愣的机会:"景行道友,如果我没有记错的话,结丹一事,可是要消耗一地山水气运的。"

仰止说道:"结丹?天底下有结两颗金丹的地仙吗?"

不承想陈平安马上跟上一句极有拆台嫌疑的言语:"还真有。"

仰止倒是不介意陈平安的言语,只是好奇问道:"谁是?"

这可比一位剑修同时拥有三四把本命飞剑还要稀罕了。只听过文庙儒家圣贤的本命字之说,白玉京的某些天仙道士得神灵庇护,还有佛家罗汉的一尊金刚不败之身……但是仰止还真没听说过哪位练气士,能够一人拥有两颗金丹。

青同欲言又止,只是不好泄露天机,便捣糨糊一句:"确实有的。"

梅鹤脸色不悦,这个婆姨如此不识抬举,就别怪自己返回山神府后,教她该怎么当个客人了。

只是就这么离去,难免折损颜面,梅鹤便与龚新舟问道:"先前我看你在酒铺内,在翻看一本书。"

这位府君老爷,显然习惯了话说一半,后半句让人全靠猜去。

龚新舟连忙从袖中摸出一本犹带墨香的崭新印谱,双手递给梅鹤,谄媚笑道:"是一部新版刻出来的印谱,小神闲来无事,随便翻翻的。"

之所以没有直接报上印谱名称,主要是吃不住某个字的读法,行伍出身的老山神,到底是露怯怕出丑。

梅鹤接过,先扫了几眼序文,再随便翻了几页,道:"这《皕剑仙印谱》,加上之前的那本《百剑仙印谱》,就是个东拼西凑的玩意儿,落在真正的读书人眼中,就是贻笑大方,两部印谱连同那些印章,也就是在那剑气长城才卖得动,若是搁在我们这边,呵,若是撇开刻印之人的特殊身份不谈,恐怕销量堪忧。"

少女河婆看了眼老山神,"皕"这个字的读音,好像跟你说的不一样啊。

至于印谱本身内容,甘州并不感兴趣,读书人的活计,看着眼睛不累,心累。

龚新舟以心声与她解释道:"其实是个多音字,我也不算读错了。"

梅鹤又翻了几页印谱,道:"就说这方印章,'山河'二字,岂可刻得如此支离破碎?再说这方,'豪杰'一语,失之纤细柔媚。显而易见,这位隐官大人,功夫都花在习武练剑二事上边了,于书法一道,耗费的力气不多,不过也算情有可原,毕竟是位剑仙。"

这本印谱的序文中,有一句评价极高的赞语:"百皕两谱广海藤,束之高阁类孤僧。"

梅鹤看后摇摇头,将那本印谱丢在桌上,低头嗅了嗅瓶中花香。

"就是个金石一道的门外汉。呵呵,年纪轻轻,浮名过实。"

仰止看了眼那个口气恁大的梅府君,再看身边一脸笑意的陈平安,觉得有趣极了,打死都猜不到吧,正主儿就坐在这儿呢。

就像一个画符的,当着符箓于玄的面,挑那于玄符箓造诣的瑕疵,这里不对,那里不成。又像一个修行火法的练气士,说火龙真人雷法尚可,可惜火法一道,终究差了点火候。

"这脂粉卷的二十几方印蜕,实在是水准不高,由此可见,这位年轻隐官,即便胸有丘壑,也只是深浅极其有数了。什么乌发如云皓齿明眸的,什么绿鬓腰肢又如何之类的,真是俗不可耐,不堪入目,亏得这位隐官大人当年下得了这份笔刀,说句不中听的,隐官大人的治学本事,很一般了。"

仰止明显有几分幸灾乐祸,之前没觉得梅府君如此顺眼,说话如此中听啊。

陈平安举着酒碗,瞥了几眼印谱书页,说道:"《皕剑仙印谱》,应该没有这些专门形容女子容貌的印蜕。"

龚新舟立即就不乐意了:"这你都知道了?"

陈平安笑道:"印谱的初刻本,是肯定没有这些内容的,如果我没有记错,似乎也没有什么'脂粉卷''饮酒卷'之类的花哨排版。"

龚新舟嗤笑一声:"这印谱的初刻本,何等罕见,你难道亲眼见过啊?年轻人吹牛皮,好歹也要打个草稿。"

老山神言语不客气之时,却偷偷朝那青衫客使劲使眼色,出门在外,莫要做那意气之争!你这个外乡人,怎么如此不识趣,半点不晓得察言观色,你就没瞧见梅山君的脸色已经变了？

仰止摇动蒲扇，笑眯眯道："梅府君，花钱买道场一事，回头我亲自登门找你商议，今儿就算了，有客人在。"

她担心这个梅鹤，一言不合被人砍死。

梅鹤虽然奇怪对方为何会改变主意，却也没有多想什么，起身离开酒肆，登上青油车，乘云一般打道回府。

龚新舟拉着少女河婆一起送行，等到不见了车驾踪迹，这才返回酒肆，继续喝酒。桌上酒碗都空了，就一手一白碗走向酒缸，青衫男子已经站在酒缸那边，老山神去舀酒时，这个半点不懂人情世故的外乡人，这会儿倒是开窍了一般，没有自顾自满酒就作数，竟然主动帮忙舀酒了，老山神心中叹息一声，早干吗去了，非要与梅府君在台面上争执那点不痛不痒的是与非。

陈平安坐回原位，嘿了一声："吾印遍天下，伪造者居多。"

仰止随口问道："你会不会恨那列戟？"

可能正因为列戟的出剑，才有了后来陈平安的秘密离开避暑行宫，去往牢狱，才会遇到缝衣人，才能够承载妖族真名，才会合道半座剑气长城……一件必然之事，真不知道也是由多少个偶然串联在一起的。

陈平安摇头道："恨他做什么，有理由没道理的事。"

当年剑气长城的本土剑修，如萧愻、洛衫、竹庵剑仙这般的叛逃者也好，像列戟这种死在剑气长城的也罢，或者是张禄这样从头到尾袖手旁观的，都未必是得了蛮荒天下的什么利益诱惑，可能他们就是纯粹看不顺眼浩然天下，不愿万年无事的浩然天下继续太平无事一万年。

那些剑修敬重驻守城头一万年之久的陈清都，但是内心深处，绝对不认可老大剑仙的选择，他们觉得太窝囊、太憋屈。

而那列戟，其实还是最早去小酒铺花钱买酒的上五境剑修之一。

当年城头之上，陈平安从列戟手中，接过一壶自己酿造的竹海洞天酒，不承想接过酒壶，便是一场命悬一线的领剑。

陈平安举起酒碗，朝一个方向稍稍抬高几分，然后一饮而尽。

双方虽在某些战场上分出生死，却不妨碍列戟之流，还是陈平安心目中的纯粹剑修。

仰止突然想起一事："米裕在老龙城战场上出过剑，听说离开剑气长城后是投靠你的那座落魄山了？"

陈平安点点头。

仰止问道："他还没有破境？"

陈平安笑道："快了吧。"

仰止不以为然："破了境,成为一位浩然天下的大剑仙,意义又在哪里呢？要我说啊,米裕这种剑心粹然的人,当年就该跟随萧愻一起去蛮荒天下的,留在这边,尤其是还多了个谱牒身份,只会束手束脚,就像衙门当差,出个远门还要点卯,何苦来哉。"

"不必以己度人。"陈平安摇头道,"既然不是剑修,就少教剑修做事。"

不愿多说此事,陈平安看了眼那个少女河婆,和仰止问道："每天在这边卖酒,闲着也是闲着,你就没想过收取甘州为不记名弟子,传授给她一两种水法？"

这位朝湫河婆,好像有件本命物,名为蛇盘镜,取自一句气魄极大的佚名古语："吾观瀛海,巨浸泱泱,九洲居中,如蛇盘镜。"传闻练气士观海境的由来,也出自此。

虽然少女的这把镜子品秩不高,只是件灵器,但是与仰止,真要按照山上规矩计较起来,多少也算一种道缘了。

仰止看了眼那个确实不讨厌的少女河婆,笑道："之前没想过这一茬,既然你今天都这么说了,那就以后看心情吧。"

陈平安问道："你们俩聊完了？"

青同点头道："以后我如果有机会来中土神洲,再找仰止道友便是。"

仰止笑道："青同,你身上有没有一些杂书,送我几本。"

除了那些价值连城的秘籍道诀,以及曳落河旧藏的一些珍贵孤本古籍,她身上就只那么几本杂书,这些年翻来覆去看了不知多少遍,要说为这么点小事,与文庙那边开口讨要,仰止还真开不了口,何况就算她有这脸皮,万一文庙那边给了一堆圣贤书籍,岂不是自找没趣。

青同点头笑道："小事一桩,你喜欢看什么类型的书？是那三教典籍、稗官野史,还是志怪小说、才子佳人、武侠演义？"

仰止也不与青同客气,说道："每个种类,都来几本好了。"

青同转头望向陈平安,陈平安猜出其心思,笑道："要是你们俩能够在礼圣的眼皮子底下,做成什么见不得光的勾当,也算本事了,我拦个什么。"

于是青同便放下心来,悄然施展一门术法,送给了仰止几百本书。

仰止道了一声谢,然后她犹豫了一下,直愣愣盯住陈平安,说道："先前我提议的那桩买卖,就真没半点想法？"

陈平安笑道："也不是完全不可以谈,但是你得预先支付两笔定金,要是答应了,等我以后游历中土神洲,就再来这边喝酒,到时候肯定给你一个确切答复。"

仰止说道："定金？你说说看。"

陈平安说道："你那件法袍,使个术法,算是送我一件低劣的赝品,你可以事先剥离其中三四成最为关键的道法脉络。"

仰止又说道:"说第二笔。"

陈平安笑道:"归还南塘湖水。"

仰止疑惑道:"第二笔定金,就只是这个?"

陈平安说道:"梅府君真该听听这种话,什么叫家底殷实,这就是了。"

仰止说道:"我身上那件墨色龙袍,名为走水,又名火炼。法袍有两处不同寻常的神异,能够让七八头蛟龙之属的水仙后裔,走水必然成功。毕竟那些水路,皆在我一手掌控中,功效无异于大渎走水,比如当初那条被抓去剑气长城牢狱里边的青鳅,从元婴境跻身玉璞境,就是靠走了这条捷径。再者,'走水'本意,你们这种读书人最清楚不过了。"

仰止顿了顿,又道:"两件事,我都可以答应。"

见那陈平安明明开出了条件,自己也爽快答应了,这家伙反而又开始犹豫不决,仰止气笑不已,不愧是个从避暑行宫走出的人。

仰止问道:"我好奇一事,当年你跟离真打完那架,哪来的胆子在战场上挑衅我们?"

如果说是个天不怕地不怕的愣头青,是真有可能半点不怕的,可问题在于,论城府深重,眼前这个家伙,真不算差。

陈平安说道:"可以视为一种问拳。"

青同解释道:"那是一个千载难逢的机会,借他山之石可以攻玉,用来砥砺武夫一往无前的心境。"

仰止虽非纯粹武夫,只是天下修行,道理相通,青同这么一说就明白了。

陈平安站起身,重新戴好斗笠,笑道:"下次一起结账。"

"最好别来了。"仰止挥了挥蒲扇,抬了抬下巴,示意陈平安身前桌上那只白碗。

陈平安低头看了眼,白碗内多了一层"酒水",而且酒碗内的"水面上",好似漂浮着一片墨色树叶。

陈平安将这只酒碗收入袖中,与那老山神和河婆拱手抱拳,然后带着青同走出酒肆,渐行渐远。

龚新舟两人挥手作别,继续翻看那本被梅府君贬低得一无是处的印谱,瞧着没那么差劲啊?只是蓦然肩头一歪,手中印谱摔落在桌上,再去拿起时,竟是提不起一部轻飘飘没几两重的印谱了,好似有那万钧重,老山神低喝一声,运转神通,好不容易才拿起印谱,转头望向那个婆姨,试探性问道:"是你搞的怪?"

仰止拿蒲扇指向先前两人离去的方向,懒洋洋道:"是那个姓陈的外乡人,算是他与你拜山头的礼物吧,好好收着,别走漏风声,小心被梅府君抢了去。"

老山神心意微动,连忙翻开书页,在那印谱尾页之上,凭空多出了一方之前肯定没有的崭新印蜕。

"山不在高,有神则明。"

少女河婆伸长脖子瞧了瞧,也没如何当回事,只是发现沽酒妇人突然站起身,好像有真正的贵客登门了,循着她的视线望去,是个满身书卷气的中年儒士,瞧着有几分眼熟啊,儒士身边跟着的穷酸老书生,就很面生了。两个读书人一并往这边走来,少女河婆再一个眼花,那穷酸老者便好似缩地山河,来到了酒桌旁边,一拍老山神的肩膀,大笑道:"这位山神老哥,书上印文俊不俊?!"

仰止好奇万分,以心声问道:"礼圣怎么来了?"

礼圣笑道:"扛不住某人的反常举动,竟然破天荒没有半点撒泼打滚,就只是一个人喝闷酒,以至于熹平都怕了他,只得通知我,好让某人安心几分。"

一代人有一代人的难以望其项背者。

白也,人间最得意。于玄,符箓集大成者。苏子豪迈,柳七风流。

上代龙虎山天师,皑皑洲韦赦,趴地峰火龙真人,剑术裴旻,斩龙之人,中土周神芝,怀荫……

白帝城郑居中,铁树山郭藕汀,裴杯,曹慈……

但即便是浩然最得意如白也,性情桀骜如斩龙之人,神鬼莫测如郑居中,大概在中年儒士模样的小夫子这边,都会心悦诚服执晚辈礼了。

少女河婆小心翼翼问道:"礼圣老爷?"

礼圣笑着点头。

老秀才正了正衣襟,咳嗽一声,又接连咳嗽几声,少女河婆只是疑惑不解,一头雾水,干吗,你谁啊,就算是文庙那边的官老爷,当那祭酒司业、书院山长什么的,可我也不认得你啊,让我咋个拍马屁?

老秀才只得抖了抖袖子,自报名号:"我是刚才那个青衫剑客的先生。"

龚新舟怔怔看着那位礼圣老爷,咽了口唾沫,千言万语都堵在嘴边,不晓得如何开口了,都怪自己之前多喝了几碗,怨酒!

然后老山神肩头又挨了那个老秀才一巴掌,老秀才道:"好好好,山神老哥真是好风骨,就算见着了咱们礼圣,还是岳峙渊渟一般,纹丝不动……"

言语之间,老秀才已经绕过酒桌,先帮礼圣挪了挪长凳,然后屁颠屁颠去舀酒,端酒上桌之前,还拿袖子擦了擦酒桌,与老山神先前如出一辙,之后又跑了一趟酒缸,连老山神和少女河婆那份都没忘,眨眼工夫,一气呵成。被人一口一个山神老哥叫着的龚新舟,接过酒碗,颤声问道:"敢问老先生你是?"

老秀才唉了一声,尾音上扬,埋怨道:"问这个做什么,晓得我那关门弟子是谁就成了。"

礼圣看了眼已经笑得合不拢嘴的老秀才,轻声笑道:"我们都坐下喝酒。"

其实之前在功德林那边的老秀才,不是这样的,经生熹平就从没见过那么沉默的老秀才。

宝瓶洲中部,一座富丽堂皇的巨宅,大渎长春侯府,碧霄宫。

水府之内悬挂匾额众多,观湖书院山长赠予的"功德永驻",云林姜氏家主亲笔的"诗礼伴家",还有林鹿书院送来的"神京屏翰"。就连大骊陪都礼部旧尚书柳清风,生前都难得破例一次,赠送了一幅墨宝,那"晴耕雨读"榜书四字,写得极有气势。

如今宝瓶洲陆地之上,被文庙封侯的杨花,是当之无愧的水神首尊。

陈平安没有直接去找杨花。没办法,这位大渎女侯爷,是个顶会较真的,还需让门房通报一声。

只是如果有谁能够从头到尾,旁观这一系列梦中神游,就会发现陈平安营造出来的梦境,距离真相越来越近。

陈平安跨上台阶,走向门房。

听说杨花上任第一件事,就是下令让辖境之内的所有山水官吏,不许登门道贺,所以别说侯府辖下许多官身不高的山水神灵,连同品秩不低的江水正神,还有大骊南部各州城隍爷,如今都还没见过杨花的真容。

再看看咱们那位魏山君,在这件事上就要"平易近人"太多了,就连那些县城隍和土地公、河婆们,都是有幸在夜游宴上亲眼见过自家山君的。

之前陈平安通过叠云岭山神窦淹之手,寄给了杨花一封书信,相信以杨花的心细如发,如果没有意外,她应该已经去过叠云岭和跳波河旧址,而且多半是微服私访。相信以窦山神的多管闲事,岑河伯的治水本事,杨花虽然未必会多惊喜于自己辖境内有这么两位"沧海遗珠",可她至少不会感到失望。

门房是位观海境老修士,收拾得干干净净,身穿一件据说是北俱芦洲彩雀府编织炼制的法袍,这如今几乎快要成为大骊山水官场的制式官袍了。

宰相门房三品官,老门房却依旧神色和蔼,主动出门待客,听到客人自称是落魄山陈平安,老修士一个没忍住,脱口而出道:"谁?!"

其实这是个有失礼数的举动,颇为失态了,以老门房的经验老到,原本不至于犯这种错误,只是耳朵里听到的消息,实在是太过震惊了,毕竟对方是孑然一身,单独登门侯府,方才也无什么一道剑光璀璨亮起于天边,怎么看都不像是一位剑仙的姿态。

陈平安只得笑着再自报身份一遍,老门房一下子就额头渗出了汗水,也不敢絮叨半句,只好硬着头皮说道:"隐官大人能否容我通报一声?"

没有称呼对方为山主,或是陈剑仙,老门房直接就用上了心中分量最重的那个说法。

老门房倒是想要立即放行,只是侯府规矩重,他最近几年内,不知拦下了多少个贵客,之前有来自大骊陪都的都城隍爷登门议事,门房小心翼翼掂量一番,觉得怎么都该放行,无须通报,结果事后礼制司的刘嬷嬷就把他给狠狠臭骂了一顿,说他怎么如此拎不清。

陈平安点头笑道:"按规矩走就是了。"

老门房心中惴惴,陪着那位隐官大人一起站在侯府门槛外。

当下老门房也有些好奇,不晓得自家侯府,今儿会不会开仪门迎客,这是大骊君主、藩王才有的礼遇,或是一洲五岳山君大驾光临才有的规格。

但是这位出身宝瓶洲却在剑气长城担任末代隐官的年轻剑仙,难得登门,何况自家主人是从铁符江水神之位升迁上来的,与那落魄山可是近在咫尺的邻居,好像于公于私,侯府都该打开仪门的。

但是来迎接年轻隐官的,是礼制司的二把手和一位侯府印玺司的掌印神女,长春侯并未露面,只是这么个事,就让老门房有几分愧疚,越发战战兢兢,不敢有任何言语。

由此可见,先有一场观礼正阳山,再有那个惊世骇俗的隐官身份,通过邸报一夜之间传遍一洲山河,如今在宝瓶洲的山水官场上,"陈平安"这个名字本身就是最管用的关牒了。

那位掌印神女先以女官身份,与陈平安行礼,再施了个万福,歉意道:"陈山主,我家主人正好在待客,暂时不方便撇下客人,还望陈山主体谅。"

陈平安笑道:"理当如此。仓促拜访贵府,没有事先通报,没有吃闭门羹已经很好了。"

两位并非铁符江旧官吏出身的侯府神女,不约而同都松了口气。

与想象中那个高高在上的隐官大人,还是不太像,准确说是太不像了。

结果一行三人刚穿廊过道,走到半路,就又来了两位身穿公服的别司女官,看那官补子,应该都是水府诸司的一把手、二把手。

她们就像早早在路上守株待兔了,凑巧路过,然后顺路一同前往礼制司的官厅待客处,挺滴水不漏的,挑不出半点毛病。

礼制司女官与她们一瞪眼,方才得到门房禀报,自己离开衙署前,就专门提醒诸司官吏不可造次,怎的还是如此儿戏?!

那位印玺司神女,只得以心声提醒两位,沉声道:"来就来了,但是接下来谁都不许开口!要是今天换成刘礼制在场,你们俩肯定要吃不了兜着走!"

与北俱芦洲灵源公府差不多,约莫因为府邸主人都是女子,所以女官数量众多,颇有几分阴盛阳衰的气象。

之后路过的诸司衙署公房，大门或是窗户那边，少不了有探头探脑的，只是都没敢大肆喧哗。显然都是好奇那个剑气长城历史上最年轻的刻字剑修，到底是怎么个三头六臂了。

到了礼制司官厅正屋，掌印神女轻声道："劳烦陈山主稍等片刻，侯爷先前说了，大概还需要半炷香工夫，不会让陈山主久等的。"

在这边当差的丫鬟，很快为陈平安端来一杯茶水，只是她身上那件官服露了马脚，就像朝廷六部某司的员外郎，是不太可能亲自端茶送水给客人的。

陈平安与她道了一声谢，接过茶水。茶杯是家乡那边的龙泉青瓷，釉色是第一等的梅子青，而且一看手艺，就是宝溪那边的窑口烧造的，陈平安甚至知道手上这只茶杯，具体是出自哪位老师傅之手，至少也是这位老师傅手把手带出来的入室弟子。只是悄悄掂量了一下茶杯，陈平安便叹了口气，宝溪附近那几座老窑口，按例一贯是用那黄茅尖一带的瓷土，如今竟然用上了八仙岘古道那边的泥土，这就是官窑转为民窑的结果了。

外行看热闹，内行看门道，同样一种统称为紫金土的瓷土，因为山头不同，水土就会有微妙的差异，泥土的分量轻重、黏性都会不一样，之后烧造出来的瓷器纹路，就会千变万化。外行看不出差异，内行却是一眼明，比如黄茅尖一带的瓷土，就要比八仙岘古道那边好很多，但是窑口烧造成器的数量会少很多，以前瓷器御用，各大窑口可以不计成本，如今一些转为民窑卖钱，每打碎一只劣品瓷器，可就都是打碎银子呢。

掌印神女给那"丫鬟"使了好几次眼色，后者这才恋恋不舍离开官厅。

杨花现身礼制司官厅门外，看见里边那个正在喝茶的青衫剑仙，正跷着二郎腿，优哉游哉喝茶，意态闲适，没有半点不悦神色。

等到杨花跨过门槛，陈平安也就只是放下茶杯。

屋内两位女官，赶紧与杨花行礼告辞，脚步轻轻，迅速退出此地。

杨花坐在对面椅子上，直截了当问道："陈山主今天登门，又有什么吩咐？"

陈平安故意略过那个"又"字，与杨花说明来意。

见杨花有些犹豫，陈平安重新拿起茶杯，微笑道："不用为难，我喝完茶就走。"

一语双关。

杨花多半是要与那位太后娘娘打招呼，不敢自主行事，担心水府与陈平安和落魄山走得太近，惹来猜忌。可如果杨花感到为难，那一炷香，其实就没意义了。

虽说在陈平安看来，杨花已经贵为大渎公侯了，却一直无法从太后南簪的侍女阴影中走出，会有不小的后遗症。只是这种事，陈平安一个外人，多说无益，说不定还会适得其反。

果然喝过了茶水,陈平安就起身。

杨花突然说道:"那一炷香,我没问题。"

陈平安颇为意外,不过仍是与她拱手致谢。

杨花难得有个笑脸,还礼道:"互惠互利的事,陈山主何必道谢。"

今天对方从登门起,除了其间见着自己之后,还坐那儿端着茶杯跷二郎腿之外,都算极有礼数了。

之后杨花主动与陈平安说起一事,原来之前需要她亲自接待的那拨客人,来自南塘湖青梅观,除了两位青梅观女修,还有南塘湖水君,这位水神如今算是长春侯府的辖下官吏,她们刚刚出门没多久,而同行之人,还有龙象剑宗的剑仙邵云岩和那位化名"梅清客"的醅颜夫人。

在那关牒上边,醅颜夫人用了化名梅清客和道号瘤仙。

于是陈平安不得不笑问一句:"着急赶路,等下我出了官厅,直接御风离去,侯君不会介意吧?"

杨花不明就里,只说无妨。

官厅廊道中,一袭青衫与杨花抱拳作别,化作剑光瞬间远去千百里。

杨花离开礼制司衙署后,几个神女陆陆续续返回官厅屋子这边,那位假装侍女端茶一次、添茶又一次的礼制司女官,抬起胳膊,娇笑不已,说刚见到年轻隐官那会儿,都起了一层鸡皮疙瘩。被顶头上司的礼制司二把手,笑骂了一声花痴。

陈平安追上云海中的一条青梅观私人渡船,一袭青衫,大袖飘摇,落在船头。

邵云岩察觉到那份不同寻常的道气涟漪,一步缩地移形,来到船头甲板这边,见来人倍感意外,拱手笑道:"隐官大人怎么来了?"

陈平安笑道:"就是个巧合,你们前脚刚走,我后脚就进了侯府。"

青梅观的观主,是位中年妇人模样的女修,只是满头霜雪,显然是之前那场被迫搬迁祖师堂的举动,伤了大道根本,这位观主除了修行水法,还与一座南塘湖命理相契,观内女修迁徙别地只是一场搬家,对她而言,却是大伤元气,即便并未与妖族出手厮杀,都差点跌境。

妇人身边站着观内后辈周琼林,山上镜花水月一道的行家里手。还有一位满身水气的女子,淡金色眼眸。

如今南塘湖,湖水又满,梅花重开,山水气象一新。

陈平安抱拳笑道:"见过宋观主、秦湖君、周仙子。"

一番客套过后,陈平安只说找邵剑仙叙旧,就不与青梅观叨扰了。

看得出来,南塘湖三位,都万分紧张。

人的名树的影。原本只是一个数座天下的年轻十人之一,就足够震慑人心了。所以听说陈山主很快就会离开渡船，三人既满怀遗憾，又松了口气。

到了邵云岩住处，邵云岩问要不要喝酒，陈平安说不必了，闲聊几句，马上就走。

酖颜夫人却是正襟危坐，规规矩矩，双手虚握拳，轻放膝盖上，目不斜视，拘谨得像是在自家龙象剑宗祖师堂议事，见着了那位宗主齐老剑仙。

陈平安问了邵云岩一些龙象剑宗和南婆娑洲那边的近况，然后与酖颜夫人说道："可以的话，酖颜夫人最好还是换个道号。"

酖颜夫人苦着脸问道："与隐官大人请教，这是为何？"

咋个了嘛，我不过是随便取个好听些的雅致道号，这都碍着你啦？莫不是非要我取个土了吧唧的，隐官大人才觉得顺耳？管得这么宽？

陈平安笑道："随口一说，有个纯粹武夫，名叫马瘤仙，前不久跌境了。你觉得晦不晦气，吉不吉利？当然，酖颜夫人要是自己觉得没什么，我就更无所谓了。"

酖颜夫人哀叹一声，轻轻跺脚，这都能被自己赶上？

邵云岩要比酖颜夫人更关注浩然天下事，问道："是那个曹慈的大师兄，马瘤仙？"

陈平安点点头，然后从袖中摸出一只白碗，双指好似拈起一物，晶莹剔透如一颗骊珠，宝光流转，水运充沛。

邵云岩是个识货的，笑问道："这是？"

陈平安解释道："之前在中土神洲某地，见过大妖仰止了，算是一桩买卖的额外添头。"

邵云岩心中疑惑，笑着打趣道："隐官大人这是做什么？无功不受禄，这趟出门远游，就只是跑腿而已，与游山玩水无异。我又不修行水法，此物送给我，岂不是暴殄天物。"

酖颜夫人却是听得一阵头大，被一只旧王座大妖吃进肚子的东西，也能……乖乖吐出来？

咱们隐官大人，真是好大的官威。

陈平安瞥了眼酖颜夫人，没好气道："去请那位秦湖君过来一叙。记住了，是请。"

等到南塘湖那位姓秦的水君前来，那陈隐官已经与那位邵剑仙，一同站在门口廊道中，早早等着她登门了。

桌上有只白碗，碗内那颗水珠，等到秦湖君落座后，如逢故人，如见旧主，宝光熠熠，光射满屋。

其实陈平安原本没打算找这位秦湖君做买卖，只是如此凑巧，就当是一种不可错过的缘分了。

秦湖君听说后，死活不愿收取那笔功德，只说南塘湖八成湖水能够物归原处，就已经是天大的幸运，别说是那举手之劳，点燃一炷心香，南塘湖便是为隐官大人建造一处生祠、供奉神主都是应该的。

她这一番诚心言语，说得一旁的酡颜夫人心情复杂，不承想这个闷葫芦女子湖君，不开口则已，一开口说话，就这么落魄山。

等到那位年轻隐官离开渡船，邵云岩笑着提醒道："秦湖君，听我一句劝，建造生祠一事，还是算了，也别偷偷摸摸供奉牌位、每天敬香，隐官大人怎么说也是一位儒家弟子，于礼不合。"

秦湖君双手端着那只白碗，一直没有收入袖中，想了想，说道："按文庙例，我作为一湖水君，准许开府，是可以就近与书院请来一件儒家文庙祭祀礼器的，那我如果与观湖书院开口，讨要文圣老爷的某本圣贤书，总不会给隐官大人惹麻烦吧？"

邵云岩露出赞赏神色，点头笑道："此事可行。"

酡颜夫人感慨不已，秦湖君你是在落魄山修行过的吧？

跳波河，如今已经正式改名为老鱼湖。

旧河伯岑文倩，也顺利晋升两级，升迁为一地湖君，与河水正神同品秩，刚刚得了个正七品官身。

因为之前岑文倩跟随杨花，一同走了趟陪都工部，在大渎疏浚和某些"合龙"之事上，建言颇多，被大骊朝廷判定为优等，如今岑文倩甚至还兼着一个陪都水部员外郎的临时官职，每隔一段时日，还需要去陪都那边点卯。并且经由杨花亲自举荐，大骊朝廷礼部勘验，升任湖君一事也顺利通过，虽然其中事情不少，关节颇多，但是速度还是极快。

这让岑文倩感慨万千，同样的事情，若是在故国官场，别说一个月工夫，估计没个一年半载的磨蹭，都休想达成。

岑文倩见了陈平安后，相互间作揖行礼，然后相视一笑，某些事情双方都心知肚明，只在不言中了。

一炷香之事，岑文倩毫不犹豫就答应下来："那我就不留陈先生了。"

不承想陈平安笑道："喝几杯酒的工夫，还是有的。"

岑文倩问道："那就去叠云岭打秋风去？"

叠云岭山神府的自酿酒水，名气不小。

当年那个姓崔的读书人，慕名前来，一为跳波河的鱼，二为叠云岭的酒，若能喝酒又吃鱼，便是一绝。

陈平安点头道："吃狗大户，就当劫富济贫好了。"

到了叠云岭山神祠，窦淹赶忙准备了一处僻静屋舍，站在门口，笑脸相迎，快步向前，老神仙脸色那叫一个谄媚："这不是陈剑仙吗，我就说今儿翻皇历，怎么就既宜远游又宜待客了，原来是陈剑仙赏脸，给咱小小祠庙一个待客的机会，走，里边坐。岑湖君，怎的空手而来,不像话了啊,快,通知湖君府送两尾大鱼过来,我今天就亲自下厨,为陈剑仙做一桌子家常菜。"

陈平安帮着叠云岭与那碧霄宫搭上线,侯君杨花还亲临此山,窦淹算是在杨花那边好歹混了个脸熟,尤其帮着老友岑文倩渡过难关不说,还因祸得福,改道一事,明明是桩祸事,如今反而升了官,别说是喊一声陈剑仙,就算让窦淹点头哈腰,学那些官场上的马屁精,喊陈大爷、陈老爷都没问题。

一般的年轻人,哪里晓得求人办事的难,人穷夏日彻骨寒,求人如吞三尺剑,能够一辈子都不懂这些个老理儿,大概就是真正的幸运人了。

原本窦淹已经做好了亲自下河捕鱼的准备,那岑文倩兴许是走了几趟大渎侯府和大骊陪都,一下子便榆木疙瘩开窍了,竟是让他们稍等,然后亲自去捞鱼了。

很快就上了一桌子酒菜,窦淹摘了围裙,随手搭在椅背上,表示的的确确是亲自下厨的。

陈平安夹了一筷子清蒸鲈鱼,正是那跳波河独有的杏花鲈,再抿了一口酒,刺溜一声,竖起大拇指,赞叹道:"吃鱼喝酒,滋味绝好,名不虚传。"

隐匿在某处的青同,只得小声提醒道:"继续逗留下去,这笔生意就亏大了。"

陈平安滞留在光阴长河的梦境中,本身就需要折损一些功德。

"辛辛苦苦做买卖,图个什么?"陈平安以心声与之笑道,"不就是图个我想喝酒了,就有朋友请我喝酒,想要吃喝多久就多久。"

青同只得继续耐心等着。

先前在那侯君府邸喝茶时,也没见你如此气概豪迈啊?那会儿陈平安其实在心中絮叨了几句,看架势,都要与那个久久不肯露面的杨花记账了。

窦淹得知落魄山在那桐叶洲竟然有创立下宗的打算,便开始打探消息,笑问道:"那边真要学咱们宝瓶洲,开辟一条崭新渎水? 真要开工,真能成吗?"

浩然九洲,文庙三位正副教主,连同三大学宫祭酒、司业,先后各自赶赴各洲,总计封正了十六条大渎。

北俱芦洲和宝瓶洲各有一条,桐叶洲一条都没有,所以那场桃叶之盟,其中一事,就是商议合力开辟大渎,重新疏浚旧渎水道,将那条埋河作为主干,通河入海,大泉王朝姚氏女帝,估计也有这份考量,才愿意掺和那些山上事。

当然不是所有入海之水,都可以称呼为"渎"的。就像那桐叶洲的燐河,加上支流,长达万里,河神的品秩却也才从七品,但是一些水脉长不过三四千里,就能称为大渎。

而文庙关于江河改名,如何升迁,如何获得"渎"字后缀,从未对外公布具体的评定之法。

陈平安点头笑道:"是有这个打算,但是具体实施起来比较难,一来各方利益,极难平衡,岑湖君是治水行家,最清楚这里边的坑坑洼洼;二来桐叶洲那边,大伏、天目和五溪三座书院的山长,谁都不敢点这个头,此举可行与否,就算是某种暗示,书院那边肯定都不会给的。等大渎有了主干河道的雏形,合龙的合龙,分流的分流,改道的改道,结果最后文庙那边通不过,这条大水始终无法获得大渎称号,那么对于参与此事的大泉姚氏、北边的金顶观、蒲山云草堂,这些所有参与其中的王朝、小国和山上仙府来说,可就不是几十枚几百枚谷雨钱的损失了,一不小心就是多达上万枚谷雨钱的烂账、糊涂账,要想填平各自的财库窟窿,估计会让各国户部尚书和山上的财神爷们一气之下,全部辞职卸任了事,反正没啥盼头了。"

窦淹叹了口气。

陈平安举起酒碗,与窦山神轻轻磕碰一下,笑问道:"怎么想到问这个了?"

岑文倩也好奇,南边那个桐叶洲有无一条大渎,与你窦淹这个山神能有什么关系,她便调侃一句:"当着芝麻绿豆官,操着首辅尚书的心。"

好友之间,往往以相互拆台为乐。

窦淹一仰头,将碗中酒水一饮而尽,也就照实说了:"这不桐叶洲那边有个不大不小的山上门派,是桃叶之盟的山上势力之一,一路托关系找到了咱们宝瓶洲,然后我的一个山神好友,不知怎么就掺和其中了,这家伙觉得有机可乘,是发财的路数,就问我要不要加入,可以凑一笔钱,事成之后,至多两三百年就能回本,然后就可以每天躺着分账数钱了,而且这样的好日子可以持续七八百年,按照那个朋友的说法,粗略算下来,至少可以有翻两番的利润。"

岑文倩气笑道:"你们想钱想疯了吧。"

如今文庙重新开启大渎封正一事,得感谢三个人。

皑皑洲韦赦。大骊国师,绣虎崔瀺。亚圣一脉的元雳,浩然历史上最年轻的书院山长。

一个是为了此事,多年奔走疾呼,虽然韦赦并未参加文庙议事,但是传言韦赦旧事重提,给三位文庙教主都寄了一封信。

崔瀺倒是一言不发,甚至从未与文庙打交道,就只是"自行其是","我行我素"地将事情做成了。齐渎的出现,成了一个最好的正面例子,证明一洲山河拥有一条大渎,用来聚拢水运,利大于弊。

之后才是元雳,在文庙议事时正式提出此事。

事实上,陈平安还知道一件秘事,在那条夜航船之上,陈平安曾与元雳、龙虎山小天师、少年僧人这一行人碰过面,而他们除了勘验浩然天下几种最新的度量衡的微妙偏移之外,确实还曾专程走完一条齐渎,它算是重点考察对象之一。

窦淹又给自己倒满酒,举起酒碗,笑望向那位人不可貌相的青衫剑仙,岑文倩你一个小湖君,先一边凉快去。隐官大人,不如你老人家给句准话?不成,我就劝那好友千万别用神仙钱打水漂去了;成,那我叠云岭可就要砸锅卖铁凑钱了。

陈平安倒了酒,晃了晃酒碗,啧啧道:"这叠云岭酒水,价格不便宜啊。"

岑文倩拿酒碗一磕桌面,提醒那窦淹别得寸进尺,瞪眼道:"窦大山神,陈先生已经说了那么多,这都没听懂,当久了山神,就听不懂人话了?"

因为岑文倩可以断定,不出意外,桐叶洲休想重开大渎,方才陈剑仙的那番言语,已经道破天机,算是给此事一锤定音了。

一场桃叶之盟,就那么几个山上山下的势力,哪有本事做成这么一项壮举,所谓的议程之一,就是个表面功夫,用来凝聚人心的。

只有一种可能,才有希望为桐叶洲打造出一条大渎,那就是由玉圭宗领衔,而且必须是韦滢亲自露面,不惜消耗自家宗门的功德,再拉上皑皑洲刘氏这样财大气粗的过江龙,最后可能还要拉上大骊朝廷这个北边的盟友,一起坐地分账。

陈平安想了想,说道:"不光是窦老哥,如果岑湖君手头有点闲钱的话,可以算上一份。"

岑文倩愣了愣,这位新任湖君都有点摸不着头脑了。

陈平安继续说道:"窦山神,你得给我个保证,与人各处借钱,都是可以的,但就算是在你那个同僚好友那边,也别多说半句,要是扛不住对方追问,你就敷衍一句,只说是路边听来的小道消息,作不得准,信与不信,就是他的事情了。绝对不能哪天喝高了,就将咱们今儿这顿酒的拉家常,与别人和盘托出。"

窦淹点头如捣蒜,大笑道:"要是这点官场规矩都不懂,我就白当这个叠云岭山神了。"

岑文倩好奇问道:"这是?"

结果对方笑着给出一个答案:"我会促成此事。"

岑文倩呆滞无言,只觉得匪夷所思,不敢相信,只是不得不信。

这位年轻剑仙的言下之意,再清楚不过。三位书院山长都不敢点头的事,他可以。

岑文倩沉默许久,结果这位湖君一开口,就让窦淹差点没把一口酒水喷出来。

"陈先生,我囊中羞涩久矣,你得借我点钱,当然是谷雨钱。"

陈平安刚夹了一筷子清蒸鲈鱼,悬在半空,满脸无奈道:"这盘鱼也真心不便宜。"

最后等到陈平安离开叠云岭后,窦淹疑惑道:"奇了怪了,怎么我总有一种错觉,好没道理。"

岑文倩微笑道:"明明是同桌喝酒,却是恍若隔世?"

窦淹一拍桌子,道:"一语中的!我就是这么个感觉!文倩,咱俩该不会是做梦吧?"

岑文倩笑问道："想要验证此事真假，简单得很，把脸伸过来，我打你一耳光。"

窦淹笑骂几句，收敛笑意后，轻声问道："咱俩有这么些好事，都是因为当年那个姓崔的读书人吧？"

岑文倩点点头。

窦淹沉默半天，只憋出一句好话："这个姓陈的，倒也十分念旧。"

书简湖，前不久有了首任湖君。

这对辖境囊括整座书简湖的真境宗而言，绝对不是一件好事。

不单单是被分取一杯羹的事情，简直就是卧榻之侧，又多出了一张床。

新任湖君，按照文庙最新的金玉谱牒品秩划分，是从三品的高位，与那大骊铁符江水神、旧钱塘长品秩相当。

在这件事上，再看热闹的宝瓶洲本土谱牒修士，对真境宗也是抱以几分同情的，大骊朝廷确实有几分过河拆桥的嫌疑了。

据说一手促成此事的，是那个已经病逝于任上的老尚书柳清风。就是不知道现任，也就是真境宗第三位宗主，宫柳岛的刘老成，如今是作何感想。玉圭宗那边，会不会为此而心生怨怼，就此与大骊宋氏生出些嫌隙。

反正最近几个月来，真境宗地界，书简湖周边城池，气氛都有几分诡异，好像一张张酒桌上划拳声都小了许多。

书简湖的变动，就像一场蓄势待发的暴雨，谁家门户大，庭院多，雨点落地就多，门户小的，反而也就无所谓了。

鹅落山地界，有个新建立没几年的小门派，掌门是个散修出身的老修士，叫张掖。

几乎每年，都会有个老朋友，来这边探望张掖。

素鳞岛岛主、刘志茂大弟子田湖君，是书简湖的一位本土金丹地仙，她今天也来了，只是与师尊一般，也施展了障眼法，因为她所见之人，是章岈。

青峡岛一众修士当中，担任钓鱼房主事的章岈，是最早跟随刘志茂的"从龙之臣"。

没有谱牒修士出身的章岈，可能就没有后来的截江真君，就更没有如今的真境宗首席供奉了。

章岈在一间不大的屋子里边，与故主刘志茂和田湖君，围坐在一只火盆旁。章岈喝着一碗池水城的乌啼酒，这种仙酿，价格死贵，不是贵客登门，不会轻易拿出来待客。小门小户的，处处都需要花钱，那些弟子们修行，作为本命物的灵器，日常药膳，以及偶尔和鹅落山邻近仙府的人情往来……哪里不需要神仙钱？由不得他这个掌门，大手大脚开销。

虽然略显寒酸，但是日子过得很充实，章岈甚至不觉得是什么苦中作乐。

人生路上,上一次有这种心境的生活,还是很多年前的事情了,那会儿刚刚认识刘志茂,他们一个野心勃勃,一个志向高远,两个白手起家的穷光蛋,时常一起憧憬未来。

章巉端着酒碗,拈起一粒花生米丢入嘴中,好奇道:"这位新晋湖君,是什么来头、背景,怎么一点官场消息都没有的?"

刘志茂讥笑道:"琅嬛派的掌门张掖,早年青峡岛的二把手,书简湖一人之下万人之上的野修章巉,到头来,从鹊落山一个龙门境修士手底下,半租半买了一块屁大点的地盘,张掌门你自己说说看,有什么官场门路? 如今那些个山水邸报,都是与鹊落山修士们借阅的吧?"

章巉从盘子里拿起几张米粿,分别蘸了蘸豆腐乳,再放在火炉上边的铁网上边烤着,开口道:"我这叫宁为鸡头不当凤尾。再说了,我这门派虽小,但名字取得大啊。至于山水邸报这些开销,能省则省,跟人借来翻看,邸报上边又不会少掉几个字的,不看白不看。"

流霞洲的琅嬛福地,与那金甲洲的鸳鸯福地,都是名动浩然九洲的绝佳去处。

虽然捡了个大漏,得以取名为琅嬛派,但也意味着章巉的这个门派,以后就别想跻身宗门了,除非改名。

最近这么些年,章巉每次去书简湖,除了去见那个算是自己"带上山涉足修行"的鬼修曾掖,再就是去看看那处昔年横波岛的遗址。当年淳朴怯懦的少年,正是由章巉带着离开茅月岛,到了青峡岛,遇见了那个账房先生,才有后边的所有机缘和境遇。那处遗址,其实如今就只是一处水面而已。反正章巉每次都会刻意绕过青峡岛,显然是打定主意,要与过往划清界限了。

刘志茂说道:"新任湖君夏繁,是个鬼物,听说是大骊边军斥候出身,生前曾经立下不小的战功,带队袭杀过一个元婴境妖族,此次赴任后,在外露面次数不多,暂时还不知其性情,总之不是什么省油的灯,估摸是只笑面虎。尤其是他身边还带了个来历不明的幕僚,叫什么吴观棋,也没个道号,听说是散修出身,要我看啊,多半就是大骊谍子出身的阴狠货色。听刘老成说过一嘴,夏繁能够从一众英灵当中脱颖而出,补了这么个天大实缺,好像那位大骊太后暗中出力不小。"

章巉笑道:"这种云里来雾里去的神仙打架,我们这些只在岸边浅水处吃食的小杂鱼,看看热闹就好了。"

刘志茂笑呵呵道:"确实比我自在多了。"

这么些年,刘志茂一直反复劝说章巉重返书简湖,哪怕不在真境宗担任谱牒仙师,在青峡岛横波府的那些藩属岛屿当中,随便挑选一个,跟田湖君差不多,捞个岛主当当,不一样能够开山立派? 总好过在这边隐姓埋名,领着一帮堪堪有点修行资质的年轻人、屁大孩子,成天跟鸡屎狗粪打交道。

若是换个人，如此不识趣，刘志茂早就一巴掌拍死了。

不过听说这块鸟不拉屎的地盘，最早是那个人举荐的。

又因为章廇为自己的门派取了这么个名字，所以刘志茂私底下曾经请一位地师来此地勘验地理，却也没能看出半点门道。

以刘志茂早年一贯的行事风格，鹊落山就可以更换主人了。

以前是野修，如今身份有变，得厚道些，花点钱就是了。难道对方敢开高价？千万别把一座"宗"字头门派的首席供奉不当回事。

刘志茂斜瞥一眼自己的大弟子，道："看看你自己，再看看人家。都说人比人气死人，你怎么还不死去。"

田湖君每次在这边屋子里，真是连喝酒都不敢大口的。就怕哪里惹来师尊的不开心，然后与自己新账旧账一起算。

听到刘志茂这句暗藏杀机的言语，田湖君瞬间脸色惨白。师尊所谓的那个"人家"，当然就是如今那位隐官了。

章廇摇头笑道："田湖君又不算差了，难道如今连金丹地仙都不值钱了吗？"

刘志茂嗤笑一声："在桐叶洲那边，就老值钱了。咱们田地仙要是去了那边，开山立派都不难。"

章廇对一步步成长起来的田湖君，其实印象不差，只是她的道心不够坚韧罢了，要说害人之心，其实不多。在以前的书简湖，这种修士空有境界，不够心狠手辣，反而是很难长远立足的。只是时过境迁，现在成了一位真境宗的谱牒修士，无非就是个好好修行，也不用有太多的钩心斗角，更无须与谁凶险厮杀，反而成就可期。

大概这就如当年那个账房先生的一句玩笑话，今天之人难说明日之事。

在这之后，还有句肺腑之言："倘若一觉醒来，今天依旧无事，便是人间好时节。"

章廇收敛些许心绪，玩笑道："你们真境宗，其他本事没有，就数频繁更换宗主，天下第一，如果再换人，下任宗主，怎么都该轮到你了吧。"

姜尚真、韦滢、刘老成，祖师堂的头把交椅，常常是椅子还没坐热，就要换人了。

刘志茂在老友这边没有如何藏掖，笑道："刘老成倒是私底下与我提过一茬，问我有没有这份心思，如果愿意，他现在就可以开始谋划此事了，时机一到，刘老成就会跟上宗举荐，免得临时抱佛脚，很难在玉圭宗那边通过，毕竟那个韦滢不是吃素的，他肯定会有自己的布局，只说那座九弈峰，如今都有个新主人了。不过此事，我没答应。"

说实话，玉圭宗的前后三任宗主，从荀渊到姜尚真，再到如今的韦滢，随便一个，都是手腕极厉害的角色。

章廇有些意外，递给刘志茂一张烤成金黄色的米粿，再递给田湖君一张，道："为何不答应下来？当一把手与二把手，此间滋味，天壤之别。"

刘志茂接过米粿，低头啃起来："我算是看明白了，身上这个谱牒身份，就是一件穿上去就脱不下来的衣服，别人看着保暖，自己穿着嫌热，想要硬脱下来不穿了，就得连衣服带一层皮肉一起脱掉。我要还只是个首席供奉，以后说不得还有条退路，可要是继任宗主，这辈子就等于必须一条路走到黑了。"

到底不比当那随心所欲的山泽野修，行事肆无忌惮，位高权就重，手握生杀大权。

当年的书简湖，谁想要往上爬，都得蹚出一条血路才行，试想当年，任何一位岛主，甭管大小，谁脚下没些尸骨当那垫脚石？

如今呢，一种是修士自身境界说了算，再就是靠门路和师传了。

总之，"宗"字头里边修士的境界，别太当回事。

就说那个宫柳岛，一个叫周采真的小丫头片子，她能有什么修行资质？结果呢，不说李芙蕖把她视为己出，比嫡传还嫡传，便是宗主刘老成见着了她，也得和颜悦色几分。

还有李芙蕖那个新收的弟子，叫郭淳熙，来自一个叫仙游县的小地方，还曾是个半吊子的纯粹武夫，完全是靠着神仙钱堆出来的三境练气士，李芙蕖当真愿意收他当嫡传？无非是姜尚真丢过来的一个烂摊子，李芙蕖丝毫不敢怠慢罢了，还由不得她不上心，不出力。

同样的道理，身为次席供奉的李芙蕖，在姜尚真那边是屁都不敢放一个，但在真境宗一般祖师堂成员那边，她随便与人旁敲侧击几句，又有谁敢不当回事？

再说那个傻人有傻福的曾掖，当年是从哪儿得来那本秘籍，又如何会被旁人誉为"可以为鬼道中别开一法门矣"？

天上掉下来的不成？倒也勉强能算，毕竟确实是姜尚真随手丢给曾掖的，然后曾掖在路边散步，就捡到手了。

章廇看了眼老友，点点头，道："明白了。"

刘志茂眼角余光瞥见那大弟子，她还在那儿开开心心啃米粿呢。

他娘的，真是个半点不开窍的废物。

截江真君气了个半死，差点就要忍不住，一巴掌朝她脸上甩过去。

其实刘志茂这些言语，藏着两个意思。

刘老成，跻身仙人境没几年，但是有信心更上一层楼，求一求那个传说中的飞升境！

刘老成与刘志茂如此示好，还不就是以后想当个舒舒服服的真境宗太上皇。

再就是刘志茂所谓的一条后路，田湖君听不懂，章廇却是一点就明，是说那下次五彩天下重新开门。刘志茂极有可能，要去那边开宗立派！自己当那宗门的开山鼻祖，而不是什么狗屁下宗的第四任宗主。

这还真有可能做到，而且都不用与玉圭宗撕破脸，毕竟玉圭宗只是少了一个下宗的首席供奉，却多了一个在五彩天下开宗立派的山上盟友。虽说下次开门再关门，想要跨越两座天下，非飞升境无法做成，但是天下事说不准的，比如万一真被刘志茂侥幸跻身了飞升境？又比如文庙突然改变主意，要与五彩天下长长久久互通有无？就像世俗王朝边境线上的那种茶马交易。

田湖君显然察觉到了师尊的不悦情绪，只是偏又不知道自己哪里错了，一时间气闷不已，她只觉得凄苦至极，又不敢流露出丝毫，只得低头啃那米粿，味同嚼蜡。

章嵝想起一桩趣事，笑道："听说那个在池水城浪荡多年的奇人异士，如今已经成为湖君府上的清客了。啥来头，莫非真是应了那句老话，自古异人，多隐于屠沽中？"

前些年池水城来了个道行深浅不定的外乡奇人，能吹铁笛，性情古怪，时而穿大袖红衫，如膏粱华族子弟，头顶簪花，睥睨独行，时而衣衫褴褛如贫家乞儿，逢人便当街乞讨，只要有人愿意给钱，就帮忙算卦，不管对方答应与否，都会追着给出几句类似谶语的言语。

刘志茂嗤笑一声："就是个老金丹，会点粗浅相术。喜欢装神弄鬼，骗骗贩夫走卒还行。面子上不拘小节，骨子里就是那种你生平最讨厌的酸儒，讲究一个凡事都要立起体统来，若是身边人与那田间种地、茅坑扒粪的拱手作揖，便会来一句'连我脸上也无光了'。"

说到这里，刘志茂灌了一口酒，道："你们这些个读过几本书的，甭管骂自己骂别人，说话就是能够恶心人。"

章嵝喝完一碗酒，晃了晃酒壶，壶中所剩不多了，倒了最后一碗酒水，没由来感慨道："人生不是读书赏画，眼见画中崇山峻岭，却不知真正行人跋涉之苦，又犹如诗句中苦雨穷愁，在诗虽为佳句，而当之者殊苦也。"

"理是这么个理，就是听着别扭。"刘志茂点头道，"章嵝，说真的，你一辈子都是个谱牒修士，哪怕当年跟着我，一起创建了青峡岛，有了一份偌大家业，但是你其实没有当过一天的山泽野修。"

章嵝笑着反问道："那你呢？如今成了一座宗门的首席供奉，有当过一天的谱牒仙师吗？"

刘志茂哑口无言。

章嵝抬起酒碗，笑道："屋外人间无穷事，且尽身前有限杯。"

刘志茂与之轻轻磕碰，道："老小子拽酸文还拽上瘾了。"

章嵝仰头喝完酒水，问道："就不回青峡岛横波府，吃顿年夜饭？难不成还要陪着我在这边守夜？"

刘志茂笑道："有何不可？"

章嵝摆摆手："免了，我这边还有顿正儿八经的年夜饭，有你们俩在场蹭吃蹭喝，估计就没年味了。"

刘志茂笑了笑，就要起身离去。

确实，早就不知道上次吃年夜饭，是多少年前的事情了。

只是就在此刻，门口有人神不知鬼不觉，斜靠房门，双手笼袖，笑眯眯道："刘首席志向高远啊，这会儿就想着去五彩天下了，当真是深谋远虑，好志向，好布局。"

章霂不过是抬起头，有个真诚的笑脸。

刘志茂却是一瞬间便汗流浃背，既是忌惮背后那个人，更是忌惮那个人竟然能够在屋外悄无声息站那么久。这要是一剑递出，岂不是万事皆休？

不过刘志茂很快就恢复如常，转头望向门外那个老熟人。

第一次见面，对方就是一只好像在自己鞋边奔波劳碌的小蝼蚁，踩死还是不踩死，只看自己的心情。

第二次重逢，对方殚精竭虑，机关算尽，在青峡岛寄人篱下，才算勉强与自己平起平坐喝顿酒。

第三次再会，是在那正阳山，双方都是客人，落魄山的年轻山主，就已经能够将自己牵着鼻子走了。

至于今天，兴许对方看待自己，一位宗门的首席供奉，玉璞境修士，大概就是一只蝼蚁了？

陌巷的泥腿子，青峡岛的账房先生，落魄山的陈山主，剑气长城的末代隐官，城头最新刻字者。

田湖君无法掩饰的脸色微白，不可抑制的道心震颤。

只是田湖君的心境，与别人还有些不同。

因为最让田湖君忌惮万分的那件事，不是那些骇人听闻的事迹、身份，而是一件估计没几个人知晓的"小事"。

眼前青衫男子，哪怕撇开所有身份、壮举不去说，他依旧是那个能够在众目睽睽之下给顾璨一耳光，顾璨都会诚心诚意笑脸相向的人。

刘志茂站起身，再转身，重重抱拳，爽朗笑道："见过隐官！"

章霂起身笑道："真是稀客，上次我这边创建门派，给落魄山书信一封，结果还是没能请来陈账房，等会儿得自罚一碗。"

田湖君站起身，竭力稳住道心，轻声道："见过陈先生。"

陈平安伸出手掌虚按几下，笑眯眯道："一屋子都是老朋友了，瞎客气什么。"

结果就算是章霂，还是等到陈平安率先坐下才落座，就更别提刘首席与田地仙了。

"那会儿我都不在落魄山上，怎么请？真不是我摆谱，与谁摆谱，都摆不到章老哥这边。"陈平安还真就喝了一碗酒，抬起手背，抹了抹嘴，"这池水城乌啼酒，除了贵没话说。"

之后与章巀问了些琅嬛派的事情,陈平安作为一山之主,算是替落魄山答应下来,以后只要是琅嬛派弟子外出游历,都可以去落魄山逛逛,如果有资质不错的纯粹武夫,只要章巀愿意,还可以放在落魄山,待上个两三年都是没问题的,其间自会有人帮忙教拳喂拳。

刘志茂无奈道:"本来想着隐官大人帮我劝他几句,现在看来是不成了。"

陈平安笑道:"有一种强者,就是能够把苦日子过得认认真真,不怨天不尤人。"

章巀摆摆手:"衣食无忧,算不得什么苦日子。"

陈平安笑着不说话,刘志茂却是大笑起来。

章巀也自嘲一笑,举起酒碗:"说不过你,喝酒喝酒。"

某个道理,就像一条江河,另外一个看似否定的道理,其实只是那条江河的支流而已。

田湖君一愣过后,用心认真思量一番,才好不容易嚼出余味来。

一时间她便越发自惭形秽,一屋子人,好像就数自己脑子最不灵光。

一个人的不合群,只有两种情况,一种是鹤立鸡群,一种是鸡立鹤群。

刘志茂试探性问道:"是打算见一见新任湖君?"

陈平安点头道:"放心,无须刘首席代为引荐了。"

又喝过了一碗酒,陈平安就起身告辞,只让章巀送到了门口。

章巀以心声说道:"如果刘志茂稍后请你帮忙,看在我那点屁大面子上,希望你能帮的就帮,至于不能帮的就算了。"临了又补上一句,"至少,至少恳请你别与这家伙翻旧账。"

陈平安笑着以心声回应:"以前很难讲明白一个道理,不是那个道理就小了,现在很容易讲清楚同一个道理,也不是那个道理就大了。"

章巀闻弦歌而知雅意,点头道:"下次去落魄山找你喝酒。"

陈平安提醒道:"记得一定要事先通知落魄山一声,不是我架子大,实在是经常外出,未必会留在山上。"

章巀笑着答应下来。

陈平安最后打趣一句:"你这个一派掌门,倒是清闲。"

章巀笑了起来,如今虽说有了个所谓的山上门派,但是事无巨细,都得精打细算,说句大实话,门派里边租赁了多少亩良田,在外买下了几栋宅子,都需要章巀亲自过目。每逢秋收时节,章巀甚至乐得亲自下田地劳作,那幅场景,可不就是田垄间,白发老农如鹤立。

果然如章巀所料,离开屋子没多久,刘志茂便以心声问道:"不知如今那五彩天下……"

陈平安摇头笑道："截江真君一去便知。"

见对方不愿多说，刘志茂也无可奈何，其实也就是想要问一问，现在那边的上五境修士多不多。当然，要是能够与飞升城攀上点关系，准确说来，就是飞升城内的那座避暑行宫结个善缘，更是求之不得。现在看来，自己如果真去了五彩天下，只要不被这个年轻隐官暗地里下绊子穿小鞋，就该烧高香了。

陈平安笑着拱手抱拳，身形一闪而逝。

刘志茂便随之隐匿身形，带着田湖君一同御风返回青峡岛。

俯瞰书简湖，其中一座岛屿，水边杨柳弱袅袅，恰似邻家少女腰。

而那湖君水府，位于书简湖一处水底深处，山根水脉皆佳，同样是"依山而建"的连绵建筑，虽不豪奢，却也不俗。

水面之上的附近几座岛屿，真境宗都已撤出，其中一座大岛，新建了湖君祠庙，真境宗算是极有诚意了。

新任湖君夏繁，与那幕僚吴观棋，此刻正在一处亭内弈棋。

年轻容貌的湖君，身穿一件青碧色龙袍，此举不算僭越。

与之对坐的那位白衣文士，中年相貌，一手持折扇，一手拈子。

夏繁轻轻落子在棋盘，问道："要不要再试探一下刘老成？"

吴观棋点头道："当然需要，但是不用操之过急。一来不看僧面看佛面，上宗韦滢，气魄不小。二来刘老成怎么都是一位仙人，还是野修出身，气运在身，不容小觑。欲想破开大局面，其实无须用大力气，切入一点，轻巧即可。"

夏繁笑道："刘老成实在是太识趣，我们好像都找不到新官上任三把火的机会了。"

自己一赴任，刘老成就主动登门拜访，二话不说便交割地契，送出那些岛屿。

夏繁继而又问道："吴先生有无机会，与那刘志茂接触，拉拢一二？"

吴观棋摇头道："湖君府根本给不了刘志茂想要的东西，我们就不必自取其辱了，白白给那位截江真君当个笑话看。"

之后一局棋，夏繁数次陷入长考，吴观棋却是次次落子如飞。

只是下棋双方，并不知道棋盘一旁，就站着那么一个真正观棋不语的"真君子"。

青同忍不住再次提醒道："为何就这么耗着？"

陈平安只是双手负后，看着桌上那副棋局，神色淡然道："不着急，等到他们分出胜负吧。"

又各自下了十几手。

陈平安看出大局已定，瞥了眼那个吴观棋手中的折扇，先前此人说那韦滢气魄不小，其实他也不差了，折扇一面写有八个字。

"百花丛中，吾为东君。"

刹那之间,涟漪阵阵,吴观棋先于湖君夏繁开口询问。

"谁?!"

"我。"

吴观棋脸色微变,看来被气得不轻。

倒是那位湖君夏繁,临危不乱,还饶有兴致,望向那个渐渐显出身形与面容的青衫男子。

等到看清楚对方的面容,夏繁立即站起身,作揖道:"小神拜见隐官。"

吴观棋微微一笑,合拢折扇,低头拱手道:"见过陈剑仙。"

陈平安拱手抱拳还礼,说道:"当下局面,来之不易,恳请夏湖君多加珍惜。"

夏繁笑着点头道:"在其位谋其政,是题中之义。"

其实陈平安在现身之前,就几乎可以确定,自己要白走一趟了。

新任湖君夏繁,谋主吴观棋,都是聪明人不假,尤其是后者,可谓心思缜密。

来这边之前,陈平安其实先去了一趟湖君府邸诸司衙署,尤其是那档案房,秘录颇多,比如茅月岛出身的曾掖和马笃宜等,都是榜上有名,此外还翻到了不少熟悉的名字。谍报收集一事,可谓不遗余力,而且收获颇丰。与正阳山水龙峰的那位奇才兄,是两个极端了。

甚至就连宫柳岛周采真,这边也有不少记录。册子上边,还有主笔者的一些推测,看档案上边的墨迹,是后边添加的。比如姜尚真,化名周肥,与浮萍剑湖的剑仙郦采,再加上一些个零零碎碎的小道消息,此人便能够推断出,这个姜尚真极为宠溺、可以说是当亲女儿养的小姑娘,极有可能她真正的家乡,是北俱芦洲。

而且看那些档案的笔迹,显然都是出自一人手笔。

陈平安对此倒是没有不满,吴观棋作为水府幕僚,职责所在,再怎么小心都不为过。

陈平安怎么可能不清楚书简湖水府的根脚,只会比刘志茂知道更多的真相,比如夏繁,除了是太后娘娘钦点的人选,家乡籍贯、沙场履历,陈平安都是一清二楚。至于吴观棋,落魄山知道的内幕相对少一些,好像曾经管着大骊朝廷在一洲中部的谍报,与李宝箴算是同僚了。

陈平安转头看向那个吴观棋,问道:"心中不以为然?"

吴观棋有了一个比较有意思的说法:"不敢。"

结果这位落魄山的陈剑仙,用了一个更有意思的说法:"我觉得你敢。"

吴观棋冷笑道:"我大骊从无诛心定罪的先例。"

陈平安笑道:"那是因为你所站位置,一直不够高,所以并不清楚我师兄的真正规矩所在,要知道事功学问最厉害处,原本就是奔着'用心'去的。你要是连这个都不理解,是当不好这湖君水府的账房先生的。"

吴观棋默然不语。

陈平安笑呵呵道:"何况万一哪天,我一不小心当了大骊新任国师,到时候专门为你开个先例,岂不是尴尬至极? 丢在地上的面子可以捡起来,可是一些个说出去的话,怎么吃回肚子去,对吧?"

吴观棋欲言又止,气势显然弱了许多。

陈平安笑着伸手按住此人肩膀,道:"所以说啊,年轻人不要太锋芒毕露,就像大白天提灯笼走路,有那招摇过市的嫌疑,要学会秉烛夜游。"

被一个年轻人称为"年轻人"的吴观棋,脸色紧绷,估计再这么聊下去,就要脸色铁青了。

所幸那个不速之客,告辞一声,便不见了身形。

湖底水府多重禁制,完全形同虚设。

池水城里边,有条长达数里、店铺林立的猿哭街。

由于今天是大年三十,几乎全部关门了,陈平安在一处店铺门口停下,他曾经在此,买了一把名为大仿渠黄的青铜古剑。

再走出五六十步,在两间铺子中间的台阶上,陈平安缓缓坐下。

曾经有个乔装成中年相貌的外乡游侠儿,也曾在这里坐了坐,然后去自讨苦吃了。

青同在一旁现身,依旧是头戴幂篱,不见真容。

不知为何,青同觉得这位剑修好像有些伤感,不多不少,倒是谈不上如何伤心。

就像一个没钱买酒的馋嘴酒鬼,只得自个儿关起门来生闷气?

不过陈平安很快就站起身,青同随即问道:"不是催促,就是随便问问。接下来还要去几个地方?"

陈平安伸了个懒腰,笑道:"快了。"

少年气盛一时两三件事,浮数大白。山河壮观不朽千秋万载,风流何在。

不管是不是剑修,反正都是剑客。

礼圣在铺子这边喝过了一碗酒,问道:"怎么说?"

老秀才笑得整张老脸都皱在一起,道:"机会难得,容我忙里偷闲,稍微再喝会儿,皇帝不差饿兵嘛。"

如今文庙和功德林那边,其实都是老秀才在主持大小事务,说句"忙里偷闲",不算过分。

礼圣犹豫了一下,还是提醒道:"记得别做得寸进尺的事情,文庙拿你没办法,我就找陈平安。"

极少有人,能够让礼圣如此额外"提醒"。毕竟与他们,礼圣的道理都是讲得通的。

老秀才埋怨道:"这话就说得多余了。"

外人还在呢,多少给我点面子。

礼圣说道:"那就劳烦文圣给句准话,我不希望下次文庙议事,陈平安第一次主动跟文庙这边开口求情,就是帮着自己先生收拾烂摊子。"

经生熹平之所以喊来自己,还不是担心老秀才一个冲动,就谁都拉不住了。

老秀才正色道:"这点道理,我岂会不懂,只有学生做事先生兜底的道理,哪有先生做事学生兜底的道理。"

礼圣说道:"好好喝你的酒。"

老秀才拍胸脯保证道:"好酒当然要好好喝!"

礼圣一走,老秀才便跷起二郎腿,卷起袖子,准备开喝。

一个才四十岁出头的年轻人,就能够与一位万年道龄的蛮荒旧王座大妖,在一张酒桌上,谈买卖,翻旧账。

青衫斗笠客,意态闲适,谈笑风生。

不管他说了什么,仰止都得认真听着,还得好好思量,反复思量,希冀着嚼出些余味来。

对老秀才来说,有这么一碟佐酒菜在,天底下随便一张酒桌,都是好酒。

老秀才端起酒碗,抿了一口酒,顿时眯起双眼,缩起肩膀,打了个激灵,笑开了花。

喝酒真那么有意思吗?光喝酒当然没啥意思,是喝酒桌上的人,是喝酒桌外的事。

见那身为朝湫河婆的小姑娘,数次欲言又止,老秀才便笑问道:"是有什么想问的?尽管问,酒桌上无身份。"

老山神又开始使眼色,提醒甘州别瞎说话。

只是甘州一向是藏不住话的:"文圣老爷,你怎么跟文庙里边的挂像一点不像?"

之前听说文圣恢复了文庙神位,她曾经偷溜出去一趟,去过一次郡县。文庙当然是要去的,画像上边的文圣,是一位相貌清癯的老者,貌耸神溢,与眼前这个骨瘦如柴的矮小老人,当真半点不沾边。

老秀才哈哈大笑道:"这就得怪吴老儿的画技不精了。"

小姑娘趴在桌上,好奇问道:"那绣虎崔瀺,当年好好的,为什么会叛出文圣一脉啊?"

老山神已经开始眼观鼻鼻观心了。

就连仰止都不得不咳嗽一声,提醒这个小姑娘别太放肆。

老秀才倒是半点不生气,看着酒肆外边除了山还是山的荒凉景象,高高低低,层层叠叠,沉默片刻,老秀才笑了笑,缓缓道:"当学生的,被先生伤透了心,聪明人骗不了自己,又不愿与先生恶语相向,就只好一声招呼都不打,默然离去了。"

何谓遗憾,不可再得之物,不可再遇之人,就是遗憾。

老秀才捻须不语,叹了口气,拿起酒碗,喝了一大口酒,用手背擦拭嘴角:"我们的言语,既会千山万水,迷障横生,也能铺路搭桥,柳暗花明。故而与亲近之人朝夕久处,不可说气话,不可说反话,不可不说话。"

龚新舟由衷赞叹道:"文圣此语,真是颠扑不破的至理了。"

老秀才笑道:"是我那关门弟子的心得感悟,我不过是借来用一用。"

龚新舟见风转舵道:"难怪陈隐官能够成为文圣老爷的关门弟子。"

老秀才连忙摆手道:"陈平安这个关门弟子,是我好不容易才拐骗来的,因为他很挑先生的。"

老山神只觉得这句话说得真妙,不愧是三教辩论没输过的文圣老爷。

甘州又问道："都说皇帝爱幺儿，文圣老爷也是吗？"

因为甘州想起了先前那个外乡人，怎么看都不像是个读书人啊，更像是个混江湖，惯会黑吃黑的主儿。

一个晃手掌的动作，只用一句话，就把梅府君给镇住了。

老秀才微笑道："我学生弟子本就不多，不算特别偏袒谁，各有偏爱吧。"

自己的学生，几位入室弟子，再加上茅小冬他们，一个个学问当然都是极好的，无须多说什么。早先问剑一事，有左呆子。问拳一事，有君情。后来布局者，有崔瀺。破局者，有齐静春。

那么作为小齐代师收徒的关门弟子陈平安，可谓是师兄们各自所长的集大成者，当然现在可能还有些差距，但是未来，是很值得期待的。

只说如今，谁见到陈平安，会质疑一句，你就是谁谁谁的师弟？会质疑一句，你就是老秀才的关门弟子？

学生们实在太好，太过优秀，当先生的除了欣慰，还会有些惭愧。

甘州觉得文圣老爷说了句场面话，跟自己打官腔呢，不太爽利，便喝了口闷酒。

老秀才捻须而笑，望向铺子外边的荒凉景象，一般景象，两种心情，便是两种风姿，大概这就是人心与修行了，任你远古神灵再神通广大，是绝无此心此想的，铁石心肠，不由自主，岂不悲哉？

浩然九洲，视死如生，故而多土葬风俗。而众生头顶的那片浩瀚星空，大概就是一座水葬坟场了。

老秀才很快收起这些思绪，笑道："龚老哥，能否将那《莳剑仙印谱》借我一看？"

龚新舟赶忙从袖中掏出那本印谱递给文圣，惶恐道："当不起，当不起老哥这个称呼。"

老秀才打趣道："这有什么当不起的，我不也经常被人喊老。"

龚新舟点头如捣蒜，已经满脸涨红，语无伦次："小神与有荣焉，与有荣焉。"

老秀才一边喝酒，一边翻过书页，很快就翻到了最后一页，看到了陈平安的那方钤印，会心一笑，将印谱交还给龚新舟："好好珍藏，以后哪天龚老哥升了官，能够在山上学那梅鹤开辟府邸，照例可以与你们当地书院讨要一物，要我看啊，那些出自文庙的圣贤书籍，终究都是死物，龚老哥何必舍近求远……"

龚新舟沉声道："小神必定好好供奉起来，作为镇山之宝。"

老秀才思量片刻，喝了两碗酒，才思如涌泉，兜不住了，望向龚新舟那座山头的山神祠庙，慢悠悠吟哦两语。

"谁家好山，我愿为邻，山气挽日夕，飞鸟结伴还。满目奇峰最可观，邀君共风光。"

"壁立千仞，峰擎日月，秀极破青天，举手近日月。撑持天地与人看，为我开天关。"

祠庙内那尊彩绘泥塑的山神像，一时间金光灿灿，酒铺这边的龚新舟立即站起身，与文圣作揖行礼，如领法旨。

这就是文庙功德圣人的口含天宪。要是在那老秀才合道所在的三洲之地，只需一句话，便可以拔高山水神灵的神位，瞬间抬升金玉谱牒的品秩。

老秀才赶紧抬手虚按两下："别客气，小事一桩，又没有抬升龚老哥的神像高度，我只是美言几句，惠而不费的小事。"

毕竟是在中土神洲，是亚圣合道所在，老秀才不宜越界行事。

老秀才看了眼甘州，只有替老山神高兴的心情，并无艳羡或是嫉妒，老秀才暗自点头，便斜瞥一眼仰止。

仰止立即心领神会，以心声说道："我愿意收取甘州为不记名弟子，为她传授几种水法。"

老秀才笑道："在这道祖炼丹炉遗址之内，偏有一位河婆怀揣着一柄蛇盘镜，又与你仰止朝夕相处，这要是都不算道缘，什么才是道缘？先前陈平安提醒你此事，你估计还觉得是强人所难，不太当回事。你就没听过一句'物有本末，事有始终'？你就不想想，为何礼圣会将你拘押在此，偏偏又不太过限制你的自由？"

老秀才说到这里，在桌上画了一个圆："阴阳交替如圆圈，人事循环似蛇盘。你这几年，只顾着怨天尤人，道心黯淡，却不知礼圣对你是给予了一份不小的善意，他希望你能够在此，别开生面，另辟蹊径，不在术法，而在道心，走上一条更为宽阔的道路，那才是十四境的真正契机所在，不再只是依靠侵占身外物作为破境之路。你就没有仔细想过一事，你们这些蛮荒王座大妖，相较于其余三座天下的山巅修士，因为天生命长，跻身飞升境如此容易，到头来跻身十四境却如此之难的症结所在？"

老秀才笑道："一来是要还债的；二来你们炼就人形，其实却不像人。刘叉在这件事上，就要比你们做得更好，你们都觉得他是剑修的缘故，得天独厚，其实不然，只是因为刘叉的道心，早已与人无异。"

仰止幽幽叹息一声，起身与老秀才施了个万福，她确实由衷感激对方指点迷津："谢过文圣点拨。"

其实这位旧王座，更是松了口气，终于不用担心，自己在这炼丹炉遗址内，突然某天就被某人给"炼"了。

老秀才摇头道："我只是为你指出一条道路的方向，此后修行，依旧不会轻松的，看在酒水的分上，我不妨再送你一句话，功夫只在拗本性之'拗'、熬道心之'熬'这二字之上。"

仰止就像吃了一颗天大的定心丸。老秀才与自己这般和颜悦色，想来以后在文庙那边，自己是不是就等于多出了一张护身符？

这些年,仰止在这边卖酒,就像置身于一场旱灾中,每天等着天下雨的滋味,并不好受。

这也是仰止为何愿意与陈平安做一桩买卖的原因之一,只要与这个当隐官的年轻人扯上点关系,那就等于与文圣一脉结缘了。

而文圣一脉的护犊子,几座天下都是一清二楚的。尤其是老秀才对关门弟子的宠爱,那真是到了无以复加的地步。

况且陈平安既然是老秀才的关门弟子,那么他就是那几个“怪物”共同的小师弟。

因为仰止很清楚,关于自己的当下处境,文庙陪祀圣贤当中,甚至在正副三位文庙教主之内,不是没有异议,如果不是礼圣开口,当初在海上与柳七联手将自己拿下的那位副教主,肯定会直接痛下杀手了。

不料老秀才又笑眯眯道:“还是那句话,‘行善有功,犯错有过’,好好坏坏,都是要还债的。只说这改错补过一事,未必比跻身十四境轻松,劝你早早做好心理准备,免得将来怨我把你拐到沟里去。我这个人,被人骂,向来是唾面自干的好脾气,唯独受不了道路之上,世人的好意和善心被强有力者肆意践踏在泥泞中。只要被我瞧见了,我就会发火,我一发火,你就要后果自负。莫说是礼圣,就是至圣先师为你求情都不管用。”

反正礼圣不在,老头子又不知所终,我喝高了说几句醉话咋个了嘛。

仰止听到了这番直白无误的威胁言语,她半点不恼,也不敢恼,不管怎么说,文圣都还是个恢复文庙道统的十四境大修士。

她主动起身,又给老秀才倒满了一碗酒,老秀才与她道了一声谢,然后笑道:“当垆沽酒和翻看杂书之余,还是要多读几本正经书,不要扁担倒了都不知道是个‘一’字。”

仰止还能如何,只得点头称是。

青同先前确实给她留下了一大堆用来打发光阴的杂书。

甘州愣了愣,文圣老爷莫不是含沙射影,说我呢?

打小就觉得读书烦啊,天生的,文圣老爷你怨我,我怪谁去嘛。

龚新舟察觉到甘州的脸色,担心她误会文圣老爷,立即附和道:“窈窕淑女,君子好逑。心善为窈,美貌为窕,故而读书一事,足可为佳人增色。当然要多读圣贤书,这就叫‘性如白玉烧犹冷,文似朱弦叩愈深’,所以文圣老爷就在《礼论》一篇中,有那‘清庙之歌,一倡而三叹’一语,振聋发聩,发人深省,与礼圣老爷的那句‘清庙之瑟,朱弦而疏越’,算是遥相呼应了,如今文人雅士之间的所谓诗词唱和,哪里能比,差得老远了。”

仰止听得直皱眉,老话说听君一席话胜读十年书,但是听这龚山神在那儿拽文掉书袋,酸不拉几的,真是听他一席话,白读十年书了。

老秀才便换了一种说法,笑道:“欲想跳出三界外,不在五行中,读书而已。欲想更上一层楼,眼中无三界五行,唯有书读完了,再无半点文字障。”

少女听得云里雾里,老山神在想着如何跟上马屁,唯有仰止顿时神色凛然。

老秀才打算在酒铺这边喝过三碗酒就返回文庙,所以手上最后一碗酒,便喝得慢了。

世间聚散苦匆匆,一回相见一回老。

历史就像一只火盆,装着一堆有余温的灰烬。所有的灰烬,都是已经被彻底遗忘的逝去之人,而那些火星,就是已逝之人依然留在天地间的痕迹。

比如剑气长城的刻字,圣贤们的传世著作,白也苏子的诗词,各座山上祖师堂的挂像,名山大川之间的崖刻、石碑,年年有后世子孙上坟的墓碑名字……百年千年之后,所有依旧被后人嘴上心中挂念的古人故事。

仰止冷不丁冒出一句:"文圣收了个好学生。"

"这等废话……"老秀才停顿片刻,将碗中酒水一饮而尽,"再听一万遍,都不觉得烦啊。"

天事不可长,高朋满堂散若水。

如今座上有客手霹雳,驱转山川不费力。

旧情犹可追,山风激荡来如奔。

何似青衫御剑白云中,俯瞰五岳丘垤尔。

桐叶洲中部,镇妖楼内,梧桐树下。

陈平安闭目凝神,盘腿而坐,如坐心斋,梦中神游千万里。

青同真身与阴神,都已经跟随年轻隐官入梦,周游天下,唯有阳神身外身的魁梧老者,留在原地,提心吊胆。

因为那个小陌,竟然再次呈现出巅峰姿态,将一尊虚无缥缈的法相凝为丈余高度,白衣白发,赤足持剑,就那么盯着青同阳神,偶尔斜瞥一眼那棵参天古树。

明摆着是信不过青同,只要稍有异样,这位巅峰剑修,就要砍断梧桐树。

魁梧老者没好气道:"已是盟友,还跟防贼一样,至于吗?"

小陌横剑在身前,双指抹过粹然剑光,微笑问道:"如今剑术裴旻身在何处?"

青同摇头道:"那场雨中问剑过后,裴旻就不知所终了。"

不知为何,小陌总觉得空无一人的镇妖楼内,有些古怪。

只是他数次分出心神,巡视那片广袤建筑的角角落落,始终未能发现半点道痕。

小陌问道:"先前那些你精心设置的十二幅画卷,都是邹子预先安排好的,你只是照搬行事?"

青同默不作声。

小陌又问道:"邹子又如何收回这十二张'答卷'?"

青同依旧不言不语。

小陌眼神冷漠，道："问你话，就别装聋作哑，非要我与你问剑才吭声？"

青同再不敢当哑巴，神色无奈道："我哪里知道邹子是怎么想的，将来又是如何做事的，他是邹子！邹子又不是那种寻常的十四境修士！"

青同评论邹子的这个说法，几乎可谓与天同高了。

天下十四境修士，本就屈指可数，其实何来"寻常"一说？委实是这个一人独占阴阳家半壁江山的邹子，太过古怪了。

青同继而小声嘀咕道："说不定我们这会儿提及邹子的名字，就是一种天地共鸣的响应了，早已落入邹子耳中，可以完全无视重重天地隔绝。"

在某些山下王朝，不仅要在书中避讳皇帝君主，还要避讳家族长辈，避称其姓名、字号。而在山上，只有那么一小撮山巅大修士，才会有此待遇，练气士若是贸贸然口呼其名，极有可能会立竿见影。言语无忌的练气士，本身境界越高，就像"嗓门越大"，对方心生感应的可能性就越高。

就在此时，一直心神沉浸在梦境中的陈平安，依旧没有睁开眼睛，只是微笑道："我从一开始就故意方便邹子收取答卷。小陌，还记得我们刚来此地，青同道友说了什么？"

小陌恍然大悟。

这个青同在布下画卷幻境之前，就与陈平安说邹子的确留下一句谶语。

可能从那一刻起，就已经宛如天地摊开。

就像一场科举，青同只是考场的阅卷官，真正的出题之人，以及主持考试的正总裁官，都是邹子。

考题便是那句邹子谶语。

所以反观陈平安的那句破题之语，也同样早就提笔落在画卷纸面之上了。

正是化用郑居中的那句话：不当真就是了。

这就意味着，当不当真信不信，都由你邹子。

之后在十二座天地间，陈平安的种种言行，道心起伏，到底是否出自陈平安本心，是真是假，就像陈平安对邹子的一场反问。

既然自家公子早有察觉，也有了应对之法，那么小陌就不去庸人自扰了。

而且青同主动提起邹子谶语，勉强能算一种亡羊补牢的泄露天机了。

小陌只是用一种看白痴的眼神看着青同。

青同一时无言，好的，我是个白痴。只是你小陌，又比我好到哪里去了？

小陌笑了笑。不巧，我是剑修。想事情、解谜题非我所长，可要说问剑砍人，怎么都得算我一个。

而在镇妖楼一处殿阁顶楼廊道中，至圣先师与纯阳真人凭栏而立，不过他们双方是以前人的身份和眼光看待未来事,当下的小陌当然寻觅不得。

被陈平安尊称一声吕祖的中年道士,秉拂背剑,见状称赞道:"这位喜烛道友,神识还是很敏锐的。"

至圣先师点头道:"这些飞升境巅峰剑修,就没哪个是吃素的。"

等到纯阳真人听到陈平安的那句言语后,一时间颇为意外,不由得感慨道:"如俗子雨雪天气徘徊于崇山峻岭间,一着不慎,脚步打滑,就会失足山崖间,粉身碎骨。与邹子如此钩心斗角,险之又险。"

至圣先师微笑道:"这就是寇名所说的'所安者自然,所体者自解'了,当然也可以说老秀才那句'自知者不怨人,知命者不怨天',如果说得再直白点,无非是日上三竿晒衣服,下雨天出门收衣服,可要是……忘了就忘了。"

纯阳真人还想就这几句话蔓延开去,借机与至圣先师多请教一下三教学问之根柢。

不过至圣先师好像不愿多聊这个,已经转移话题,笑问道:"你久在青冥天下云游,就没有偷摸去玉皇城听寇名传道?"

视线蒙眬之间,依稀可见更早时候,有道士在梧桐树下独自饮酒,日斜风冷,故友不来,立尽梧桐影。这位中年相貌的得道高真,尽得"玉树临风,树大招风"之神趣。

纯阳真人笑道:"旁听过三次,不过每次都有陆掌教作陪。"

至圣先师说道:"因为陆沉当时早就预料到未来之事了,还是担心你将来重返浩然,分走太多青冥天下和白玉京的道气。"

纯阳真人说道:"要是陆沉不曾离乡,浩然天下至少可以多出一个半的龙虎山。"

至圣先师微笑道:"得之我幸,失之我命。墙外花开,也是开花。"

纯阳真人感叹道:"陆沉道心难测,唯独愿意对这位掌教师兄刮目相看。"

按照陆沉当年的说法,他那师尊,是道法自然,几近于一了。道法有多高,打架本事就有多大。

而陆沉对那位代师收徒的大师兄,同样可谓推崇备至,从不掩饰自己当年之所以离开浩然,去往青冥天下,就是奔着与白玉京大掌教问道去的,在见到寇名之前,陆沉便对其不乏溢美之词,"疑是冲虚去,不为天地囚""真人玄同万方,我辈莫见其迹""一人泠然御风无所依,双肩挑挑大道游太虚"……

陆沉甚至一直扬言要为师兄著书立传。大概在陆沉眼中,师兄寇名,独占"真人"一说。所以陆沉在成为三掌教后,对白玉京内的两位师兄,从来只称呼寇名为"师兄",却称呼余斗为"余师兄"。

此外关于这位师兄,陆沉还有一些零零碎碎的奇怪言语,旁人至今无解,比如天根,一变为七、七变为九,复归为一,假人……

纯阳真人首次云游白玉京之时,陆沉刚刚成为道祖小弟子没多久。那会儿陆沉还比较"年轻气盛",与纯阳真人说那天下道法,起于道祖,续香火于寇名,盛于我陆沉,将来蔚为大观还与天下。

陆沉一贯游戏人间,喜欢与俗人说俗语,与高人便说那恐惊天上人的高语。

等到纯阳真人第二次造访白玉京,陆沉就已经成功跻身十四境,有了前无古人后无来者的"五梦七心相"。

事实上,当时与纯阳真人一同游历玉皇城的身边道友,便是陆沉化身之一的白骨真人。

纯阳真人猜测陆沉这条大道之一,比如五梦之外的七心相,极有可能是脱胎、证道于大掌教寇名的那句"一者,形变之始也,一变为七"。

这种事情,在山上虽不多见,但确实是有一些先例的,就像前人提出了好似悬在空中的某个假想,荒诞不经,空中楼阁,之后偏偏有人真就做成了。

至圣先师轻拍栏杆,缓缓道:"寇名要是早生几年,不敢说天下十豪之一是囊中物,在那候补当中,必然有一席之地。"

当世关于"无境之人"的道法源头,有两种说法,一种是来源于西方佛国,追本溯源于"无无"一说,一种便是出自白玉京大掌教寇名的"行乎万物之上,蹈空如履实,寝虚若处床"。

又因为此说,青冥天下某些登高望远的得道之士,总觉得白玉京大掌教的道法,时常"似与佛经相参",偶尔"又与儒法相近"。

只是他们出于对大掌教的尊重,这种有大不敬嫌疑的想法,自然不会对外宣之于口,只在山巅好友之间,闲聊时提几句。

青冥天下有本流传颇广的志怪小说,无名氏所著,名为《述异志》,说远古有一位得道真人,常在立春日泠然御风远游天下,立秋日则返归风之窟穴,风至则人间草木生发,去则天下草木摇落。

这位看上去就很孔武有力的高大老人,转头笑问道:"你觉得未来如果也有类似天下十豪的说法,先前邹子评选出来的数座天下年轻十人和候补十人,总计二十二人,有几人能够登榜?"

纯阳真人思量片刻,说道:"在贫道看来,至多两成能够登评。而且在这之前,一场各有机缘造化的争渡,没个千年光阴,恐怕很难尘埃落定,除了五彩天下的宁姚,以及蛮荒共主斐然,已经名正言顺,其余众人,谁都不敢说自己一定能够胜出。"

言下之意,大概就是只有四五个年轻人,可以成功跻身"最山巅"的那十五六人之列。

纯阳真人此语,其实又有一个更深层的含义,那就是如今数座天下的十四境修士当中,必然有人会落选。某些飞升境圆满修士跨步登高,各自合道,一样会挤占掉几个名额。

至圣先师打趣道:"纯阳吕喦,怎么都得算一个吧?"

纯阳真人却摇头道:"贫道是散淡人,就不凑这个热闹了,想要从小处觅大道。"

至圣先师似乎半点不觉得奇怪,问道:"只因为觉得至道不可以情求,故而打算慧剑斩情丝?选好道场了?"

纯阳真人点点头:"选好了,就怕去得出不得,就此沦陷其中,万劫不复,所以可能还需至圣先师帮忙挑选一人,稍稍护道,只在关键时刻,说几句题外话。"

至圣先师笑道:"好巧不巧,应了那句老话,远在天边近在眼前。"

吕喦有些无奈。倒不是对至圣先师的人选不满意,而是一旦选择了此人,估计自己就得拿出一点什么了。也不是心疼这点"什么",而是到了吕喦这种境界的修道之人,看待结缘一事,无论好坏,其实都会比较麻烦。

吕喦说道:"容贫道再看看?"

至圣先师说道:"这是什么话,说得好像我在强迫你点头一样,这是你们双方你情我愿的事情,退一万步说,即便你答应了,我不得一样问过陈平安才行,他要是不答应,我还能强求啊?"

大雨滂沱,有人头戴竹斗笠,身披青蓑衣,走在江边,遇到山峰,只需脚尖一点,身形飘忽如一抹青烟,转瞬间便来到山巅。

这条钱塘江,古名折江,又分南北两源,支流众多,此刻陈平安就站在那条七里泷的口子上,旧钱塘长曹涌,如今的宝瓶洲齐渎淋漓伯,道场就在附近,是一处名为风水洞的上古破碎秘境,传闻龙气盎然,是不少古蜀国蛟龙的收尸葬身之地。不过如今道场设置了几层环环相扣的障眼法,寻常地仙,便是精通地理之术,手上再有一幅堪舆图,也只能兜兜转转鬼打墙,不得其门而入。

陈平安刻意收敛气机,压制一身拳意,任由雨水敲打在身,扶了扶斗笠,远眺一处商贸繁华的县城。岸边店铺林立,建造有众多会馆,供同乡水客行商在此歇脚、议事。

岸边除了各色商船,还停靠着一种名为茭白船的花舫。按照本地县志记载,水上居住着九姓渔民,都是贱籍,不得参加科举,不得穿鞋上岸。他们即便离船登陆,衣衫服饰也要与平民百姓做出区分,就像此刻,光凭手中雨伞,船户身份都能一眼分明。

而那条老蛟道场的入口,不同于一般仙家洞府建造在僻静山野、幽深水底,其"山门"竟然就在那县衙附近,恰好位于西北角那边的玄妙观和昭德祠之间。

青同掀起幂篱一角,看了眼那边,轻声道:"传闻这条钱塘老蛟,性情暴戾,驭下酷烈。"

陈平安点头道："世间江河，各有水性，就像生而为人，有着一种从娘胎里带来的天性。"

比如红烛镇，三江汇流之地，便是玉液江水性无常，冲澹江水烈，绣花江水柔。而这条钱塘江主干的水性如何，那些吟诵大潮的诗篇，就是明证。曹涌在尚未跻身元婴境之前，治理辖境水域的手段极其严苛，与早期那些朝廷封正的邻近江水正神，多有厮杀，动辄打杀水族生灵数十万，伤稼数百里。

察觉到那份天地异样，有衮服老者，气势汹汹地从道场内大步走出，站在玄妙观外，身材魁梧，深目，轮廓鲜明，多须髯。

这位真身几乎常年待在风水洞内的大渎淋漓伯，眯起一双金色眼眸，双手扶住腰间玉带，望向那处山头的一抹青色。

他只要运转本命神通，便能见寻常练气士所不能见，只见那山巅青衫客，面容模糊不清，身边还有一个头戴幂篱的随从。

曹涌朗声开口道："道友既然来都来了，还要藏头露尾，就如此见不得人吗？"

不等言语落定，他就已经运转神通，凝聚漫天雨水为一道水法，化作一条长达百丈的青色长龙，直扑山巅那对狗男女而去。

竟敢在自家地盘之上，与一位相当于玉璞境的大渎公侯，抖搂这种……海市蜃楼的幻境秘法？

只是下一刻，曹涌便心情凝重起来，只见那青衫客只是一抬手，要出一记类似袖里乾坤壶日月的仙人神通，直接将那条水龙收入袖中不说，再换手抖袖，左手进右手出，好似将一条河水悉数倒入山脚滚滚江水中。

青同有点幸灾乐祸，在这梦中，陈平安就是老天爷，你一条玉璞境水蛟，早就失去了坐镇小天地的优势，还怎么与之斗法？

陈平安跨出一步，缩地山河，径直来到曹涌身边，摘下斗笠，抱拳笑道："晚辈陈平安，见过淋漓伯。"

晚辈？曹涌看清楚对方的容貌后，吃惊不小，尤其是对他这个自谦称呼，更是意外。

双方见都没见过，没有半点香火情可言，何必如此自降身份、执晚辈礼？

曹涌按下心中疑惑，拱手还礼："大渎曹涌，见过陈隐官。"

曹涌侧过身，伸出手掌，笑道："隐官请。"

洞府出现了一道小门，门额是"别有洞天"四个金色大字，还有一副楹联。

"洞中洞见洞中洞，天外天成天外天。"

青同视线透过幂篱，扫了一眼对联，轻声道："洞中洞，见洞中洞。天外天，成天外天。"

只是青同很快就换了一个说法："洞中，洞见洞中洞。天外，天成天外天？"

曹涌笑问道："敢问这位道友，莫不是宁剑仙？"

陈平安一时语噎。

幂篱薄纱之内，青同也是狠狠翻了个白眼，这条老蛟是啥眼神啊？难怪如今才是个半桶水的玉璞境。

曹涌自知失言，就只当自己什么都没说，领着两人一起步入风水洞中。

洞府之内，三人穿廊过道，只见那白璧梁柱青玉阶，珊瑚床榻水精帘，琉璃门楣琥珀桥……人间珍宝毕尽于此。

唯一的美中不足，便是这座风水洞内，虽然灵气充沛浓稠如水，却空无一人，就连符箓傀儡都没有，显得了无生气。

得知年轻隐官来意之后，曹涌没有急于表态，只是问道："隐官为何会找我？"

陈平安说道："我们落魄山有位前辈，我跟弟子裴钱的拳法，绝大部分都是他教的，他与曹老先生算是不打不相识的故友。"

曹涌稍加思索，便试探性问道："是那崔诚？"

不难猜，宝瓶洲一洲山河，能够教出陈平安和裴钱的纯粹武夫，不是大骊宋长镜，就是那个失踪多年的崔诚，加上陈平安是文圣一脉的关系，崔诚的孙子，绣虎崔瀺，曾经有个文圣一脉首徒的身份，显然要比宋长镜可能性更大，何况陈平安都说了，此人与自己属于不打不相识，那就只能是崔诚。

果不其然，陈平安笑着点头。

其实曹涌身为钱塘长老蛟，原本可以在百年前就跻身玉璞境，只是那会儿钱塘江水域，遭遇了一场千年难遇的大旱，曹涌无计可施，只得现出真身，牵引海水，倒灌钱塘江，这才带来了一场甘霖。这等行事，无异于悖逆自身大道，也就是已经没有了顶头上司的缘故，老蛟"只是"落个折损三五百年道行的下场，要是搁在三千年之前，或是万年之前，曹涌就可以直接走一遭剥皮抽筋掉脑袋的斩龙台了。

在这之前，崔诚对性情暴躁的钱塘长，是不太看得上眼的，还曾因为一桩风波，登门找到曹涌，有过一场气势凌厉的问拳。

在那之后，崔诚才对曹涌的印象有所改观，再次主动登门，不问拳，只是……问酒一般。

不过崔诚当年在落魄山竹楼那边教拳，与陈平安从不提及任何过往，好像一次都没有。

老人反而是到了暖树和小米粒这边，才会一点架子都没有，乐意与两个小丫头，主动聊些早年行走江湖的故事。

听裴钱说，暖树姐姐每次都会认真听，小米粒可就了不得了，听到了某些已经说过一两遍的故事,就使劲摇头,半点面子都不给的,直接撂下一句:"说过啦说过啦,换个更加精彩的、吓唬人的山水故事听听"……之后的故事,老人也从不让小米粒失望。当然,小米粒的捧场,也是很了不起的,听得一惊一乍的,会有无数的感叹词。

陈平安给曹涌介绍身边那位道友,道号青同,来自桐叶洲。

曹涌自然从未听过此人,就只当是某位不轻易抛头露面的世外高人了。

只是青同开口第一句话,就让曹涌越发对此人高看一眼。

"淋漓伯,好像与纯阳真人有过一场不浅的道缘。"

曹涌没觉得这是什么不可说的秘事,点头道:"曾经有幸听闻一个自号纯阳的道门真人,讲解《火经》,我凭此证道小成,得以跻身元婴境,可惜纯阳真人的这份传道恩德,始终未能报答。"

那位外乡道人,当年在风水洞为曹涌传道说法时,大道显化,妙语如珠,降下一场火雨。经过这场火雨淬炼,之后曹涌走江就极为轻松顺遂了,就像一个殿试金榜题名的进士老爷,转头去参加一场府试甚至是县试,当然是手到擒来的一桩小事了。

曹涌知道了年轻隐官与崔诚的那层关系后,就毫不犹豫答应了那一炷心香的事。

曹涌突然问道:"又有客人登门了,一船两拨人,都是我水府这边的旧友,陈山主介不介意一起见个面?"

陈平安笑道:"悉听尊便。"

其实陈平安比曹涌要更早察觉到那一行人的行踪。

江上一条小船中,坐着三位别洲练气士,两位宝瓶洲本地水神。

见陈平安在一条水蛟这边如此礼数周到,青同心中有些犯嘀咕,在自己这边,隐官大人怎么就没半点客随主便的意思。

曹涌自然不知内幕,依旧为年轻隐官率先介绍那条船上乘客的身份。

两位水神,都是有资格开府的湖君。一位治所是那邻近钱塘江的青草湖,位于龙游县和乌伤县附近,女水君名为竹湘。另外一位湖君,名为王象晋,治所在那当涂县的碧螺湖。

另外三位,都不是宝瓶洲本地修士。其中有来自南婆娑洲醇儒陈氏的陈真容,擅长画龙。此外两位来自中土神洲,女修士名为秦不疑,自称洛阳木客的汉子,则是个包袱斋。

这三位外乡修士,其实之前就来过这边做客,只是陈真容临时起意,说是要去游历一趟龙游县。龙游县在上古时代属于姑篾之地,设置为太末县,后来数次改名,最终才定名为龙游。

大雨滂沱,天色晦暗,浮客危坐,归舟独行。

江水中有一条乌篷小船随波起伏,白雨跳珠乱入船,看上去随时有倾覆之忧。

船上有五人正在饮酒,谈笑自若,他们自然都是得道之士,神仙中人。

闲聊之事,也与修行有关,只是各执己见,是说那飞升之下总计十二境,到底是哪个境界最为关键。

有人说是那下五境中的留人境,柳七首创,再由某人拓宽道路,可以让修士一步登天。

又有人说是中五境第一层的洞府境,理由是我辈修行一事,往难了说,脚下道路何止百千条,旁门左道,歪门邪道,道多歧路,可究其根本,不过是开门、关门二事,关了门,身与道心,皆幽居山中,一旦开门,万丈红尘,红尘滚滚,更是修行,与那佛法之大乘小乘有异曲同工之妙。

也有人说当是观海境最为重要,修行之人开始登山,在此境界如楼观沧海,境界不高,却气魄最大,只说那无名氏传下的其中半句"九洲居中,如蛇盘镜",是一种何等广阔的视野,之后诸多境界,就算是那上五境的玉璞、仙人两境,所处位置高则高矣,其实依旧不能与之相提并论。

见那陈平安并不排斥此事,曹涌便带着他与那青同道友一起离开洞府,来到岸边,迎接那条即将靠岸的小船。

疾风骤雨,白昼如夜,他们一行三人都不用施展什么障眼法了。

船上五位,瞧见了岸上三人后,须臾间,便是香气环旋,有女子身姿婀娜,天然辟水,无须任何雨具,飘来岸边,看着那个头戴斗笠身披蓑衣的男子,竟是有几分脸色腼腆,她伸出手指捋了捋鬓角,眼神光彩熠熠,柔声道:"水府幽深,偏居一隅,小神暗昧,风鬟雨鬓,惨不忍睹。"

青同在心中啧啧不已。

陈平安微微低头,抱拳笑道:"见过青草湖竹湘水君。"

碧螺湖湖君王象晋,身材修长,只是覆有面具,上岸后,见到那位青衫客,如书生见书生,作揖行礼道:"让陈先生见笑了。"

王象晋生前是一介文弱书生,并无功名在身,也非战场英灵,属于志怪小说里边最典型的那种福缘深厚之人,因缘际会之下,嫁入旧碧螺湖内的龙宫水府为婿,龙君在寿终正寝之前,便逊位于王象晋。因为王象晋文质彬彬,龙君担心他无法慑服水怪,便赠予他一张鬼面,戴上之后赤面獠牙,狞如夜叉,是件水法至宝,龙君让女婿昼戴夜除,既可辅助修行,亦能震慑群雄。继湖君之位,其神立像,便是覆鬼面的姿容,祠庙内其余陪祀从神亦然。

陈平安作揖还礼,微笑道:"久闻碧螺湖湖君大名。"

那背木枪、腰佩白杨刃的中土女修,与神色木讷的包袱斋,都只是与年轻隐官点头致意,陈平安也就跟着点头致意。

有那酒糟鼻的陈姓老人,倒是爽朗笑道:"陈山主,咱俩算不算远房亲戚?"

陈平安笑道:"能算,就是比较勉强。"

老人玩笑道:"难怪阮铁匠最不喜欢聊你的事情。"

陈平安笑容如常,也不搭话。

老人突然问道:"先前我们几个,在船上聊十二个境界中到底哪个最重要,陈山主是个什么看法?"

陈平安神色认真道:"都重要。"

老人愣了愣,竖起大拇指:"高见!"

之后曹涌便让他们先去府中,自己则要为年轻隐官送一段山水路程。

陈平安离开七里泷之前,与这位淋漓伯询问一事是否可行。

老蛟双手扶住腰间玉带,神色洒然道:"有道之士证道得道,本是天经地义的事情。"

在征得老蛟同意后,陈平安便一挥袖子,风雨骤然停歇片刻,金光点点,化作一条金色长河涌入袖中。

历史上曾有先后一千多位文人骚客,留下了两千多首诗词。

而那些被地方府志县志记录在册的诗词,文字多达数十万,它们此时如获赦令,从一本本书中好像被"剥离"了出来。

曹涌见此异象,哪怕陈平安与那青同道友已经离开,依旧站在原地,久久没能回过神来,心中感慨万分,不承想年轻隐官在剑术、拳法之外,道法亦是如此不俗。

廊道中,吕喦问道:"至圣先师之前就见过邹子了?"

"见过了,还聊了几句,最后邹子与我说了句硬话,'同桌吃饭,各自端碗'。"至圣先师点点头,"因为我先与邹子说了句软话,'你一个算命的阴阳家术士,就不要欺负我们的儒家弟子了'。"

纯阳真人发现身边的至圣先师,好像心情不错,满脸笑意,好不容易才忍住不笑出声。

纯阳真人问道:"至圣先师,是看到了什么……未来景象?"

"看了些过往,看到了所有的修道之人,所有的凡夫俗子,我们每一个人,站在这大地之上,就像一座座……山峰,我们无一例外,都是顶天立地的姿态,各有高低罢了。我们不管遇到任何事情,即便低头,弯下腰去,依旧是脚踩大地,背负青天。"

至圣先师微笑道:"至于未来事,看破不说破,说破就不灵。"

那是无数条细微的轨迹路线,造就出了无数幅模糊不清的画卷,最终却在某一处重叠、聚拢为一。

天地间云雾散去，依稀可见有人领衔，数道身影紧随其后，渐次登高。

但是在这之前，至圣先师又看出了某个不同寻常之处。

至圣先师忍不住拍栏而笑。

那幅画面一闪而逝，是之前三教祖师联袂去往骊珠洞天旧址，当时在小镇之内，三人之中，唯有道祖见了陈平安。

道祖与陈平安并肩而行，一起走向那条泥瓶巷。

最终道祖止步于小巷之外。

黄庭国，一处小县城内，县名遂安，遂愿之遂，平安之安。隶属于严州府，而这严州府又是黄庭国出状元、进士最多的一处文教胜壤，此县不通大驿，但是多书香门第，进入县城之前，就可以见到一处屹立在小山顶上的文昌塔。

自古文风鼎盛之地，往往就是这样，不见城镇先见文昌塔。

青同散开神识，将这县城内打探一番，要说是那"水不在深，有龙则灵"，以青同的境界和眼光，照理说也该瞧出几分端倪才对，只是县城周边的河水溪涧，好像连个河婆都没有，一县之地，灵气稀薄至极，武运更是惨淡，完全可以忽略不计。文运倒是有那丝丝缕缕的迹象，只是不成气候，多是祖荫庇护的绵延传承，来自某些敕建牌坊楼，以及那些悬"进士及第"的祠堂匾额，陋巷贫寒之家也有些。青同越发疑惑不解，莫不是自己眼拙了，有那不出世的山巅大修士或是功德圣人之流在此隐居，故意遮蔽了天机？

青同便忍不住问道："我们这趟是要找谁？"

陈平安笑道："不找谁，就是随便看看，等到桐叶洲下宗事了，我回了落魄山，将来会来这边久居……也不算久居，有点类似衙门的点卯吧，在一处乡塾里边开设蒙学。"

之前陈平安暂借陆沉一身道法，以十四境修士的姿态，在那场远游途中，就相中了此处，黄庭国本就与旧大骊版图接壤，距离落魄山不远不近，打算将来就在这边当个教书匠。

青同误以为听错了："乡塾蒙学？！开馆授业，当个教书先生？"

要说一个暂无文庙功名的陈平安，是即将主持儒家七十二书院之一，担任书院山长，甚至都没个"副"字，青同都不至于如此震惊。

陈平安点点头："就我这点学问，半桶墨水晃荡的，当然就只能教教蒙学孩子了。"

青同哪里会相信陈平安的这套措辞，立即提起精神，觉得自己方才那番神识巡游，肯定是马虎了，错过了某些痕迹，故而未能找出此地的真正奇异所在，刹那之间，整座遂安县城就被青同的一粒芥子心神笼罩，衙署祠庙，宅邸街巷，各色店铺，甚至连那些古井底部都没放过，只是依旧寻觅无果，几个眨眼工夫过后，青同犹不死心，将县城外的几处山头、流水都一一看遍，山岭、河流的来龙去脉，都仔细勘验一番，终于收起神识，试探性问道:"你是相中了某位前途无量的修道坯子?"

陈平安打趣道:"你要是跟着我崔师兄混,一定可以混得风生水起。"

青同听出其言下之意,是在说自己无利不起早呢。

陈平安双手笼袖,带着青同步入县城内,双方如无境之人入无人之境。

街上熙熙攘攘,因为是大年三十,哪怕两边铺子都关了,依旧处处热闹喜庆。

陈平安说道:"先前路过此地,在县衙那边翻了几本地方县志,已经百余年没有出一个进士了,就像一个收成不好的荒年。"

青同这才记起在那十二幅山水幻境画卷中,这位出身文圣一脉的年轻隐官,对科举制艺一道,极为熟稔。

难不成真打算在这儿当个隐姓埋名的乡塾夫子,成天与一些穿开裆裤、挂鼻涕的孩子厮混?

堂堂两宗之主,文圣一脉的关门弟子,然后花几年甚至十几年工夫,就只是为了栽培出一位所谓的进士老爷?

陈平安自顾自说道:"化名想好了,就叫窦乂。"

青同问道:"是《益稷篇》里边'烝民乃粒,万邦作乂'的那个乂?"

陈平安似乎小有意外,咦了一声:"不承想青同道友的学问,相当不浅啊。"

青同抽了抽嘴角:"隐官谬赞了。"

陈平安说道:"谬不谬不清楚,反正赞扬是真。"

青同一想到先前七里洮岸边,年轻隐官与陈真容的那句"都重要",便安慰自己,比上不足比下有余。

青同笑问道:"隐官大人要是致力于科举,能不能连中三元?"

陈平安想了想,说道:"连中三元?想都不要想的事情,要是在大骊王朝,别说一甲三名了,我可能考取二甲进士都难。可要说在这黄庭国,帮着遂安县带回一块'进士及第'匾额,还是有几分希望的。未必是我才学多高,只不过制艺一途,越是小国诀窍就越多,是有捷径可以取巧的。比如试卷上边的字体,馆阁体是有细分门道的,可以根据座师房师阅卷官们的学问脉络,来做安排,反正都可以投其所好。"

青同说道:"听说你的嫡传弟子当中,有个叫曹晴朗的读书种子,曾是大骊王朝的榜眼?"

要是早先这么会说话,我早就请青同前辈喝酒了。陈平安笑道:"补充一下,曹晴朗除了是殿试的榜眼,还是先前那场京城春闱的会元,所以说皇帝宋和的眼光真心一般。"

要是选曹晴朗为状元,上次在京城那场婚宴上见面,哪怕自己不答应那件事,但是怎么都会起身相迎吧。

之后在春山书院，陈平安与先生闲聊，说起此事，不都是差不多的说法？一个为学生，一个为再传弟子，都打抱不平呢。

带着青同一路娴熟穿街过巷，其间陈平安没来由问起一事："先前在酒肆里边，你好像跟仰止聊起了小陌，聊得还挺开心？是有什么……掌故？"

青同摇头道："没有！绝对没有！"

明摆着是此地无银三百两。

陈平安笑道："说说看，我保证不给小陌通风报信。"

关于小陌的事迹，别说浩然天下没有任何记载，就算是在蛮荒天下，山上都没什么流传开来的小道消息，不然避暑行宫肯定会记录在册。

青同依旧是摇头如拨浪鼓，只是突然间就笑了起来，他赶紧伸出拳头抵住嘴巴，咳嗽一声。

这可就是此地无银三万两了。

陈平安斜瞥一眼，说道："回头我自己问问小陌。"

青同生怕陈平安在小陌那边添油加醋，只得说道："仰止说了件小事，说小陌早年曾经被一位女修纠缠。"

陈平安马上眼睛一亮，追问道："怎么个纠缠不清？她叫什么名字？"

青同硬着头皮说道："化名白景，至于她的道号，就比较多了，跟女子换衣裙差不多，更换频繁，比较出名的几个，有那'朝晕''外景''耀灵'。反正我从没见过她，只是听过一些传闻，据说剑术极高，杀力极大，脾气极差。白景跟小陌一样，都是剑修，她还是那副'纬甲'的主人，与小陌是差不多的道龄，她却要比小陌稍早跻身飞升境。曾经在蛮荒那轮大日之中开辟道场，但是无法久居，每过数百年就需要重建府邸，所以蛮荒天下的妖族，炼日拜月一道，半数修士都绕不开她，需要孝敬这位剑修。"

陈平安听着那位女剑修的化名和那堆道号，好奇问道："难道白景是那火精化身？"

古怪神异，各有出身。只说"外景"这个道号，真心不俗。

青同摇头道："外界一直有这样的猜测，不过应该不是，因为先前在酒铺，我与仰止就问了这一茬，仰止说这白景的大道根脚，真身并非'神异'一途，就是从妖族开窍炼形，一步步登顶的。仰止还说，绯妃可能是白景的再传弟子。"

陈平安越发疑惑："那她怎么就纠缠小陌了？是起了一场大道之争，还是剑修之间的恩怨？"

青同嘿嘿笑着："好像是白景瞧上小陌了，要与小陌结为道侣，小陌不肯，其间先后问剑三场，打又打不过，就只好一路逃，这不就逃到了落宝滩那边躲起来，跟着那位碧霄洞主一起酿酒了。"

其实仰止说得要更直白些，一句话说得青同只觉得胸中郁气一扫而空，所以之后跟着陈平安游历,一直心情不错。

仰止当时的原话是:"白景差点睡了小陌。"

陈平安说道:"仰止碎嘴,你也跟着?"

青同顿时无言。你要是不问,我会说这些?

陈平安揉了揉下巴,啧啧道:"没想到咱们小陌也这么有故事。"

这黄庭国,一国境内,寒食江、御江和白鹄江,还有作为白鹄江上游的铁券河,都是名列前茅的江河。

作为大骊朝廷藩属国之一,能够拥有如此之多的水运,确实也算祖上积德了,毕竟继承了昔年神水国一部分正朔"祖业"。

紫阳府的开山鼻祖,女修吴懿远游归来,乘坐一条私人渡船,回到了自家地盘,路过那条铁券河,吴懿飘然下船,一挥袖子,先将渡船上边的十数位婢女丫鬟,变成一摞符箓纸人,再默默掐诀,将那条雕栏画栋的三层彩船,变成一枚核雕小舟,与那叠符箓一并收入袖中。

铁券河神祠名为积香庙,祠庙内供奉的那尊彩绘神像,是位相貌儒雅的老文官,感知到那位紫阳府开山鼻祖的一身浓厚道气,顿时金光闪烁,水气弥漫,从中走出一位高瘦老者,正是此地河神,瞬间飘出祠庙百余里。见着了对岸那位眉眼冷清的高挑女子,老者立即作揖到底,行了个大礼,扯开嗓子喊道:"铁券河小神高酿,恭迎洞灵元君銮驾!"

诚意够不够,就看嗓门高不高。

他虽是黄庭国朝廷封正的河神,事实上却是紫阳府的附庸,一座河神祠庙,有点类似"家庙"了。

吴懿身为老蛟程龙舟的长女,道号洞灵,又是紫阳府开山祖师,因为是女修,精通道术,故而又被尊称为洞灵元君。

当然是一种僭越了,元君头衔,可不是随便一位女修就能戴在头上的,不过在浩然天下这边,只要不是道门女冠和山水神祇,文庙是不太计较的,这一点,类似各国朝廷地方上禁之不绝的淫祠,可要是在道门科仪森严的青冥天下,非上五境女冠不得敕封元君,这是大掌教订立的一条铁律。

吴懿以前对这"洞灵元君"的敬称,一向颇为自得,总觉得没什么失礼,外人大不了就是早喊了几百年,反正总有一天,她会名正言顺获得元君称号。

只是今天吴懿却皱眉不已,训斥道:"什么元君,懂不懂规矩!"

铁券河神立即改口道:"小神拜见洞灵老祖!"

吴懿之所以转性,当然是得了父亲的一道法旨,程龙舟要她在家乡地方上,规矩点,少摆些无聊的空头架子,不然如果哪天被他得知,在北岳魏山君与那大骊礼部的山水考评上，得了个不太好的评语，就会让她去大伏书院关门读个一百年书，省得外人说他程龙舟教子无方。

前不久吴懿刚刚乘坐一条老龙城的符家渡船，跨海去了一趟桐叶洲，觐见父亲，也算是为父亲的高升道贺，吴懿当然不敢空手前往，将紫阳府密库直接掏空一半作为贺礼，弟弟因为是寒食江水神，不得擅自离开辖境，更无法跨洲远游，就只好让姐姐吴懿帮忙捎带礼物。

父亲程龙舟，从披云山的林鹿书院副山长，升任儒家七十二书院之一的桐叶洲大伏书院山长。其实对这对姐弟来说，唯一的好处，就是他们再不用担心，自己哪天会被父亲当成进补之物了。

然后吴懿赶在年关时分返回宝瓶洲，走了趟老龙城新址，帮着黄庭国皇帝牵线搭桥，与那几个如同地头蛇的大姓门第，谈了几笔买卖，再去了趟东边大渎入海口附近的云林姜氏，最后去拜会了一下那"世交之谊"的淋漓伯。这条旧钱塘长水蛟，升任为大渎侯爷后，府邸依旧建立在七里泷风水洞，按照辈分，勉强算是吴懿的世伯。可其实真要计较起来，双方就是平辈，毕竟吴懿的道龄，其实要比后者长。只是那条水蛟好造化，在修行一途，后来者居上，在吴懿还在为跻身元婴境苦苦挣扎时，这位钱塘长早就是一条得道的元婴境水蛟了。

吴懿懒洋洋问道："萧鸾已经在府上候着了？"

老河神沉声道："回禀洞灵老祖，那婆姨已经在府上待了三天，只等老祖銮驾回府。咱们这位白鹄江水神娘娘，向来是无事不登三宝殿的行事风格，不晓得这次摆出堵门的架势，又是图个什么。"

他与那萧鸾不对付，所以但凡有点机会，就要在吴懿和紫阳府这边给萧鸾下绊子。

白鹄江祠庙与水府，距离紫阳府不过三百里水路，但是吴懿当年"出关"之前，数百年间，白鹄江水府跟紫阳府一直没有什么香火情。

之前吴懿飞剑传信紫阳府，让自家府上准备一桌年夜饭。

府主黄楮自然不敢怠慢，早就让府上修士出门采办各种山珍海味，如今在各处仙家渡口都能见着的那座珍馐楼，光是昨天和今天，就先后给紫阳府送来了五六只食盒，其中就有书简湖那边特产的金衣蟹，而且是最为罕见的竹枝，据说是从池水城珍馐楼那边专门派人送到紫阳府上的，传闻即便是书简湖当地野修，一辈子也吃不着两回竹枝金衣蟹，因为能够吃上一顿，就是运气极好了。

吴懿瞥了眼那位一贯乖巧伶俐的老河神，道："高酿，今儿府上的年夜饭，有你一份，可别迟到了。"

不给那厮阿谀奉承半句的机会，吴懿已经掐了道诀，使了个水法，身形好似化作一条碧绿色的流水绸缎，如有雷电激绕其身，一时间空中云烟沸涌，如龙擘青天而飞去，以至于远处的整座紫阳府都要摆簸不已，然后在一处大殿之中，吴懿重新凝聚为高挑女子的人身，打了个哈欠。

吴懿置身于剑比堂。一般的谱牒修士，返回山门，第一件事多半是走一趟祖师堂，敬香祭祖。不过吴懿本就是紫阳府的开山鼻祖，总不能祭拜自己吧。至于那些牵线木偶一般的历任府主，其实好些个都沦为她的盘中餐、腹中物了，人心不足蛇吞象，真是半点不惜命。有那学了点房中术便想要与她双修的，也有趁她闭关就想谋权篡位的，还有勾结外人试图欺师灭祖的。

洞灵老祖打道回府，动静又大，就算是那些离着大殿颇远的地界，府内谱牒修士和丫鬟杂役们也纷纷停下手上活计，跪地不起，口呼老祖。

也不管开山老祖看不看得见，听不听得着，反正都是一份心意。

吴懿转头望向大殿门口，等着黄楮等人来这边恭迎大驾。

都说金窝银窝不如自家的草窝，还是有几分道理的。

以前的宝瓶洲，别说地仙，就是个龙门境，都足可横行一方，随处游历，招摇过市。如今哪里成？任你是位元婴境，恐怕都要夹着尾巴做人吧。

铁券河边，高酿久久没有收回视线，脚边河流被吴懿遁法的气机牵引，水面起伏不定，掀起阵阵惊涛骇浪，老河神都没敢平稳水势，只是杵在原地感慨不已，洞灵老祖的这一手水法，真是玄妙通神了，比自己这江河正神都要抖搂得顺溜了，高酿不由得叹息不已，轻轻摇头，喃喃道："人各有命，羡慕不来啊。"

只是高酿又有几分心疼，紫阳府的年夜饭，可不是白吃的，若是空手登门，毕竟于礼不合。半点不比参加魏大山君的夜游宴来得轻松啊。

耳边蓦然响起一个略带笑意的嗓音："确实令人羡慕。"

高酿猛然转头，瞧见一个青衫长褛的外乡人，有几分眼熟，再定睛一瞧，一下子就认出了对方的身份。实在是对方的身份太多，只需随便拎出一个，都能让自己吃不了兜着走，老河神只觉得毕生功力，竟是一成都使不上劲了。

陈平安笑道："高河神不用如此局促。"

高酿小心翼翼问道："陈山主此次出门，是要找洞灵老祖叙旧？"

陈平安点头道："是要找吴懿谈点事情。"

高酿立即说道："小神愿为陈山主带路！"

这位以"死道友不死贫道，贫道帮你捡腰包"著称朝野的铁券河神，金玉谱牒上边的品秩，逊色于白鹄江这样的江水正神，祠庙神像高度也就矮了三分，但是论金身坚韧程度，却半点不输萧鸾，这就是有靠山的好处了，世俗王朝的公门修行，讲究一个朝中有人好做官。山水神灵，若是山上有人，一样事半功倍。像这条铁券河，就因为与紫阳府的关系，河庙库房就有神仙钱，有钱就能拉拢山上仙师和达官显贵，帮忙扬名，名声在外,有香客便有香火,只要香火鼎盛,便有了更多心诚的善男信女,来此虔诚烧香,许愿便灵验几分。

陈平安笑道:"不着急去紫阳府,有劳高河神带我逛一逛铁券河。"

"柴门有庆,荣幸至极。"高酿都没敢大嗓门说话,战战兢兢,颤声道,"小神只怕铁券河景致寻常,入不了陈山主的法眼。"

陈平安摇头笑道:"上次行走匆忙,只是潦草看过铁券河的风光,这次怎么都得补上。"

之后随便聊到了紫阳府那顿异常丰盛的年夜饭,陈平安神色古怪几分。

如今好些山水邸报上边,都夹杂着一句"人生难见两回竹枝金衣蟹"。估计光凭这句话,就能让书简湖的金衣蟹销量暴涨,别说将相公卿,就是山上修士,只要有钱有关系,能信这个邪?

吃过一回,就要吃第二次,等到吃过了第三、四次,兴许觉得滋味也就那样了,但是能够吃上多次竹枝蟹的,他们的身边人要是遇到些事情,不知道给这拨人送什么礼,或是每逢金秋时节,想要打点关系,那赠送此物想来总是无错的。

一看就是咱们那位董水井的生意经了。什么叫天赋异禀,大概这就是了。

陈平安以心声说道:"你有没有觉得我们这趟游历,一路上巧合多了点。"

齐渎碧霄宫那边,邵云岩和酡颜夫人、南塘湖水君恰好前脚做客,不然陈平安是绝对不会主动去南塘湖的。

之后在七里泷风水洞,除了曹涌与纯阳真人的那份道缘,还遇到了陈真容、秦不疑一行人。

以及在这紫阳府,白鹄江水神娘娘萧鸾,恰好在府上。

其实青同就一直在附近,头戴幂篱,一身碧绿法袍,姗姗然走在水畔。

青同用一种苦兮兮的嗓音说道:"画卷一事,确实是邹子的安排,可在这之外,我真就半点不知情了,难道一连串巧合,也是邹子的手段不成?"

陈平安不置可否。

青同跟随此人一路同游,亲眼见亲耳闻陈平安与不同水神、修士打交道,心中某个念头越来越强烈,都说一样米养百样人,怎么到了这家伙这边,反倒是百家饭养出一个人?青同一时间心中惴惴,只是不知为何,发现陈平安好像有点心不在焉。

之所以肯定不会去南塘湖,是陈平安想起了某个很……欠揍的道理,是一个"书本上不说,老话都不提"的狗屁道理。

有些自愿去做的好事,那么行事之人,最好别把好事当成一件好事去做,这就可以为自己省去许多麻烦。

既符合书上所谓的道理"君子施恩不图报",关键是未来不管发生了什么,都不会有任何失望,再有他人之回报,就都是意外之喜了。

陈平安之所以会有此想,是因为学生崔东山早年曾经说过一番极其"诛心"、十分刻薄的言语,说那天底下不少好人做好事,好人是真,好事也是真,唯一问题在于他们兴许可以不求"利"字之上的丝毫回报,却难免会索求人心之上的某种回响,一旦如此,那么在某些被施恩之人眼中,甚至还不如前者来得清爽、轻松。

陈平安一边继续与高酿闲聊,与这位河神讨要了几本铁券河周边府县的地方志,高酿当然是满口答应下来,这等小事,真是轻飘飘如鸿毛。

遂安县所在的严州府,其实与这铁券河和紫阳府只隔着一个郓州。

在那郓州地界,大骊朝廷曾经找到一处古蜀国龙宫遗址,那条溪涧好像刚刚命名为浯溪,水质绝佳,犹如甘泉。

与家乡龙须河一样,同样建有一座差不多样式的石拱桥,只是桥下不挂古剑罢了。

青同问道:"之前都到了红烛镇,就不回落魄山上看看?"

陈平安笑道:"这就叫近乡情怯。"

紫阳府剑叱堂,吴懿高坐主位龙椅上,黄楮领着一大帮祖师堂成员,脚步匆匆,论资排辈,一个个井然有序,进了大堂后,各自站定位置,跟着府主黄楮一起拜见洞灵老祖。

吴懿笑容玩味。

因为想起了短则十年、长则二十年就会发生的一幅场景,相信会比今日这种小猫小狗三两只,更加气势恢宏。

到时候她会站在一国崭新的庙堂之上,唯一的变化,就是她会换个身份,成为国师,吴懿可能会披紫裳、执青玉,一人之下万人之上。

担任过黄庭国侍郎多年的父亲,曾经为吴懿泄露过天机,当年做客林间别业的高大少年于禄,其实是旧卢氏王朝的亡国太子。

于禄那一身龙气,对于吴懿来说,确实就是天底下最美味的大补之物。

只是当时父亲都没出手,吴懿自然不敢轻举妄动,与父亲抢食,找死吗?

前几年,吴懿终于凭借一门旁门道法,打破金丹瓶颈,跻身了元婴境,而她将来跻身玉璞境的大道契机所在,便是那条齐渎,只要她未来能沿着那条大渎走水成功,相信就可以成为一洲版图上屈指可数的上五境水蛟之一。

至于那个转去担任寒食江水神的弟弟,这条大道算是与他无缘了,悔之晚矣。

不管怎么说,比起之前,他们这些四海、诸多陆地龙宫余孽和蛟龙后裔,已经好太多了,须知在世间没有一条真龙的漫长岁月里,那位斩龙之人的存在,宛如天条,悬在所有蛟龙后裔的头顶,故而元婴境就是大道尽头了。父亲是如此,那位风水洞钱塘长亦是如此,只能停滞在此境上,绝对不敢走水。

况且此次跨洲为父亲道贺,还有一个天大的意外之喜,父亲为她面授机宜,指出了一条有望跻身上五境的阳关大道。

所以这趟重返紫阳府,是吴懿要与黄楮商议搬迁事宜,吴懿除了要掏空财库,还会带上府内半数的谱牒修士,联袂去往桐叶洲,静待一事。说是"商议",其实就是吴懿一声令下,紫阳府照做便是了。至于剩下半座空壳一般的紫阳府,吴懿会承诺府主黄楮,以后这边大小事务,都无须过问她这个开山鼻祖了,她也绝对不会插手半点,等于是彻底放权给了黄楮,让一个有名无实的府主,真正开始手握权柄,足够黄楮在黄庭国境内呼风唤雨了。

听说老祖的那个决定后,包括黄楮在内众人,面面相觑。

老祖这是闹哪出?年夜饭还没吃呢,这就开始分家了?

吴懿手指轻轻敲击椅把手,抬起脚尖,一下一下踩踏地面。

黄楮心一紧,立即说道:"我这就去取祖师堂谱牒,任由祖师挑选弟子。"

很快,黄楮就拿来一本册子,毕恭毕敬为开山祖师双手奉上。

吴懿摊开那本紫阳府谱牒,看见上边顺眼的人名,便伸出一根手指,将其圈画出来。

大堂内,可谓落针可闻,只有老祖师窸窸窣窣的翻书声,黄楮大气都不敢喘,只是心中稍定几分,因为祖师在谱牒册子前边圈画不多,反而是那些居中书页,选人最多,这就意味着未来紫阳府,龙门、观海两境的中坚修士、供奉,大多都会留下。如果老祖当真信守约定,远游桐叶洲,此后不再插手府上事务,对黄楮这个形同傀儡的府主来说,确实是一件天大的好事。

吴懿依旧维持低头看书的姿态,只是一个骤然间的视线上挑,黄楮却已经视线低敛。

吴懿将那本册子随手丢还给黄楮,再抖了抖袖子,道:"除了黄楮都退下,各忙各的去。"

黄楮将谱牒册子收入袖中,屏气凝神,等着老祖发号施令。

吴懿站起身,走下台阶,黄楮后退几步,再侧过身,等到老祖与自己擦肩而过时,才转身跟上。

吴懿脸色不悦,问道:"萧鸾这趟不请自来,她到底想求个什么?"

黄楮硬着头皮答道:"口风很紧,我与她两次见面,都没能问出个所以然来,她只说要与老祖面议。"

吴懿脸色越发阴沉,那白鹄江水神娘娘,她根本就不当一回事,当年萧鸾头回拜访紫阳府,吴懿就曾让她难堪至极,如果不是陈平安当时打圆场,帮忙缓颊,那会儿吴懿原本已经打定主意,要让这个有"美人蕉"美誉的萧夫人,在自家大堂内喝酒喝到吐的,不是都说这位江神娘娘雍容华贵、仪态万方吗？那我就让萧鸾丑态毕露,让那些将萧鸾视为画中神女的裙下之臣,一想到那幅"美不胜收"的画卷,就不知作何感想。

曾经有一位外乡元婴老神仙,路过黄庭国,乘船渡江,与好友月下饮酒,兴之所至,投酒杯入水,幻化成一只白鹄。白鹄后来跟黄庭国的开国皇帝,有过一段露水姻缘。

而那位元婴修士的"好友",正是吴懿的父亲,万年老蛟程龙舟,他与这位云游至此的道士虚心请教道法。

所以在吴懿眼中,这位来历不正、毫无出身可言的白鹄江水神娘娘,也配与自己平起平坐?

只是至今,吴懿也不知晓那位道人的真实身份,连个名字都不清楚。

只记得那中年容貌的外乡道士,黄衫麻鞋,背剑执拂,确实仙风道骨。

吴懿事后与父亲问过一次,就不敢再问了。

程龙舟当年只是说了两句言语,打哑谜一般,说了等于没说。

"以有限形躯,炼无涯火院。"

"结成无双金丹客,地仙不被天仙辱。"

显而易见,父亲对这位云游道士是极为推崇的。

要不是有这么一层关系在,萧鸾休想坐稳白鹄江水神的位置。

吴懿加重语气,问道:"那边还是封山的架势?"

黄楮点头道:"始终是闲人止步,不许访客登山。"

吴懿撇撇嘴,神色复杂道:"敢信吗?"

黄楮识趣闭嘴不言。

只用了不到三十年,落魄山就从一个名不见经传的山头,变成了"宗"字头门派。

一些个好不容易开山立派的山上仙府,可能三十年过去,也就才收了几个弟子,道场的府邸营造、缔结护山大阵等,堪堪有了个雏形,能在当地站稳脚跟,与邻近仙府、山下国家混个脸熟,就可以烧高香了。

所以黄楮当然不敢信,只是他哪敢随意置喙落魄山的崛起。

其实对那落魄山,吴懿和紫阳府,当年其实并未如何上心,也就没怎么想着拉拢关系,去维持香火情。

事到如今,就算紫阳府想要攀高枝,也是万万高攀不起了。

披云山附近,那座名不见经传的落魄山,不鸣则已,一鸣惊人,刚刚晋升宗门的正阳山,就像是个可怜的陪衬和垫脚石。

风雪庙那边就说了句公道话,竹皇宗主的这场庆典,是给落魄山举办的呢。

吴懿立即让现任府主黄楮亲自走了一趟旧龙州,送去了一份姗姗来迟的贺礼,哪怕明知不讨喜,可到底伸手不打笑脸人。

当时年轻山主不在家中，又出门远游了，落魄山的待客之人是管事朱敛，也算是半个熟人了，当年跟随陈平安一起做客紫阳府，好像与黄楒一番叙旧，聊得挺好。

吴懿之所以没有亲自去落魄山，说来可笑，既是她抹不开面子，更是……不敢去。

当年陈平安身边跟着的那个黑炭小丫头，竟然就是后来的大宗师郑钱！落魄山的开山大弟子，裴钱。

那场宝瓶洲中部战役，吴懿是出过力的，也是遥遥见过郑钱在战场出拳的。

那个扎丸子头发髻的年轻女子，经常是杀妖、救人两不误。

私底下，在战事间隙，宝瓶洲的众多谱牒仙师聚头，说来说去，约莫最后就是一个共同感想——亏得郑钱是自家人。

大骊陪都甚至为她破例通过了一项决议，准许郑钱赶赴战场时，由她独自一人，单开一条战线。

吴懿如何都无法将那个英姿飒爽、每次出手裹挟雷霆之威的年轻大宗师，与当年那么个小黑炭形象重叠在一起。

吴懿还记得那晚酒宴上，陈平安身边确实跟着个小拖油瓶，是个古灵精怪的小姑娘，她用了个蹩脚借口，想与当师父的陈平安讨要一杯府上仙酿，结果最后还是只能喝一杯果酿解解馋。

当年吴懿在陪都内，一次乘车访友，在街上偶然遇到徒步而行的年轻宗师，那会儿吴懿还曾一头雾水，不知那个出了名不苟言笑的郑钱，为何愿意主动与自己点头致意，脸上还有几分笑意，可能对方是诚心诚意，可落在旁人眼中，其实怪瘆人的。

因为等到郑钱出拳次数多了之后，大骊陪都就开始流传起一个谐趣说法，"郑钱一笑，战场遭殃"。

她每次投身战场，都是天塌地陷一般的结果，她路过之地，皆是满目疮痍的模样。

郑钱只有遇到妖族强敌，或是她受伤不轻的时候，才会稍有笑脸，好像终于觉得有那么点意思了。

黄楒问道："祖师何时见那萧鸾？"

吴懿冷笑道："再晾她几个时辰，等到年夜饭开席之前，再送客。找我谈正事？那我就给她说三句话的机会。"

这次萧鸾拜访紫阳府，只带了一名随从，孙登，是位纯粹武夫，还是白鹄江水府的首席供奉。

府上帮忙安排的住处，与上次一样，好歹是个独门独院的僻静地方，白鹄江水神娘娘的名号，在黄庭国任何一个地方都很吃香，哪怕是在黄庭国的皇宫大内，萧鸾同样会是君主的座上宾，唯独在这紫阳府内不管用。

世上施恩千万种，求人只一事，低头而已。

萧鸾在屋内焚香煮茶,茶具茶叶与那煮茶之水,都是萧鸾自带的,此刻她与孙登一起饮茶,放下茶杯后,苦笑道:"连累孙供奉一起给人看笑话了。"

刚才府上那么大的动静,一声声洞灵老祖喊得震天响,再加上吴懿銮驾降临的水法涟漪,萧鸾却可以断定自己一时半会儿,肯定是见不着吴懿的。

孙登神色淡然道:"我笑人人笑我,平常心看待平常事。"

萧鸾一双美眸熠熠莹然,笑道:"若孙供奉是修道之人,白鹄江水府就要庙小了。"

孙登摇头道:"习武都没大出息,就更别提修行了。"

登山修道,太讲究资质根骨与仙家机缘了,孙登自认没有那个命。

萧鸾为孙登添了茶水,几句闲聊言语过后,这位白鹄江水神娘娘,难掩愁眉不展的神色。

上次是运气好,蒙混过关了,这次呢?

她此次登门,是要与吴懿商量一件与自身大道休戚相关的紧要大事,因为萧鸾刚刚得到一封来自黄庭国礼部衙门的密信,大骊空悬已久的那几个关键水神位置,例如暂无主人的铁符江水府,还有那淋漓伯曹涌腾出来的钱塘长一职,很快就都要一一按例补缺了,大骊朝廷为此筹谋已久,萧鸾作为大骊藩属国的一方水神,山水谱牒只是六品,她当然不敢奢望太多。其中最关键的,还是有个传得有鼻子有眼睛的小道消息,说那玉液江水神娘娘叶青竹,似乎有意更换江水辖境,平调别地,她甚至不惜主动降低半级,也要离开玉液江。

而黄庭国这边作为水神第一尊的寒食江,就想要补缺那条铁符江,而萧鸾的白鹄江,与那寒食江水性相近,一旦寒食江水神能够升迁,萧鸾就有希望跟着更进一步,一并更换水神金身与祠庙水府所在,继而按例抬升神像高度一尺。

萧鸾会与紫阳府承诺,自己愿意去往黄庭国京城,面见皇帝陛下,鼎力推荐铁券河水神,同样顺势升迁一级,担任白鹄江江水正神,毕竟此举不算违禁。

官场就是这样,一人官身变动,挪了位置,不管是升迁还是丢官,往往"造福"下边一批官员。

而山水官场,尤为明显,过了这村就没这店,往往是一时错过,就要动辄干瞪眼百年光阴甚至是瞎着急数百年之久了。

所以萧鸾就想要来这边走动走动,碰碰运气,因为上次吃了个闷亏,如果不是某人仗义执言,自己能否走出紫阳府都两说。其实萧鸾近些年里,没少亡羊补牢,主动与紫阳府缝补关系,只是始终没能再见着吴懿一面。

可要说学那御江水神,耗费香火,以水神身份,与朝廷求得一张过山关牒,跑去某地攀附关系,萧鸾还真做不出来这种没脸没臊的勾当,况且她更怕弄巧成拙,真要到了那落魄山,吃闭门羹不算什么,就怕惹恼了那位好似⋯⋯一身正气的年轻山主。

这些年，萧鸾对自家水府的首席客卿孙登，可谓礼敬有加，因为这位半路投靠白鹄江的纯粹武夫，才是自家江神祠庙的"天"字号贵人。

而且孙登早年是黄庭国行伍出身，亲自带兵打过仗的，这些年也确实将一座原本规矩松弛的水府，治理得井井有条，运转有序。

自古多少才子佳人英雄豪杰，云散雪消花残月缺人散酒杯空。

萧鸾不愿在孙登这边显得太过黯然，强打精神，与孙登又聊了些大隋王朝那边新近发生的奇人趣事。

铁券河那边，与高酿散步片刻，陈平安就告辞离去，与青同一起神不知鬼不觉进入紫阳府，直接来到了剑叱堂外，站了片刻。

之后吴懿便与府主黄楮一起走出大堂门槛，只是他们不知，其实有两个外人，就站在咫尺之隔的旁边。

陈平安双手笼袖，站在门外，看着那块高高悬挂的祖师堂匾额，一看就是出自大伏书院山长程龙舟的手笔。

先前在那遂安县城内，陈平安带着青同去往一处大门紧闭的简陋学塾外。

当时陈平安站在一排低矮木栅栏外边，怔怔出神。

毕生功业在心田，心斋即是磨剑室。

今晚就是举家团圆的大年三十夜，明天就是辞旧迎新的春节了。

每年二月二龙抬头之后，就是三月三的上巳节，以及多在仲春与暮春之间的清明节，此间外出皆为踏春。

在那之后，就是五月五了。

不知不觉不惑年，一生半在春游中。

陈平安没有跨过门槛步入剑叱堂,毕竟是紫阳府的祖师堂所在,他转过身,笑道:"咱们去厨房那边长长见识。"

祖师堂里面,历代府主画像,左右依次排开,中间那幅,便是穿道袍踩云履的吴懿。

而明天仙都山青萍剑宗祖师堂内,也会居中悬挂起一幅陈平安的画像。

青同挪步时,转头瞥了眼匾额,剑叱堂?

书上的武将或是侠客,倒是经常有那么一出"伸手按剑叱声道",只是这紫阳府一个连剑修都没有的门派,也好意思用这么个堂号? 这就很德不配位了吧。

不过看得出来,这个道号洞灵的吴懿,似乎继承了那条万年老蛟遗留的一部分水运,其余的,大伏书院的程山长,应该是送给了寒食江水神。

紫阳府的那顿年夜饭,办在原本一直是用来款待贵客的雪茫堂。

毕竟较大的山上府邸,就没几个会正儿八经吃年夜饭的。

谱牒修士,不是外出游历,就是闭关修行,不然就是参加各种观礼庆典。

雪茫堂附近,有一长排的厨房,分出了山珍海味、酒水瓜果等屋,充当厨娘的府上侍女丫鬟,来来往往,如游鱼穿梭。

底蕴深厚的富贵之家,总是要讲一讲食不厌精脍不厌细的,再讲究点的,就在山野清供一事上下功夫了。

落魄山有朱敛当管家,是个顶不怕麻烦的,里里外外,大事小事,反正都给大包大揽了,还真就不用旁人操心半点。

朱敛每年会按时领取一枚雪花钱的俸禄薪水，说是争取凑成一枚小暑钱。

陈平安站在一间灶房外，看了眼几只珍馐楼食盒，打趣道："按照我家老厨子的说法，一些个所谓的老字号饭馆，厨艺不过是保持刚入行的水准。"

在书简湖池水城那边，陈平安就尝过竹枝蟹的滋味，那还是他生平第一次正儿八经做东，设宴请客。

这种事情屈指可数，最近一次是在大骊京城菖蒲河那边，请关翳然和荆宽喝酒，当然不是什么花酒了。如今荆宽已经出京就任新处州的宝溪郡太守。

青同问道："老厨子？是那个出身藕花福地的贵公子朱敛？"

陈平安反问道："你见过朱敛的真容？"

青同点头道："我对藕花福地并不陌生，经常去那边散心，当然见过朱敛。"

而且是不敢多看。因为镇妖楼与观道观是邻居，所以青同曾经遥遥见过朱敛两次，那可真是一个……奇人，当然了，这厮长得还很好看。

一次是朱敛年少时，去京城郊外踏春游玩；一次是朱敛青年时，独自一人仗剑走江湖。

志怪传奇和江湖演义里边，经常有那女子对陌生男子一见钟情的庸俗桥段，还真别不信，朱敛在江湖上，都不用说话，只靠着一张脸，便不知惹下多少情债。

风流贵公子，登高远眺，凭栏而立，只是双指拧转鬓角一缕发丝，好像就要把一众旁观的女子心肠给拧断了。仿佛只要痴心一人，不管是否婚配，是那求之不得，还是白首偕老，深情如结仇，不死便不休。多少江湖上的白发老妪，老态龙钟时，此生临了依旧想见朱郎，又羞见朱郎。

青同调侃道："你们落魄山什么时候举办镜花水月？要是朱敛愿意恢复真容，我肯定捧场，保证每次一枚谷雨钱起步。"

被陈平安带出藕花福地的画卷四人，魏羡三人，都没有藏藏掖掖，以真身示人，唯独朱敛，更换面容了，成了个身形佝偻、满嘴荤话的老头。

那会儿的陈平安反正被蒙在鼓里，但是青同却是觉得极有意思了。

陈平安笑呵呵道："当真？我可以与朱敛打个商量，单独给青同道友开启一份镜花水月，说好了，就一枚谷雨钱，我保证让你每天都能见到朱敛，看到饱为止。"

青同不搭话了。

青同也算见多识广的得道之士了，可是如朱敛那般容貌的俊美男子，好像还真没见到第二个。便是被赞誉为国色天香的女子见了，恐怕都要自惭形秽吧。

美人美人，原来不只是被女子独占啊。

少年之美，风清月白，思无邪。

青年俊秀，一时无两，谪仙人。

不过也别觉得朱敛是个空有皮囊的绣花枕头，后来的俞真意之流，所谓的登顶，成为天下第一，只是因为藕花福地就那么大。

而从豪阀贵公子变成挽狂澜于既倒的国之砥柱，再成为一统江湖的武疯子朱敛，他成为当之无愧的天下第一，同样只因为藕花福地就那么点大。

看似结果相同，其实双方是完全不一样的境地。

陈平安冷不丁以心声问道："老观主的合道之法，是不是类似'天下无事时和年丰'的大道？"

青同反问道："隐官是说那天下丰年？"

陈平安笑道："就是随便一猜。"

还真就是随便猜的，因为刚才青同又聊到了小陌在落宝滩酿酒一事，而小陌的身份，在后世本就有"天降福缘"一语。

再加上老观主的真身，以及这位"臭牛鼻子老道"在那场战事中的某些作为，好像立场略显飘忽不定，只是并无太过明显的偏倚，大体上还是站在浩然天下这边的，老观主并没有因为自身大道出身，就选择偏向蛮荒天下。至于人间酿酒一事，从来都是太平光景才有的事。离乱人不如太平犬，谁还有闲心余力去酿酒？何况各朝各代，往往都有不同程度的禁酒令。至于书上所谓侠客们在那酒肆饭馆，动辄说句来几斤牛肉下酒，其实并不现实。

一连串好似远在天边的线索，断断续续凑在一起后，让陈平安心中微动，开始迅速在心湖中的那座藏书楼内翻检书籍，终于找到了一句远古佚名的"老话"，藕断丝连，就是一条不易察觉的潜在脉络了。

陈平安缓缓道："时和年丰，多黍多稌，亦有高廪，万亿及秭，为酒为醴，降福孔皆，以洽百礼。"

青同神色平静，一言不发，约莫是觉得此举不妥，有点像是默认了，立即补上一句："隐官大人真是奇思妙想。"

陈平安斜瞥一眼，不管最终真相如何，想必青同猜测的方向，大致也逃不出这条脉络了。

这是不是就意味着在太平盛世中，东海观道观的老观主，战力会很高？可若是在乱世，就会道行下降，攻伐杀力随之减弱？

青同就觉得很烦啊。

昔年那座东海观道观，道观内廊道中晒苞谷，晒谷场上黄灿灿，都是老观主亲力亲为，那个眼高于顶、常年斜背一只大葫芦的烧火小道童，都没资格掺和这些的，而那只道祖昔年手植葫芦藤结下的养剑葫，名为斗量，一般修士可能听到这个名称，就会立即想到那句"海水不可斗量"，其实没那么玄乎，准确说来，是玄之又玄，或者说是返璞归真，当真只是以斗量物了。

而世间最常用到斗量之物的东西,可不就是年年种岁岁收的谷米吗?

陈平安走向雪茫堂那边,涟漪阵阵,如走出镜中,现出身形,再与青同说道:"你也别隐匿身形了。"

整座紫阳府,刚好只有元婴境的吴懿能够察觉到那份气机,她撇下黄楮,杀气腾腾赶来此地,结果愣在当场,怎么都没有想到此人会主动登门。

之后陈平安的那个提议,吴懿根本不用如何思量,没有丝毫犹豫,当场答应下来。

别说可以白白赚取那笔珍贵异常的功德,哪怕没有这份天大的馈赠,吴懿都会点头,帮忙点燃一炷水香。

因为父亲为她指出的那条道路,绕不开陈平安,与卢氏王朝的亡国太子于禄戚戚相关,而于禄与陈平安是多年好友了,还有半份同窗之谊。至于父亲为何能够笃定于禄这个"游手好闲"的亡国遗民,会在桐叶洲那边落脚,为卢氏恢复国祚,吴懿并不感兴趣。

吴懿让陈平安稍等片刻,很快就走了一趟剑叱堂,打开一道秘密禁制,从密室中取出一件山上至宝。

至于那个头戴幂篱的"女修",既然陈平安没有介绍身份,吴懿就没有多问。

回到那条雕梁画栋的廊道中,吴懿递出一只小木匣。木匣之上镂刻有神官蛟龙、女仙鸾凤、古真人骑乘龟麟之象。

此物是紫阳府的镇宅之宝,历代府主都别想看到一眼。吴懿原本是打算将来送给某位剑仙坯子,先将对方收为嫡传弟子,等对方结丹后,再作为一份迟到的收徒礼,以及贺礼。

陈平安哑然失笑,自己又不是打秋风来了,她这是做什么?

"里面装着的,是一枚极为珍稀的上古剑丸。"吴懿误以为对方看不上这件见面礼,只得拗着心性,耐心解释道,"是我当年跻身洞府境时,父亲送给我的礼物。"

当然了,最重要的是当时父亲肚子很饱,而且心情不错,才会赏赐下这件重宝。

青同只是随便扫了一眼木匣,听吴懿说那"极为珍稀"一语,幂篱之后的青同扯了扯嘴角,心道其境界不高,口气倒是不小。

不过等到吴懿默念道诀,双指抹去袖珍剑匣之上的层层禁制,一时间竟是剑气流溢而出,紫气升腾。

青同微微讶异,还真是件值钱玩意儿。

一长串宝光流转的紫金文字,其中有一句"面壁千年无人知,三清只需泥土身"。

随着程龙舟设置的几道秘法禁制被吴懿打开,文字顿时如积雪消融,瞬间流散,就算是吴懿都措手不及,来不及收拢。

显而易见,吴懿得了父亲的提醒,还是头回打开所有禁制。

陈平安一卷袖子,将那份文字道韵悉数收入袖中。

吴懿都有点后悔了,语气低沉几分:"听父亲说过,这枚剑丸,出自上古时代的中土西岳,是某位得道真人亲手炼制而成,本是送给一座西岳副山的镇山之宝。"

如今修士所谓的上古时代,一般指相较于万年之前的那段远古岁月,以天下四分作为起始,比如浩然天下就是建立文庙,再以那场斩龙一役、"世间再无真龙"作为终点。当然也有再往前推个三四千年,以某场不见文字记载的变故作为隐蔽节点,这就属于一个更为狭义的说法了。

陈平安还是没有接过剑匣,只是轻声道:"听说过,上古西岳者,主五金之铸造冶炼,兼掌羽禽飞鸟之属。"

在那段岁月里,按照礼圣制定的礼制,天子祭祀天下名山大川,五岳视为三公,大渎视同诸侯。但是五岳的真正主人,却不是山君,当时的大岳山君,更像是一位辅佐官员,辅佐之人,是真人,而五岳便是那些真人的治所。这拨真人,各司其职,位高权重。比如治所位于南岳的那三位真人,一主两副,分别执掌世界星象分野,兼水族鱼龙之事。而西岳最引人注目的职责所在,当然还是"铸炼"一事,某种程度上,有点类似后世朝廷的工部。

所谓真人治所,便是真正意义上的"陆地神仙",在人间常驻的道场所在。

当然,那时的陆地神仙,还没有像后世这般泛滥,可不是什么拿来形容金丹元婴两境修士的说法,更像是远古时代,小陌和青同他们眼中的"地仙"。

吴懿一咬牙,又将剑匣向前一推,沉声说道:"不是白送的,以后要某人在桐叶洲那边复国,我打算辅佐他,到时候可能需要陈山主美言几句。"

陈平安笑问道:"是程山长传授给你的锦囊妙计?"

吴懿点点头。

陈平安接过剑匣,低头抬起一只袖子,轻轻放入其中,等到抬头后,才笑道:"如果只是此事,那你可能亏大了。"

吴懿一笑置之。

父亲可没有让她一见面就送礼物,一来确实是吴懿小觑了这只剑匣的分量,再者她投靠于禄,对后者来说,何尝不是一种雪中送炭?所以说来说去,还是吴懿想要与落魄山,尤其是这位隐官,攒下一份私谊和香火情。因为之前在那大伏书院的书斋内,父亲说了一句意味深长的话语提醒吴懿,不要觉得到了桐叶洲,就不用与那位陈山主打交道了,山高水长,你们说不定就会经常碰头的。

陈平安说道:"那就当是一份提前送给我们落魄山建立下宗的贺礼。"

斩龙一役之后,蛟龙之属的后裔水仙,若是能够走江化蛟,就已经算是得道了,也只有这些蛟,才能够改头换面,以各种身份跻身庙堂之列,与一国山水气运互补,这是一桩互惠互利的长远买卖,而不单单是一方得利,窃取一国君主的龙气,偷偷蚕食"国祚"。在浩然九洲的各国历史上,偶尔会有一些传国玉玺好像平白无故就出现了裂缝,也就是国祚将断的前兆。

之所以是"偶尔",当然是因为有七十二书院盯着浩然九洲山河。一经发现,有蛟龙之属胆敢如此作祟,君子贤人可以将其斩立决。

反观吴懿的父亲,程龙舟早年担任过黄庭国的礼部侍郎,对这条万年老蛟而言,可能只是游戏人间的散心之举,可是对于黄庭国的一国气运和山水气数,却是大有裨益的。

对入朝为官的得道之蛟而言,唯一的麻烦和后遗症,就是一国覆灭后会被连累,届时就像面临一场天劫。这就又导致哪怕是程龙舟这样的元婴老蛟,依旧不敢离开道场,轻易入世辅佐人间君王。

因为按照浩然天下的历史演变,各个大王朝和小国无形中往往三百年就有一劫。

只有一些在龙门境停滞不前,且注定久久无法打破瓶颈的蛟龙后裔,才会拣选一个刚刚立国的朝廷作为破境契机所在。甭管什么两三百年后的劫数了,凭此结丹再谈其他,成了金丹修士,再扛那场天劫不迟。

吴懿却被"下宗"这个说法,给震惊得无以复加,落魄山晋升宗门,吴懿并不太意外,可要说马不停蹄就创建了下宗,看遍浩然万年,能有几个? 甚至要比传说中的十四境修士都要少了吧?

"下宗就在桐叶洲。"陈平安继续说道,"好像与吴道友,又成了邻居。"

说到这里,陈平安又看了眼青同。

青同道友,你自己摸着良心说说看,巧不巧?

青同已经认命了。

陈平安与吴懿并肩而行,不过更像是陈平安带路走向某地,说道:"于禄是否复国,我暂时不清楚,如果真有那么一天,我肯定帮忙引荐。在这之外,还有一个选择,吴道友不妨考虑一下?"

吴懿笑道:"说来听听。"

陈平安便以心声说了某位独孤氏女子,很快就会在桐叶洲燐河畔立国称帝一事。

吴懿极为心动,与其等于禄在桐叶洲复国,是不是求个落袋为安? 还是说自己其实有希望……两国一国师?!

吴懿嘴上却是说道:"容我考虑一下。"

陈平安笑道:"这么大的事情,是要慎重考虑。"

青同以心声说道:"这个吴懿,还是眼拙。这枚剑丸真正珍贵所在,是它是件容易炼制成功的无主之物。"

不说是什么拿来就可以用,总之相较于剑修坯子自己孕育出本命飞剑,难易程度是云泥之别。假若送给原本不是剑修的练气士,难度依旧不小,可如果送给一位已经是剑修的剑仙坯子,那可就是如虎添翼了。

陈平安点头道:"此事我深有体会。"

本来青同是想说一句"君子不夺人所好,你难道就这么昧掉这枚剑丸",来故意膈应一下年轻隐官,只是掂量一番,觉得自己还是不要挑衅此人,所以反而改口道:"相见不相识,身在宝山不自知,终究还是缘法未到,竹篮打水。"

陈平安说道:"同样深有体会。"

比如那个邹子。

其实还有某位好像素未谋面就成"宿敌"的年轻剑修。

而在陈平安参加文庙议事期间,鸳鸯渚那边,有个帮人抄经挣钱的年轻人,闲暇时经常在垂钓。

此人就是陈平安一直想要找出来的剑修刘材,两人同为数座天下的年轻十人之一。

刘材一人就拥有两枚养剑葫,分别名为心事、立即,前者养出的飞剑最为锋利,后者养出的飞剑最快。

而刘材与陈平安一样拥有两把本命飞剑,其中飞剑碧落,被誉为一剑破万剑,第二把本命飞剑白驹,甚至可以无视光阴长河的拘束。

刘材以养剑葫心事温养飞剑碧落,用养剑葫立即温养飞剑白驹,简直就是一种冥冥中的天作之合。

既是为刘材量身打造的,又何尝不是为陈平安量身打造的呢?

因为它明摆着恰好针对、克制、压胜陈平安刚刚成为剑修之时的两把本命飞剑,笼中雀和井底月。

陈平安问道:"这枚剑丸,可有名字?"

吴懿点头道:"听父亲说,名为泥丸。"

陈平安笑道:"是个很大的名字。"

吴懿没好气道:"陈山主就别往我伤口上撒盐了。"

主客三人,弯来绕去,临近一处僻静院落,陈平安没有去敲门,就只是止步不前,好像在等什么。他非但没有探究屋内言行,反而帮着那间屋子内喝茶双方隔绝天机,以至于青同都无法探究那处院落内的动静。

陈平安双手笼袖,微笑道:"紫阳府的待客之道,是一如既往的好。"

吴懿只当没听出年轻隐官的话里带刺,她靠着廊柱,双手环胸,嗤笑一声:"咱们紫阳府要是腾出一座大宅子,给萧夫人下榻,估计她这几天都没个安稳觉了,哪能如现在这般优哉游哉,煮名泉品佳茗。"

青同啧啧称奇,小小元婴境水蛟,口气比真龙都不差嘛。

只是很奇怪,青同发现陈平安好像半点不恼,反而笑着点头附和道:"也对。"

青同难免好奇,何方神圣,能够让陈平安如此特殊对待?

是那个艳名远播的白鹄江水神娘娘,还是那个烂大街的六境武夫?

多半是后者了。

好像身边这位隐官大人,总有一些奇奇怪怪的讲究。反着猜,总能猜中答案。

小院屋内,茶香怡人。

萧鸾回想往事,感慨万分,人生际遇真是巧之又巧。

对于那个当初半路杀出的"恩人",萧鸾自上次离开紫阳府后,可谓一头雾水。

那会儿的水神娘娘,实在想不明白,一个在孙登先那边如此恭敬的年轻武夫,如何能够让紫阳府的开山祖师如此高看,还最终改变主意,捏着鼻子放自己一马。

故而萧鸾在孙登先那边,试探性地问过陈平安的根脚,山头师承?家乡籍贯?

是大骊朝廷那边某个喜欢游山玩水的豪阀子弟,还是只比上柱国姓氏略逊一筹的膏腴华族?

其实萧鸾在问话时,心中是有几分怨言的,怎的你孙登先有此通天的山上香火情,都不早点道破呢。

孙登先当时也很无奈,自己确实是半点不知,并非有意要与萧夫人隐瞒什么。

那晚在府上,孙登先陪着萧鸾去往雪茫堂参加宴会,途中凑巧遇到对方一行人,如果不是陈平安主动道破缘由,自己根本认不出来。毕竟双方初次打照面,是在那蜈蚣岭破庙前的山路上,可当时对方还只是个少年郎,身边带着青衣小童和粉裙女童,古灵精怪的,孙登先是老江湖,一看就看出两个小家伙的出身,孙登先哪里想到,只是顺口提醒那少年一句的小事,能够让对方如此心心念念多年。

要不是那俩书童丫鬟模样的孩子太过扎眼,让孙登先有些模糊印象,不然只说那少年的面容,孙登先还真记不起来。

没想到双方再次重逢,陈平安竟然还能帮着白鹄江逢凶化吉。在那场暗藏杀机的酒宴上,帮忙拦酒不说,还能让紫阳府不计前嫌,在那之后白鹄江与紫阳府的关系,算是有所缓和,至少在面子上过得去,只说铁券河河神高酿,这些年便少了些含沙射影的言语。

孙登先喝了一肚子茶水,突然发现坐在对面的水神娘娘,眼神似乎有些古怪,就那么瞅着自己。

孙登先疑惑道:"萧夫人?"

萧鸾忍住笑,做了个抬手动作,重重拍下。

孙登先越发茫然,这是与自己打哑谜吗?

萧鸾抿嘴而笑,也不继续卖关子了,开口道:"如果我没有记错,当年你做了这么个动作后,就跟他说了一句,'好小子,不错不错!都混出大名堂了,能够在紫气宫吃饭喝酒了'。"

孙登先闻言汗颜不已,憋了半天,也只能憋出一句底气不足的"不知者不罪"。

重逢后,一方口口声声喊着孙大侠。大侠不大侠的且不去说,孙登先只是觉得自己好歹年长几岁,也就没怎么当回事。

昔年骊珠洞天,龙泉郡槐黄县,落魄山的年轻山主,与龙泉剑宗的剑仙刘羡阳,联袂问剑正阳山。

之后就是那封来自中土神洲的山水邸报,陈平安先是当了剑气长城的末代隐官,之后独自一人守住半座城头,最终以隐官身份,率领四位山巅剑仙,深入蛮荒腹地,共同问剑托月山。

孙登先吓了一大跳,又吓了一大跳。他年近甲子,不过依旧身子骨硬朗,只是两鬓星星,可面容看着还没到半百岁数,这要归功于早年的行伍生涯,黄庭国境内一直太平无事,带兵之将,无仗可打,对此孙登先倒是没什么埋怨的,只因为后来黄庭国不战而降,背弃与大隋高氏的盟约,转投大骊宋氏,孙登先一气之下,便辞去官身,开始降妖除魔,结果那只他亲手捕获的作祟狐魅,竟然兜兜转转,改头换面,成了天子枕边人,又把孙登先给气了个半死,彻底心灰意冷,刚好萧鸾殷勤招徕,他就投靠了白鹄江水府,当起了半个富贵闲人。

遥想当年。

"我姓陈名平安,孙大侠就直接喊我陈平安好了。"

"行,就喊你陈平安。"

追忆往昔,喝茶如饮酒。

这要是在喝酒,还不得把眼泪喝出来啊。

萧鸾柔声道:"孙供奉,我看得出来,陈山主对你是有几分真心钦佩的。"

当年那人,可不是随便与谁说句客气话。萧鸾自认这点眼力见还是有的。

真人不露相,如高官骑劣马,富贵而不显。

孙登先笑道:"当年是如此,就是不知道如今见面了,还能不能聊几句。"

萧鸾犹豫了一下,眼神幽怨道:"那我让你去落魄山那边做客,为何一直不去?水府这边,又不会让你一定要做什么,就只是像逢年过节的串门,与那年轻隐官喝个酒,聊几句江湖趣闻而已。"

暗示明说,萧鸾都试过,可是这位自家水府的首席供奉,偏不点头,也从不说缘由,犟得很。

孙登先笑了笑，依旧没有解释什么。

水神娘娘终究不是江湖人，与之难聊真正的江湖话。

凑上去喝酒，那是人情世故。

那样的酒水，就算是仙家酒酿，喝不醉人的，滋味也不如萍水相逢时的一壶市井劣酒。

天底下已经有那么多的聪明人，那就不缺我孙登先一个了。

萧鸾也就是话赶话随口一提，自然不会真的要孙登先为了自己，或是白鹄江水府，去与那位年轻隐官套近乎。

只是萧鸾亦有一件难以启齿的秘事，每每想起，都恨不得挖个地洞钻下去，此事都可以算是落在吴懿手上的一个把柄了。

孙登先与水神娘娘告辞，离开屋子，准备在院内走桩，舒展筋骨，他其实就住在院子一侧厢房内。

孤男寡女的，男女授受不亲？没把两人安排在一间屋子，就算紫阳府待客有道了。

刚好小院外有敲门声响起。

走去开了门，孙登先一时愕然，除了吴懿，她身边还站着一位年轻男子，青衫长褂，气态儒雅，满身道气。

萧鸾也已经快步走出屋子，一双秋水长眸，闪过一抹羞赧，只是很快就恢复如常。

那人拱手致礼，灿烂笑道："孙大侠、萧夫人，又见面了。"

孙登先只是江神府的供奉，萧鸾却是江水正神，但是眼前此人，言语中却有意无意将孙登先放在前边，萧鸾在后。

萧鸾哪敢计较这种小事，连忙敛衽屈膝，施了个万福，低眉顺眼柔声道："白鹄江萧鸾，见过陈先生！"

孙登先这才抱拳朗声笑道："孙某见过陈山主。"

吴懿撇撇嘴，这个萧鸾真是好运道，好像总能碰到自己身边这个家伙，这婆姨算不算来得早不如来得巧？怎的，莫非是在白鹄江水府里边悄悄竖起一块神位木牌了？

只是吴懿不得不承认，眼前萧鸾，真是个"夫有尤物，足以移人，惊心动魄，目不转睛"的大美人。女子见了，都要觉着我见犹怜。

也难怪黄庭国境内，会有那么多的拐弯抹角为她沽名钓誉的志怪小说，对她赞誉有加："江上有神女，头戴紫荷巾。足下藕丝履，凌波不生尘。"

呵。类似这种诗文，都不知道是不是出自萧鸾，再找人捉刀写出的。

吴懿望向萧鸾，直截了当问道："萧夫人，说吧，找我有什么事情。"

陈平安笑道："你们聊你们的事，我与孙大侠喝我们的酒。"

孙登先面有难色，自己出门没带酒，院内也没准备酒水，不过陈平安已经帮忙解围："我身上有两壶自酿的竹海洞天酒水。"

到了孙登先屋内，倒了两大碗酒水，孙登先其实并不知道要说什么，陈平安便问孙大侠是否游历过遂安县，有了这么个话头，双方也就聊开了。两碗酒水下肚，陈平安干脆脱了布鞋，盘腿坐在椅子上，孙登先也就依葫芦画瓢，整个人都不再紧绷着。老江湖，只要不那么拘谨，其实是颇能言语的，再不用年轻隐官找话聊，孙登先就主动聊起了一桩趣事，问陈山主还记不记得当年蜈蚣岭的其余几人，陈平安笑着说当然记得，孙登先抹了把嘴，笑着说这几个老家伙，只要聚在一起，总要聊起陈山主，自己呢，也没好意思说认得你，偶尔插话几句，就要被人顶一句年轻隐官跟你说的啊，或是一句你当时在场啊？

孙登先喝酒容易脸红，已经满脸通红，其实才喝了个微醺而已，问道："能不能问个事？"

陈平安笑道："孙大侠是想问曹慈拳法如何？"

孙登先问道："是不是哪壶不开提哪壶了？"

"这有啥，不就是跟曹慈问拳，接连输了四场。"陈平安抬起酒碗与之轻轻磕碰，饮酒一大口，抬起手背抹了抹嘴，"曹慈拳法，宛如天成，每次出手，好似未卜先知，很厉害的，真心打不过。"

不过陈平安很快补了一句："当然这是暂时的，功德林那一架，比起当年我在剑气长城城头上那三架的毫无还手之力，已经好很多了。"

孙登先疑惑道："陈山主是怎么学的拳？"

陈平安认真想了想，说道："早年有明师教拳喂拳，我也算能吃苦。加上这么多年一直没有懈怠，如果说后来的剑修身份，是登高之路，那么早先的习武练拳，就是立身之本，两者缺一不可。"

孙登先笑问道："怎么想到自己酿酒了？"

陈平安玩笑道："挣钱嘛，打小穷怕了。手头没几个钱，就要心里慌慌。穷人的钱财，就是手心汗，不累就无，累过也无。"

抿了一口酒水，陈平安继续说道："如今当然是不缺钱了，不过挣钱这种事情，跟喝酒差不多，容易上瘾，至多就是经常提醒自己几句，别挣昧良心的钱，少想那些偏门财，留不住的。再就是有了点钱后，总得求个心安。因为听家乡的老人说过，攒钱给子孙，未必是福，接不住还是接不住，唯独行善积德，留给子孙的福报，他们想不接住都不行。老话说，家家户户都有一块田叫福田，福田里边容易生出慧根，所以余给子孙一块福田，比什么都强，比钱财，甚至是比书都要好。"

孙登先点点头："可惜现在很多人都不这么想了，一门心思觉得只要不心狠，就挣不了大钱。"

陈平安犹豫了一下："只是不得不承认，很多时候，好像还真就是这么回事，心凶之辈，日子过得是要风光些。"

孙登先叹了口气。

陈平安笑道："没事，大不了各走各的阳关道和独木桥，各吃各饭，各喝各酒。再说了，我与孙大侠都是习武之人，双手又不是只会端碗吃饭喝酒。"

孙登先抬起酒碗，笑道："倒也是，走一个。"

陈平安跟着抬起酒碗，说道："回头孙大侠来我落魄山，我亲自下厨，炒几盘佐酒菜。"

孙登先笑道："有这句话，就是最好的佐酒菜了。"

先前一句"穷人的钱财，就是手心汗"，终于让孙登先可以确定一事，眼前这位年纪不大的陈山主，不是什么世家子弟，是真穷过。

当年遇到孙登先一行人，就像一种验证，让陈平安吃了一颗定心丸，我如此小心翼翼走江湖，是对的。

往大了说，是证明了陈平安在这个与家乡很不一样的陌生世界，如此谨言慎行，是没有错的。

只是这些心里话，陈平安与谁都没有提及过，今天遇到了孙大侠，还没喝高，暂时说不出口。

就像一场自证与他证兼备的证道。

廊道中。

至圣先师微笑道："这么快就被揭老底了。"

那位修道辈分很高的碧霄洞主，跻身十四境的合道之法，当然不仅限于此，要比陈平安的那个猜测，更加复杂。

既有天时之祈求，且有地利之束缚，又有人和之作为，三者却能融合为一，所以说还是十分有意思的一条道路。

早年一个"天下"分出四座天下后，不少"年轻"十四境和飞升境的山巅大修士，当然会很好奇那位"捷足先登"的老观主，到底是什么路数，又为何没有待在蛮荒天下，反而跑去了浩然天下当个异类。

大修士们想了几百上千年，也就只能想到陈平安这一步了。

吕喦说道："后世书流传广泛，一定程度上，陈平安是占了便宜的。"

至圣先师唉了一声："承认一个年轻晚辈脑子灵光，就这么难吗？"

而这一声唉，好像与那老秀才的语调一模一样。不过以双方的辈分和年龄来算，大概文圣是有样学样,而且得了精髓?

吕喦摇摇头,微笑道:"贫道对陈平安并无半点小觑心思,先前在那邯郸道左旁的旅舍中,就对他高看两眼了。"

至圣先师坚持己见,依旧说道:"你有的。"

吕喦倍感无奈:"至圣先师万世师表,就不要为难吕喦一个道门中人了。"

至圣先师笑问道:"你说陈平安有无猜出那个卢生的身份?"

吕喦答道:"不好说。"

至圣先师说道:"那枚上古剑丸,虽然算不得一件旷古稀世的奇珍异宝,却也当得起'不俗'二字了。纯阳道友,你觉得陈平安是拿来自己炼制,还是送人?"

吕喦说道:"贪多嚼不烂。多半是送人了。"

至圣先师微笑道:"咬得菜根,吃得百苦;百无禁忌,万事可为。"

吕喦感慨道:"修道之人最自私。"

只是人无私心,如何求道修真成仙。

人最大的欲望,就是长寿,继而得长生,最终与天地同寿。

至圣先师咦了一声:"纯阳道友这是骂自己,还是骂我,或是一起骂了?"

吕喦摇头道:"就是随口一说。即将远游,难免惆怅。"

故乡的青山白云、小桥流水,在等着远方的游子回家。

好像天一亮,梦醒时,就会"睁眼看到"卖花声四起。

吕喦道心何等坚韧,很快就收敛这份淡淡的愁绪,他亦是颇好奇一事:"那个化名白景的蛮荒剑修,剑术要比陌生道友更高一筹?"

至圣先师点头道:"那可不,是个相当凶悍的女子,剑术很高的。只不过小陌也是感到为难,面对这种纠缠不休,总不能一场问剑就与白景真的生死相向了。惹恼了小陌,一旦祭出某把本命飞剑,白景也会犯怵。只说当年那场追杀,真要搏命,还是仰止和朱厌更吃亏,三飞升两死一伤,逃不掉的下场,在蛮荒天下,朱厌受了那种重伤,其实就又与死无异了。

"当那帮人护道的剑侍,小陌当然可以做得很好,但是当死士,才是最名副其实的。

"所以说某位前辈挑人的眼光,从古至今,一直很好啊。"

不过剑修白景,有点类似剑气长城的萧愻,比较喜欢一种纯粹至极的无拘无束。

当年陈清都在剑气长城,管不住萧愻,如今白泽重返蛮荒天下,也未必能管住白景。

也不算是管不住吧,就是一种尊重,或者说是类似长辈对晚辈的一种体谅。

天高地阔,且去自由。

院门外。

萧鸾战战兢兢陪在吴懿一旁，不晓得那个一身碧绿长袍的幂篱"女子"，是什么来头。

总不能是那个传说中的剑仙宁姚吧？可眼前女修也没佩剑或是背剑匣啊。

何况真是宁姚的话，何必如此遮掩面容？

宁姚离开五彩天下，现身大骊京城一事，已经在山水官场悄悄传开了，只是宝瓶洲似乎极有默契，没有任何一座山头，任何一封山水邸报，胆敢书写此事。

吴懿听过萧鸾的那番心声言语后，微微皱眉，没有半点家丑不可外扬的念头，直接说道："我那弟弟，并未跟我说过此事。寒食江的谱牒品秩，只是与红烛镇那边的玉液江相当，想要补缺铁符江，我弟弟就要跳两级了，简直就是痴心妄想。

"萧鸾，你怎么不直接谋划玉液江叶青竹的那个水神位置，就只是升一级，找陈山主就是了，他跟孙登先那么熟，这点面子肯定会给你的。"

萧鸾使劲摇头。此事绝对不可行的，万万不成。你吴懿还是罪魁祸首呢！要不是当年你胁迫我去做那种没羞没臊的勾当，我萧鸾岂会不敢去找陈山主？

吴懿恍然大悟，嘿嘿而笑："怨我，是得怨我这个强拉红线的媒人。"

萧鸾俏脸微红，咬了咬嘴唇。

吴懿说道："坑是我挖的，那就我来填，我离开紫阳府之前，走一趟寒食江水府，看看他那边到底是怎么打算的，总之我会尽量帮你找个实缺，要么是升一级，要么是个平调的肥缺，但是最后成或不成，我不做任何保证。一个月之内，等我消息。"

萧鸾如释重负，与这位洞灵老祖诚心诚意道了一声谢，承诺事成之后，自己愿意鼎力推荐铁券河高酿升任白鹄江水神。

吴懿脸色微变，微微讶异，突然改了口风，问道："如果我能够说服黄庭国皇帝，再与那大骊礼部谈妥，将紫阳府外边的数百里铁券河水域，全部划入你们白鹄江水府辖境，此外我还会与两个朝廷建言，顺势提升白鹄江神位一级，你愿不愿意？"

萧鸾眼睛一亮，有这等美事?！愿意，怎么可能不愿意?！

萧鸾小声问道："只是高河神那边？"

吴懿不耐烦道："我另有安排，肯定不会亏待了他。"

她心中冷笑，跟当年那场酒宴如出一辙，某人还是喜欢指手画脚，唯一的厉害之处，就是明明喧宾夺主了，却不会让人觉得得寸进尺。

只说这番运作，紫阳府这边是大大得利的，反正又不需要她吴懿去卖人情，其实都是落魄山跟黄庭国和大骊礼部去谈此事。估计弯来绕去，还是要那个与落魄山好像穿一条裤子的北岳魏大山君暗中出力？

如此一来，白鹄江等于兼并了铁券河，以后肯定会与紫阳府礼尚往来，而高酿同样是得了一份美差,天上掉馅饼的好事,方才吴懿听陈平安泄露天机,大骊朝廷很快会下旨给藩属黄庭国,郓州那边会新多出一条朝廷封正立庙的大河,源头之水名为浯溪,高酿在铁券河卸任后,可以立即去那边赴任河神,重建祠庙塑金身,承受香火。紫阳府黄楮这厮运道不错嘛,先是自己一走,然后又多出两位各自提升一级的江水正神作为强力外援?

聊完了事情,吴懿看向那个看不出道行深浅的幂篱'女子',问道:"道友是落魄山的谱牒修士?"

青同的清冷嗓音,从那幂篱薄纱如潺潺流水渗出:"不巧,我来自桐叶洲,就是个寂寂无名的小人物。"

离开紫阳府之前,作为回礼,陈平安赠送给吴懿一幅亲笔临帖。

至于那幅真迹,陈平安早就打算作为传家宝,是当年从一位年轻县尉手中用酒换来的字帖之一。陈平安甚至不舍得拿来"炼字",一直珍藏在竹楼内。

字帖内容不多,就两句话:"若持我帖临水照,莫怕字字化蛟走。若持我帖夜间游,好教鬼神无遁形。"钤印有两方闲章,"幼蛟气壮""瘦龙神肥"。

吴懿得此字帖,虽非真迹,却也难得露出一个真诚笑脸,破例与年轻隐官施了个万福。

随后陈平安带着青同来到了宝瓶洲东南地界。

青鸾国,有一座占地十余亩的河伯祠庙,庙祝生财有道,墙壁题字的价格不一,得看位置。不过题字之后,祠庙会严加看管,好好保护起来,说是流传个几百年,肯定不成问题。

在第四进院落的抄手游廊的墙壁上,除了狮子园柳老侍郎的墨宝,还有三种字迹。

故地重游,陈平安双手负后,看着墙上的题字,眯眼而笑。

裴钱的题字,第一笔的一横,就歪斜了,她认认真真写了四个字,"天地合气",最后写了句"裴钱与师父到此一游"。

看到那四个字后,青同难得生出几分心虚。

因为在一幅化境画卷中,陈平安与纯阳真人有过一番对话。

吕喦当时言语一句:"精神合太虚,道通天地外。气得五行妙,日月方寸间。"好像刚好可以凑出"天地合气"四个字?

朱敛以草书写了一篇雄文,百余字,枯笔淡墨,一鼓作气,如龙蛇走飞。

陈平安则是规矩端正的楷书。

青同掀起幂篱一角,抬头看着墙壁上的那两个长句,心中默念一遍后,问道:"是你写的?"

陈平安点头道:"就是有感而发。"

青同说道:"这座河伯祠庙,定然受益不浅。"

陈平安没有去河伯祠庙主殿,只是在原地,从袖中摸出三炷水香,点燃后,烟雾缭绕,冉冉而起。约莫是不愿意打搅此地河伯,陈平安有意隔绝出一座小天地,等到三炷香燃尽,这才带着青同离开祠庙。

双方隐匿身形,走在河畔,青同问道:"还要去几个地方?"

陈平安笑道:"又没消耗你的功德,甚至都无须你盘缠开销一枚铜钱,就能跟着我一路游山玩水,还不知足?飞升境跨洲游历,一大堆的规矩。"

青同呵呵一笑:"倒也是。"

犹豫了一下,青同问道:"你为何一直不问我是否清楚剑修刘材的线索?"

陈平安摇头道:"这笔买卖,太不划算。"

青同疑惑道:"这算什么买卖?"

陈平安说道:"要么是好事,要么是坏事,好坏可能对半分。如果是好事,有数;可要是坏事,就要落入邹子的圈套,你说亏不亏?"

青同笑道:"还能这么算账?"

陈平安点头道:"是只能这么算账。"

青同也就是可以不挪窝,不然要是碰到同境修士,尤其是野修出身的飞升境,苦头得吃饱。

心起一念错,便觉百行非,防之当如渡海浮囊,勿容一针之鳞漏。度人就是度己。

欲想万善全,始终两无愧,修之当如入云宝树,须假众木以撑持。入山便是出山。

陈平安微笑道:"有人曾经说过,一个人有两个年龄,一种是活在自己的世界里,一种是活在别人的世界里,前者是虚岁,后者是周岁。"

青同皱眉道:"别说得这么玄乎,举个例子?"

陈平安说道:"那就远的近的各举一个例子,你青同,活了一万再加大几千年了吧,你觉得对自己人身之外的这个世界,了解得有邹子多吗?道心的宽度、长度、密度,显然都是比不过邹子的。再说我家的右护法好了,小米粒在哑巴湖待了那么多年,以后会在我们落魄山待更久,她的心思,比落魄山很多人都要单纯。"

而有些人,如陈平安自己和学生崔东山,就像在自己的人心上,凿出一口深不见底的水井或是水潭。

青同勉强承认这个说法,突然说道:"远与近两个例子,是不是顺序说错了?"

自己与陈平安近在眼前,而那个落魄山的右护法,可是远在天边。

陈平安笑了笑:"自己体会。"

青同随口问道:"'有人'是谁?"

陈平安笑道:"远在天边近在眼前。"

青同便对那个名气不小的哑巴湖小水怪,越发好奇了。

陈平安提醒道:"丑话说在前头,你跟我不客气,问题不大,我这个人脾气好,还不记仇。可以后你要是有机会见着小米粒,敢跟我们家右护法不客气,都不用我出手的。"

惹谁都别惹我们落魄山上的暖树和小米粒,别跟我谈什么境界不境界的。

青同问道:"小水怪很有来头?"

陈平安憋着笑,脸色柔和几分,说道:"小米粒在我师兄左右那边,都很凶的,还带着君倩师兄一起巡山。请老观主喝过茶,请某位十四境修士嗑过瓜子,只说这两位前辈,要不是小米粒帮忙挡驾,我要多吃不少苦头,你说她有没有来头?"

青同试探性问道:"是她很有背景的缘故?"

陈平安摇摇头,啧啧道:"你要是去了落魄山,肯定会水土不服。"

青同一头雾水。

陈平安说道:"动身赶路了。"

青同哦了一声,环顾四周,可惜此时此刻有风无月。

天上月,人间月,负笈求学肩上月,登高凭栏眼中月,竹篮打水碎又圆。

山间风,水边风,御剑远游脚下风,圣贤书斋翻书风,风吹浮萍有相逢。

宝瓶洲中部,大骊陪都附近的大渎上空。

一座大骊王朝联手墨家,耗费无数财力打造出来的仿白玉京。

青同其实颇为好奇,青冥天下的正主,就不管管?

只是再一想,道老二的那方山字印落在浩然天下,好像文庙也没管?

青同小声说道:"我留在外边等你?"

一来,听说要是被这座仿白玉京针对的修士遁法不济,此楼可斩飞升境。

再者,此地是那只绣虎的心血之一。

说实话,青同可以不用太忌惮年轻隐官,但是面对那个久负盛名的崔瀺,哪怕人间明明再无绣虎了,青同还是不敢在这宝瓶洲版图上如何造次,那可是一个与文海周密掰手腕都完全不落下风的存在。

更早之前,在崔瀺还是文圣首徒之时,曾经跟随老秀才一起游历藕花福地,那时青同就亲眼见识过此人的卓绝风采了。

要是换成崔瀺做客镇妖楼,青同自认就算有邹子的授意,自己都是绝对不敢算计崔瀺的。

再说了,谁算计谁都两说呢?

陈平安摇头道:"跟我一起登楼。"

青同犹豫不决。

隐官大人,你可别过河拆桥、上房抽梯啊,骗我进去再关门打杀?

陈平安没好气道："你就只会窝里横是吧?"

青同默然,敢情我混得还不如一个黄庭国的六境武夫?

青同只得跟随陈平安一同蹈虚登楼,来到最高处一座城楼内,见到了一位镇守此地的老修士。

老人高冠博带,个子很高,容貌清瘦,眼神冷漠,看上去有点不近人情。

青同见到此人后,道心一震,立即撤掉了幂篱和障眼法,低头作揖行礼,起身后默不作声。

显然已经认出对方的身份了。

对方不是文庙圣贤,但他就算在至圣先师和小夫子那边,都是可以完全不卖面子的。

难怪大骊王朝在文庙如此硬气,只是不都说此人早就身死道消了吗?

老人只是与青同点头致意,就望向陈平安,说道:"一次两次就算了,事不过三。"

先有五彩天下宁姚,后有桐叶洲青同,如果再加上那个担任扈从的剑修陌生,是不是外出远游身边不带个飞升境,你小子都不好意思出门了?

见那陈平安欲言又止,想要解释什么,老人摇头道:"我不问缘由,只看结果。"

一次是看在文圣的分上,一场久违的问道,胜负是其次的,如嗜酒之人贪杯,与投缘之人同桌饮酒,谁喝得多谁喝得少,并不重要。

还有一次是看在崔瀺的分上,或者说看在这对师兄弟的分上。

当年大战开幕之前,老秀才曾经找到自己,借走了一些书。

除了《天问》没有给老秀才,《山鬼》《涉江》与《东君》《招魂》四篇,都交给了老秀才。

但是比这更重要的一桩谋划,还是老人与崔瀺联手造就出一份宝瓶洲"独有"的天时,相当于为一洲山河立起额外的二十四节气。

老人想到这里,神色和缓几分,问道:"知不知道,你当初为何会是从海上的芦花岛造化窟中醒来,而不是剑气长城?"

陈平安摇头道:"晚辈始终想不明白此事,恳请前辈解惑。"

老人没有兜任何圈子,直接说道:"得有个参照物,此事门槛极高,需要此物'纹丝不动',如船锚沉底。就像天地间的第一把尺子,第一只秤砣,千年万年,长度和重量,都不可以有丝毫损耗。想那大骊国师,绣虎崔瀺,或者说整个宝瓶洲,当初到哪里去寻找此物?"

老人说到这里,伸手指向陈平安:"就是你这个小师弟了,就是你合道的半座剑气长城。"

陈平安目瞪口呆。

老人道破天机:"大战过后,宝瓶洲那份天时的残余道韵犹在,要是你不在造化窟那边入睡,早几年返回宝瓶洲,对你对宝瓶洲,都绝对不是一件好事。"

崔瀺狠是真的心狠,在这座仿白玉京内,双方曾经有过一场对话,老人问崔瀺,事关重大,你就不与陈平安打声招呼? 结果崔瀺丢出一个说法,说文圣一脉的关门弟子,是那么好当的? 这种本分事,陈平安知不知道过程,半点不重要,唯一重要的,是那个结果。

老人笑了笑:"还记不记得当年你离开书简湖,独自走在北归路上,在一处山顶晒竹简,我与你讨要了一些?"

陈平安点头道:"说好了二十四支竹简,最后前辈还是拿走了将近三十支竹简。前辈讨价还价的本事和浑水摸鱼的功夫,晚辈自叹不如。"

青同差点没忍住,你陈平安不过是文圣一脉的嫡传弟子,怎么跟这位前辈说话呢,客气点啊。

其实浩然天下,一直有这么个说法:天下英才,半在儒家文庙;文庙英才,半在亚圣文脉。

不过在青同看来,惹谁都别惹文圣一脉的嫡传弟子。

陈平安问道:"能否恳请前辈点燃一炷水香?"

老人笑问道:"你自己说说看,我要那么点文庙功德做什么?"

陈平安哑然。

老人没有说破一事,其实当初山顶一别,年轻的账房先生坐在马背上,曾经迷迷糊糊打了个盹。并不知道那位连蒙带骗拐走不少竹简的老先生,牵马而行,还与自己有过一番好似问心的闲聊。

老人想起年轻人的一句心声:"不吵架不吵架,真心没力气了,若是吃过了绿桐城四只价廉物美的大肉包子,说不定可以试试看。"

所以老人打趣一句:"冷猪头肉,是能当包子馅的吗?"

陈平安也不拖泥带水,作揖拜别道:"打搅前辈了,我们这就离去。"

不承想老人笑呵呵道:"对了,重塑二十四节气一事,可是一笔不小的功德,真心不小了。而且你可能还不清楚,这笔功德并未算入文庙功德簿,师兄崔瀺等于帮你余着这么一份家当,我呢,算是代为保管,这一炷水香,要我点燃,也行,但是你就跟这份功德没关系了。这笔买卖,做不做?"

青同顾不得什么,立即以心声提醒陈平安:"别做! 千万别冲动,太亏了,亏大了! 再说了,功德本就是崔瀺留给你的,以这位前辈的岁数和辈分,怎么都不会贪墨了去,回头再找个法子来这边讨要……"

老人好像察觉到青同的心声,摇头道:"不凑巧,我与崔瀺有过一桩约定,这份功德,虽然是属于陈平安的,但是如何拿回去,用何种方式,在我,而不在陈平安。"

青同一时气急,怎么好意思这么欺负人呢。

陈平安思量片刻,点头道:"做了!"

老人更是干脆利落,等到陈平安点头后,直接大袖一挥,便将那份浩浩荡荡的功德,归还天地,甚至都不只是馈赠宝瓶洲一洲山河。

老人随后抖了抖袖子,双手负后,笑眯眯道:"心不心疼?"

青同不知道陈平安心不心疼,反正自己都要替他心疼。

这么一大笔天地功德,几乎是文庙功德簿上浓墨重彩的一整页啊!可以与多少山水神灵做买卖啊!

陈平安板着脸说道:"还好。"

老人笑道:"生意落地,那就不送客了。"

陈平安突然说道:"前辈别忘了将半数功德,转交给五彩天下飞升城。我只是合道半座剑气长城,半座剑气长城却不是我的。"

"理所当然。"老人直到这一刻,才神色和蔼起来,毫不掩饰自己的赞赏,"不愧是崔瀺和齐静春的小师弟。"

青同又是一脸呆滞。

俩聊天的倒是不觉费劲,我只是一个旁听的,都要心累了。

老人竟是甩了甩袖子,与年轻人作揖行礼。

陈平安正衣襟,与老人作揖还礼。

陈平安,是在五月初五这一天来的。而这位老人,则是在五月初五那天走的。双方相逢于书简湖。

先生先贤们的背影,已经在路上渐行渐远。但是曾经看着那些背影的某个身影,一样会成为更年轻之人眼中的背影。

老人起身后,拍了拍陈平安的肩膀,神色慈祥,宛如一位看到了年轻晚辈有出息的家中长辈,轻声道:"好家教。"

陈平安挺直腰杆,嘴唇微动,不过到底没说什么,只是眼神明亮,默默点头。

梧桐树那边。

盘腿而坐的陈平安睁开眼睛,长呼出一口气。

小陌立即收起那尊剑气森森的缥缈法相,轻声问道:"公子,还好吧?"

陈平安点头笑道:"算是很顺利了。"

师兄崔瀺曾经与人"借字",其中一个"山",先生在功德林那边说起过,正是礼记学宫大祭酒的本命字。

那么"水"一字何在?虽然先生从未提及,但是陈平安早就心中有数了。

当然是在这位道场在书简湖,写出过一篇《问天》的老前辈身上了,所以这位前辈的那炷"心香",会是天地间最为灵验的一炷水香。

其实前辈晚辈,双方心照不宣。只是这种事情,就不用跟青同说了。

青同立即收起那副阳神身外身,恢复真身后,伸了个懒腰:"功德圆满,终于收工了!"

陈平安微笑道:"还没完事呢。"

青同一个后仰倒地,其实也是有心理准备的,山水相依,陈平安没理由只与水神做买卖,还有山神啊!

青同怔怔望着天幕,眼神哀怨,叫苦道:"你这算不算一不做二不休?"

陈平安站起身,十指交错,舒展筋骨,说道:"我们可以休息片刻。"

闲来无事,陈平安就面朝那棵梧桐树,倒退而走。

明月挂梧桐,风吹古木晴日雨,月照平沙夏夜霜。

小陌见自家公子心情不错,在青同这边就有了个略好脸色。

陈平安继续慢悠悠倒行走,笑道:"先前见着了仰止,听说一事,说那道号众多的白景喜欢你。"

看在青同在仿白玉京楼内,还算仗义的分上,陈平安就不当那耳报神了。

小陌赧颜,顿时头大如簸箕,满脸往事不堪回首的神色。

陈平安双手笼袖,调侃道:"这有什么好难为情的,不如多学学老厨子、米大剑仙、周首席这些人。"

小陌摇头道:"朱先生曾经说过,唯有痴情最风流,一语惊醒梦中人,所以对待男女情爱一事,与谁学都不如跟公子学。"

青同突然有一种明悟,莫非这就是落魄山的门风?

陈平安开始倒着练习六步走桩,双手伸出袖子掐剑诀,说道:"先前在黄庭国紫阳府,我得了一枚品秩很高的剑丸,是上古西岳某位得道仙真精心炼造而成,你先看看,适不适合你,如果适合就拿去好了,不适合的话,你觉得送给谁比较合适?对了,剑丸名为泥丸。"

落魄山和仙都山,好像有太多人都可以炼制这枚剑丸,所以陈平安比较为难。

其实陈平安是有私心的,比较倾向给弟子郭竹酒。只是暂时不确定合适与否,所幸有小陌可以帮忙勘验一番,回头再做打算。

如今的浩然天下,可能看待陈平安在剑气长城的所作所为,更多是想到那个隐官头衔、酒铺、无事牌、宁姚、避暑行宫……

可事实上,如果不谈结果,只说那些年里的心路历程,甘苦自知,不足为人道也,所以陈平安很感谢当年那个在墙头上敲锣打鼓为自己鼓气的小姑娘,很怀念郭竹酒和裴钱的怄气。

言语之际,那只袖珍剑匣从陈平安袖中掠出,此外还有一连串的金色文字。

小陌伸手接住剑匣和那些宝箓,扫了眼文字就不再多看,点头道:"我先看几眼剑丸。"

匣内所谓剑丸,其实就是一道纤细的漆黑剑光。

小陌双指拈住那道剑光,凝神端详片刻后,抬头说道:"公子,此物对我来说就是鸡肋,并不适合。目前看来,最好送给一位欠缺五行之土本命物的年轻剑修。虽说剑修之外的练气士,也能炼化为本命物,成为类似半剑修身份,就像早年的公子,但是此举比较涉险了,极难达到道心与剑心两相契的灵犀境地。因为炼制这枚剑丸,不光是炼剑而已,更像是继承一份香火凋零的道统,恐怕炼剑之人,还要走一趟那位真人治所的洞府,这就意味着修士资质如何,不是最重要的,机缘才是第一。"

陈平安说道:"那就不急。"

小陌说道:"我帮公子收着剑匣好了。"

若有什么意外,有自己兜着。

陈平安也没有拒绝,继续倒退走桩。

青同以心声悄然说道:"陈平安,那个白景可是屈指可数的剑修,跟小陌一样,都是飞升境巅峰圆满剑修!要是能够让小陌将她拐骗到这边,两座天下此消彼长,文庙功劳簿上又是一笔功德!"

陈平安恼火得直瞪眼,沉声道:"毛病!"

只是陈平安很快收敛神色,说道:"好意心领了,只是以后别瞎出主意。"

青同闷不吭声。

陈平安以心声解释道:"你以为白先生会袖手旁观,由着小陌去跟白景碰头?小陌这一去蛮荒,一个不小心,都未必能回浩然。"

青同后知后觉,瞬间心中悚然。

白泽的恐怖之处……青同都不敢多想。

陈平安轻声道:"万事尽量从最坏处打算,未雨绸缪,思虑周全,之后一切就都可以视为是往好处一点点转变了。"

青同仔细琢磨一番:"好像有那么点道理。"

栏杆处。

吕喦说道:"好像青同道友依旧懵懂不知,这本是一场可遇不可求的护道和传道。"

至圣先师点头笑道:"就看我们这位青同道友,何时福至心灵了。"

吕喦问道:"仿白玉京内那份散去的功德,数量不小,文庙事后会不会有所弥补?"

至圣先师摇头道:"当然不会对陈平安额外弥补什么,邹子那句'同桌吃饭,各自端碗',话糙理不糙。"

吕嵒点头，陈平安到底还是一位出身文脉道统的儒家子弟，这一路梦中神游，说是买卖，其实还是读书人作为。

身材高大的老夫子，抚须微笑道："知我者谓我心忧，不知我者谓我何求。"

吕嵒突然说道："如果贫道没有记错，陈平安如今连贤人都还不是吧？文圣就没有说什么？"

至圣先师哈哈笑道："护短一事，文庙里边谁都精不过老秀才的，等着吧，总有老秀才憋不住的一天，到时候就要摆出苦口婆心状，搬出一大箩筐的道理了，旁人吵又吵不过，听了又嫌烦，不听还不行。"

吕嵒会心一笑："可惜不曾去过文庙旁听议事。"

至圣先师说道："此事简单啊，我与礼圣知会一声，就把纯阳道友安排在老秀才旁边的位置上，如何？"

吕嵒摇头道："还是算了。"

陈平安停下脚步，一步返回原地，重新落座，说道："继续赶路。"

青同哀叹一声："真是劳碌命。"

小陌微笑道："青同道友说了什么？我没听清楚，再说一遍。"

青同脸色僵硬起来："没什么。"

陈平安闭上眼睛，双手叠放在腹部。

又邀诸君入梦来，与君借取万重山。

游思六经，神越溟海，结想山岳，吾为东道主。

第七章
五岳山君

北岳披云山之巅。

古松参天,松下有男子,斜卧白玉榻,单手托腮,似睡非睡,似笑非笑。

身着雪白长袍,脚踩蹑云履,腰系一根彩带,耳边坠有一枚金环。

神耶仙耶鬼耶,美如画。

传闻宝瓶洲五岳山君,各有风流。

中岳晋青道龄最长,极具古气。南岳女子山君范峻茂,反而最英气。东岳山君有仙气,西岳山君多侠气。而北岳魏檗,在一洲五尊山君当中,公认相貌最好,故而是最富有神气。

根据落魄山某位高权重小小耳报神的说法,如今咱们北岳地界,唯一期待举办夜游宴的,就是那些拥有谱牒身份的各路仙子女修啦。她们在宴席上,只要多看几眼醉醺醺微微脸红的魏山君,哪怕不喝酒都得跟着醉嘞。

一听这个,陈平安就要为魏山君打抱不平了,便问小米粒,这些都是谁传出来的小道消息。小米粒就说是白玄啊,不过白玄好像又是从景清那边听来的。而且景清还曾撺掇着白玄,一定要参加下次夜游宴,压一压魏檗的风头,免得咱们这位魏山君翘尾巴,太膨胀了。

此刻魏檗睁开一双粹然的金色眼眸,坐起身,微笑道:"小陌呢?"

陈平安气笑道:"劝你少打小陌的主意!"

魏檗笑呵呵道:"现在知道我的心情了?"

劝你们落魄山少打我那几棵竹子的主意,有用吗? 当年小米粒还不是被怂恿得经常来我披云山数竹子?

青同站在陈平安身侧,透过幂篱薄纱,打量着那位名动浩然的山君,只说如今天下夜游宴一事,几乎成了披云山魏檗的代名词。

据说这位一洲大岳山君,曾是古蜀地界神水国余孽,被贬斥为土地公,不知为何,得了国师崔瀺青睐,一跃升迁为大骊王朝山君。

此君际遇之大起大落,令人叹为观止。

如今宝瓶洲和北俱芦洲南北两洲皆知,披云山与落魄山,那就是好到穿一条裤子的盟友。

不过说来有趣,眼前这位落魄山的年轻山主,生平第一次踏足披云山,还是少年窑工学徒时,等到魏檗入主此山,担任大骊北岳山君,陈平安也成为落魄山的主人,只是在那之后,多是魏檗去落魄山做客,陈平安从未主动登上披云山。

直到上次陈平安走过一趟蛮荒天下,返回家乡,才带着小陌一起登山,那份见面礼之丰厚,让魏檗都要期待下次见面了。

陈平安笑道:"我就不跟你废话了。"

随后魏檗得知陈平安此梦中神游的意图后,毫不犹豫点头答应下来,只是忍不住叹息道:"本来得知你抢来曳落河的丰沛水运,我还以为你会闭关一段时日,运气好点的话,熬个几百年,说不定将来就有机会帮你去争一争天下水法第一的席位,结果倒好,别说这些水运留不住,如今就连功德都不要了。"

龙虎山天师府的五雷正法,火龙真人的火法,还有皑皑洲韦赦的土法,都堪称跻身登峰造极之境了。但陈平安第一次真正意识到自己的大道亲水,还是来自魏檗的提醒。

魏檗说道:"宝瓶洲东西两岳,未必愿意点这个头。凑不齐一洲五岳山君齐点头的局面,终究是一盘散沙,山香效果,就要大打折扣。"

与山水神灵打交道,难就难在利大不过道,山下人间道路上,熙熙攘攘皆为利往,但是山上神道则不然。

就像魏檗愿意答应此事,又怎会只是贪图那份功德? 一旦利欲熏心,说不得魏檗的山君金身,都要出现问题。

说到底,这里边都存在着一个大前提,点燃一炷心香的各路神灵,要诚心诚意认可陈平安本人。

所以陈平安就是那个至为关键的"山水递香人"。

陈平安点头笑道:"已经做好吃闭门羹的心理准备了,所以才会先来你这边,讨个开门红的好兆头。"

魏檗说道:"要不要我与那两位官场同僚打声招呼?"

陈平安摇头道:"算了,有没有你的那封书信,差别不大。"

魏檗点点头,确实如此,五岳神位品秩相同,谁都管不着谁,何况魏檗与那两岳山君也无过硬的交情,都谈不上有半点私谊,每次山君府间的书信往来,无非是个公事公办。

陈平安问道:"叶青竹是不是已经改口了?今天有没有拜访你们山君府,主动要求撤回那道她请辞玉液江水神的公文?"

魏檗摇头道:"你猜错了,恰恰相反,叶青竹确实急匆匆来了一趟披云山,但是只差没有跟我一哭二闹三上吊了,她越发坚定先前的心意,一定要改迁别地,不奢望平调,可以降级任用,她相中了几条江河,唯一的共同点,就是离着落魄山都比较远。还与我赌气,说要是北岳不准此事,她就要去京城告御状了。言语之时红了眼眶,泪水莹莹的,楚楚可怜。"

陈平安揉了揉下巴:"不能够吧,先前我在玉液江水府那边,跟水神娘娘聊得挺好啊,开诚布公一番,算是摒弃前嫌了。"

魏檗笑道:"她即使信得过你的话,也更相信自己的直觉。"

陈平安默然。

魏檗收敛笑意,正色道:"这就意味着你以后的闭关修行,要小心自己的道心了。持镜者与镜中人的形象,竟然有所偏差,是一件小事吗?"

陈平安点头道:"会注意的。"

这就是诤友啊。

魏檗从袖中摸出一物,递给陈平安:"这是庆祝下宗的贺礼,拿去。"

陈平安瞥了眼礼物:"要点脸行不行?"

原来是先前小陌送出的两件半仙兵,其中一件可以镇压水运的黄玉钺,就被咱们魏大山君拿来慷他人之慨了。

此刻也就是吴懿赠送的那只剑匣留在了小陌那边,不然陈平安就要拿出来,问魏大山君惭愧不惭愧。

魏檗笑眯起眼,试探性问道:"那就算了?"

陈平安摆摆手,看着毫无诚意的魏山君,与那一闪而逝没入袖中的袖珍玉钺,用裴钱当年的那句口头禅,就是脑壳儿疼。

魏檗望向一袭碧绿法袍的修士,既然看不出道行深浅,那至少是仙人境起步了,问道:"这位道友是?"

陈平安都懒得用那心声言语了,说道:"道号青同,桐叶洲那座镇妖楼的主人,与东海观道观相邻,真身是一棵梧桐。这次入梦远游三洲版图,青同道友帮了大忙,算是不打不相识吧。"

青同幽幽叹息一声，就这么全盘托出自己的底细了，隐官大人半点不讲江湖道义和山水忌讳啊。

此君神采风流，可谓卓尔不群，不过细看之下，青同觉得还是要逊色于藕花福地的贵公子朱敛。

魏檗低头弯腰，拱手行礼，颇为礼重对方，嗓音温醇道："披云山魏檗有幸见过青同前辈。"

青同摘掉头顶的幂篱，行礼过后，笑道："青同见过魏山君。"

魏檗笑呵呵道："青同前辈，贼船易上难下啊，以后咱俩算是难兄难弟了。"

青同笑容牵强。

某人双手负后，登高望远，忙着欣赏风景呢，闻言笑道："交浅言深是江湖大忌，魏山君悠着点。"

青同有些羡慕这两位的交情，一神一仙，相得益彰，也难怪披云山这些年蒸蒸日上，俨然已经成为五岳之首。

陈平安又说了白鹄江萧鸾的神位抬升，与铁券河高酿改迁祠庙至郓州二事。其实唯一的难处，就是那条位于黄庭国郓州境内的浯溪不同寻常，毕竟藏着一座龙宫遗址，这般山腴水丰之地，属于山水场上颇为罕见的肥缺。而作为浯溪水源之一的那条细眉河，在黄庭国历史上倒是一直没有封正水神，连那河婆河伯都没有。说得简单点，等到那座龙宫遗址被打开，水运自然会流溢而出，那么平调至水运暴涨的细眉河担任首任河神，就是一种升迁。除此之外，只要河神经营得当，很容易在大骊礼部和山君府那边的山水考评，得个优等考语。

魏檗思量片刻，说道："我来运作，你让萧鸾和高酿等消息就是了。信上可以说得直白些，他们现在就可以着手准备祠庙金身塑像的抬升、镀金一事了。"

陈平安问道："真不需要我跟大骊朝廷打声招呼？"

细眉河水神一职，不出意外，大骊朝廷那边肯定是有几个候补人选的，就像当年为了争抢一个铁符江水神之位，大骊那几个上柱国姓氏暗中就没少打架。

魏檗摇头说道："细眉河品秩不算太高，又在北岳地界腹地，距离披云山没几步路，我可以一言决之。"

陈平安说道："你回头记得敲打一下高酿，免得他骤然富贵就忘乎所以，或是一股脑儿把紫阳府的习气带到郓州去。"

高酿从铁券河积香庙卸任，转迁至细眉河，之后招徕辖境香火和聚拢山水气数等事，与当地城隍爷、文武庙的相处，陈平安是半点不担心的，因为这位老河神很会做人。但如果只是熟稔为人处世之道，对一地水神而言，终究是远远不够的。

魏檗笑道:"我这山君府的考功司,可没有一个好好先生。"

又闲聊了几句后,魏檗见陈平安就要告辞离去,心道其真是拉完屎提起裤子就走啊。

青同心情复杂,这趟远游过后,越发羡慕山君魏檗以及杨花、曹涌这些大渎公侯了,各自管着那么大一块山水地盘不说,关键是热闹啊。若能招徕一拨长于庶务的幕僚,得几个得力臂助,可不就是能够像方才魏檗那般闲适了?

魏檗喊住陈平安,笑着说了一桩趣闻:"你们落魄山那位第二任看门人,仙尉道长,半点没闲着,这会儿已经偷偷摸摸收了个不记名弟子,是个年轻散修。此人因为仰慕隐官大人,哪怕明知道你们在三十年内,不会收取任何弟子,仍是在小镇那边租了一栋宅子,看架势是打算长住了。隔三岔五就去山门口转悠,仙尉道长见他求道心切,就起了惜才之心,偶尔双方论道,鸡同鸭讲,还要被仙尉道长嫌弃弟子资质鲁钝。"

曹晴朗、元来、小米粒,先后都曾在山门口看门,只不过都算是兼职了。

陈平安听得一阵头大。

之前通过披云山这边的山水邸报,帮着落魄山对外宣称一事,在三十年内落魄山形若封山,既不接待外人,更不会收取弟子。

关于此事,陈平安只是开了一个很小的口子,允许雾色峰谱牒成员,各凭眼缘,私底下收取嫡传弟子,不承想真就被仙尉钻了空子。

陈平安无奈道:"那位散修品行如何?"

魏檗说道:"心性坚韧,资质一般,甲子岁月,还是洞府境,不是剑修。我查过他的根脚,身世清白,是白霜王朝旧虔州人氏,出身书香门第,无心科举,一心慕道,曾经是虔州当地一座小道观的都讲,道观在战事中毁于一旦,战后被他凭借一己之力修缮如新,然后就开始往北边云游,等到他看到那封邸报,便一门心思想要来落魄山落脚修行,却也不是那种投机取巧之辈,并非要将落魄山作为一条沽名钓誉的终南捷径,只是单纯觉得我们宝瓶洲那位年轻隐官是举世无双的豪杰,想要与剑术、拳法、学问、符箓皆身入化境的陈山主请教道法。"

陈平安想起与仙尉在大骊京城初次相逢的场景,即便撇开仙尉的另外那层身份不谈,连自己这样的老江湖,都差点被对方的胡说八道给震慑住了,一时间便心有戚戚然,点头道:"不是清白人家,也不会被仙尉坑骗。"

随后陈平安又笑问道:"听口气,是希望我默认此事?"

魏檗答非所问:"这位道士似有宿慧,名为林飞经。"

陈平安之所以过家门而不入,所谓的近乡情怯,只是个借口,真正的理由,还是不希望青同过早见到道号仙尉的新任看门人。

只不过来到披云山后,陈平安反而改变了主意,就没有拦着青同远眺望气落魄山,所以等到青同看到山门口那边的道士仙尉,他要比见到仿白玉京那位老夫子更加震惊。

只见那落魄山的山脚处,有人头别一枚道簪。

青同一瞬间脸色惨白无色,默默抬手,重新戴好幂篱遮掩面容。

这就是落魄山的真正底蕴吗?

人间第一位"道士",远古天下十豪之一!

中岳山门处。

满山青翠自上而下,如流水般一路倾泻到山脚。

青同此刻一颗七上八下的道心,已经渐渐恢复平静,以心声调侃道:"难怪这位山君的名字里边,会有个'青'字。"

陈平安提醒道:"晋山君不是个喜欢开玩笑的,等会儿你多听少说。"

在山巅祠庙附近的一处隐蔽道场内,两人见着了那位开门待客的中岳山君晋青,陈平安开门见山道:"下宗仙都山的两位不记名供奉,邵坡仙和侍女蒙珑,他们即将在桐叶洲中部的燐河地界立国,国姓独孤,不过是女子称帝,邵坡仙这位亡国太子,不会恢复真名,只是担任国师。程山长的嫡长女,紫阳府开山祖师吴懿,则有类似护国真人的身份,既然此事我是牵线搭桥之人,那我肯定不会当甩手掌柜。"

半点不出意外,这位山岳大君再次面朝南方,作揖而拜。

晋青微笑道:"我什么都不知道。"

陈平安点头道:"我也什么都没说。"

原本这个心结,是大骊宋氏与中岳晋青之间的一个死结。

晋青作为大岳山君,简直可以算是旧朱荧王朝最大的前朝遗老,没有之一。所以这一炷心香,晋青会无比心诚,因为算是一并了却心愿与宿缘。

大骊皇帝事后真要追究问责,晋青一来无所谓,不太当回事,因为不算什么越界之举,毕竟直到今天,晋青也从未接触过那个"邵坡仙";二来反正是与陈平安做的这笔买卖,有本事你们大骊朝廷找隐官的麻烦去?

不过相信以当今皇帝陛下的心性和气量,还不至于如此斤斤计较。毕竟在这之后,晋青就可以专心当这大骊王朝的中岳山君了。

这其实是一国国师才会做、才能做成的事情了。

晋青摸了摸袖子,笑道:"陈山主马上就要创建下宗,可惜职责所在,碍于身份,注定无法亲临道贺,贺礼一事……只好拖延几天了。"因为晋青才记起此时是在对方梦中。

不料陈平安笑道:"晋山君只需凝神观想一番,那份早就备好的贺礼,便可以由虚转实。"

晋青稍加思量一番,果然就从袖中摸出一部碑帖,汇集了中岳的所有崖刻榜书,两千余片之多,不乏原碑已佚的孤本。

晋青以心声道:"仅此一份,多加珍惜。"

一般来说,碑帖此物,多是山下文人雅士之间相赠,对于山上修道之人而言,就是一份礼轻情重的礼物了。

陈平安却是郑重其事接过那部厚重碑帖,因为对于当下的陈平安而言,这就是一种当之无愧的雪中送炭。

炼字一途,急需此物。

就像家乡那座螃蟹坊,四块匾额当年被礼部官员数次摹拓之后,就逐渐失去了精气神,因为那些文字中蕴藉的精纯道气,就此悄然转入那些拓本中。螃蟹坊的匾额看似文字依旧,落在得道之士眼中,却是"苍白无力"了。

如果是以市井书肆版刻的书提取文字、淬炼文字,终究是最下乘,所炼文字品秩最低。品秩最上乘的文字,当然是取材于那些或书写或篆刻在特殊材质之上的"法不轻传"的道门金科玉律、青章宝诰,以及儒家圣贤的亲笔手书,佛门龙象、得道高僧抄录、注释的经文。只是这些文字,可遇不可求,而且一旦炼字,就是折损大道,不可弥补。比如那埋河《祈雨篇》道诀,由于是真迹,便等同于一股源头之水,一旦陈平安将其炼化,就会变成残篇,会产生一连串不可估量的气运迁徙、流散,甚至导致未来修行这道仙诀的练气士磕磕碰碰,心中文字趋于模糊,不能真正证道,就像凡夫俗子,在翻书看书时,偶尔会发现自己竟然不认识某个文字一样。

而这部碑帖的文字,就恰好居于两者之间。

再之前陈平安在七里泷那边,与钱塘江两岸一众新旧书"借字三十万",就真的只是以量取胜了。

诗篇文字多反复,但是这类叠字,是同样可以炼为一个字的,就像那打铁一般,越发坚韧,故而重叠次数越多,那个文字就越有分量,其中蕴蓄的道韵就重。

至于吴懿送出的那只剑匣,秘密承载着六十多个宝篆真诰文字,就属于"可遇不可求"的情况了。

陈平安说道:"如此一来,难免折损中岳道气。"

晋青嗤笑一声道:"那你还我?"

这位山君就只差没说一句"少在这边得了便宜还卖乖"。

陈平安承诺道:"买卖之外,等我以后腾出手来,自会报答中岳。"

晋青半真半假说道:"以后?何必以后,隐官大人今天就可以担任中岳的记名客卿嘛,只要点头,我立马让礼制司发出一封措辞优美的山水邸报。"

陈平安摇摇头,婉拒此事,真要答应成为中岳的客卿,魏山君不得跳脚骂人?

从头到尾,晋青都没有询问陈平安身边修士是谁。

陈平安笑问道:"那个篁山剑宗还没有举办开山典礼?"

晋青说道:"正阳山已经被你们吓破胆了,哪里还敢提什么'下宗',就给自己找了个台阶下,早早将宗改成了派,取名为篁山剑派,看架势是彻底死心了,不觉得有任何机会创建下宗。至于庆典日期,一开始是定在明年春,挑个黄道吉日,照目前的形势看来,最早也要明年年底了。"

不说联袂问剑的陈平安和刘羡阳,只说那身份一并水落石出的剑仙米裕和宗师裴钱,对正阳山修士来说,就是两座跨不过去的大山了。

被竹皇暂名为篁山剑派的正阳山下山,旧朱荧王朝"双璧"之一的剑修元白,终究还是没有脱离正阳山的谱牒,并未担任中岳客卿,而是重返故国,担任篁山剑派的首任掌门,而青雾峰女修倪月蓉,等于连跳数级,直接从过云楼的掌柜,升任为正阳山这座下山的财神爷。

陈平安说道:"还是自以为是。也好,以后好事来了,就会多出几分欣喜了。"

一开始正阳山觉得下宗会是囊中物,成为宝瓶洲历史上首个拥有下宗的门派,大有一种"舍我其谁"的气势。如今觉得下宗一事,注定是一场字面意义上的镜花水月了,却不知道大骊朝廷早有安排,篁山剑派,即便正阳山和山主竹皇什么都不做,依旧注定会升迁为"宗"字头门派。

晋青笑道:"这算不算天无绝人之路?"

如今整个宝瓶洲的山上与山水官场,都特别喜欢看正阳山的笑话。

而中岳山君的这句无心之语,其实在青同这边很有嚼头,余味无穷。

陈平安笑了笑,不置可否,只是反问道:"成为篁山剑宗之后,依循文庙旧例,必须有个上五境修士担任宗主,那么元白就无法担任宗主了,到时候何去何从? 是再次返回正阳山,还是来晋山君这边当客卿?"

晋青说道:"还是要看元白自己的意思,去正阳山,就是养老了,时不时还要被祖师堂议事拉壮丁,不过以元白的脾气,已经反悔一次,就不太可能来我山君府修行了,多半还是选择留在下宗里边吧,无官无职一身轻。"

陈平安眼神诚挚道:"那就劳烦晋山君与元白打声招呼,桐叶洲的第一个剑道宗门,仙都山青萍剑宗,翘首以盼,恭候大驾。"

晋青朗声笑道:"敢情隐官大人是挖墙脚来了?"

陈平安正色道:"恳请山君一定要与元白转告此事,最好是能够帮忙劝说一二。"

晋青有点意外:"你就如此看重元白?"

元白走到了断头路的尽头,此生再无希望跻身上五境,与"剑仙"二字彻底无缘,几乎已成定局。

要说一般的宗门，就算是那天才辈出的中土神洲，自然还是愿意礼敬一位大道止步不前的元婴境剑修。但是对拥有"隐官"头衔的陈平安而言，在那剑气长城，什么剑修没见过？

陈平安沉声道："剑修境界有高有低，唯有'纯粹'二字不分高下。"

晋青说道："等到某件事真的做成了，我可以捎话，由元白自己决定去哪里修行。"

陈平安离开晋青道场之前，送出一把青竹折扇，笑道："聊表寸心，不成敬意。"

晋青接过那把折扇，入手便知，是名副其实的"不成敬意"了，笑着说了句客气话："招待不周，多多包涵。"

等到陈平安与那随从离开北岳，晋青打开折扇，扇面之上有题字。

"千山拥岳，百水汇庭，国门浩翠，巨灵守山，剑卧霜叶，万年酿此雄魁地杰。"

"学宗师，人气脉，国精神，侠肝义胆，用舍关时运，日月明鉴，一片老臣心。"

晋青脸上有些笑意，合拢折扇，用力攥在手心，远眺山河，轻声道："得道者多助。"

之后陈平安带着青同去了东岳、西岳两地。

两位山君都还算客气，开门待客，甚至都要设宴款待陈平安。

只是听说年轻隐官的来意后，最终结果，就是两种措辞，一个意思。

一个言语相对委婉，那东岳山君，笑言说此事有违本心，只能是让陈隐官白跑一趟了。

而西岳山君，则说那人心稀烂的桐叶洲，简直就是一摊扶不起的烂泥，陈山主你见过有谁会将一炷香插在烂泥中？

青同嘀咕道："宝瓶一洲的山君，尚且如此，撑死了就是没让你吃闭门羹，好歹进了山门，请你喝了杯茶水，可是之后的中土五岳，那五位山君，只会架子更大，怎么办？"

相较于上次青同一路被牵着鼻子走，这次入梦远游群山，要去何处见谁，陈平安都与青同说清楚了。

一袭青衫如蹈虚空，四周俱是一种如梦如幻的琉璃光彩，是在光阴长河中蹚水才有的奇妙景致。

陈平安脸色平静道："船到桥头路找山，走一步看一步，还能怎么办。"

青同问道："你就半点不觉得憋屈？"

陈平安被这个问题问得忍俊不禁，双手轻轻揉脸："青同，你待在山巅太久了，除了想到剑修，会让你觉得窝囊，应该也没有其他了。你要是愿意，我可以帮忙跟文庙打声招呼，准许你随便跨洲游历一事，我没那本事，但是让你离开镇妖楼，在一洲之地随处游历，我还是有几分把握的。"

青同回道："要是有这个想法，我自己不会跟文庙说？"

"我有个朋友说过，人不要被面子牵着走。

"再说了，别觉得至圣先师曾经做客镇妖楼一次，你就能真的如何了。

"山水官场，也是公门修行，规矩多门道多，县官不如现管，是一样适用的。你总不能假传圣旨，与文庙那边胡说八道，说至圣先师答应此事了吧？那么你自己说说看，不谈中土文庙的三位正副教主，学宫祭酒、司业，你肯定是一个都不熟，面都没见过。只说桐叶洲大伏、天目、五溪三座本土书院，再加上坐镇天幕的陪祀圣贤，你又认识哪个？所以别说是为你破例求情说好话，估计就一些个原本属于可行可不行的两可之事，都只会是个不行。

"方才我主动开口，你顺水推舟点个头便是了，可要是绕过我，再被文庙驳回，你丢的面子，岂不是大了去？

"人嘛，山上修行也好，山下讨生活也罢，也就是求个出门在外处处有面子，可是总不能只为面子过活，不打理好手边的柴米油盐酱醋茶，务虚中求实登天难，务实后求虚下山易，是不是这么个道理？"

青同无言以对。

陈平安笑道："这会儿，为了避免冷场，你又可以跟上一句'有点道理'了。"

青同说道："就这么喜欢讲道理？"

陈平安笑道："那是你没有见过我的一个朋友。对了，他会参加下宗典礼，现在应该已经在仙都山了，回头我让来你府上做客，你就当是给我个面子？"

青同问道："谁？"

天晓得你会让谁登门做客。

陈平安说道："是太徽剑宗宗主刘景龙，一个擅长讲理且喜欢喝酒的人，事先说好，我这个朋友，酒量无敌，镇妖楼那边储藏的仙酿多不多？"

天下剑修少有不饮酒的，青同说道："听说过此人，好像他如今境界不高，还只是一位玉璞境剑修吧？"

陈平安啧啧道："境界不高？"

刘景龙若是剑气长城的本土剑修，估计老大剑仙都会亲自传授剑术了。

只说刘景龙的那把本命飞剑，肯定会被评为避暑行宫的"甲上"，这还是因为最高品秩就只有甲上了。

不得不承认，跟青同这位山巅大修士相处，真处久了，好像还挺轻松。

再看看另外那几位，观道观老观主、白帝城郑居中、岁除宫吴霜降……

如果说他们有个十四境修士的身份，那么即便是飞升境的剑术裴旻，那场突如其来的雨中问剑，带给陈平安的压力，都是青同不能比的。

关于刘景龙的做客，青同既没有拒绝也没有答应，只是一想到落魄山脚那个头别道簪的看门人，青同到底还是没能忍住，不可抑制的嗓音微颤，问出了个古怪问题："他真的是他?"

陈平安微笑道:"你猜。"

青同咬牙切齿,冷哼一声,不敢继续刨根问底了。

剑修剑修,说话做事,真是一个比一个贱。

陈平安笑呵呵道:"怎么还骂人呢?"

青同脸色阴沉:"你已经能够听到我的心声了?"

陈平安笑道:"再猜。"

青同怒气冲冲:"适可而止!"

陈平安一笑置之,沉默片刻,没来由问道:"你说我们说出口的言语,都落在何处了?"

大概是根本不奢望青同会有什么答案,陈平安自问自答道:"会不会就像是两把镜子对照?"

南岳。

正值细雨朦胧时分,阴雨连绵,山路泥泞难行,愁了山外望山人。

女山君范峻茂环顾四周,竟然置身于那座上次待客的凉亭内,不禁道:"都说日有所思才会夜有所梦,这算怎么回事?"

随后范峻茂双手负后,围绕着那一袭青衫,啧啧笑道:"只有山水神灵托梦他人的份,你倒好。说吧,见我作甚,是鬼鬼祟祟,行那云雨之事?"

范峻茂斜瞥一眼青同:"这位?'她'出现在这里,是不是多余了?"

范峻茂故作恍然道:"懂了懂了,就是隐官大人口味有点重啊。"

陈平安面无表情:"说完了?"

范峻茂收敛玩笑神色,停下脚步,坐在长椅上,问道:"先前起于仿白玉京的那场天地异象,跟你有关吧?"

陈平安点点头,没有否认。

范峻茂啧啧称奇,都说江山易改禀性难移,这家伙果然还是个善财童子。

唯一的不同就是身份了,士别三日,当刮目相待嘛。

弟弟范二,一贯是傻人有傻福的。

范峻茂背靠栏杆,跷着腿,双手横放在栏杆上,原本意态闲适,等到听过了陈平安的那笔生意经,范峻茂顿时神采奕奕,买卖公道,小赚一笔!

哎哟喂,不承想今儿都大年三十了,还能过个好年。

至于那个不敢见人的碧衣幂篱修士,范峻茂根本就不用正眼瞧一眼,因为她一下子就看破了对方卑微的出身。

毕竟范峻茂除了台面上的山君身份,还有一个更为隐蔽的来历。

是一位飞升境修士又如何？就是一只个头稍大的蝼蚁罢了。

就像那稚圭，是一条真龙又能如何，搁在万年之前的远古岁月里，不也还是一条身躯较长的爬虫。

当年那位至高，找到已然开窍记起自己昔年身份的范峻茂，只因为范峻茂说错话，对方就差点一剑砍死她，范峻茂却依旧甘之如饴。

要知道范峻茂在远古天庭，其实神位不低的，算是次于十二高位的存在。

青同偷偷咽了口唾沫，因为依稀辨认出此人根脚了，不是青同眼光独到，而是范峻茂在成为山君后，有意无意恢复了一部分昔年真容，恰好青同曾经远远见过她一次，记忆深刻。

比青同更为"年轻"，甚至是修为、杀力更低的飞升境人族修士，看待"范峻茂"这些神道余孽，就会是完全不同的一种眼光了。

陈平安看着范峻茂，笑道："万年之前就是这种眼神，万年之后还是如出一辙，那么这一世辛苦淬炼神灵金身，图个什么呢。"

青同在陈平安这边，听习惯了打哑谜和损人言语，这会儿都有点不适应了，一时间小有感动。

范峻茂死死盯着这个大言不惭的年轻剑修，眼神冰冷，脸色阴晴不定，片刻之后，蓦然而笑，频频点头道："隐官的官大，谁官大谁说了算。"

范峻茂就像一瞬间与前一刻的自己做了彻彻底底的切割，笑问道："要不要我把范二喊过来？"

陈平安似乎也是差不多的情形，摇头笑道："不用，回头我从桐叶洲返乡，肯定会找他喝酒的。"

范峻茂眼神玩味："喝花酒？"

陈平安点头道："两个大老爷们，喝花酒而已，能有什么问题？"

莺燕花丛中，我正襟危坐，岂不是更显定力？

范峻茂显然不信，嗤笑道："真的假的？搁我这儿打肿脸充胖子呢？"

作为一岳山君，听过不少剑气长城二掌柜的事迹。

陈平安说道："这有什么假不假的。"

剑气长城的剑修，谁不清楚，我陈平安想喝酒就喝酒，想什么时候回宁府就啥时候回。

宁姚拦过一次？说过半句？绝对没有的事。

你们这帮外人知道个屁。

其实关于失约多年的这顿酒，陈平安在大骊京城早就已经跟宁姚老老实实……报备过了。说自己当年第一次路过老龙城，与那范二一见投缘，加上自己年少无知，当时拗不过范二这个愣头青,答应过他要喝一顿花酒。

当然了,所谓的花酒,至多就是有女子在旁抚琴助兴。

范峻茂随口问道:"东西两岳都去过了?"

北岳的魏檗不用说了,跟陈平安就是一家人。而落魄山那条得自中土玄密王朝的风鸢渡船会在中岳渡口停靠,这就意味着陈平安跟晋青也勾搭上了。

陈平安点头道:"都没成。"

范峻茂幸灾乐祸道:"陈山主亏得有个很能吓唬人的隐官身份,不然以某位山君的脾气,肯定要当场下逐客令。"

陈平安微笑道:"我这个隐官身份,是你送的啊?"

范峻茂放声大笑,抬起手,手中多出一只酒壶,轻轻摇晃。

当年双方初见,是在那条地下走龙道航线,两条渡船交错而过,陈平安曾被范峻茂戏耍了一遭。

准确说来,当时双方都觉得对方是个傻子。

陈平安说道:"酒就不喝了,马上要赶路。"

范峻茂本就没有留客的意思,只是说道:"舍了那么多的功德不要,此举无异于一种小小的散道。"

陈平安摇头道:"取之于天地,还之于天地,你觉得是散道,我觉得是……"

合道。只是这个词,陈平安话到嘴边还是咽回了肚子,意思太大,有点不知天高地厚了。

呵,要是老厨子、崔东山、裴钱、贾晟这些家伙在身边,估计早就跟上马屁了吧。

等到陈平安离去,范峻茂依旧坐在凉亭内,流露出一抹黯然神色,仰头狠狠灌了一口酒,转头望向山外。

山河无定主,换了人间。山河大美,不见旧颜色。

喝一百一千种仙家酒酿,尽是些苦不堪言的黄连滋味。

范峻茂将那空酒壶丢出凉亭外,坠入云海中,最终在大地之上砰然而碎,一声过后即无声响了。

真能苦尽甘来吗?

天晓得。天知道?

在光阴长河的梦游途中,青同问道:"接下来就是去中土穗山了?"

早就听说那边求签很灵,素面好吃,青同对此颇为期待。

陈平安难得有些犹豫,临时改变主意,自言自语道:"老规矩,到了中土神洲,一样得有个开门红。"

就像在那青蚨坊,洪老先生屋内,桌上有只好似小道场的盆景,小家伙们不说声

"恭喜发财",休想我跨过门槛。

中土神洲,大雍王朝境内。

两人在一处山门口现身,青同抬头看着那块匾额,疑惑道:"九真仙馆?馆主云杪又不是山神。"

青同只听说在文庙议事期间,鸳鸯渚那边,陈平安跟这位仙人大打出手,差点就要分出生死了。莫非也是不打不相识的关系?

陈平安解释道:"云杪的道侣魏紫,也是一位仙人。这位女修,拥有相当于大半座福地的破碎秘境,只要敬香心诚,就可以算作一炷山香。"

所以陈平安之前才会去往自家莲藕福地,其实北俱芦洲的龙宫洞天,也是可以点燃一炷水香的,可惜沈霖和李源这两位大渎公侯,都已经不在洞天之内。而宝瓶洲神诰宗的那座清潭福地,陈平安除了认识那个福地出身的韩昼锦,跟神诰宗以及天君祁真都没有任何香火情可言。至于桐叶洲玉圭宗姜氏的云窟福地,周首席不在,同样不用去了。

陈平安瞬间散开神识,很快就一步缩地山河,径直来到了一处临水小榭,潭水清澈见底,一尾尾游鱼如悬浮空中。

这里是九真仙馆的宗门禁地,只有云杪和魏紫这双神仙眷侣,能够来此地游览休憩。

仙人云杪当下凑巧就在水榭内处理宗门事务,他猛然间抬头,望向水边两个不速之客,看清楚其中一人面容后,迅速双指并拢,轻轻拨开一件攻伐重宝。云杪只是将桌上那把拂尘拿起,随身携带,立即起身,快步走出水榭。

青同只见这位九真仙馆的仙人,面如冠玉,白衣胜雪,手捧一把雪白拂尘。

云杪的姿容气度都极好,只是好像要比山君魏檗稍逊一筹。

陈平安笑道:"好久不见,云杪道友风采依旧。"

云杪强忍住心中惊骇,作揖行礼,只是默然不出声,委实是不知如何称呼对方。

至于如何被拖曳入此地,仙人云杪既奇怪,又不奇怪。

奇怪的是对方为何愿意主动找自己,倒是不奇怪对方如何做得成此事。

陈平安赞叹道:"小心谨慎,犹胜散修。"

刘志茂曾经说过,论心智手段,那些谱牒仙师,在山泽野修眼中,就是些少不更事的雏儿。但是又有那么一小撮谱牒仙师,论心狠手辣的程度,害人手段之隐蔽高妙,山泽野修晓得了那些个内幕,恐怕都要自惭形秽。

云杪连忙收起那把一贯用来保命的拂尘,满脸愧色,轻声道:"让郑先生见笑了。"

既然郑先生愿意将那身份莫测的修士带在身边,想必是某个心腹了。

青同已经去掉了那顶幂篱,一个自己还算知根知底的中土宗门,至多就是两位仙人境罢了，哪怕不是在陈平安的梦中，自己逛这九真仙馆，还不是闲庭信步？

只是听到那个"郑先生"的称呼后，青同便有点摸不着头脑了。

难道是陈平安游历过中土神洲，然后用了个姓郑的化名？

陈平安说道："魏紫是否在山中，我要走一趟秘境，需要你们各自点燃一炷心香。"

女仙魏紫，精通鬼道，她的证道之地，正是那处煞气浓郁的蛮瘴之地。

云杪很快就将她喊来水榭这边，道侣魏紫，瞧着就是二八少女的容貌。

陈平安便大略说了此行缘由，云杪与魏紫都没有丝毫犹豫，便爽快答应下来。

至于那两笔功德，云杪其实并不愿意收下，但是不敢不收。

魏紫随后开启秘境大门，领着那位"白帝城城主"与一位极有可能是飞升境的"女修"，一起进入那处隐秘道场。

方圆万里之地，煞气升腾，浓烟滚滚，数以万计的孤魂野鬼四处飘荡，只是没有任何污秽之感，甚至其中还有数座城池，阴灵鬼物居住其中，繁华异常，竟是一种好似再造阳间的通玄手笔。

陈平安一行人，此刻站在一处好似天地中央的山巅高台之上。

青同的境界足够，凝视着那份看似污浊实则清灵的天地气象，以心声与陈平安说道："这双仙人道侣，只要不是炼杀活人拘押来此，而是四处收拢丧失祭祀的鬼物，本身就是一桩功德了。看那些鬼物都能维持一点真灵不散，似乎都有个'去处'，是后者的可能性更大，这里极有可能是一座衔接阳间与冥府的渡河之桥。嗯，是了，这个女修应当是传说中的那种山上'杠夫'。我真是小觑了九真仙馆，这中土神洲，确实多奇人异士。"

见那位郑先生久不开口，云杪与魏紫对视一眼。

之前魏紫还打趣一句，若是对方做客九真仙馆，夫君当如何自处。现在云杪很想笑言一句，你还会怀疑对方的身份吗？

九真仙馆的山水禁制，可不是随便一位飞升境就能够来去自如的。郑先生的身份，自然是千真万确，毋庸置疑了。

况且只说郑先生的这位随从，一身道气之凝练，不比南光照之流的老飞升，更加惊人？

魏紫嗓音娇媚道："断炊已久，釜中生鱼，这等拙劣伎俩，落在得道之人眼中，只会贻笑大方。"

陈平安摇摇头："你们有心了。"

云杪轻声道："可惜这座秘境，与我们九真仙馆的祖山衔接稳固，无法移动。"

如果不是如此，不然云杪还真有将此地搬迁到桐叶洲或是扶摇洲的打算。

陈平安默不作声。

因为此刻陈平安甚至有个自己都觉得很……可怕的猜想。

只有一小撮山巅修士，才会猜测郑居中其实已经跻身十四境。然后又只有屈指可数的修士，才知道郑居中不但已经跻身十四境，而且还是一人两个十四境。那么会不会有一种可能，其实郑居中犹有第三个分身，在那阴冥之地悄然修行多年？

陈平安收敛心神，随口问道："南光照所留的那座宗门，九真仙馆是不是已经消化得差不多了？"

云杪低头抱拳致谢："七七八八，已是腹中物。"

南光照是被刑官豪素斩去头颅的，而眼前这位郑先生，又是剑气长城的末代隐官。

岂不是再简单不过的道理，再轻松不过的事？

要不是很清楚郑居中根本不会介意这种"将错就错"的误会，陈平安都想一巴掌甩在云杪这厮的脑袋上了，奇思妙想，也得有个度不是？

陈平安带着一份古怪心情，与青同离开九真仙馆。

水榭内，魏紫以心声问道："你觉得郑先生如此作为，所谋何事？"

云杪一甩拂尘，微笑道："我们何必庸人自扰，以人心算天心？只需作壁上观，拭目以待就是了。"

郑先生图谋之大，必然超乎想象。

魏紫掩嘴娇笑不已。夫君向来自负，不承想还有心甘情愿自称"庸人"的一天。

远游路上，青同心湖之中，惊涛骇浪。

终于回过味来了。

能够让那云杪和魏紫一双仙人，发自肺腑敬若神明之人，还姓郑，能是谁？

重新戴上幂篱的青同，又掀起幂篱，转头看着陈平安，竟是用一种怯生生的神色口气，小心翼翼道："之前诸多得罪之处，还望郑……陈先生大人有大量，莫要计较啊。"

既然怕那绣虎崔瀺，青同又如何能够不怕彩云十局的另外一位棋手，白帝城郑城主？

陈平安无奈道："你跟云杪是用一个脑子吗？"

青同觉得自己又不傻，心中狐疑不定。

小心驶得万年船，宁可信其有，不可信其无，就当此人是那人了。

观道观碧霄洞主，当年离开桐叶洲之前，跟青同是有过一场道别的。

老观主还有过一场指点江山的评点天下豪杰之优劣，有那符箓于玄，纯阳真人吕喦，天师赵天籁，皑皑洲财神爷刘聚宝，趴地峰火龙真人，本该早已经是个十四境却失之交臂的韦赦，剑术裴旻，道士梁爽……至于怀荫之流，好像都不配被老观主拿到台面上说。

其中当然就有那位浩然天下的魔道巨擘，白帝城郑居中。

可以不用太过忌惮郑居中的人，整个浩然天下，至多一手之数。

除了"太过"一词,关键是老观主还补充了两个字:"现在。"

如果不是与老观主的这场闲聊,青同还真就不至于那么畏惧一个中土神洲的大修士。

八竿子打不着的关系,大不了就是井水不犯河水。

再说了,双方都是飞升境圆满,青同又是喜静不喜动的,只需要待在镇妖楼内,也不会主动去招惹白帝城。

最后老观主给出一个定论。

以后,少则两三百年,长则千年,届时五座天下加在一起,至多双手之数的山巅修士,可以与郑居中试着掰手腕。

若有一份崭新的天下十豪,必然有郑居中的一席之地。

陈平安笑道:"既然你这么敬畏郑城主,有没有想明白一个道理,修道之人,需要修力修心两不误。"

青同使劲点头道:"至理!"

陈平安哭笑不得,当真觉得有点窝囊了。

我辛苦问拳一场,再加上小陌一场问剑,原来都不如一个"郑先生"来得管用?

在去往中土穗山途中,青同一直在用眼角余光仔细打量身边青衫客。

最后发现对方有了个笑脸,好像想到了一件开心的事情,眼神温柔。

在十四岁那年,第一次离乡远游之后,陈平安走过很远的路,喝过很多种酒水,见过很多的人与事,却是每走过一年,就多一年没吃过月饼了。到底吃过几次?陈平安其实并不十分确定,在五岁之前,好像就只有两次?

哪怕是后来落魄山越来越热闹,人越来越多,朱敛管事情再滴水不漏,小暖树再细心,唯独都将此事给忘了。

陈平安打定主意,今年的中秋节,在落魄山,一定要赏月吃上月饼。

中秋明月,豪门有,贫家也有,极慰人心。

中土穗山。

山巅一尊双手拄剑的金甲神人,缓缓睁开眼睛。

这尊山君神灵,真名周游,神号大醮。

浩然天下九洲山河,天下山神第一尊。

周游打量起那个站在万里之外的青衫剑客。不远不近,此人恰好在北岳地界的边线,身边还跟随一个扈从。

周游微微皱眉,心念一起,梦境粉碎,天地间出现一阵细微的瓷器裂缝声响。

周游眺望那位远处的青衫客,问道:"你是如何做到这一步的?"

毕竟强行拖曳一位中土大岳山君进入某种梦境，飞升境巅峰修士都做不到。

何况谁吃饱了撑着做这种勾当，这可不是一件什么好玩的趣事。

当然，北俱芦洲的那个火龙真人除外，而且做了两次，第一次是火龙真人从仙人境跻身飞升境的证道之举，他曾经梦游五岳湖渎。第二次则是老神仙纯属无聊，用火龙真人的那套说辞，就是贫道穷啊，都买不起一条跨洲渡船，贫道就只能用个偏门术法，饱览大好河山了。

年轻隐官神色诚挚道："约莫是心诚则灵，时来天地皆同力？"

身材魁梧的金甲神人深呼吸一口气，呵呵一笑，抬起一只手掌，以掌心轻拍剑柄。

他娘的，很熟悉，再熟悉不过了，因为一听就像是老秀才的口气。

周游与陈平安，其实见面多次了。

上次是参加文庙议事，双方并无半句言语。年轻隐官貌似有几分心虚，不敢与这位穗山大神套近乎。

毕竟第一次"做客"穗山，陈平安还是个懵懵懂懂的草鞋少年，就曾持剑劈开穗山的山水禁制，犯下大不敬之举。

这场变故，惹来不少中土山巅修士的猜疑，之后祠庙便收到了一大堆拐弯抹角问询此事的书信，周游也懒得回复。

是不是青冥天下那位真无敌，离开了白玉京，仗剑远游穗山？或是剑气长城的那几位刻字老剑仙，与穗山翻旧账？

要说浩然本土剑修，谁敢如此僭越行事，想去功德林吃牢饭读圣贤书吗？

此外犹有一次，只是双方并未碰头，陈平安被强拉来此，与至圣先师见面。

当时周游不宜现身，免得泄露天机。

陈平安作揖致歉道："年少无知，行事冲动，多有冒犯。"

周游摇头道："就是一件无心之举，你不用太过在意。"

冤有头债有主，穗山被剑劈开禁制，周游对那草鞋少年没有任何成见，要算账也要算在牵线搭桥的老秀才头上。

只是老秀才当年厚着脸皮，还从穗山拐走了一枚名为小酆都的上古剑丸。

此物根脚，有点类似紫阳府吴懿赠送的那枚"泥丸"剑坯，都是治所位于中土五岳的驻地真人所炼至宝，别有神通，如同兵符，而且与一山结下善缘之人，手持信物入山，就可以开启真人洞府遗址大门，至于之后是入宝山而空回，还是满载而归，都说不准。

可惜陈平安在之后的修行路上，机缘未到，始终不得其门而入，只是将其勉强炼为本命物，却依旧未能成为货真价实的剑修。而且出身骊珠洞天的陋巷少年，那会儿心思单纯，未能听出老秀才的某种暗示，故而一直未携带此物赶往穗山游历。要是在第二次游历剑气长城之前，陈平安可以先走一趟中土神洲和穗山，在此修仙法得道缘，最终炼剑成功，那么再去剑气长城就要少掉许多坎坷了。

关于此事，老秀才和周游早年有一场复盘，老秀才悔青了肠子，揪心不已，只说失策了失策了，怨自己。

原来当年陈平安还没有喝过酒，只听文圣老爷说穗山的花果酿是世间一绝，少年哪里会当回事，加上脸皮又薄，只觉得自己莫名其妙一剑砍了人家山门的山水阵法，还有脸去讨要酒水喝？可要说老秀才那会儿改口说一句，穗山大神最是大方，是个豪气干云极有江湖气的，山中遍地是神仙钱，运气再一般的人，都可以捡着一些，你不捡那山神还不高兴……你看陈平安会不会屁颠屁颠来穗山，寻道入山访仙？一天不过十二个时辰，说不定十一个时辰，都能瞧见少年低头走路的身影。

周游可以不去看老秀才那副抓耳挠腮、捶胸顿足的懊恼模样，可是耳朵里逃不掉老秀才婆婆妈妈的聒噪絮叨，实在是不胜其烦，只好说了句："走些弯路，多吃些苦，何尝不是好事。"

结果周游不说话还好，一听这个，老秀才就像终于找到理由开始跳脚骂人了："混账话！个儿高，站得还高，年纪大本事更大，就喜欢站着说话不腰疼是吧？吃苦？你还要那孩子如何吃苦?!"

周游不以为然道："出身市井陋巷，年幼失去双亲，无力读书，孤立无援，只得四处游荡，辛苦求活。说实话，这点磨难不算什么，在我这中岳地界，不说一万个与陈平安有差不多处境、经历的同龄人，给你找出几百上千个，不是难事。"

老秀才喟叹一声，大概不愿多说此事，只以一句"麻木不仁，你懂个屁"结束话题。

苦中作乐，只是处世法，苦不自知，才是立身道。

中土穗山，巍峨无双，发育万物，峻极于天。

五岳山势必要穿且隆，峻极于天，水渎宜深且阔，源远流长，与海通气。

故而又有儒家圣贤为此注疏，圣人之道高大，与山相似，上极于天。

站在陈平安身边，这还是青同第一次亲眼见到穗山的壮丽景象，不愧是浩然天下独一份的。

难怪至圣先师会选择此地作为临时"书斋"道场，与那托月山大祖遥遥斗法。

青同先前跟着陈平安游历过的宝瓶洲五岳，只说山水蕴含的天地道气，与之相比，简直就是地仙之流的中五境练气士，遇到了一位飞升境。

穗山的花果酿，与竹海洞天的青神山酒水、百花福地的百花酿齐名，此外山君庙的素斋，更是名动九洲。

神号大醮的周游，地位崇高，神通之广大，传言比其余四位中土山君要高出一大截。

按照老观主的说法，这周游只要在穗山地界，就可以视为大半个十四境修士，仅次于那置身于功德林的经生熹平。

周游与陈平安说道:"你我在山门相见。"

陈平安手中多出一根行山杖,点点头,一步走到穗山的山门,显然是得了周游默许,以一条光阴溪涧作为长桥,跨越万里山水。

在这梦境之内,如果青同有意隐匿行踪,那么青同与陈平安的关系,就像一条夜航船之于浩然天下。

青同刚想要挪步,察觉到那尊金甲神人的凌厉视线,只得立即停下身形,伸出两根手指,扶了扶幂篱边缘,以表歉意。

就凭你桐叶洲青同,也想踏足我穗山神道?中土文庙颁发的通关文牒呢,不然你去与礼圣讨要一道口头旨意?

周游现身山门口,旁边立有一道巨大石碑,刻有"惟天在上"四字。

双方一起拾级而上,沿途多胜景,诸多远古石碑的龙章凤篆和天书符箓,被光阴长河漫灭剥蚀,后世人皆不识其中真意。

穗山石刻,无论是数量,还是质量,皆冠绝天下,现存碑碣数千座,摩崖题刻更是多达万余处。

据说浩然天下的所有穗山碑拓,只要是出自山上谱牒修士的手笔,都是要按期与山君府分账的。

周游与南海水君李邺侯是差不多的意思,只不过这尊穗山大神要说得更清楚。

"你知不知道,未来功德一物会变得很金贵,再不是什么鸡肋,尤其是那些立有战功的飞升境修士,会将此物视作破境的大道契机之一,只要有功德庇护,就像置身于一处天时地利兼备的绝佳道场,此后修行一途,就可以事半功倍,即便最终闭关失败了,破境不成,也无太多的后遗症。对刘聚宝、龙虎山赵天籁之流,百尺竿头更进一步,就有希望水到渠成,对皑皑洲韦赦之类,更是久旱逢甘霖,柳暗花明又一村。

"只说接下来那场三教祖师的散道,原本像你这种有大功德在身之人,得天独厚之丰沛,便是我都要羡慕几分。

"再说了,地陷东南,已是定局。兴许别人不清楚内里玄机,你岂会不知?随后整座浩然天下的气数流转,就会自然而然从八洲别处,尤其是从西北方,往桐叶洲那边倾斜,这是大道所在,如水流自高往下,本是大势所趋,这也是那个青同袖手旁观依旧底气十足的根源所在,因为青同大可以坐享其成,我就想不明白了,要说你被蒙在鼓里,也就罢了,可既然心里有数,你急个什么?

"你无异于用自身三四成的功德,为桐叶洲换来一两成的收益,这笔账,都算不明白?

"陈平安,你到底是怎么想的,说出来,好让我笑上一笑。"

挨了劈头盖脸一通"训斥",陈平安却面带笑意,如果不是自家长辈一样的前辈,说不出这种怒其不争的气话。

金甲神人瞥见年轻人的脸色眼神,没好气道:"我跟老秀才熟,不等于我跟你熟。"

"道无偏私,法如雨落。"陈平安轻声解释道,"在这场恩泽人间大地的滂沱大雨中,我身处其中,不能例外。我当然可以学那青同坐等福缘,但是这里边有一个问题,我是练气士,更是剑修,用功德换来的破境,哪怕是一场接连破境,比如直接从元婴变成玉璞再成仙人,从一位纯粹剑修的长远未来看,也是得不偿失的,这笔账可能得这么算。"

拿起手中行山杖,陈平安指了指山腰,再抬高几分,指向穗山之巅,缓缓道:"走得快,然后就只能在那边打转儿,可要是走得慢些,却能一直走到山顶才停步。"

周游笑道:"一位大剑仙,在隐官看来,就这么不值钱了?"

陈平安能够这么想,不能说全错,算是一种舍近求远。可问题在于,一位仙人境剑修,哪怕是在中土神洲,都称得上是一方豪雄。

果不其然,陈平安给出那个最终答案:"我要成为一位十四境的纯粹剑修。"

周游听闻此语,久久无言。

十四境修士已算凤毛麟角,跻身十四境的剑修,更是杀力惊人,那么拥有"纯粹"二字的十四境剑修?浩然三绝之一的剑术裴旻,不就一直被这两个字阻挡在门外数千年之久?

陈平安继续说道:"如果那笔功德馈赠,我自己就能决定怎么用,比如拿来换取一大笔神仙钱,或是为落魄山和仙都山赢得某些天材地宝,我为自己也好,为两座宗门山头做长远考虑也罢,肯定会预留一小部分功德在手上。可能这次梦中神游,我就会'只游水府见水神,不拜山头见山君'了。"

周游说道:"倒也能算是一种君子爱财,取用有道。对了,陈平安,上次文庙议事,你怎么连个贤人都没有捞到手?"

文圣一脉那拨再传弟子当中,李宝瓶已是君子身份,是位名副其实的女夫子了,此外李槐和大骊侍郎赵繇都是贤人头衔。

而陈平安的学生当中,又有个读书种子曹晴朗,所幸此人,好像是与师祖和先生都不太一样的读书人。

陈平安说道:"前辈要是愿意举荐一二,在文庙说几句公道话,晚辈在此先行谢过。"

周游笑道:"举贤不避亲,也轮不到我一个文脉外人。"

文圣一脉几位嫡传当中,肯定只有这个年纪最小的家伙,说得出这种话。

也难怪老秀才最偏心关门弟子,最像他嘛,最爱喝酒,脸皮厚,有长辈缘。关键是陈平安还找到了媳妇,青出于蓝而胜于蓝,算是为文圣一脉"破天荒"了?

只说长辈缘一事,崔瀺这位昔年文圣首徒,才气太高,故而哪怕绣虎明明温文尔雅,神色和煦,待人有礼,却依旧会给人一种气势凌人的错觉,而弟子齐静春因为深居简出,极少外出游历,刘十六因为出身,没有几人能与他比道龄,故而浩然天下有几个"长辈"敢以长辈自居?至于那个公认是"文圣一脉惹祸精"、脾气最差的左右,练剑之前,就是一副天生的冷面孔,练剑之后,更是连累老秀才四处赔笑脸与人登门道歉。

陈平安笑问道:"前辈能不能让青同道友破例跨入地界,做客山中,这家伙对咱们穗山的素斋,神往已久。"

周游不置可否,呵呵一笑:"怎么就是'咱们穗山'了?"

陈平安说道:"既然前辈与先生熟悉,是莫逆之交,晚辈与穗山怎么都能算个'半熟'。"

周游提醒道:"既然只是半生不熟的关系,那就别打那些碑刻文字的主意了。"

陈平安问道:"那炷山香?"

周游点头道:"没有问题。"

老秀才确实有个能为先生分忧的好学生。

等到将来这场缝补地缺的事迹,真相大白于天下,呵呵,以老秀才的一贯作风,别说文庙那帮陪祀圣贤要被烦得不行,恐怕到了礼圣那边,老秀才都要撂几句话。

但是老秀才也有可能会难得沉默。如读一本好书,不舍得分享。

乖乖站在原地等消息的青同,心湖中蓦然间响起了一道来自穗山的法旨,竟然是准许青同登山游览,入山吃一碗素面。

那尊神人,金身无漏,以青同的望气术看来,就是一种"山高几近与天齐"的雄伟气象,以至于青同总觉得,在这中岳地界,周游若是从穗山那边一剑递出,自己可能就不用回桐叶洲了。

所以侥幸得以去穗山吃碗素面再走,真是意外之喜,青同毕恭毕敬遥遥行礼,与周游道谢后,这才与那陈平安有样学样,到了山脚那边。哪怕今天是大年三十,沿着那条主神道登山烧香的善男信女,依旧是络绎不绝,人声鼎沸,穗山如此香火鼎盛,难怪周游能够淬炼出那尊金身。

青同重新头戴幂篱,隐藏在凡夫俗子队伍中,走在那条熙熙攘攘的山道中,青同沾沾自喜,神色颇为自得。

跟着郑先生厮混,真是不愁吃喝呢。看看,穗山大神都要给一份面子的。

周游带着陈平安来到穗山之巅,登高远眺,叫人只觉得此山之外众山皆小。

有人曾说,神道混沌为一。有人却说,吾道一以贯之。

至于双方,孰是孰非,到底谁是万物归一,谁是一生万物,暂时看来,未有答案。

周游问道:"这青同为何会觉得你是郑居中?"

陈平安坦诚道:"是被九真仙馆的云杪误导了。"

周游笑道:"好像聪明人最怕郑居中。"

陈平安点头道:"太聪明的人,都会怕那个最聪明的人。"

周游眼神玩味,斜了一眼陈平安。

陈平安心中了然,摇头道:"我可能这辈子都无法达到师兄和郑先生的心力境界。"

青同没敢一路慢悠悠散步登山,此刻已经在山君祠庙附近的一座面馆落座,吃起了一碗热腾腾的素面,滋味绝好,名不虚传。

周游说道:"原本属于那枚小瓢都剑丸的机缘,过时不候,如今已经花落别家。"

陈平安洒然笑道:"就当是命里八尺莫求一丈了。"

周游点点头,若是没有这份胸襟气度,还求个什么十四境的纯粹剑修,说道:"不比其余八洲,尤其那宝瓶洲和北俱芦洲,一个毕竟是你的家乡,一个是隐官身份最为管用,都与你天然亲近。但是这中土神洲,向来最重礼数,一个人年轻气盛与无视规矩,是两回事,其余山君府,我先帮你打声招呼,就说你接下来会神游五岳,如何?"

陈平安当然不会拒绝,道谢一声。

就当是让青同好好吃完那碗素面了。

临行之前,陈平安与山君周游抱拳致谢:"穗山是我先生唯一一处开心饮酒之地,以后只要有用得着落魄山和青萍剑宗的地方,晚辈但凭差遣。"

周游没有与年轻人客气。

是要比老秀才厚道一点,周游没有半点觉得陈平安是在说些惠而不费的场面话。

三教祖师散道之后,就会是一场数座天下万年未有的新局面。

只说那些再无约束的十四境修士,想来都会一一现身,而且都会各有出手。

大道之上,乱象四起。

阳谋阴谋,纷至沓来。

要知道至圣先师当年离开穗山之前,曾经与礼圣说了一句:"等我走后,针对你的那场谋划,就会随之而起,多加小心。"

中土五岳,分别是穗山、桂山、九嶷山、烟支山、居胥山。

烟支山的女山君,名叫朱玉仙,有个颇为古怪的神号,苦菜。

当时先生在功德林恢复文庙神位,八方道贺,朱玉仙就曾送出一份厚礼,其中有一只乌衣燕子折纸。

九嶷山山君当时赠送了一盆文运菖蒲。

但是桂山与居胥山的两位山君,虽然参加了文庙议事,却都没有去往功德林。

桂山那边,是因为一桩陈年恩怨,与文圣一脉不太对付。一国有五岳,而桂山又高居中土五岳之一,辖下"五岳"数目众多,其中某座山岳,老秀才因为弟子君倩的关系,曾经去"做客"一次。

而居胥山的山君怀涟,是从来不掺和这类与人情世故沾边的俗事的。

不过怀涟对剑气长城抱有一份极大的敬意,曾经对外公然宣称,那座剑气长城多打了几年仗,浩然天下就少打了几年仗,为我浩然活人无数,实属功莫大焉。

言下之意,山君怀涟对那位剑气长城的末代隐官,显然是颇为欣赏的。

只不过随后陈平安带着青同继续远游,却是接连无功而返。这都是陈平安预料之中的事情,公私分明,如果不是看在自己先生的面子上,再加上穗山周游事先打过招呼,估计少不了要在文庙那边打几场官司。

山君朱玉仙虽然没有答应隐官点燃心香一事,不过仍是盛情邀请陈平安去山君祠庙内,喝了一杯清茶。

青同算是跟着沾光了,喝到了一杯久负盛名的日铸茶。

九嶷山神还算客气,在山门那边现身,与陈平安提醒一句,这类逾越行径,可一不可再。

不过他与陈平安闲聊起一事,说是那位酡颜夫人哪天得空,欢迎她来九嶷山这边做客。

陈平安笑着答应下来,浩然天下自古就有"天下梅花两朵半,一朵就在九嶷山"的说法。

桂山那位神号天筋的山君,直接就没见陈平安,只让一位庙祝来到山脚,捎话一句"恕不待客,隐官可以打道回府了"。

吃了个结结实实闭门羹的陈平安站在山门外,没有立即离开,双手负后,抬头看着山门的匾额。

那位白发苍苍的年迈庙祝,当然也没敢继续赶人,这种高高在天的神仙打架,小小庙祝,担待不起的。

如果不是晓得山君此刻就盯着山门这边的动静,老庙祝倒是很想与这位名动天下的年轻隐官客套寒暄几句。

而那位居胥山神,倒是在山门口亲自露面了,却是对陈平安满脸冷笑,撂下一句极为"言重"的话语:"这还不是飞升境剑修,等到以后是了,浩然天下任何山头,岂不都是自家门户了,说来就来,说走就走?"

陈平安道心之中,心湖涟漪阵阵,响起青同的嗓音:"既然明知事不可为,何必自讨苦吃。"

其实青同没有往陈平安伤口上撒盐,因为这种冒失登门,肯定会白白惹人厌烦,又不比山下市井,闹得不愉快了,大不了就老死不相往来,这在山巅是很犯忌讳的事情,举个最简单的例子,以后如果陈平安再游历桂山、居胥山地界,哪怕两尊五岳山君根本不知道陈平安的行踪,依旧会凭空多出一份虚无缥缈的大道压胜。

陈平安说道:"不真正求上一求,怎么知道没有万一。"

但凡中土五岳山头,除了穗山周游之外,只要还有任何一位山君,愿意答应此事,比如是这居胥山怀涟点头了,那么陈平安都会重新跑一遍桂山、烟支山和九嶷山。如果是第二个拜访的朱玉仙点头答应,那么包括怀涟在内的三位山君,可能就无法那么轻松就把陈平安给"打发"了。光给一笔功德还不够,那么名与利呢?要知道五岳地界,从山君府,到山中诸多道观祠庙蔓延开来的香火脉络,陈平安早就打听得一清二楚了,只说与朱玉仙结缘的女剑修朱枚,少女时就曾跟随林君璧一同去过剑气长城。居胥山武运是多,但是山君怀涟会嫌多吗?比如陈平安答应以后自己破境,或是落魄山有谁能以最强破境,选择在居胥山破境?而那桂山地界多剑修,山君跟自己文圣一脉不对付?以后那些背后悬有一盏山君府秘制灯笼的剑仙坯子,出门历练就得悠着点了,最好为人作风正派一点,行事别太骄横了,否则问剑接剑一事,飞剑是不长眼睛的。再者比如那封君道场所在的鸟举山,可是居胥山的两座储君山头之一。

陈平安自嘲道:"四不像。"

崔瀺、郑居中、吴霜降……确实都很难学。

如果是换成师兄崔瀺来走这趟中土五岳之行,以同样的境界同样的身份,估计五位山君不管心中作何感想,想必最终都会点头。

被誉为月落之地的桂山,当下却有一位赶都赶不走的"贵客",道号仙槎的顾清崧,白玉京三掌教陆沉的不记名大弟子。

顾清崧与那山君抱怨道:"你咋回事,怎么半点不听好劝的,当了山神就听不懂人话是吧?"

相貌清雅的儒衫老者,对此已经习以为常,某人的言语只需要左耳进右耳出。

顾清崧自顾自说道:"记吃不记打的臭毛病,要不得啊,当初在你这地盘上边,那座副山候补之一的山头,可不就是因为没让刘十六登山游历,吃了大苦头,还骂人家刘十六是头扁毛畜生,结果就是被老秀才给几脚踩踏得陷入大地百余丈。你这位顶头上司,好的不学学坏的,偏要学那老秀才护短是吧?帮忙吵架吵到了文庙,下场又是如何了?听说那绣虎,给刘十六当师兄的,直接给那座山头那位山君,一口气罗列出将近百条罪状,每一条都有据可查,山头没能重新恢复高度不说,人直接在功德林那边吃牢饭了,牢饭好不好吃?你当时臊不臊?好歹是个大岳山君,你当时咋不直接运转本命神通,给文庙挖个地洞呢?如今谁不知道老秀才最偏心陈平安这个关门弟子,你这是上赶着触霉头呢?"

老山君皱眉道:"有完没完?"

顾清崧呸了一声:"老子要不是有事相求,稀罕与你说这些道理。"

老山君说道:"先前我得了一道文庙旨令,只是听命行事。"

顾清崧疑惑道:"是那亚圣开口,让你给陈平安下个绊子?"

老山君恼火道:"慎言!"

顾清崧自顾自说道:"肯定不至于啊,亚圣再跟文圣不对付,那也是学问之争,阿良又是文圣一脉的狗头军师,两家关系其实没外界想的那么差。不然是哪位文庙教主?更不应该啊,如今老秀才刚刚恢复了神位,腰杆硬嗓门大的,经生嘉平又是个在老秀才那边管不住嘴的耳报神,与老秀才关系最好了,文庙里边,谁头这么硬?"

老山君说道:"那道旨令,并无落款。"

顾清崧揉了揉下巴:"那就很古怪了,小夫子一向明人不做暗事的,可又不是亚圣的授意,难道是至圣先师与我一样,到了天筋道友这边,有事相求?"

老山君大怒道:"顾清崧,休要口无遮拦!再敢胡说八道半个字,立即下山去。"

不承想顾清崧甩了袖子:"走就走。"

还真就身形一闪而逝,去了山外。

只是片刻之后,顾清崧就又缩地山河,回了原地,说道:"我可是被你两次赶出门,总计三次登门求人了,天筋道友,你再这么不给半点面子,我可真要开口骂人了。"

老山君养气功夫再好,也经不起顾清崧这么睁眼说瞎话,敢情你仙槎先前是没开口一直当哑巴呢?

顾清崧摇头道:"还不如一个才四十岁出头的年轻人沉得住气,天筋道友,一大把年纪,都活到某个狗日的身上去了吗?"

浩然天下许多山巅修士,他们那些脍炙人口的绰号,至少半数出自顾清崧之口。

此人还能活蹦乱跳到今天,不得不说是个奇迹。

居胥山中,这些年新开了一间酒铺,只是名声不显,门槛又高,所以一直客人寥寥。

当下酒铺里边除了老掌柜和一个名为许甲的店伙计,就只有一个酒客,山君怀涟。

一个骑青牛的老道士,斜挎行囊,缀着一排翠绿竹管,相互磕碰,清脆悦耳。

终于攒够了酒水钱,今儿又来喝酒了。

上古岁月,中土五岳各有真人治所,其中三位真人的治所,正在这座居胥山地界。

而这位被誉为青牛道士的封君,凑巧便是一正两副三真人之一,治所是居胥山的副山之一,鸟举山。

老道士从夜航船离开后,便来这边故地重游了,在山中旧址重开道场,只不过昔年职掌之权柄,都已是过眼云烟了。

在早些时候,天下五岳与大渎,真正的管事之人,可不是山君水神,而是他们这拨礼圣邀请出山的陆地神仙。

等到礼圣后来裁撤掉所有的真人治所,封君就出山游历去了,结果招惹了剑术裴旻,天大地大的,任何一座洞天福地好像都不安稳,就只好躲到那条夜航船上去了。

老道士将那头青牛放在门外,独自进了酒铺,与那山君怀涟打了个道门稽首,再与老掌柜要了一壶忘忧酒。

人逢喜事精神爽,在夜航船上,老道士和那个年轻隐官做成了一笔买卖,得了一幅老祖宗品秩的五岳真形图,这就叫和气生财啊!

说实话,今儿陈平安最终没能登山,老道士其实挺遗憾的,来时路上就想着,到了酒铺见了不近人情的山君怀涟,定要为年轻隐官抱几句不平才行。

柜台上有只鸟笼,里边有只黄雀,见着了登门落座的老道士,就开口道:"废物,废物。"

老道士也半点不恼,抚须笑道:"贫道一个修仙的,又不是那些只会打打杀杀的纯粹武夫,能有几斤几两的武运。"

许甲将酒壶和白碗放在桌上,拆台道:"山君老爷刚才说了,不提陈平安,只说那个镇妖楼的梧桐树精,除了飞升境修为,还可以视为半个神到的武夫。"

封君微笑道:"贫道跟一棵梧桐树较劲作甚,不至于不至于。"

老掌柜趴在柜台那边,笑道:"当年眼拙,竟然没能看出那位隐官的武运深浅。"

一提到那个在自家铺子喝过两次酒的年轻隐官,店伙计许甲就来气,恼火道:"剑气长城那间小酒铺的无事牌,可都是跟咱们铺子学的。"

封君抿了一口酒水,抚须而叹道:"之前在夜航船,贫道与陈道友可谓一见投缘,犹有一番论道,各有妙法相互砥砺,其中陈道友有句'天下道法无缺漏,只是街上道士担漏卮',这话说得真是……滴水不漏了,难怪年纪轻轻,就能身居高位,做出接连壮举。"

许甲说道:"那家伙也就是运道好。"

老掌柜笑着摇摇头,许甲因为与曹慈是朋友,所以一直看那陈平安不太顺眼。

封君更是摇头晃脑,一手托碗,再抬起一手,反驳道:"此言差矣,太过小觑陈道友了。一个人饿极了,一口气能吃九个大肉包子,凡夫俗子吃包子,总会越吃越难吃。如果吃第一个包子,跟第九个包子的滋味,是一样的,这就是修道之人。贫道这辈子走南闯北,云游天下,阅人无数,像陈道友这样的,屈指可数。"

怀涟说道:"你们俩想问就问,不用拐弯抹角。"

一个故意扯到陈平安,一个顺势接话,归根结底,还是好奇自己为何会拒绝陈平安登山。

封君好奇问道:"怀涟道友既然对那年轻隐官并无恶感,甚至还有几分不加掩饰的好感,那么今天为何不许他登山,还要多此一举,故意说几句伤人的重话?"

怀涟冷笑道:"剑修不看自身境界,难道还要看身份吗?"

封君晃了晃酒碗:"可这终究不是不让他登山的理由吧?"

除了剑修身份,陈平安毕竟还是一位能与曹慈问拳四场的止境武夫。

怀涟说道:"理由给了,信不信,你们随意。"

封君神色惋惜道:"可惜在船上,消息不够灵通,不然贫道就算砸锅卖铁,也要凑出一笔谷雨钱,押注陈道友赢曹慈。"

关于曹慈和陈平安两位同龄武夫,在那场功德林的青白之争,山上修士,山下武夫,议论纷纷,争吵不休。

一般都是山上修士推崇曹慈,觉得在未来武道上,陈平安这辈子都无法与曹慈真正并肩而立,就只能是一路追赶。曹慈会是陈平安一辈子的武学苦手,若是运气好,陈平安可以得个"天下第二"的称号。

不过纯粹武夫大多更加认可陈平安。

只有一个观点,山上山下算是达成了共识。

那就是不谈曹陈两人最终武道高度的高低,只说习武练拳一事的过程。

可以学陈平安,但是不用学曹慈。

陈平安带着青同离开中土神洲,重返宝瓶洲,走在一条名为分水岭的山脊道路上。

青同不敢置信道:"当真逛过此地的山神庙就算收尾,可以返回桐叶宗了?"

陈平安嗯了一声。

山神娘娘韦蔚走出祠庙里边的泥塑神像,等她见到了那位青衫长褂布鞋的年轻剑仙,有点尴尬。

陈先生,陈剑仙,陈山主,隐官大人?

如果韦蔚没有记错,这是姓陈的第四次来这里了。

不到三十年,足足四次了!

嘿。莫不是?

她念头一起,就恨不得给自己一耳光,那本山水游记看傻了?! 难道忘记初次见面时的场景了?

从无半点怜香惜玉,只有辣手摧花。

如今山神庙算是阔气了,发达了,韦蔚不得不承认,全是拜眼前此人所赐,之前陈剑仙传授给自家祠庙的那些个路数,当真管用得很。

陈平安坐在祠庙外边的青石条凳上,笑道:"万事总是开头难,一事顺来诸事顺,可喜可贺。"

韦蔚站在一旁青松下,咧嘴笑道:"要不是事情多,加上我这小小山神,根基不稳,又挪步不易,不然我早就去落魄山与陈剑仙登门道谢了。"

之前让祠庙的侍从神女依照陈平安所说的法子,学那书上的神女入梦,与进京赶考的举子同游山川,飘飘乎欲仙,携手游览山河,被那相貌比较砢碜却颇有学识的读书人,梦醒之后,视为一种吉兆,故而信心满满,在京城科场上,当真是才思如泉涌,下笔如有神。

虽然没有获得赐进士及第的一甲三名,却也得了个二甲头名,得以金殿传胪唱名,之后甚至破格入翰林院,无须考核,直接授检讨一职,官从七品,如果不出意外,很快就会分发六部担任主事,如果再外放出京,在官场上那可就是一县县令起步。而且据说在京城会试中,那位执掌一国文衡二十余载的主考官,以及那些阅卷官,都对此人的考卷赞不绝口。只是之后的殿试,稍微发挥失常,才未跻身被皇帝陛下以朱笔圈画出头的三个名字之列。

士子高中,在离京返乡途中,直奔山神庙,敬香磕头,题壁,回到书斋还写了一篇诗文,记录在自己文集内,专门记述这桩神异之事,打算以后出书。

那个读书人觉得是做梦,美梦成真,对韦蔚和两名侍从神女来说,何尝不是呢?

陈平安笑呵呵提醒道:"以后多看几本圣贤书,少翻那些杂书。"

韦蔚还不清楚,陈平安其实是第五次来这边了。

只是上次看韦蔚与两位祠庙陪祀侍女,聊那本山水游记,聊得挺欢畅,山神娘娘笑得在席子上边满地打滚。陈平安就没现身,免得煞风景。

韦蔚一头雾水,只能点头称是。

如今祠庙辖境地界上,亮着十数盏山神庙秘制的红灯笼。

市井言语,有句"某某是我罩着的",其实这个"罩"字,学问不小。

在山神祠庙辖境地界内,那些灯笼,既在郡望高门,也在仍属寒族的门第,更有半数灯笼,在那市井陋巷、乡野村落。

陈平安笑道:"有借有还再借不难?"

之前韦蔚跟郡县城隍庙欠了一屁股债,照理说,即便如今得了一份文运,偿还债务过后,山神庙也肯定打造不出这么多数量的香火灯笼。

这就像那已算水运浓郁的黄庭国,封正五岳和寒食江在内的江水正神,就已经略显吃力,这才导致紫阳府家门口的那条铁券河,一直未能抬升为江水正神,不是黄庭国皇帝不想跟紫阳府攀附关系,实在是一国气运有限,有心无力。

韦蔚心虚道:"还了旧债,欠下新债,肯定还是要还的。"

陈平安笑着帮忙"解释"一句:"就是不急于一时?"

韦蔚笑容尴尬,硬着头皮说道:"我倒是着急偿还,无债一身轻嘛,道理都懂,我倒是想要定个期限,只是邻近的郡县城隍爷们,一个个都说不着急,等我这边积攒够了香火再说不迟,而且州城隍庙那边,还主动问我需不需要香火呢。"

陈平安笑道:"也对,江湖救急不救穷,亲戚帮困不帮懒。"

远亲不如近邻。山上的邻居,无非是仙家府邸,再加上山水神灵,城隍庙和文武庙。

以前韦蔚的山神庙,就入不敷出,而且韦蔚这位新晋山神娘娘,一看就是个不善经营的,如今当然不同了。

陈平安突然问道:"那个捐钱筹建寺庙的香客,叫什么名字?"

韦蔚笑容灿烂道:"章贵栋。"

陈平安默默记下这个名字。

之前韦蔚在山上寻了一处地方,修建了一座小寺庙,有个本地的大香客,先后捐了两笔数目可观的香油钱,此人乐善好施,但是不求名声,在修桥铺路一事上,最为大方。

韦蔚之后便请了个宅心仁厚又信佛的孤苦老媪,来寺庙这边担任庙祝,邻近一些个老妪,也会时常来寺庙这边帮忙。

陈平安说了心香一事,韦蔚当然毫不犹豫就答应下来,已经开始偷着乐了,她再不会打算盘,也晓得自己这次要真的阔绰了。给那些城隍爷还债之后,山神庙这边肯定还有一笔盈余! 自己又可以打造出一拨山神府秘制的大红灯笼了!

只是韦蔚想起一事,小心翼翼问道:"我这山神庙,毕竟占了老寺庙遗址的位置,会不会犯忌讳? 算不算那……鸠占鹊巢?"

陈平安笑着摇头道:"不用多想,你要心里边真过意不去,就每逢初一十五举办庙会,争取为寺庙添些百姓香火。"

韦蔚眼睛一亮:"庙会?"

陈平安说道:"你就只是出租铺子,收点租金,租金宜少不宜多,以后就靠着这笔细水长流的收入,一点点攒起些银子,到时候再聘请一拨山下的能工巧匠,循着山下那些画卷、扇面之上的《十六应真图》《十八罗汉图》,建造一座罗汉堂。此事一成,你就当是一种还愿了。不过我个人建议,最好立起一座供奉五百罗汉像的罗汉堂,入内之人,可以按照自己的年龄和生辰八字,先选中一尊罗汉开始计数,一路数过去,最后数到哪尊罗汉,就可得哪尊罗汉庇护。"

韦蔚瞪大眼睛说道:"这也行?!"

韦蔚言语中,满是感叹,你陈平安当什么剑仙、山主啊,做生意去好了嘛。

我要是商家老祖,直接让你当二把手!

陈平安气笑道:"又不是我乱说的,本就有这个讲究。"

先前带着裴钱和曹晴朗远游,路过一座寺庙,在那座大庙里边,确实就有此说。

韦蔚悻悻然,连忙双手合十,说道:"心诚则灵,心诚则灵。"

陈平安站起身,却在犹豫一事,这比预期多出的一笔功德,用在何处?

就在这一刻,有一个熟悉嗓音,在心湖中响起,询问一事。

"陈平安,你如何看待那场三四之争?"

陈平安稍作犹豫,给出自己的答案。

那人笑道:"很好,可以回了。"

桐叶洲,镇妖楼那处廊道内,吕喦笑问道:"是什么答案,能够让至圣先师如此满意?"

这个问题,不可谓不大。

作为文圣一脉的关门弟子,陈平安想要回答得体,关键还要诚心诚意,自然极为不易。

至圣先师抚须而笑:"陈平安只说了一句话:'子曰有教无类。'"

饶是吕喦都要错愕许久,思量片刻,轻拍栏杆,大笑道:"贫道自叹不如。"

第八章
瓮中捉鳖

从光阴长河中走出,青同定睛一看,疑惑道:"怎么没有直接返回镇妖楼,是宝瓶洲这边还有山神要见?"

陈平安摇头道:"我也不曾来过此地,只是有人临时起意,算是让我帮忙,来这边为他送客。"

青同越发疑惑不解,谁能够对你指手画脚?

遥见不远处波光粼粼,一片楼阁掩映在绿树中,依稀听到楼上数声悠扬清磬。

陈平安说道:"我们去前边守株待兔。"

走近了,是一处规模颇大的祠庙,榜额汾河神祠,门前有两株古槐,门外是一口大池塘,杨柳依依,绕水而栽。几匹青骢马系在柳荫中,又有一辆绣帏马车,停在祠庙墙根,应该是有钱人家的内眷,年老车夫穿着厚重棉袍,笼袖正打着盹儿。

青同跟着陈平安步入祠庙,由于是大年三十,自然香火一般,暂时未见来此敬香的善男信女身影,唯见大殿外的廊道中,有几个道童装束的孩子,蹲在地上丢掷铜钱玩耍,见着了陈平安他们,也只是抬头一瞥,并不出声招呼。

两侧有月洞门,要去祠庙后殿游览必经此处,陈平安站在大殿门槛外片刻,便走向月洞门那边,人影未见,先听一阵环佩声响,随后迎面走出两位花枝招展的女子,其中妇人挽朝云髻,斜着两枚翠翘,身穿一件素雅的纺绸大衫,身边那位妙龄少女,约莫是妇人的贴身婢女,着藕白衫系葱绿裙,穿一双略旧的绣花鞋。

与二位同行的还有个老妪,穿件竹叶对襟道袍,手执玉如意,多半是这座汾河神祠住持庶务的庙祝。

陈平安立即挪步让出道路。

为首妇人目不斜视，径直走去了，妙龄少女与那香客男子擦肩而过时，却忍不住用眼角余光打量了一番，此人头别玉簪，青衫长褂布鞋，瞧着倒是干净清爽，大致三十岁的年纪，就是与书上说的那种"顾盼不凡，丰神澄澈"，差得有点远了，算不得一位出色人物。不出意外的话，是个县城里边的贫寒士子，尚无功名在身，便来这儿烧香祈愿，好求个金榜题名。

青同忍不住轻声问道："我们是在等谁？"

走出月洞门的这三位，显然都只是肉眼凡胎的寻常人。

陈平安以心声说道："陆沉。"

青同脸色微变，实在是不想与那位白玉京三掌教有任何牵连，只是就目前形势看来，想要不与陆沉碰头都难了。

宝瓶洲梦粱国，距离汾河神祠并不远。

一个行走在山野小径的年轻道士，头戴一顶莲花冠，手中有几本不告自取的地方县志，抬头看了眼如飞鸟掠过的一条渡船。

道法有深浅，眼力有高低，地上的道士看得见对方，渡船上的人却未能发现年轻道士。

年轻道士身形轻巧，蜻蜓点水，一路飘荡远游，有那"无风水面琉璃滑，不觉船移"之感。

这年轻道士稍作停步，再次抖了抖袖子，好似有千丝万缕的丝线浮现，或远或近，红尘万丈，此线名为因果。他伸出双指，轻轻一扯丝线，远处似有回响，动静很小，几乎可以忽略不计。只是这位头戴莲花冠的道士，道法足够高，举目远眺，看中一人，便循着一份冥冥中自有天意的淡薄道缘，来到这梦粱国境内，最终在一处山野村落的村口处，瞧见一个孤零零的孩子，年轻道士凑上前去，停步后，一个弯腰，一个抬头，双方对视片刻，孩子羞赧地低下头去。

之前走了一趟豫章郡采伐院，与林正诚道别过后，陆沉没有直接返回青冥天下，反正白玉京有余师兄坐镇，出不了纰漏，如今天外天镇压化外天魔一事，又有师尊亲自收尾，要不是文庙催得急，陆沉真想在这浩然天下多待几年。方才御风遨游飞升天幕之际，陆沉突然道心微动，寻其根本，原来是在这梦粱国地界，似有一人一事，几乎同时触动心弦，他便改变主意，先去了一趟附近的云霞山，只是这次没有现身。耕云峰的金丹境修士黄钟侯，很快就会成为云霞山的新任山主了，云霞山如今因祸得福，已经有了一份宗门雏形气象，万事俱备，就只欠一玉璞了，旧山主绿桧峰蔡金简，耕云峰黄钟侯，都是有希望的，百年之内，宗门可期。

只是下次与那位深陷情网不得出的黄山主喝酒，又得是猴年马月了。

陆沉低头看着那个并无修行资质的孩子，开口道："你倒也不怕生，约莫是贫道生得面善，妇孺瞧见了都心生亲近的缘故？对了，你会不会说大骊官话，最不济，能听懂官话？"

孩子点点头。梦粱国与青鸾国，虽然都已脱离大骊藩属身份，但是大骊官话，如今就是一洲雅言，而梦粱国君臣推行雅言，可谓不遗余力，许多学塾的教书老先生，为此抱怨不已，一大把岁数了，不承想还要给那些年纪轻轻的县教谕当学生。

陆沉蹲下身，说道："贫道看你骨骼清奇，龙吟虎啸，有猛烈丈夫之大气象。"

孩子一脸茫然。

陆沉微笑道："修道之士，就像那山上的茶树，野者为上，园者次之。"

显然在陆沉眼中，如园中花木的谱牒修士，是不如那些山泽野修有灵气的。

陆沉问道："上过学塾吗？"

孩子摇摇头。

陆沉指了指孩子脚边，地上有些"鬼画符"，问道："那这些是跟谁学的？"

孩子老老实实回答道："上山放牛，石头上边都有，会经常看到。"

陆沉笑问道："你家里还有牛可放？"

孩子说道："给村里人帮忙。"

陆沉恍然道："忙活半天，可以蹭顿饭吃？"

孩子赧颜一笑，黝黑的脸庞，消瘦的身材，身上那件缝补厉害的破旧棉袄，靠着蹩脚的针线，才没有翻出棉絮。

陆沉抬了抬屁股，伸长脖子，望向那座山头，既无山神，也无崖刻，却是块风水宝地，山中有一口清泉，久旱不干，久雨不盈。

曾有个不知姓名的道士，在此修行。

难怪会被蛮荒桃亭一眼相中，又被身在大骊豫章郡内的自己遥遥感知，此山道气，积淀已久，山中孕育有一条法脉仙缘，即将有那流溢而出的迹象了，故而每一次道气牵动山根水脉的震动涟漪，都宛如一声心跳。

只是这种被誉为天地共鸣的心跳声，动静极小，却间隔极长。刚好被那位乘船路过的嫩道人撞见，不然就算是个飞升境，在这儿待上一年半载的，也只会将此山当成一处寻常的道场遗迹。

陆沉小有意外，再掐指一算，便啧啧称奇，心知不俗。虽说在此地证道之人，练气士境界不高，离开山中那处石室洞窟之时，只是个金丹地仙，但是此人没有师传，也没有任何仙家机缘，只凭自悟就修出了一颗澄澈金丹，这种人，在山上被称之为"天地青睐，无运自悟"，要是福缘再好一点，成就还得更夸张。

练气士多如牛毛,登山一途,如鲫过江,但能够走到山顶的得道之士,来来去去,终究是凤毛麟角,你方唱罢我登场,各显风流,又被风吹雨打去。

陆沉叹了口气,站起身,朝那山中崖壁间的"洞府",打了个道门稽首。

显然已经猜出对方的身份了。

只不过陆沉的这个礼数,却不是因为对方是谁,而是对方做成了什么。

慧剑挥时斩群魔,万里诛妖电光绕。

依稀可见,当年有中年容貌的道士,名为吕嵒,道号纯阳。

在此结金丹,于山中留下一部直指金丹的道法剑诀,静待后世有缘人。

下山时,手携紫竹杖,腰悬一枚大葫芦瓢,头裹逍遥巾,背剑执拂,黄衫麻鞋,就此云游四方。

这位不知名道人留下一句谶语:"异日此地当出金仙,他日闻钟声响处,乃得闻金炼之诀,炼阳神,完玉炼,结道果。"

在山脚处遇到一个入山的采药人,问话不答,道人只说四字:"谢天谢地。"

那个孩子见这位年轻道长如此作为,犹豫了一下,也面朝山中,有样学样,懵懵懂懂,行了一个大礼。

陆沉见此情景,叹息一声:"与道有缘,与我亦然,难怪贫道会被你一线牵引至此。"

山上寻常的仙府门派,对待修行一事,看中实打实的修行资质,毕竟万法无常,福缘一事太过虚无缥缈,难以揣度,但是久在山巅的大修士,却是重视缘法大过资质。

而眼前这个孩子,虽无修行资质,却有一份慧根,就像陈平安的境况,后者本命瓷一碎,就等于手中无碗,接不住东西。

陆沉与纯阳真人并不陌生,只是当年在白玉京,陆沉便推算不出吕嵒的大道根脚。

陆沉重新蹲下身,问道:"你叫什么名字?"

孩子答道:"只有个姓,没有名字。姓叶,树叶的叶。"

"好姓氏,一叶浮萍归大海,果然我们仨,都有缘分。"陆沉笑道,"至于有姓无名一事,有好有坏,不用太过伤心。我认识一个朋友,他那才叫惨,长得那叫一个相貌堂堂,学问才情也好,修行更是厉害。孙道长是雷打不动的天下第五人,此人却是板上钉钉的垫底第十一人,凑巧次次都不用入榜,跟那雅相姚清是至交好友,他给自己取了一大堆充满仙气的道号,比那皑皑洲韦赦只多不少,你猜他的本名是什么?"

孩子摇摇头。

陆沉捧腹大笑:"叫朱大壮。"

孩子看着那个年轻道长笑得都快喘不过气了,也不知道有什么可笑的,有个这样的名字,不是很正常的事情吗?再说了,好歹有名有姓,多好的事情。

至于那些听不懂的内容,孩子觉得像是在听天书。

陆沉好不容易停下笑，揉了揉肚子，道："不过如今晓得他这个名字的人，不多了，贫道凑巧就是其中之一。"

此人是市井屠子出身，登山修行之前，便有句口头禅："活够一百年就可以杀了吃肉了。"

等到此人得道，身居高位，也还是个秉性难改的火暴脾气，遇到不顺眼的人，不痛快的事，不过是将"百"字修改成了"千"。

而且与人切磋道法的方式，在青冥天下都是独一份的，要么你打死我，要么我打死你，就是他先站着不动，任由对方轰砸术法，直到灵气耗竭，彻底技穷了，他才动手。而且只要对方不点头，他就不动手，所以有一场架，打了足足三百年，前者开始只是个仙人，硬生生在斗法途中，被打成了一个飞升境修士，结果经过三百年的朝夕相处，如影随形，硬生生被逼疯了。

饶人不是痴汉，痴汉不会饶人。

陆沉捡了一根树枝，绞腕画符，笔摇散珠。

神意出尘外，灵怪生笔端。

陆沉一边"鬼画符"，一边随口问道："知道自己是个傻子吗？"

孩子视线低敛，神色黯然。

只听那位年轻道长安慰道："哪有傻子知道自己是个傻子的道理，你自己想想看，是不是这么个道理？"

之前被某人路过此地，轻轻一拍孩子的后背，帮忙拍散了那些不堪重负的"旧账"，如老皇历翻篇一页，孩子好像就一下子开窍了。

陆沉丢了树枝，拍拍手掌，微笑道："傻子大致分两种，都可以视为白痴，首先声明，与你说好了，这不是一个贬义词，也不是一个褒义词。听不懂褒义贬义的意思？那么往简单了说，就是没什么好话坏话的区别，就只是一句家常话。

"一种就是以前的你，迷迷糊糊，就像独自做梦。这场梦，只有你自己知道，对梦外人事就一无所知了，所以会被梦外人当成一个傻子。

"还有一种白痴，就是修道之人，也就是书上所谓的山上神仙了。他们为了证道长生，追求寿与天齐，不得不摒弃了我们生来就有的七情六欲，与之交流者，唯有天地道法，再不是身边人了。在贫道眼中，这是一场天下共梦，所有人都在做同样一个梦。既然是生而有之，那么摒弃情欲，此事即是'天予不取'。当然了，也有人视为一种还债，唯有债务两清，才能清清爽爽迎接天劫。因为在这些人看来，破境的天劫，就是老天爷放租多年要收利息了。"

所谓的天生道种、仙胎，几乎都有一种共性，那就是……不近人情。

许多自幼就登山修行的，身上多多少少，都带有这份仙气，眼神是冷的，气质是冷的,骨子里是冷的。

远离红尘,离群索居,在那方丈之地,或一张小小的蒲团,或一座小小的心斋,修个金枝玉叶,炼个肝肠如雪。

能够将天下修道之士都说成是白痴的,估计真就只有陆沉了。

反正他从来不怕被打。

陆沉挪了挪屁股,又将先前丢出的树枝捡回来,在地上写了一个字,"郎",稍作犹豫,又添了一个字,"觉"。

陆沉笑问道:"你觉得哪个字更有眼缘?"

孩子神色认真,低头看着那两个字,不愿说谎,抬头后,一脸难为情道:"看着都好。"

又认得两个字了。

陆沉哎哟喂一声,笑道:"很好很好,名字就是叶郎,将来踏上修行路,连道号都有了,就叫后觉。"

都是槐安未醒人,只看大梦谁先觉。

"睡觉之觉,觉醒之觉。不同口音,一个字,两种意思。"陆沉拎着树枝,指了指那个"觉",微笑道,"只凭这个字,咱们就要给老祖宗磕一千个响头。"

眼前这个孩子,让陆沉很难不想到那个泥瓶巷少年。

想必对他们来说,清明节上坟,中秋节赏月,大年三十年夜饭,都是三大心关吧。

陆沉叹了口气:"江山风月,本无常主,今古风景无定据。只有古树,只见大树。我们又何曾听说古草,见过大草?

"草木秋死,松柏长存,这就是命。芝兰当道,玉树生阶,这又是命。人各有命,随缘而走,如一叶浮萍入海。"

孩子眼神光彩熠熠,听是全然听不懂的,只是觉得听着就很有学问,好像比村塾里边的教书先生还要有意思,故而十分仰慕,轻声问道:"道长,你懂得这么多,是当过学塾先生吧?"

陆沉连忙摆手:"当不来,当不来,我比你好不到哪里去,你只是在家乡蹭吃蹭喝,我不过是在异乡骗吃骗喝,道法浅薄,岂敢以先生自居。"

如果只是传道授业解惑的那种先生,当然不是陆沉当不来,只是不屑为之。

白玉京五城十二楼,各有主人,只有三掌教陆沉,几乎从不为谁传道,只喜欢走门串户,去别处旁听。

偶有例外,可惜不足为外人道也,却是那头戴莲花朝北斗,吾为星君说长生。

只是陆沉对"先生"一语,自有注解。三花聚顶仅是真人,五气朝元才是天仙。先生,却是先天地而生。

孩子问道:"道长叫什么名字? 以后我能不能去找道长?"

受人恩惠,总是要还的,能还多少是多少,而且只能多不可少。

至于这个道理是怎么来的,孩子从没想过,也未必会去多想。

陆沉会心一笑。

何谓道,何为理? 就是我们脚下行走无形之路,口不能言却为之践行之事。

所以与人说道、讲理,才会那么难,只因为道不同不相为谋。

陆沉笑道:"我的名字,可就多了,'买椟还珠'的郑人,'滥竽充数'的南郭,'遍身罗绮者'的罗绮,'心忧炭贱愿天寒'的幸忧,'十指不沾泥,鳞鳞居大厦'的陶者,不过今天呢,贫道的名字,就叫徐无鬼,大年三十嘛,很快就要辞旧迎新了,讨个好兆头,希望天下再无一只孤魂野鬼,天外天那边也无一物,生有所依,死有去路。而且徐无鬼这个名字,是贫道编撰的某本书上的一个人物,晓相术,精通相马,最擅长挑选千里马了。农夫下田,商贾挣钱,徐无鬼相马,都要起早。"

孩子被年轻道长的这番言语,给结结实实震惊到了:"徐道长还写过书出过书?!"

村塾先生们都只能教书呢。

陆沉扬扬得意,揉了揉下巴,笑眯眯道:"好说好说。"

遥想当年,有一种差不多的眼神,原来道长除了摆摊算卦坑钱,还会开药方?

可能每个人心中都有一座不堪回首的书简湖,大概每个人心中都有一条徘徊不去的泥瓶巷。

唯有落魄处是吾乡,前不见古人,后不见来者,对桃花醉脸醺醺,泪水稀里哗啦。

"天打雷,轰隆隆。"陆沉微笑道,"抬头。"

言出法随,空中蓦然响起一声晴天霹雳。

孩子被吓了一跳,闻言茫然抬头,望向这位年轻道长。

陆沉双指并拢,轻轻一敲孩子眉心处,嘴上念念有词。

如同为这个孩子开天眼。

从这一刻起,这个姓叶的乡野孤儿,大概就算正式走上修行路了。

只等自己离开后,他再学了地上那道符箓,那么他今后的一双眼眸,如得了一门望气术神通,可以看得清楚他人的祖荫阴德与福报气运,比如市井流传的老话,说一个人气数已尽,即是此理,形容一个人鸿运当头,也是如此。

陆沉再手腕拧转,双指一搓,如点燃一炷清香,孩子头顶即香炉,好像敬奉那头顶三尺神明。这是陆沉赠送给孩子的一张护身符,一张天书符箓,如同赐名无鬼。

陆沉蹲在地上,双手笼袖,身体前后一下一下摇晃,微笑道:"以后哪天离开家乡了,就去找一个叫神诰宗的山头,等到见着了那个叫祁真的道士,你就说是陆沉让你登山的,让他传授你仙家术法。"

孩子点点头,只是又好奇问道:"道长又改名啦?"

陆沉站起身笑道:"三日宴,百日宴,终究没有不散的宴席,就此别过,后会有期。"

孩子好像有千言万语都堵在嘴边,不知道该说什么,最后只是想起先前那个礼数,与这位学问恁大还曾出过书的年轻道长,再次行了个道门稽首。

陆沉站在原地,受了这份礼后大步离去,头也不回,只是与孩子挥手作别。只见他左右张望几下,走到村边,一个弯腰,将一只鸡抄手而起,揣在怀里,飞奔离去,几下工夫就不见人影了。

只留下一个目瞪口呆的孩子,那道长偷了鸡就跑,自己算不算是帮忙望风之人?

镇妖楼,梧桐树下。

这青同真身,姿容俊美,雄雌难辨。

出窍阴神,便是跟在陈平安身边的那位,头戴幂篱、身穿碧绿法袍的模样,身姿婀娜,也难怪会被误认为是一位女修。

而另外一副阳神身外身,则是满头白发魁梧老者的相貌。

此处青同收拢了阳神,至于出窍远游的阴神倒是享福了,当下在穗山那边吃过了一碗素面,只是不知为何,多跑了一趟汾河神祠。

青同闲来无事,双手反复拧转鬓角一缕青丝,发现小陌一直保持那个抬头姿势,双手按住横放在膝的绿竹杖,怔怔望向天幕,好像那份思绪一直朝着天幕蔓延而去,心神沉浸其中。

青同很有自知之明,不认为小陌是将自己当成了朋友,才会如此分心,以至于连那尊法相都显得有几分呆滞。

这就说明,小陌在想一件很重要的事情。

可是对如今担任陈平安死士的小陌来说,眼下能有比护道更重要的事情?

只有两种可能,一是,镇妖楼之外,有强敌试图窥探,伺机而动,并且是连青同都无法察觉到蛛丝马迹的那种大修士。二是,小陌陷入了一种类似破境契机的灵犀境地。

小陌确实是在神游无穷远,这位万年之后身处人间的妖族剑修,想到了万年之前的诸多画卷,或惨烈壮观,或古怪诡谲,或神异万分,画面最终定格在那座还算熟悉的飞升台,神思所至,小陌如同故地重游,沿着那条道路,视线一直攀升而去,最终心中不可抑制地生出一个念头。

我在此递出一剑,就等于铺出一条道路。

最终这条剑光,就是登天之路。

这份剑气之长,在我酣睡于明月皓彩之中的后世人间万年,应该从未有过?

故而这就是一条自己跻身十四境的道路。

小陌有此心念之后,愈发坚定,人身小天地之内,便是异象横生。

根根筋骨如山岳,千山拜草庐;条条血脉如江河,浩荡百川流。

各大气府、经脉、剑气、剑意,都开始有那天地共鸣的迹象,"道路",就是剑道,就是大道。

一粒芥子心神的小陌,来到一处自身天地的空虚境界中,不再是那黄帽青鞋的装束,而是如外边的法相,手持一剑。

一旦踏足此路,走此大道,就意味着小陌没有回头路了。一旦失败,后果极重,一着不慎就会重伤根本,甚至有可能直接跌境。

这就是为什么飞升境圆满的山巅修士会将一步之隔的十四境视为天堑,也是为什么会有一些名动天下的大修士闭关闭关,就再无出关之日了。

不然就是像那韦赦,破境不成,道心蒙尘,从此意志消沉,一蹶不振。

飞升境修士,哪个没有大毅力,道心之坚韧,超乎常人想象。

委实是此道,不同于寻常的登山路。

青冥天下的那位道号复勘的女修朝歌,还有那个陈平安曾经在河畔议事中见过一面的女冠,名为吾洲,道号太阴的。

吾洲的合道之法,曾被吴霜降称之为"炼物",又被陆沉比喻为"支离"。凶险程度,旁人只是听说便能知道。

她们之所以会被误认为已经不在人世,就在于闭关太久。

但是就在此刻,小陌的心湖之中,突然响起一个嗓音,对方先喊了小陌的一声真名,然后说道:"喜烛道友,晚了,恐怕你得换一条路走才行。"

对方继续说道:"其实比那先行一步的某位剑仙,你晚了没多久,也就相当于山中人打个盹的工夫,甚为可惜。好个'倚天万里须长剑'。"

小陌虽然已经知晓对方的身份,却仍是问了两个问题。

"此人已经十四境,还是尚未十四境?"

"此人是否与我家公子是山上好友?"

如果对方不是公子的好友,或是尚未真正跻身十四境,我小陌管他是否一只脚跨入十四境的门槛。

即便对方已经是十四境,无妨,那我们就来一场大道之争,双方等于遥遥问剑一场。

结果那人笑道:"实不相瞒,他已经是十四境了,只不过数座天下暂时只有三人知晓,而且此人恰好与陈平安还是忘年交,喜欢称呼陈平安为陈小友。"

小陌当然不会认为对方会在这种事情上开玩笑,先与那位可算半个"故人"的存在,由衷道了一声谢。

既然率先走出这条道路并且已经成功的,是那位玄都观的孙道长,那么小陌就只好换一条道路了,不然就只会大水冲了龙王庙,两败俱伤。

小陌叹了口气,只得强行压下那份气势磅礴的大道气象,收起一粒心神,退出小天地。

黄帽青鞋的小陌,双手按住横放在膝的绿竹杖,脸色微白,喉咙微动,硬生生咽下那口鲜血。

青同神色惊恐,道心震颤不已,问道:"怎么回事?!"

难道就在这镇妖楼,就有强敌隐匿其中,自己却浑然不觉?而且此人还伤了小陌?

小陌原本懒得搭话,只是一想到对方阴神还处于与公子联袂神游的境地,这才开口说道:"至圣先师就在此地盯着我们。"

难怪先前会觉得有一丝不对劲,却找不出半点痕迹。

整座天下就是一人之道场,加上这位读书人又是十五境。

远古天庭,五至高,俱是后世练气士眼中的十五境。

结果那场水火之争,导致其中两位至高神灵的金身出现了裂缝。

持剑者叛变,使得披甲者如独木支撑将倾之厦。

但是所有亲身经历过或是作壁上观也算亲眼目睹过那场战事的修士,都心知肚明,唯一的真正变数,其实只有一件事。

天庭共主,不知所终。

在那场"翻天覆地新人换旧主"的大战中,这位天上天下的至高共主,从头到尾,竟然都没有现身。

而昔年天下,也有一个流传不广的说法。

那位存在的境界,可能是在十五境之上。

汾河神祠那边,陈平安与青同所看景致,各有侧重,所以就各看各的,分出了先后。

等到青同逛完了诸多殿阁,却发现陈平安已经不在这座河伯祠庙内。

走出祠庙大门,青同见一袭青衫,在那大池边的柳荫下,坐在一条小竹椅上,开始抛竿垂钓了。

青同走过去,问道:"还有竹椅吗?"

陈平安伸出手指在嘴边,示意小点声,再手腕一拧,多出一条青竹小椅,递给青同。

青同坐在一边,压低嗓音,疑惑道:"这是?"

陈平安微笑道:"静待天时。"

见青同一头雾水,陈平安便抬了抬下巴,提醒道:"暂作水观。"

青同便凝神望向水面,池水如镜,镜中显现出一处破败不堪的府邸,画卷中,人影幢幢。

这是一种不算如何高明的地仙手段,掌观山河神通。

在村落与孩子分别后,怀中鼓鼓囊囊的陆沉,一个冲天而起,悬停空中,踮起脚尖,朝城内那边眺望一眼。咦,竟有些许污秽煞气和神仙斗法的迹象,莫不是一栋鬼宅?不晓得今儿贫道叫徐无鬼吗?好好好,要是你们好好商量,就井水不犯河水,要是连个灶房都不肯借与贫道,那就怪不得贫道替天行道一次了。

陆沉又看了眼那个姓叶的孩子,将来到了神诰宗,说不定可以与秋毫观那个叫阿酉的小道童做个伴儿,一起修行,一起长大,处久了,就是朋友了。

双月为朋,在这只有一轮明月的浩然天下,何等稀罕,所以要越发珍惜真正的朋友嘛。

陆沉一步跨出,直接来到一处传闻闹鬼的凶宅门外的街道,再掐指一算,晓得了附近地界名为悟真坊,大宅曾是一处吕公祠,朱红大门,蛛网密布,此处早就断了祠庙香火,被拆毁重建为私人宅邸,之后又屡遭变故,多有鬼物作祟,最终大半房梁木材,都搬去了城外的汾河神祠,门口仅剩一只石狮子。石狮子的脖颈之上,还有一连串细微坑洼,好似珠子烙印。

此地竟然是供奉那位纯阳真人的祠庙旧址,倒是一桩意料之外情理之中的事情。

陆沉叹了口气:"纯阳道友啊纯阳道友,原来当年在白玉京,咱俩是同为家乡人,同逢异乡处。如今你久不在浩然家乡,好不容易有座祠庙,不料竟然沦落至此。也好,就当贫道今儿略尽绵薄之力,为你祠庙增添一点香火气。"

只是不知这吕喦,如今身在何处,青冥天下那边也很久没有吕喦的音讯了。

陆沉从袖中摸出一张黄玺材质的符箓,嘴中默念着"天灵灵地灵灵,神仙显灵我就行",后退数步,单手作气沉丹田姿态,轻喝一声,健步如飞往前跑去,一个脚尖点地,高高跃起,结果刚好只能踩在墙头之上,几次摇晃都没能站稳身形,一个后仰,重新落在街上,亏得当下这条街上冷清无人,瞧不见这一幕滑稽场景。

只见那手持一张黄色符箓的年轻道士,又尝试了两次,终于一屁股蹲在墙头上,起身后沿着墙头一路猫腰,蹑手蹑脚而走,翻越一处屋脊,伸长脖子,见着了一场凶险万分的厮杀。几位看似师出同门的野修,各展神通,正在缠斗一名脸色惨白的红裙妇人,依稀可见她脖颈系有一截绳子,约莫是个吊死鬼了。只见黑烟滚滚,却被那帮前来斩妖除魔的神仙老爷们凭借高妙术法一一打散,大体上属于打得有来有回,一方丢出道法仙术,一方还以鬼祟伎俩,精彩纷呈,可算棋逢对手、将遇良才了。

陆沉悄悄坐在屋脊那边,偏移视线,后院内有一本牡丹,从别处移植而来,历经数朝,成精炼形,道龄不小,约莫是此地的半个主人了。她领着一帮冤死鬼,恐吓阳间人,占据了这处大宅邸,看样子倒是没什么作孽的行径,至多就是拐骗那些夜不归宿的青壮酒棍、更夫之流,将他们魇了,领来此处云雨一场,偷些阳气,天明时分再丢出宅子。

也难怪汾河神祠那边的水神，对这栋大有来历的宅邸里发生的一切，选择睁一只眼闭一只眼，一来没有做出什么太过伤天害理的举动，二来想要压胜这处"鬼宅"，就得调兵遣将，等到双方彻底撕破脸皮，放开手脚打起来，至少这座县城就要保不住了。而且以附近城隍庙和山水神灵的本事，和他们麾下那点兵马，估计真要较上劲，只会气势汹汹问罪而来，灰头土脸打道回府。

院中人鬼斗法，竟有一人眼尖，瞧见了屋脊那边鬼鬼祟祟的陆沉，顿时破口骂道："那小牛鼻子，竟敢来这里跟大爷抢生意?! 赶紧滚远点!"

只见陆沉大义凛然道："自古斩妖除魔，道人见者有份，何况贫道天生一副铮铮铁骨，侠义心肠……"

那人大喝一声："聒噪!"

便有一记飞镖从袖中掠出，好个快若流星，镖尾撞向那婆妈道士的额头，只听哎哟吃疼一声，道士便已中招，后仰倒地，在屋脊一路翻滚，不见了踪迹。

院内那脖子被绳索缠绕的女鬼，翻来覆去就那几招鬼法，对方却是人多势众，而且那拨修道之人又是男儿身，本就满身阳气，聚拢在一起，气势就显得颇为雄壮，她便逐渐落了下风，扭头喊道："妹妹快来助我!"

很快就又有一股青烟飘荡而来，凝为女鬼身形，同样是个妇人，满头青丝不挽髻，如水草胡乱飘荡，估摸着是个溺水身亡的可怜人。

陆沉已经找到了一处灶房，一脚踹开了屋门，准备生火煮饭，做人不能亏待了自己，贫道得在这边吃过了一顿丰盛的年夜饭，再去青冥天下，白玉京那边可没这讲究，仙气道风太多，人味儿太少。

陆沉见那砧板等物俱全，便从袖中摸出火折子，找到了吹火的竹筒，坐在一条板凳上，嘀嘀咕咕道："这还是大白天的光景，鬼宅的正主儿都还没出场呢，等到黄昏日落，你们要是没有贫道帮忙，还怎么打? 到时候就算你们跪在地上喊着救命，都得看贫道吃没吃饱有无力气了。"

来时路上，陆沉发现后院有两棵绿荫极浓的大槐树终日不见天日，而灶房不远处，就有一栋小楼，草深一尺，楼内放着几口棺材，棺材板都打开着，都是些没有葬身之地的枯骨，反正陆沉也不忌讳这些，不然三掌教的七心相之中，岂会有一位白骨真人?

这时有人斜靠灶房的屋门，是个娇滴滴的少女，娇靥红晕，姿态妍媚。

少女抿了抿鲜红嘴唇，轻轻拍掌，喂了一声，提醒那个年轻道长有人来了，然后眯眼而笑道："你这位小道长，算不算艺高人胆大，都敢来这儿开灶做饭。都说找死也要找个好地方，你是怎么想的? 是那些骗钱的志怪神异、艳情小说看多了，想着有一场艳遇?"

"这位姑娘，神不知鬼不觉就来了，差点吓死个人，真以为吓死人不偿命啊。幸好小道我是个有仙法傍身的,胆子也大。"

陆沉笑呵呵言语,坐在小板凳上,转过身,抬起手中那根竹筒,指了指贴在灶房门上的黄纸符箓,望向那个牡丹成精的少女。开窍炼形,仗着一桩机缘和自身八九百年的修道岁月,在附近郡县也算无敌手了,她倒也不算作威作福,就是帮着那几个女鬼续命罢了,而且做事留一线,不然那几个女鬼姐姐稍稍心狠一点,就那么一张嘴,或是多扭几下腰肢的,那些个在这边风流快活一番的青壮男子,恐怕就要只剩下一副内里空空、阳气涣散的皮囊了,即便被丢出鬼宅,亦是命不久矣。

那少女伸手就想要去摘下那张材质寻常的符箓,只是指尖一触及符箓,就有一阵钻心疼的灼烧之感,她打了个激灵,立即收手,她掂量一番,秉持一个小心驶得万年船的宗旨,嫣然笑道:"只要你今天别多管闲事,去留随意。院内那几个,我又没招惹他们,他们闯入道场找我的麻烦,明摆着不是那种善罢甘休之辈,既然一个个的着急投胎,就怨不得我顺水推舟送他们一程。"

陆沉见状,满脸得意神色,哈哈大笑道:"如何,知道厉害了吧? 此符可是小道的看家本领之一! 就问你怕不怕吧。"

少女扯了扯嘴角:"敢问这位仙长,姓甚名谁? 道龄多少?"

陆沉一脸嫌弃表情:"懂不懂规矩,僧不言名道不言寿,不过看在'仙长'这个称呼的分上,小道倒是可以为你泄露一二天机。"

少女点头道:"洗耳恭听。"

年轻道士咳嗽几声,润了润嗓子,这才挺直腰杆,朗声道:"乾坤许大无名姓,疏散人间一丈夫,风骨凛凛真豪杰,散淡野人性孤僻,平生只住高山巅,朝餐云霞夜饮露,神清气爽最磊落。百年面壁无人知,金乌火裹旋金丹,结了金丹起炉鼎,炼出阳神游玉京,学仙学到婴儿处,月在寒潭静处明,海底天心呼吸到,扶摇直上谒天庭。已忘证道几千年,天边青鸟空中云,也可缚,波底蛟龙水中月,也可捉,到头来竹篮打水,荣枯一梦,蝼蚁槐中……"

少女一开始还聚精会神竖耳聆听,很快就听得抬手打哈欠,搁这儿说书呢。

可这些文绉绉酸溜溜的话语,好像也不太押韵啊。

陆沉好像看出她的心思,大言不惭道:"姑娘你意思懂了就行,这就叫得意忘形,至于押韵不押韵,都是次要的。"

少女蓦然厉色道:"我改变主意了,本以为只是看着你烦,没想到是听着更烦,恕不留客,速速离开此地!"

"别改主意啊,贫道姓徐名无鬼,至于道号嘛,山中资历尚浅,山外历练不久,未能积攒出个三千功德圆满,暂无道号。"陆沉也急眼了,"此外贫道这一脉,又有个规矩,言祖不言师。所以你要是询问小道的师承,道统法脉一事,恕贫道无可奉告。"

少女听到这里，收敛怒容，只是嗤笑一声："那就是师承一般，即便搬出了师尊名号，也吓不住人呗。"

陆沉好似恼羞成怒道："吓不住人？鬼都给你吓死！"

少女瞥了眼对方的道冠，摆摆手："走吧走吧，就别在这凑热闹了，要不是看在昔年一桩道缘的面子上，你今儿至少是竖着进来横着出去，非要让你长点记性。既然道法微末，术法不济，就别以为有点师门靠山，就可以到处乱串门了。人外有人，你迟早要吃大苦头的。"

少女秋波流转，一手指了指年轻道士的头顶道冠，一手掩嘴娇笑道："小道士，还跟我在这儿装蒜，假冒高人，怎的，想着等会儿打不过了，就赶紧搬出师门，好镇住姑奶奶我？那你晓不晓得，我与你家祖师爷，还是老相好。"

"老相好?!"只见那唇红齿白的英俊道士，闻言如同挨了一道雷劈，双眼无神，喃喃道，"贫道怎么不知道?!"

"你又怎么会知道，大几百年前的陈年旧事了，离开此地，回到山中道观，有兴趣就去翻翻谱牒，仔细找找看，上边有无一个名叫钱同玄、道号龙尾山人的家伙。这个没良心的，就是个有贼心没贼胆的玩意儿，嫌我出身不正，不敢带回山去。我是草木成精又如何，中土神洲龙虎山的那座天师府，不也有一座狐仙堂，她出身还不如我呢。"

少女眼神幽幽，翻过了旧账，便有些意态萧索，挥挥手道："行了行了，我早就知道你来自那个高高在上的神诰宗，否则也不会头戴这种道冠了，你的道士身份，当然是真的，不过我不是那些孤陋寡闻的山野精怪，知道你们这一脉的道士，又非那儿的正宗，跟那位祁天君，根本就不是一路道士，香火凋零得一塌糊涂，在神诰宗混得一年比一年惨淡，早就只能靠着贩卖私家度牒来过日子了。"

陆沉也叹了口气："还真被姑娘说中了，是那一年不如一年的惨淡光景。"

少女说道："还不走？真以为门上一张破符，就能够挡住我?"

陆沉笑道："老话说帮人就是帮己，出门在外靠朋友，小道只是借个地方吃顿年夜饭而已，说不定可以帮你躲过一劫。"

说到这里，陆沉笑嘻嘻道："这'老话说'与那'常言道'，不管后边是什么内容，我们最好都得听上一听啊。"

少女讥笑道："小道士，你知道姑奶奶我是什么境界吗?"

陆沉一脸震惊道："莫不是一位神华内敛、深藏不露的元婴老神仙?"

少女一时气急，因为她是个金丹地仙。

城外那座汾河神祠的河伯，以及郡县城隍庙，都只将她误认为是一位观海境的草木精怪，故而她一直名声不显。

主要是梦粱国有两座山头仙府，让她忌惮万分，若非有张隐蔽的傍身救命符，她早就被仙师拘押到山中圈禁起来了。

在这"凶宅"之内，女鬼自然是有的，不过真正镇压的邪祟，是一只老金丹鬼物，除了道行极高之外，用心更是极为阴险，早年正是它暗中谋划，通过阳间官员之手，将吕公祠拆掉，占据了这块风水宝地作为道场，想要凭此跻身元婴。甚至故意将一株牡丹移植到此，凭借花香，遮掩它身上那股腥臊腥臭无比的煞气，而当年那个叫钱同玄的负心汉，之所以会在此地驻足，就是发现了宅邸的不对劲，为了降服这个为祸一方的鬼物，先结下一座大阵，防止殃及无辜，再与金丹鬼物厮杀一场，不惜打碎两件本命物，伤及大道根本，才将鬼物镇压在地底深处的一座密室内，用符箓将其封禁起来，说是回了神诰宗，就会请山中长辈来此铲除这个祸患，只是不承想，他这一走，就再无重逢之日了。

这么多年，几乎每过几年，她就要用一道从道士那边学来的符箓之法，在地底深处的密室门口添加一张符箓，层层叠叠，旧符消散，又有新符张贴。只因为符箓一道，门槛太高，她只算略有几分修行天赋，又不得真传，所以就只能靠量取胜了。

曾几何时，花前月下。天上星河转，人间珠帘垂。住山不记年，赏花即是仙。

言者只是说在嘴边，听者却要刻在心里。

陆沉怀抱烧火的竹筒，眼神柔和几分，笑道："外边的阵仗不小，那拨野修此次登门，志在必得，姑娘你也察觉到了？对方已经祭出了杀手锏，能够请神降真，虽说是两位苟延残喘的淫祠神灵，但是对付你手底下的那三位女鬼姐姐，显然是绰绰有余了。再说了，你这个金丹，护得住自己的真身，守得住那堵门吗？反正贫道觉得很难。"

少女神色微变，就要前去救援。

不料陆沉只是吹了一口气，灶房门上那张黄纸符箓随之飘落，刚好落在了少女肩头。

少女仿佛被贴上了一张定身符，堂堂一位金丹地仙，不管如何运转金丹驾驭灵气，竟是始终无法挪动半步。

陆沉脸贴着竹筒，看着那个心急如焚的少女，微笑道："急什么，看好戏就是了。贫道这个人，别的不多，就是山上朋友多，巧了，今儿就有一个。"

先前身上牵动的两根因果线，一人一事，一粗一细，后者便是那个孩子，而前者则是一个旧友。

此人原本赶路并不匆忙，这会儿已经察觉到端倪，开始风驰电掣御风远游来此了。

少女纹丝不动，只能眼睁睁看着那个年轻道士，开始忙活一顿年夜饭，手脚麻利，娴熟得像是个道观里边专门烧菜的。

做人不能亏待了自己。

两壶酒，还整了三个硬菜，一锅炖老母鸡，一锅冬笋炖咸肉，一大盘清蒸螃蟹。

陆沉又从袖中摸出了一套粉彩花卉九攒盘，盘中摆满了荔枝，不是新鲜荔枝，是那荔枝干。

笋为菜蔬中尤物,荔枝为果中尤物,蟹为水族中尤物,酒为饮食中尤物。

四位尤物,一桌齐全了。

汾河神祠外,水池边,陈平安一直没有渔获。

青同看着水中那幅画卷,讶异道:"竟然是他?"

照理说,此人绝对不该现身此地。

难怪陆掌教会往这边赶来,原来是叙旧来了。

陈平安笑道:"你又认得了?"

青同没好气道:"此人既是隋右边的授业夫子,又是她的武学师父,我怎么可能不认识。"

再说了,此人还是那位曾经走在邯郸道左,被纯阳真人顺势点化一番的"卢生"。

陈平安问道:"那你知不知道他离开藕花福地后,选择在云窟福地隐姓埋名那么多年,所谋何事?"

青同摇头道:"与老观主有关的事,我不敢多说。"

陈平安便换了一个问法:"关于道教楼观派的香火传承,以及'邵'这个姓氏的始祖宗族、郡望堂号和迁徙分布,你手边有没有相关记录?"

青同说道:"还真没有。"

金顶观的道统法脉,源于道教楼观一派,曾有道士于古地召亭,结草为楼,观星望气。

而楼观派的首任守观人,刚好姓邵。

这个守观人身份,类似如今佛门寺庙的首座,地位仅次于住持。

崔东山一开始猜测倪元簪躲在云窟福地,是为了将那颗金丹送给昔年嫡传弟子之一的隋右边。

那么昔年画卷四人当中,隋右边舍了武道前程不要,一到浩然天下没多久,就一意孤行,转头跑去练剑,也就说得通了。

但是事实证明,并非如此,隋右边不是那个老观主预定的得丹之人。

之后姜尚真便误以为倪元簪是打算将此金丹,赠送给那个与老观主极有渊源的北方金顶观,决定要拦上一拦,甚至还直接与老舟子撂下一句狠话,只要邵渊然赶来黄鹤矶取丹,他姜尚真就让那位大泉王朝的年轻供奉,死在倪元簪眼皮子底下,可如果老舟子敢去送丹,他就会让邵渊然有命丹成一品,补全一副功德无漏身,偏偏没命顺势跻身元婴境。

陈平安笑问道:"关于那颗金丹的旧主人,青同道友总能说上一说吧?"

青同犹豫了一下,小心翼翼酝酿措辞,拣选一些能说的老皇历,缓缓道:"这位道友,真身是天地间的第一只仙鹤,据说还是一位只差半步的十四境大修士,陨落之前,准确说来,是在闭关之前,走了一趟碧霄洞落宝滩,闭关失败后,便留下了一颗完整金丹,老观主就像是在代为保管。"

青同是看在"郑先生"的分上,才愿意多说一些花钱都买不来的内幕。

陈平安纠正道:"说是'看管',可能更准确些。"

因为这颗远古遗留金丹,并不在老观主手上,而是位于云窟福地的黄鹤矾崖壁间,与一座观道观隔着半洲山河,算是离得很远了。

而这颗金丹,完全可以视为一件仙兵品秩的山上重宝,并且在仙兵中,属于极为珍稀的那一类。而其根源就在于"生长"二字。能够不断锤炼,继而提升品秩。如人之修道,依次破境。

想到这里,陈平安突然说道:"好像'长生'二字,颠倒顺序,就是'生长'。"

只是青同现在最头疼这些空话大话,想吧,注定琢磨不出个所以然,不去想吧,又好像会错过什么。

修士金丹的品秩高低,很大程度上,就决定了一位地仙的大道成就。

与老百姓所谓的三岁看老是差不多的道理。

当然并不绝对,特例总是有的,但是常理之所以是常理,无非就在于难有例外。

就像陈平安自己,之前一直不被看好,就在于本命瓷破碎,早早被看"死"了。

之后却又能走到今天这一步。

陈平安问道:"为何姜尚真会与倪元簪'借剑'?"

在云窟福地,姜尚真曾经说过一句"我今欲借先生剑,天黑地暗一吐光",只是倪元簪矢口否认此事,而且神色不似作伪。

按照姜尚真的说法,当年他之所以会去藕花福地虚耗光阴一甲子,就是打算帮助陆舫跻身甲子一评的天下十人之列,最好能名次靠前,然后就可以让挚友陆舫顺势取得一把趁手兵器。

青同默然。

此事当真说不得。一旦说破了天机,青同担心老观主会翻旧账,这位碧霄洞主的小心眼与不饶人,曾经是天下公认的。

陈平安想到姜尚真评价倪元簪那句"你这个人就是剑",忍不住笑了笑,自家周首席,就是会说话……

青同沉默许久,估计也是担心被身边这位记仇,试探性道:"稍后见着了卢生,你自己问问看?"

陈平安说道:"有什么难猜的,倪元簪在藕花福地,其实就可以视为半个练气士了,他开辟出的一条崭新道路,是'以身炼剑'。"

姜尚真说过，倪元簪精通三教学问，看书无数，只是被藕花福地的大道压制，致使一颗澄澈道心只是有了个雏形，最终被老观主"请出"福地。

何况陆沉也曾泄露天机，说了女冠吾洲的成道之路。

青同佩服不已，不愧是白帝城郑居中，真敢想，真能想，难怪会纠结那个"我是不是道祖"的荒诞问题。

青同问道："听说喜好此道的渔翁，还有事先打窝的讲究？"

陈平安嗯了一声："一般是为了钓大鱼，不过在湍流急水里边打窝，找堆石头就行了，都能聚鱼。"

青同试探性问道："这个说法，有无深意？"

陈平安说道："对你来说，没有深意。如果换成陆沉、倪元簪听了，估计就会心有戚戚然。"

青同也没有反驳什么。

只见陈平安再次提竿散饵，然后重新抛竿入水。

而那边吕公祠旧址院内，刹那之间云雾升腾，三个女鬼瞬间陷入白雾茫茫中，环顾四周，伸手不见五指，抬头再看，明明尚未黄昏，却已明月当空，耳边依稀可听见更夫敲梆子和兵卒传夜的声响，再下一刻，她们眼前视野豁然开朗，出现了一座深水长桥，桥那一端是一座朱红色高门府邸，一殿巍峨，两廊森列，门外那座石猊欲怒，狰狞可怖，更有一队披甲武卒，在廊下依次排开，霜戟生寒，又有两位紫衣官袍神灵，一人身材修长却骨瘦如柴，一人白胖微须，腰系玉带，双方联袂跨出大殿，大摇大摆走下台阶。

三个女鬼身后远处，站着那拨山泽野修，其中一位锦衣老者，与那两位淫祠神灵，遥遥抱拳笑道："有劳两位大仙出手了。"

大骊朝廷曾经裁撤一洲淫祠无数，一些个服管且身世清白的，大骊往往另有安排，可终究还是有一些不服约束的，尤其是来历不正，经不起大骊礼部和刑部勘验、稽查的，就只能是舍了祠庙和塑像不要，各找门路苟且偷生了。虽说没了基业，金身不光是摇晃，还会矮了一大截，可总好过被大骊礼刑两部官员和那些随军修士翻旧账，当场打砸了金身。而且就算是沦为孤魂野鬼，只要能够在那些藩属小国的山野僻静处，重建祠庙，得了香火，就可以重新拼凑金身。如今大骊朝廷已经只剩下鼎盛时的半壁江山，以那条大渎为界，宝瓶洲的整个南边，都已纷纷复国了，梦粱国、青鸾国这样的地方，不敢久留，但是总有其他去处，可以作为栖身之所。

而凭借杀人越货起家的山泽野修，有一道鬼门关，就是收取弟子，当然是那种入室弟子。因为担心教会徒弟饿死师傅，甚至是打死师傅，他们只好将杀手锏藏私，绝不传授压箱底的手段，不让弟子尽得真传，或是让弟子立心约发毒誓，再以秘术控制。毕竟身边没有几个帮手，则势单力薄，难挣大钱。

这就是为什么谱牒修士成为山泽野修很容易,但是山泽野修却很难成为谱牒修士。

那位锦衣老者的境界不高,只是一名观海境修士,但是他心思活络,很快就勾搭上了这两位真身是一蛇一豺的淫祠大仙。

双方可谓一拍即合。

两位淫祠大仙,需要借助这个练气士,帮忙跋山涉水,重新寻找道场,好一路避开那些文武庙和城隍庙,以及各地朝廷封正的山水正神。作为回报,两位大仙会帮着这拨山泽野修解决一些小麻烦,就像今天这种情况,他们还是乐于出手的,毕竟捉了鬼再吃鬼,两位大仙是可以助长道行、淬炼金身的。

瘦高大仙走上长桥,站定后,沉声道:"敢有不伏者,押入酆都城。"

一旁白胖大仙声如炸雷,怒斥道:"小小鬼物,作恶多端,还不赶紧伏法,跪地磕头?!"

一个自缢身亡的吊死鬼,一个投水自尽的溺死鬼,都已花容失色,最后出现的那个女鬼,相对道行最高,心性也更为坚韧,明知对方是淫祠神灵出身,她仍是冷笑道:"你们这种出身,更见不得光,不管是被县里的城隍爷知道,还是被汾河神祠察觉,你们都别想走出此地。"

只是她难免心中悲苦,要是这梦粱国依旧属于大骊王朝,这些个四处逃亡的淫祠神灵,哪敢现身?

锦衣老者双手负后,老神在在,微笑道:"所以说要在门口那边布下法阵,好遮掩耳目嘛,你们一味托大,瞧不起我这个观海境,先前不拦着,现在好了。至于这栋宅子的正主儿,我们打探过虚实,撑死了就是个龙门境,一本牡丹的花魅出身,是也不是? 她还敢来救你们?"

就在此时,有一名儒衫老者,走入这栋吕公祠遗址的古宅,微微皱眉,随手打散那些云雾。

至于那三个女鬼,一拨山泽野修,与两位淫祠神灵,老人只当没看见,自顾自游历此地。

最早的吕公祠主殿,里边供奉的吕公神像和那些彩绘从神,皆已不见。只能通过主殿的歇山式琉璃顶,依稀看出当年的形制不低,大殿原本悬挂一块皇帝御笔题写的"风雷宫"匾额,只是没能悬挂多少年,换个朝代,自然而然就给摘掉了。好不容易由祠升宫,被打回原形不说,最后就连最先的祠庙,都未能保住,只剩下一座八卦亭和亭外的一块梦字碑,勉强保住了原貌,好似相依为命。

那块梦字碑,其实暗藏玄机,镂空内里篆刻有一篇类似道诀的诗文,可即便有心人能够发现,依旧是初看难解,再看更茫然。

只说开篇"死去生来只一身,岂知谁假复谁真"一语,作何解?

最后老人回到旧吕公祠主殿,从袖中拈出三炷香。他手持香火,拜了三拜,礼敬昔年那位为自己指点迷津,有那传道之恩的纯阳真人。

原本剑拔弩张的两方人马,愣是没有谁敢开口询问一句,就更别谈动手了。

一个将那门外法阵和白雾迷障视若无物的老家伙,谁敢去触霉头?

灶房那边,陆沉轻轻摇头。

大江东去,夕阳西下,游子南来。

道观花在,真人试问,知为谁开?

门口的少女依旧站在原地,她眼见方才一张桌子和两条长凳,好像……不是好像,就是自己长脚一般,从别处一摇一晃走来了灶房这边。

陆沉落座后,给自己倒了一碗酒,盛了一大碗米饭,再夹了一筷子冬笋,赞叹道:"滋味极好,真是绝了。"

那个儒衫老者对那两拨人马懒得多看一眼,如同发号施令道:"全部待在原地,听候发落。"

纯阳真人吕喦,是他的传道之人,双方虽无师徒名分,但是儒衫老者一直将吕喦视为恩师,那么纯阳真人在这座天下的唯一一座吕公祠,在某种意义上,就是恩师吕喦的道场了。

之后他来到地底下的那座密室门口,看着上边密密麻麻的符箓封条。

儒衫老者哑然失笑,鬼画符吗?

他身形消散,再次凝聚,不曾破坏符箓禁制,便出现在了密室之内。

那只一直被符箓消磨道行的鬼物,缓缓抬头,狞笑道:"找死?"

儒衫老者问道:"知不知道'德不配位'四个字,是怎么写的? 你这等鬼祟之辈,不好好躲起来也就罢了,竟敢奢望长久窃据吕公祠?"

不等对方回答什么,儒衫老者已经一袖子将其打得魂飞魄散。

广场那边,幻境依旧,依旧是大殿长桥、廊下甲兵森森的祠庙场景,那位身穿紫衣官袍的肥胖大仙,如丧考妣道:"难道是观湖书院的某位君子? 惨也,惨也,如此一来,咱哥俩岂不是一头撞到刀尖上去了。"

那高瘦大仙望向那个锦衣老者,以心声怒道:"都是你惹的好事!"

其余三个在此魔人作祟的枉死女鬼,心中倒是轻松远远多于惊恐。

落在儒家君子手上,不过是按照书院律例责罚,该如何就如何,总好过被那两个淫祠大仙给吃了果腹,那才是真正的永世不得超生了。

儒衫老者来到灶房,看也不看那个杵在门口好似当门神的少女,只是在门口停步。

陆沉赶紧放下筷子,转头拱手道:"西洲兄,一别多年,来,咱哥俩坐下喝酒慢慢聊。"

在浩然天下和藕花福地的两世，眼前这位满身书卷气的读书人，都姓卢，一样是字西洲。

彩舟载离愁，吹梦到西洲。

祠庙外，青同只觉得陈平安就坐在这边钓鱼，哪怕撇开"守株待兔"等待陆沉一事，好像也可以就这么坐到地老天荒啊。

青同便忍不住问道："不管是修道之人，还是纯粹武夫，学那俗子临水钓鱼，这种事又有什么意思？"

关键是陈平安直到现在，也没钓上来一条鱼啊。

"对汾河神祠的那位庙祝来说，这口池塘，就只是池塘。"陈平安一手持竿，一手指了指水池，说道，"可是对老观主和你来说，这口池塘就是桐叶洲了。所以你们并不在乎里边几条游鱼是大是小，是生是死。池塘里的游鱼，反正跑不掉。就算有那鱼跃龙门之流的大修士，也像是那祠庙门口槐树的树叶，相信总有叶落归根的一天。"

青同又开始头疼，立即转移话题，眼神幽幽："这些个四处流窜的淫祠神灵，又如何叶落归根？"

陈平安说道："那如果你将整座天下视为一口池塘呢？"

青同无言以对。

陈平安却笑道："有些问题，不用多想，浅尝辄止就行了，就像那古人作诗忌讳'十月寒'一事。"

青同倒是听懂了这诗家避讳的"十月寒"，一时间竟然颇为欣喜，终于不再一头雾水，不容易啊。

陈平安问道："在万年之前，如果没有那场翻天覆地的大变故，你的最终追求，会是什么？"

青同靠着椅背，摘了头顶幂篱，轻轻晃动，说道："还是不敢奢望能够登顶飞升台，怕死，那么多天资卓绝的地仙，都在那条道路上化作灰烬，说没就没了。我这种出身不好的，好不容易才开窍炼形，修行一事何等艰难，处处是关隘，其他修士可能就是一两个念头的事情，我却要深思熟虑个几百年，当然会比小陌、仰止他们更珍惜来之不易的机缘，一件壮举都不敢做，半点意气用事都不敢。

"在那段天地有别的漫长岁月里，好像是从第一位道士开始流传下一个说法，'上士闻道，勤而行之'，说的就是'天下十豪'以及他们身后不远处的'道士'，比如托月山人祖，碧霄洞洞主，妖族剑修白景、小陌，那颗金丹的旧主人，等等；'中士得道，升为天官，位列仙班'，是说通过走上那两座分别管着男地仙与女地仙的飞升台，成为古天庭的崭新神灵；'下士得道，陆地神仙，驻地长年'，就是我这种资质鲁钝的练气士心中的最终追求了。"

远古练气士修炼得道，诸多举形升虚的"飞升"的大道气象当中，品秩亦有高下之分。

最早的白日飞升当中，又分出霞举、乘龙、跨鸾、骑鹤和化虹等十数种。之后又有拔宅飞升者与合宅飞升等，再往后，就有鬼仙之流在夜幕中的遗蜕飞升。

青同说完之后，发现陈平安好像置若罔闻，心境始终古井无波，便觉得有些无趣，不去看那画卷，而是瞥了眼岸边那只空荡荡的鱼篓，问道："就这么难钓上鱼？是鱼饵不对，还是你钓技不行？"

陈平安笑着点头道："确实不怎么擅长钓鱼，我这辈子比较擅长一事，除非快饿死了，否则不吃鱼饵不咬钩。"

身在一条光阴长河之中，很难不被岸边人当成鱼来钓。

青同又问道："你是怎么确定，陆掌教一定会去那座吕公祠遗址？"

陈平安神色淡然，反问道："吕公祠遗址？你是怎么知道的？"

青同愣了愣，反复思量，仍是打破脑袋都不明白陈平安为何会有此一问。

他们身后那座汾河神祠，库房里边可还藏着那块御赐风雷宫匾额，而城内鬼宅那边的八卦亭和梦字碑，还有那本千年牡丹成精的少女，与她的那位"老相好"——出身神诰宗旁支的道士钱同玄，还有被神诰宗独门符箓镇压在密室内的那只金丹鬼物……不都证实了那座宅邸，是吕公祠遗址所在？

陈平安笑道："既是一场守株待兔，又是瓮中捉鳖罢了。"

第九章

桃叶见到桃花

儒衫老者在门口作揖道:"晚辈卢生拜见陆掌教。"

二人久别重逢,一个喊西洲兄,一个自称晚辈。

儒衫老者与那道士言语都未用上心声,故而少女听得真切,瞬间眉头蹙起,陆掌教?

掌教? 这个自称"仙法傍身"的年轻道士,难道其实是个江湖中人? 如果是山上门派,谁敢立教?

明明只是一个纯粹武夫,可是她肩膀上这张符箓,重达万钧,压得她无法动弹。莫不是他家底深厚,财大气粗,与山上仙师花重金买来的?

陆沉视线偏移,望向那少女,点头道:"姑娘好眼光,没有猜错,除了会几手不入流的仙法,小道其实是一个不显山不露水的习武之人,'大宗师'这个说法,就是为小道量身打造的。"

卢生闻言会心一笑,这位白玉京三掌教还真就写过一篇《大宗师》,只是时过境迁,最终就演变成了纯粹武夫的尊称。

卢生步入灶房,与陆沉相对而坐,桌上早就多备了一份碗筷,就连酒壶都是两壶,显然就是为了招待这位异乡重逢的故人。

陆沉好奇问道:"姜老宗主怎么舍得让你离开云窟福地?"

卢生给自己倒了一碗酒,笑道:"与姜尚真有过约定,我来此了结一桩宿缘过后,还是要回去继续当撑船舟子的。"

在那云窟福地,他化名倪元簪,撑船为生。

历史上,在云窟福地十八景之一的黄鹤矶,曾有一位不知名的古剑仙,在亭内痛饮美酒。大醉酩酊之际,打了个酒嗝,便口吐剑丸一枚,剑光如虹,江上斩蛟。

当初崔东山和老舟子同在渡江小船,二人言语中机锋不断,都道破了对方的一部分身份。

一个是"青牛独自谒玉阙,却留黄鹤守金丹",皮囊曾是"昔年名高星辰上"的远古黄鹤之遗蜕。

一个是"星君酌美酒,劝龙各一觞"的古蜀国老龙,皮囊主人曾经远游星河,被北斗仙君劝过酒。

化名倪元簪的老篙师,当年醉酒后斩杀的,是一个连姜尚真在玉璞境时都无可奈何的玉璞境妖物,以天地灵气为食,来去无踪,极难捕获,老舟子却能够凭借独门神通和玄妙剑术,大道压胜那个妖物,最终一剑将其斩杀,为云窟姜氏解决了心腹大患。

陆沉问道:"西洲先生,就一直没见过那位从画卷走出的隋姑娘?如果贫道没记错,隋姑娘在成为宝瓶洲真境宗嫡传之前,曾经在玉圭宗祖山修行数年,与西洲先生只有一步之隔,为何你们师徒却不相见?要是能够在浩然天下重续旧缘,恢复师徒名分,岂不是一桩山上美谈?"

卢生摇头道:"前生之事与前身之缘,能在今生止步就止步,不然来世又是一笔糊涂账,何时是个尽头。"

陆沉喟叹一声,拍案叫绝道:"听君一席醍醐灌顶话,惊醒多少山上梦中人。"

卢生笑着摇摇头:"陆掌教何必说诳言。"

邹子谈天,陆沉说梦,都是独一份的。

陆沉抬起酒碗晃了晃,满脸愁容,眼神哀怨道:"在收徒这件事上,贫道自愧不如,那些个不成材的弟子,至今也没谁能够得个'天下第一人'的名头,害得我这个当师父的,走哪儿都不吃香。看看老秀才,就算到了青冥天下,在那玄都观里边,都和在自个儿家一样。"

卢生哭笑不得,藕花福地的天下第一人,岂能与浩然天下的相提并论?陆掌教的这一顶高帽,卢生万万不敢戴在自己头上。

陆沉的那些嫡传弟子,哪个不是道法大成之辈。只说留在浩然天下的曹溶、贺小凉,都是有望飞升的仙人境了。

藕花福地观道观内,除了身为东道主的碧霄洞主,偶然会有类似纯阳真人的贵客,还有那拨去往福地红尘历练道心的桐叶洲谪仙人。此外,福地本身也不缺资质惊艳之辈,要不是老观主有意为之,刻意收拢天地灵气,不许俗子修行,估计就会像那扶摇洲的灵爽福地,或是姜尚真的云窟福地,早就涌现出一大批地仙了,而藕花福地的历史上,公认最接近天道的纯粹武夫,其实是一位女子。

隋右边。

她是一个能够让湖山派俞真意都极为推崇的江湖"前辈"。

人间打转,江湖称雄,得魁首名号,在心气极高的俞真意看来,兜兜转转就只是鬼打墙,终究难逃凡俗窠臼。

而隋右边却不一样,当年这名女子,仗剑飞升,朝天幕递出三剑。

隋右边在藕花福地的出身,其实相当不错,有点类似后来的贵公子朱敛,而她那些门第内的长辈,又不是目不识丁,怎么会在她的取名一事上,如此敷衍了事?

当然是高人对"隋右边"寄予厚望的缘故,希望她能够另辟蹊径,不与俗同。

隋右边之"右边",是与那"邯郸道左人"相对立的。

而眼前这位自称"卢生"的读书人,便是隋右边在福地学问、武道、剑术的传道恩师。

作为黄粱一梦主人公之一的卢生,当然是希望弟子隋右边,将来能够别开生面,走出一条与自己不同的大道来。

"三清大路少人行,旁门左道争入去。人间自古多歧路,天仙难见道难寻。"陆沉喝了一口酒,掰了一只油腻鸡腿,含糊不清道,"贫道觉得那位隋姑娘,以后的成就不会低,换成我是西洲兄,就算违逆了老观主的安排,也要将那颗金丹送给隋姑娘。若是得此助力,隋姑娘的大剑仙将是囊中之物,若是她运道再好些,早年藕花福地之'落',就会是浩然天下之'起',当年做不成的事,以后可以补上。"

卢生无奈道:"陆掌教如此解字,就有点生搬硬套的嫌疑了。"

因为"隋"一字,如果不谈作为姓氏的那个起源,只是按照文庙《守祧》的说法,古义是祭祀过后剩下的祭品,"既祭,则藏其隋",故而又有圣贤添加注解,"尸所祭肺脊黍稷之属"。此外,按照"召陵字圣"许夫子的说文解字,隋字又有"垂落"的一层意思。

陆沉嘿嘿笑道:"当真?隋右边仗剑飞升失败,其'形销骨立,灰飞烟灭'状,像不像是藕花福地的第一场'尸解'?正因为有了隋右边的举动,才有了后来俞真意的野心勃勃,从武夫练拳转去登山修仙,立志要完成前人未完成之壮举。"

俞真意对隋右边确实推崇备至,曾经有句自嘲,"天下豪杰大丈夫,竟然皆是裙下之臣"。

要说历史上比隋右边武学境界更高的,不是没有,但是如隋右边这般要跟老天爷较劲的,实无一人。

"你们藕花福地,如果一定要评选出历史上的十大宗师,"陆沉可以为昔年完整为一的藕花福地,说几句盖棺论定的言语了,"除了天下武学集大成者的丁婴,被陈平安带出福地的画卷四人,再加上那个半点不讲江湖武德、独自跑到山上修仙的俞真意,都可以跻身此列。"

陈平安身边的画卷四人，连同隋右边在内，在各自所处的不同朝代年月里，都曾是藕花福地名副其实的天下第一人。

魏羡是寻仙不成，最终老死，不过仍是活了一百二十岁，两甲子高龄。魔教教主卢白象死于一场围杀。武疯子朱敛……是自己求死，在那一城之内，几乎将天下十人之中的九个，全部宰掉了，最终被年纪轻轻的丁婴侥幸"捡漏"，得到了朱敛头上的那顶银色莲花冠。

而隋右边，则做了一桩"前无古人，仗剑飞升"的惊世壮举，汲取天下半数武运在一身，如仙人御剑冲天而起，可惜功败垂成，她未能真正打碎那个坚不可破的天道瓶颈，她递出无比璀璨的三剑后，竟是落了个血肉消融、形销骨立的悲壮下场，尸骨坠落人间，继而白骨化尘，就那么烟消云散了。

在那之后，天道不可违，好像就成了后世天下武夫的一条铁律。

直到出现了丁婴，以及福地第一个真正意义上登山修行的"仙人"俞真意。

卢生笑着点头："没什么争议。"

陆沉说道："按照各自巅峰实力来算，西洲兄，你觉得前三，该是怎么个名次？"

卢生摇头道："离开福地太久了，没有亲眼见过那些豪杰出手，卢生不敢妄加评论。"

其实眼前这位卢生，当然可以占据十人的一席之地，而且名次不会低，说不定能够跻身前三。全然当得起"剑术通神"这个说法，不然也教不出隋右边这样的嫡传弟子。

其实在与天问剑这件事上，卢生要比弟子隋右边先走一步，只是不如隋右边那么万众瞩目罢了，因为他是与老观主问剑一场。

至于下场，毫无悬念，与隋右边一样，失去了肉身，落败后，不得不"身穿"一件羽衣鹤氅，也就是当下这副老者形容的皮囊。

之后像是将功补过，奉了一道老观主的法旨，离开藕花福地，来到桐叶洲，而卢生"飞升"一事，颇有几分墙里开花墙外香的意味，就像刑官豪素当年从自家福地仗剑飞升，动静极大，以至于大泉王朝京畿之地，因为这处仙迹，有座郡城得名骑鹤城，当地百姓口口相传，曾经有仙人在此骑鹤飞升。所谓仙迹，其实就是个小山包，至今大泉市井坊间还有一句广为流传的童谣，"青牛谁骑去，黄鹤又飞来"。

之后卢生奉命去往玉圭宗，隐居在姜氏云窟福地，变成撑船摆渡挣几枚雪花钱的老舟子，守着那颗藏在黄鹤矶崖壁间的金丹。

而这颗金丹的旧主人，曾是老观主在远古岁月里的一位道友，他经常做客碧霄洞落宝滩，与老观主论道说法。

陆沉说道："以纯粹真气'填海'，是你的首创，至于'肝胆相照'，也是你率先摸索出来的一条炼气路数。可惜隋右边得了你的亲传，依旧只得其形，不得其神，后世俞真意是只得其神，因为你留下的那些书，隋右边当年有意将其珍藏起来，并未销毁，只是辗转流落到俞真意手上的，到底不足半数。"

卢生抿了一口酒水，神色萧索，道："我当年翻遍官家史书和一些稗官野史，最终发现历朝各代，好像都有那些外乡谪仙降临，一些人是性情大变，一些人是凭空出现，在人间横行无忌，我因此得出一个结论，既然人外有人，那就定然是天外有天了，古书上所谓的得道飞升，位列仙班，可能就是个笑话，比如我所处的'天下'，可能是一处无人问津的僻静山野之地。

"我当年不知自己亦是其中一员，颇为忧愁此事，就想要出去看看，又舍不得一身武学，半途而废，只好自己一边默默摸索道路，再寻找一个最接近书上所谓'修道坯子'的弟子。只是到头来，还是竹篮打水一场空。作为一个儒家门生，修道学仙，参禅学佛，结果三事都不成。"

否则隋右边又岂能说舍了武道不要，转去修行，就真能一下子就成为剑修？

陆沉点点头。

三教融合一事，最早想到这条道路的，正是白玉京大掌教，陆沉的师兄，寇名。

这也是青冥天下一小撮山顶修士，为何会觉得大掌教的道法似与佛法相参的原因所在。

郑居中、吴霜降、眼前的卢生、道号纯阳的吕喦，还有如今的陈平安……

其实在这条大道上，都各有尝试。

当然还有那个骊珠洞天一甲子的齐静春，他走得最远、最高。

陆沉放下筷子，揉了揉下巴，瞥了一眼门口的少女，最后又剥了一颗荔枝干，丢入嘴中。

之前在那采伐院，陆沉与担任骊珠洞天"阍者"的林正诚，有过一番打开天窗说亮话的闲聊。

齐静春当年为了护住一座骊珠洞天，选择以一己之力承担天劫。

这件事落在中土文庙眼中，有点类似后来白也的仗剑远游扶摇洲。可以劝，却无法阻拦。

即便是佛门那边，在那场浩劫当中，对齐静春的态度，也远远没有白玉京紫气楼仙人那般气势凌人。

当时出手阻拦齐静春肩挑全部因果的三教一家，其实唯独在青冥天下的白玉京这边，准确说来，是在余斗和陆沉这两位白玉京掌教这里，性情道心与行事风格可算迥异的一对师兄弟，难得达成了共识，可谓极其鲜明，没有任何余地。

因为他们担心这是齐静春的破而后立，一旦成功了，就会是一种足可立教称祖的证道之举。

陆沉不是担心齐静春的境界变得更高,对陆沉来说,别说什么十四境,就算是十五境,又与他何干?

但是陆沉却不愿眼睁睁看着一件事发生,那就是与齐静春起了大道之争的大师兄,因此大道断绝。这就意味着陆沉希冀着大师兄来帮助自己验证的那件事情,落了空。

而在师兄余斗看来,一旦被齐静春捷足先登,做成了此事,就等于白玉京再无大掌教、人间再无师兄了。

而师兄寇名,于他余斗,有代师收徒与代师授业之恩。

所以在陆沉离开白玉京之前,余斗近乎是以一种警告的语气告诫师弟。

"陆沉,你要是敢在最终关头有所犹豫。"

"我来动手。"

事后陆沉一句"贫道明明什么都没做啊",糊弄得过别人,如何骗得过"阍者"林正诚,就更别谈骗得过陈平安了。

陆沉只觉得愁啊,重新拿起筷子,自言自语道:"修行一事,说破天去,也就是个'反客为主'。"

斜眼看了看门口那边的少女,陆沉微笑道:"你觉得呢?"

少女嗤笑道:"天底下没几个人,有资格说这种大话。"

"那就当贫道是替大师兄、孙观主、赵天师他们说的。"陆沉嘿嘿笑道,"对吧,隐官大人?"

卢生闻言悚然,一位玉璞境剑修,道心震动不已。这才几天没见,那陈平安就有这份道法造诣了?竟然能够躲在某地,遥遥掌观山河,自己却毫无察觉?那么眼前这位白玉京三掌教,是早就知道了?故意瞒着自己?

与卢生对视一眼,陆沉神色尴尬,信誓旦旦保证道:"日月可鉴,天地良心,此事跟贫道没有半枚铜钱的关系啊!"

暂借给年轻隐官十四境道法一事,算不算挖坑埋自己?今儿这事,要是被玄都观的那位孙道长知道了,还不得笑话自己几百年几千年?

陆沉收敛神色,难得如此严肃,拿起一双筷子,轻轻一磕桌面。被筷子敲击的那张桌子,竟然如流水一般起了阵阵涟漪,如梦如幻,真假不定。

陆沉深呼吸一口气:"常在河边走,哪有不湿鞋?可怕,真是可怕。"

门口那少女似笑非笑,抬起手,轻轻一弹肩头符箓,符箓随之飘落在地,她后退一步,身形渐渐消散。

与此同时,灶房之外的整个"吕公祠旧址",如同出现数以亿计的细微缝隙,同样开始"褪色"。

一丝一毫,一点一滴,恢复成真正的宅邸原貌。

什么女鬼,什么山泽野修,什么斗法,什么请神降真淫祠大仙,原来皆是虚妄,根本就不存在。就像有人为陆沉……精心编写了一个故事。

陆沉苦笑一声,贫道岂不是白挨了一记飞镖?

汾河神祠外的水池岸边,青同猛然间站起身,颤声道:"你在我出门之前,到底做了什么?!"

陈平安依旧是坐在竹椅上,保持那个持竿垂钓的闲适姿势,缓缓开口道:"刚才不是说了,让你暂作水观。"

青同摇头道:"不可能,就算你骗得过我,如何能够骗得过陆沉?!"

一个不小心,青同都开始对那位白玉京三掌教直呼其名了。

即便在这浩然天下,陆沉只能以飞升境修为行走天下,可陆沉终究是陆沉啊。

何况之前包括穗山周游在内的五岳山君,还有水君李邺侯,几乎一瞬间就能够察觉到梦境的存在,李邺侯就曾站在真假的梦境边界线上,周游更是随随便便就扯碎了整座梦境。

难道陈平安先前拜访水君李邺侯,以及去中土五岳拜山头,已经给出了一种秘不示人的礼敬之举?

只是青同越想越觉得不可能。

不说陆掌教,只说那卢生,好歹也是一位玉璞境剑修,只说卢生在那藕花福地,本就是一位学究天人的读书人了,卢生"误入府邸"之后,随便扫一眼,哪怕是那种漫不经心的视线游弋,只要稍有不对,就会察觉到端倪。

之前与陈平安联袂神游各地拜访水府、山头的种种梦境,只是将各路山水神灵强行拽入梦境,并不会额外多出一物。

但是在那"吕公祠旧址"内,陈平安除了设置那些女鬼、修士和两尊淫祠大仙,以及廊道中那两排剑戟森森的祠庙甲士……最关键的是,他们需要自言自语、自说自话……而且每一次开口说话,每一个动作,甚至是每一次心声,都需要符合他们的身份、境界,甚至是心性……此外,那些凭空出现的建筑景观,都需要细微处小心雕琢,宏大处契合地理……

这意味着陈平安除了是一个擅长编撰故事的说书先生,还需要是一位精通修缮、营造土木的大家,画师,书家……

陈平安微笑道:"你觉得你看到的池内画面,就是当下发生之事吗?你以为骗过你的,真的只有水中画卷?不如你转头,往汾河神祠里边看几眼。"

青同转头看了一眼祠庙那边,顿时泛起满脸惊恐神色,再看自己身边,已经没有钓鱼人了。

青同颓然坐地。因为先前那张陈平安递过来的竹椅……也是假的。

真正的陈平安，双手笼袖站在大殿廊道中，身边就是那几个丢掷铜钱玩耍的小道童，只是道童与铜钱，皆如同画面定格。

最让青同觉得可怕之事，还不是这个，而是宛如一幅画卷缓缓摊开，光阴长河好似重新流转，祠庙内月洞门那边，"重新"响起了一阵清脆的环佩声响，走出两名女子，妇人依旧是挽朝云髻，少女依旧是藕白衫系葱绿裙，踩着一双略旧的绣花鞋，穿竹叶对襟道袍的庙祝老妪随行，一并走出月洞门，那少女依旧是用眼角余光打量了某人……唯一的不同之处，是陆沉站在"曾经的青同"身边，顶替了陈平安。只见那位头戴莲花冠的年轻道士，两条腿如同钉住，眼光晃漾不定，好不容易将心神安定，这才挪步闪过一旁，让那三位女子过去，视线依旧跟着那两位姿容各有千秋的妇人、少女，道士嘴上默默叨叨："道是梨花不是，道是杏花不是，白白与红红，别是东风情味……"

然后陈平安以心声开口道："陆沉。"

听闻这两个字，祠庙外杨柳荫中的青同，如遭雷击，脸色剧变。

因为先前青同曾询问陈平安在等谁，当时陈平安说的就是"陆沉"。

陆沉转过头，使劲唉了一声，然后屁颠屁颠跑向大殿廊道，快步拾级而上，笑容灿烂道："又是耗费一大笔功德的梦境，既要祭出本命飞剑，还要消耗金身碎片，更要在那些细节上耗费心神，贫道都要替隐官大人心疼本钱呢。亏得一座'吕公祠旧址'里边，只有不到双手之数的'假人'，一旦过了'九'字，那么隐官大人营造梦境的开销，恐怕就不是翻倍那么简单啦。辛苦辛苦，十分辛苦！厉害厉害，委实厉害！"

陆沉一个转身，蹲在台阶上，拿袖子抹了抹脸，道："好个请君入瓮，瓮中捉鳖，千年王八万年龟，呔呔呔……"

陆沉苦兮兮道："这要是传出去，贫道就没脸出门混江湖了。"

陈平安笑着安慰道："常在河边走，哪有不湿鞋。一而再，再而三，习惯就好了。"

陆沉抬起一只手："别！贫道不想有第二次了。"

君在瓮中如梦中，君在梦中即瓮中。

陈平安就像只是借了个地方，打造成一只大瓮，让陆沉主动步入其中。

城内那座荒废已久的宅邸之内，其实没几样东西是货真价实的。

但在某种意义上，那些女鬼、野修和淫祠神灵的一切言行，却又是千真万确的。

尤其是那个由一本千年牡丹炼形而成的少女，只说她当时主动走到灶房门口，与陆沉可谓近在咫尺，而她的所有言语、神态、嗓音，种种心境起伏，所有心弦之声，尤其是她编撰的那些故事……哪一字，哪一句，对她自己而言，不是真的？

当然，对陆沉来说，全然无所谓也是真，所以才会掉以轻心。否则数座天下，恐怕除了三教祖师亲自设局,陆沉别说是误入一座梦境,以他的脾气,估计巴不得多梦游几次。

可是作为旁观者的青同,却越发觉得头皮发凉,背脊生寒。

因为就像一场大考,考卷给了,答案也给了,甚至就连批注都一并给了,青同却依旧未能想明白所有关节。只说这场被自己当成游山玩水的梦中神游,身边这个陈平安,或者说郑先生,到底琢磨出了多少的新鲜门道?!

陆沉抬起头,仰头望向那个站着的青衫客,笑问道:"恳请隐官帮忙解惑,到底是哪位屏蔽了贫道的些许'天心'?"

如果不是如此失了先手,陆沉自认自己就算傻了吧唧一头撞入梦境天地中,也不至于那么晚才察觉到不妥当。

陈平安笑道:"是至圣先师让我送客,将陆掌教礼送出境。"

陆沉恍然大悟,赶紧站起身,连忙打了个道门稽首,满脸诚挚神色,喃喃道:"礼重了,至圣先师实在是太客气了。"

小夫子可做不出这种勾当,那位至圣先师倒是真有可能这么做。

陆沉感慨道:"陈平安,这种压箱底的杀手锏,不该这么早就显露出来的,就不怕贫道将这件事传遍白玉京?"

陈平安说道:"练手一事,机会难得。要是今天错过了陆掌教,我上哪里去找另一个十四境的修士。"

陆沉踮起脚尖,使劲招手道:"青同道友,这边这边。"

青同只好硬着头皮走入汾河神祠,都没有用上缩地山河的神通。

这种好似高高在天上的神仙打架,很容易殃及池鱼的。

陆沉与青同笑着解释道:"要不是文庙规矩重,只许我游历两洲山河,否则之前我肯定是要去一趟镇妖楼的,青同道友,别介意啊。"

青同神色拘谨道:"当然不会介意。"

廊道内的那几个小道童,又开始丢掷铜钱,一门心思玩耍,童真童趣,天真无邪。

那两位来此敬香的女子,也乘坐上了那辆马车,老车夫轻轻吆喝一声,祠庙外便响起了车轱辘声响。

手执一支玉如意的庙祝老妪,也满脸笑容返回了神祠内,有了这笔数目可观的香油钱,可以过个好年了,祠庙明年开春时分的那些个庆典,就都可以办得阔绰些了。

庙祝见着了台阶那边的三位香客,便与他们点头致意,廊道三人也与老妪各自点头还礼,尤其是那个头戴道冠的年轻道士,还开口笑道:"年尾还有香客来这边敬香,是好兆头啊,明年咱们汾河神祠的香火,肯定少不了。"

老妪闻言心情大好,越发神色和蔼,点头笑道:"预祝道友云游顺遂。"

等到庙祝步入月洞门后，陈平安说道："云霞山那边，比我预期的结果还要好，果然陆掌教做事情，还是很老到的。"

陆沉说道："黄钟侯是个不错的酒友，下次我返回这边，肯定要找他喝酒去。"

陈平安点点头。

陆沉问道："接下来作何打算？赶回去见至圣先师？"

陈平安说道："不一定能见着。而且我打算先走一趟黄粱派，那边有场观礼，落魄山已经有人赶过去了。虽不可能待到观礼那天，但是既然来到了梦粱国，没理由不过去打声招呼。"

陆沉搓手笑道："介不介意贫道一起凑个热闹？"

陈平安笑道："随意。"

陈平安说道："那么陆掌教是不是可以撤掉梦境了？"

陆沉眨了眨眼睛。

青同呆若木鸡。

陆沉轻轻一跺脚。一座汾河神祠，竟是消失一空。

青同已经麻木了。接下来随便你们两位怎么折腾。

陈平安说道："差不多就得了，一梦还一梦，清清爽爽。"

陆沉嬉皮笑脸着再次一挥袖子，廊道三人，依旧是在汾河神祠的殿外廊道中。

陈平安侧过身，抬起一脚就要踹过去。

陆沉往旁边一个蹦跳，哈哈大笑。

等到陆沉双脚落定之时，三人已经来到那座破败府邸之内，楼内的三口棺材，里边空无一物。

陆沉站在门槛外，双手合十，念念有词道："棺材棺材，升官发财。"

其实山下市井，对棺材是绝无半点忌讳的，从不会觉得有些晦气，否则许多富贵之家的老人，也不会早早为自己备好一副棺材了。至于帝王之家，几乎所有的皇帝君主，在生前就会为陵墓选址，动土开工，准备身后事。

陈平安面无表情道："只要陆掌教自己不躺进去，就没陆掌教的份。"

陆沉置若罔闻，青同却是噤若寒蝉。

卢生来到这边，笑着摇摇头，神色间颇为无奈。

陈平安抱拳致歉道："倪夫子，多有得罪。"

倪元簪，或者说是卢生，洒然笑道："本就是陈先生技高一筹，何况也无半点凶险风波，完全可以视为一场不同寻常的山上游历，不花钱白看了一场走马灯。"

陈平安笑道："那倪夫子就当晚辈是礼多人不怪了。"

倪元簪打趣道："那就当是道高者说了算。"

陆沉脸上挂满了"委屈"二字,在贫道这个被请君入瓮的正主儿这边,也没见隐官大人你这么礼数周到啊。

陆沉环顾四周,杂草丛生,了无生气,瞧着好像还不如先前梦境呢,忍不住翻转手腕,感叹道:"良时如飞鸟,回掌成故事。"

此生此身在此时此地见此景,心不可得。

一袭青衫,五岳归来一尘不染,百城坐拥万法皆空。

陆沉突然说道:"陈平安,当年我们初次相见,算不算……哎哟喂,贫道词穷了,这可如何是好!"

陈平安笑着接话道:"陆掌教是想说一句'初逢两少年'?"

陆沉拍掌而笑:"一生痴绝处,无梦到龙州。青山立眼前,初逢两少年。"

陈平安说道:"原来好诗都不押韵。"

青同与卢生对视一眼,竟有几分同病相怜。你怎么会与陆沉同桌喝酒?你怎么会给陈平安当跟班?

黄昏中,黄粱派的山门口。

摆放有长条桌案,桌上备有笔墨纸砚。有专人负责记录观礼客人的山头、名字,同时还需要勘验请帖和关牒,当然也就是走个过场。

此时来了几位陌生面孔的访客。

黄粱派修士又不是那种眼窝子浅的小门小派,一般来说,来自附近山头、周边数国的山上贵客,都能认得出来。

为首之人,是个青衫长褂的年轻男子,神色温和。总觉得此人看着有点眼熟,而且越看越眼熟。

此人身边跟着一位头戴幂篱、身穿碧绿长袍的"女子"。还有一位儒衫老者,一位头戴游鱼冠的年轻道士,道士瞧着就有点吊儿郎当了,走路的时候,喜欢甩袖子。偏是这个年轻道士快步向前,率先送出了一份贺礼,两枚谷雨钱,然后第一个提笔落款。

神诰宗秋毫观,道士陆浮。

年轻道士没忘记用蝇头小楷添上四个字,"有度牒的"。

之后三位一同前来道贺的访客,也就跟着各自取出两枚谷雨钱,再写山头和名字。

桐叶洲,仙都山客卿,青同。桐叶洲,云窟福地客卿,倪元簪。

落魄山,山主,陈平安。

在这梦粱国境内,与那云霞山当山上邻居的黄粱派,祖山名为娄山,位于梦粱国槐安府鳖邑县。

自从黄粱派在骊珠洞天旧址的西边大山里,买下一座作为"下山"飞地的衣带峰,好像就从一直走背运，开始转头行好运了。

先是早年用一袋子迎春钱作为买路钱，再用剩下的一袋子压胜钱，从大骊朝廷买下衣带峰，如今价格已经翻了好几番。

然后当年等于是被恭送到衣带峰养老的师伯刘弘文，结识了那座落魄山的重要人物，据说被山主陈平安敬称一声刘老仙师，此外刘弘文与那落魄山的供奉陈灵均，更是关系极好的酒友，还曾参加过好几次北岳披云山的夜游宴，与魏山君怎么都算混了个脸熟吧。

用刘弘文的话说，我在那魏山君的夜游宴上，座位次次在前排，哪次不是元婴之下我的位置最靠前，只说坐我对面那排的山水神灵，两次是绣花江的江水正神，一次是那龙州的州城隍爷，在那大骊朝廷的山水官场，哪个差了？搁在梦粱国，就算是神位最高的五岳山君，就能与绣花江水神并排坐了？

之后便是一位被寄予厚望的祖师堂嫡传，果真成功跻身了金丹。

一门之内三金丹，再加上掌门高枕的关门弟子，就是当年去骊珠洞天寻求机缘无果的那位，如今也有了龙门境瓶颈松动的迹象。

这才有了黄粱派这场办在明年正月里的开峰庆典。

先前高枕与刘弘文有过一场君子之约，既然他当真完成了那份"赌约"，果真为黄粱派请来了落魄山的观礼客人，那么衣带峰自然就不用卖了。

那名儒衫青年，名叫李槐，自称来自山崖书院。而他身边那个黄衣老者，好像是个随从，名叫耦庐，也没个姓氏，道号龙山公，道牒上面显示是南婆娑洲的一位散修，长得鹳眼鹰睛，瘦骨嶙峋，却穿了一件宽大法袍。

由于这对主仆是意料之外的访客，黄粱派那边便有些猜测，想来这位书院子弟，多半是那山下的豪阀出身了，才能年纪轻轻便拥有一位修士担任扈从。

黄粱派特地选了两处风景最佳的毗邻宅邸。

此刻，李槐正在屋内翻看一本类似文人笔记的书，是随手从书架角落抽出的，书上钤印了几枚印章，好像都是梦粱国当地文人的藏书印，也算传承有序了，书末两页还夹有一张便笺，大致说明了此书的来历，得自某个名叫汾河神祠的地方，是庙祝所赠。

由于李槐有个书院儒生的身份，黄粱派就给了这么个雅致宅院。匾额对联，文房四宝，岁朝清供，应有尽有，几只书画缸里边，插满了字画卷轴。

李槐其实很受之有愧，只是总不好嚷嚷一句："其实我读书不多吧。"

嫩道人就坐在门槛那边，似睡非睡，潜心钻研那本老瞎子当垃圾一般随手丢给他的《炼山》，可惜只是上半部。

不过仅仅是上半部，就已经让嫩道人受益匪浅，他与那蛮荒天下旧王座大妖之一的搬山老祖袁首，自然是有一场大道之争的，后者之搬山，与嫩道人的撵山，术法手段，道法高度,都差不多,唯独在炼化山岳龙脉的"吃山"一途,真名朱厌的袁首,好像从妍头仰止那边得了一门远古神通,这就使得虽然双方都是飞升境大修士,但朱厌早就是大道境界趋于"圆满",而他却是稍逊一筹的"巅峰",只有境界圆满了,才有本钱和底气,去追求那个虚无缥缈的十四境。

嫩道人之前不是没有动过歪心思,想让李槐去求老瞎子,结果李槐两句话就打消了嫩道人的念头。

"即便愿意帮你,你真觉得只要我求了,我那大半个师父就愿意给你下半部古谱?"

"退一步说,就算他在我这边抹不开面子,给了你下半部,你又当真敢修行吗?"

嫩道人喟叹不已,自家公子,真心不傻。

李槐是在为尊者讳,不好直说,作为他那大半个师父的老瞎子,对他李槐是很好说话,在老嫩这边,难说。

其实这位蛮荒桃亭只是在老瞎子那边,给遮掩了全部的风头,否则只说在鸳鸯渚那边,从南光照到仙人云杪,再到那遥遥观战的芹藻、严格和天倪之流,谁敢将这位嫩道人当成一个缺心眼的"老不死"? 至于嫩道人在沦为十万大山的看门狗之前,在那蛮荒天下,都能跟旧王座袁首结结实实打上几架,岂会是个好惹的? 蛮荒历史上,曾经有个声名鹊起的"年轻"飞升境,号称"小袁首",搬山一道,炉火纯青,在短短一千年之内,不知吃掉了几百座山头和祖师堂,以至于外界都在猜测他与桃亭对上,到底有几成胜算,其中不少人猜测至少是五成。

结果就是这位风头一时无两的大修士,在一次外出游历途中,真被桃亭堵住去路了,双方缠斗转战百万里之遥,一场酣畅淋漓的大战过后,只剩下桃亭一个,悬空而停,拍了拍肚子,打了个饱嗝,只撂下一句话:"五成饱。"

李槐好奇问道:"为何黄粱派历史上有过那么多的金丹修士,偏偏一位元婴都没有,风水是不是太古怪了点?"

嫩道人笑道:"可能是有借有还吧。"

之前在那渡船上,作为天下撵山一脉当之无愧的"祖师爷",嫩道人早就瞧出了娄山的来龙去脉,是块不同寻常的风水宝地,以至于嫩道人都需要掐指算一算,才发现娄山地界一条不起眼的"去脉",崖壁间藏着一处石窟道场,刚好属于斗柄璇玑所映照之地,曾有一位高人在此得道,道气余韵经久不散,且极为凝练内敛,故而极难寻觅。若说娄山之山势,是那如人着绯衣的一种显著"官相",但凡会一点望气术的,都看得出深浅,那么此地,就属于宝葫芦择地深栽,孕育着一件长生宝,而那地脉,就是一件宛如天然障眼法的"金鱼袋"。

嫩道人见自家公子听得迷糊,便耐心解释道:"这个黄粱派,早年气运最旺之时,据说加上几位供奉和客卿,一座祖师堂内,拥有十二位金丹境,在那会儿的宝瓶洲,可不就是当之无愧的一流仙府了。但是有一位得道之士,精通万事万物盛衰之理,便为娄山年复一年积攒了些家底,久而久之,就成了一座宝库。只是黄粱派的修士,始终未能出现一个真正的修道坯子,故而不得其门而入。这座宝库,需要一把钥匙,需要有人能打开门。"

李槐啧啧称奇:"祖师堂议事,同时坐着十二位金丹境地仙啊,壮观壮观。"

所以那会儿的黄粱派,即便看待拥有元婴境坐镇山头的云霞山,也是一种居高临下的态度。

而且黄粱派与梦粱国的关系,只看门派名字与国名,就很明白了。

相比云霞山,想必历代君主的内心深处,都要更加天然亲近娄山,当然愿意不遗余力扶植黄粱派。

嫩道人呵呵一笑。要是在那修行只求一人吃饱的蛮荒天下,十二位地仙?管你是金丹境还是元婴境,都不够自己一口吃的。

李槐好奇道:"高掌门都算是一位剑仙了,还当不成那个有钥匙的开门人吗?"

嫩道人一时语噎。

本想说那个黄粱派掌门人,就只是一个资质稀烂的金丹境剑修,算个什么东西。

只是与李槐朝夕相处,晓得自家公子不喜欢这类说辞,嫩道人便换了一个说法:"高枕距离我先前所谓的修道坯子一说,还有点远。"

掌门山主高枕,是个年纪很大的"年轻"金丹境,他勤勉修道三百载,也曾是一位被寄予厚望的修道天才,跻身中五境,一路顺畅,之后陆续打破洞府境、观海境两瓶颈,也没用太多年,却在龙门境停滞了将近两百年之久,按照山上的计数方式,成为金丹客的"道龄",其实不过短短四十来年。

早年高枕能够以龙门境担任黄粱派山主,唯一的原因,便是他的剑修身份。黄粱派上上下下,数百年来,就只有两位剑修,而且年纪轻的那个,还是个上山没几年的孩子,虽然是黄粱派别脉修士在山下找到,再亲自领上山的,最终结果却毫不意外,成为了掌门高枕的入室弟子,亲自传授剑术。

这是浩然天下的山上常例,比如之前正阳山茱萸峰的田婉,先后找到了苏稼和吴提京,这两位剑仙坯子,一样会在山上改换门庭,离开茱萸峰,转投别脉山峰。所以那位黄粱派的领路人,也不觉得自己有半点委屈,甚至在那位剑修拜高枕为师时,还特地送出一件珍藏多年的灵器作为贺礼。

上任山主在闭关之前,就已经立下一道遗嘱,如果自己闭关不成,只能兵解离世,就让高枕接任掌门位置。

高枕与师伯刘弘文的关系不睦也是因此而起,刘弘文是个最重脸面、规矩的老一辈修士,就像那些山下江湖的老人,守着旧例老风俗,觉得让一个龙门境担任一山掌门,太不像话,自家祖上何等阔绰,若是搁在山下王朝,就是那种四世三公的豪阀门第,这种事情传出去简直就是个天大的笑话,愧对列祖列宗,有何颜面去祖师堂烧香?

之后即便是掌门高枕成功结丹,成为一位宝瓶洲南方地界小有名气的"剑仙",与师伯刘弘文的关系也没有如何缓和。

咋个还要我刘弘文一个当师伯的山门长辈,低头去与师侄认错啊?

嫩道人无奈道:"公子,怎么金丹修士到了你这边,还是个世外高人?"

李槐好像更无奈:"山上不都说'结成金丹客,方是我辈人',既然成了陆地神仙,怎么就不是高人了? 我只是见过一些大修士,又不是我就是大修士了,对吧?"

嫩道人立即谄媚道:"公子这一颗平常心,比我的道心,高了何止十万八千里,难求难求。"

李槐继续翻书,看了约莫半本书,实在是看不下去了,字都认识,等到连成句子,就经常看不懂了,总觉得太过玄乎了,道理太大,如那清谈名士的玄言,不着边际,空白处也没个高头讲章啥的注解。

李槐叹了口气,自己就不是一块读书的料啊,只得合上书,放在桌上,伸手细细抹平,哪怕不是个能够光耀门楣的读书种子,对入手的书,还是要善待的。

嫩道人习以为常了,自家公子只要看本书,就要皱眉头,认真是认真,至于能读进去多少,呵呵。

就说手上那本《炼山》,嫩道人想要让自家公子翻翻看,结果李槐连忙摆手直摇头,说:"我看这个做啥? 看得懂吗? 即便文字内容都看得懂,凭我的资质,就能修行啊? 老嫩你想啥呢,是不是故意看我笑话?"

不过说实话,嫩道人觉得自己即便得了下半部的《炼山》,对于跻身十四境一事,也没有半点信心。

那袁首,靠着那场大战,吃掉了扶摇、桐叶两洲多少山头,又如何? 不还是个飞升境。

再说这浩然天下,皑皑洲的韦赦,之前嫩道人以道号龙山公、名耦庐的身份,行走此地天下时,就已经猜出了端倪,这个曾经号称资质碾压同辈的第一流天才修士,就是在"山"字上边吃了大苦头,极有可能是一次,甚至是两次跻身十四境无果,才会如此心灰意冷。

"老嫩。"

嫩道人疑惑道:"公子,咋了?"

李槐说道:"我有个不成熟的想法,你听听就算啊,要是我说得不对,你觉得幼稚,就忍住笑。"

嫩道人这会儿就开始绷着脸忍住笑了:"公子请说。"

李槐轻声道："老嫩，你境界都这么高了，如果说靠着搬徙山头，吃掉条条山脉，再凭本命神通——消化，增添道行，一点一点拔高境界，可是我总觉得……距离你们山上神仙，尤其是得道修士心目中的那种……大道，差着点距离。你手上这本古谱，不是叫《炼山》吗，炼化之后，是不是可以见着那些不缺水、只缺山的地方？那你就偶尔吐出几座山头呗……就像我刚才看的这本书上，有一句话叫作'修得三千功满，是为道基法础'，基础基础，是说我们凡俗所住的屋子宅邸，不也是说山脚山根，我就觉得挺有道理的，等会儿啊，容我翻翻书，喏，还有这句，写这本书的人，这里又说了一句，'入水火炼，居山玉炼，何必与吾说洞天'……好像还有这句，"借他山之石可以攻玉，他山为身外山，此玉为心中山"……无论是道家所谓的'天地者，万物之父母也'，还是诗家所谓的'天地逆旅'，还是儒释道三教都喜欢提及的那个'天人合一'，我觉得归根结底，是什么，不好说，但是我至少确定一件事，绝对不是……类似下棋的事情，不是必须要分出个胜负的，修道一事，绝不是你有我就无、你加我便减的对立关系。放在老嫩你身上，如果只是一味与天地索要山岳、丘岭和那龙脉，一路吃，那么哪天才是个头？总不能把天下五岳名山道场都吃掉吧？如果，我是说如果啊，如果整座天地，可以被视为某位类似神灵道妙德高的大修士，想必他面对人间修士无止境的取而不舍，恐怕也会觉得烦吧，是不是这么个道理？不过我就只是个修行门外汉，随便瞎扯几句。"

一开始嫩道人还是神色轻松的，只是听到李槐说出"大道"二字后，便蓦然道心一震，无缘无故就提起了精神，下意识挺直腰杆，正襟危坐起来，再等到李槐说那"道基法础"一语，嫩道人已经神色变幻不定，道破"居山玉炼"一语过后，嫩道人已经是得意忘形……忘乎所以……

等到李槐说得口干舌燥，停下话头，不管老嫩听着觉不觉得滑稽可笑，反正李槐已经把自己都说得尴尬了。自觉语无伦次，踩西瓜皮滑到哪里是哪里，毫无章法……

陈平安在就好了。

嫩道人猛然间回过神，伸手轻轻拍打屁股底下的门槛，喃喃道："吾闻道矣，已见道矣。"

李槐低头看了眼那本书的封面，写书之人，姓吕名嵒。

嫩道人神采奕奕，双目如有神光激荡不已，抬头问道："公子，这本书是谁写的？"

李槐笑道："吕嵒，好像是一位道士。"

嫩道人疑惑道："哪个字，言语之言，还是岩石之岩？"

李槐说道："下山上品的那个'嵒'字。"

嫩道人站起身，抖了抖袖子，面朝李槐和桌案，作揖而拜了三拜，拜李槐，拜古谱，拜吕嵒。

临近的宅子，陈灵均蹲在台阶上，看着郭竹酒在那儿呼呼喝喝地走桩练拳。

黄粱派这边,山上没有吃年夜饭的习俗,陈灵均与嫩道人一合计,客随主便,就算了,否则只会让黄粱派觉得为难。

陈灵均问道:"郭竹酒,你是剑修啊,咋个每天在这边走桩练拳?"

郭竹酒一个高高跳起,回旋扫腿,身形落定后,说道:"勤能补拙啊。"

陈灵均翻了个白眼,我是问你这个事吗?

郭竹酒突然说道:"那个叫黄聪的,真是一个当皇帝的人?"

那个黄聪,是郭竹酒来到浩然天下后,见着的第一个皇帝。

陈灵均站起身,双手叉腰,趾高气扬道:"你说我那黄聪兄弟啊,那必须是一国皇帝啊,也没点架子对吧,就是酒量差了点,其余的,挑不出半点毛病。"

说到这里,陈灵均苦兮兮道:"我已经把话放出去了,郭竹酒,回头在老爷那边,你能不能帮我说几句好话啊?"

郭竹酒嗯了一声:"必须的。"

陈灵均反而愣住了:"啊?你真愿意帮忙啊?"

郭竹酒疑惑道:"我见着了师父,有一大箩筐的话要说,帮你说几句好话而已,就是大箩筐里边装个小簸箕,有什么愿意不愿意的。"

陈灵均点头飞快如小鸡啄米,心里暖洋洋的,差点当场热泪盈眶。

真是十个不讲江湖道义的魏山君,都不如一个侠义心肠的郭竹酒!

郭竹酒突然停下走桩:"找李槐去。"

陈灵均站起身,随口问道:"去干吗?"

郭竹酒历来想一出就是一出,脚尖一点,就跃上了墙头,说道:"找李槐,让他施展本命神通啊,大师姐说过,十分灵验,屡试不爽!"

陈灵均听得一阵头大,晓得了郭竹酒在说什么,是说那李槐次次在地上鬼画符,写下陈平安的名字,就真能见着自家老爷,陈灵均抬头望向那个已经站在墙头上的家伙,说道:"李槐胡说八道,裝钱以讹传讹,你也真信啊?"

郭竹酒身形迅如飞鸟远去,撂下一句:"相信了,会掉钱啊。"

陈灵均琢磨一番,好像也对,立即扯开嗓门喊一句:"等我一起!"

只是郭竹酒这个不走大门喜欢翻墙的习惯,真是叫人一言难尽。下次见着了她的师父,自己的老爷,自己一定要偷偷谏言几句。

山门这边以一只符箓纸鸢传信娄山祖师堂,纸鸢振翅,在空中划出一道金黄流萤,直奔祖山。

既是传信,更是报喜。

两位暂任门房的年轻修士,一男一女,都是洞府境,不过都是黄粱派的未来希望所在,借此机会,到山脚这边算是一种小小的红尘历练。至于那位行事更为老到的真正看门人,前不久领着一拨观礼客人上山去了,尚未下山。

那两人满脸涨红,瞪大眼睛,一副少看一眼就要亏钱的架势,使劲瞧着那一袭青衫。

这要是在山外偶遇眼前青衫客,真不敢认。

陈平安只得与他们微笑点头致意,男子咧嘴,女子抿嘴,约莫是没想好如何开口才算得体,就依旧没有言语。

神诰宗,作为曾经宝瓶洲山上的执牛耳者,对一洲修士来说,当然是如雷贯耳的存在。只是那个"秋毫观",还真从未听说过。

而桐叶洲的云窟福地,也是鼎鼎有名的,是玉圭宗那位德高望重的姜老宗主的一块私人地盘嘛。

这位倪仙师能够担任云窟福地的客卿,又与陈隐官联袂而来,肯定是一位道法极高的奇人异士了。

唯独那个叫青同的"女修",她自称来自桐叶洲仙都山,就全无头绪了。

"运去金如铁,时来铁似金。这黄粱派遇到了好时节,又算打铁自身硬,至少三五百年内,高枕确实可以高枕无忧了。"

陆沉双手笼袖,仰头望向娄山祖师堂那边,以心声笑嘻嘻道:"听说黄粱派的当代掌门高枕,还是一位剑仙? 高掌门的这个名字取得好,真好。等到贫道回了青冥天下,哪天相中了个修道坯子,打算收为嫡传,定要为他赐下一个道号,就叫'无忧'。还要告诉他,或者是她,将来若是修道有成,能够远游浩然天下,必须要来黄粱派做客,与那个名为高枕的剑仙道谢几句。"

陈平安斜了一眼陆沉。

陆沉有样学样,斜视青同。

青同倍感无力,我是比不了你们两位,可我又不是个傻子。

青同当然也听出了陆沉的言下之意。

陆沉回到青冥天下后碰运气、看眼缘新收的嫡传弟子,这个未来会有个"无忧"道号的练气士,即便修道路上无比顺遂,破境一事,势如破竹,可是此人想要跨越天下远游,那么至少得是飞升境大修士,然后才能来到此山,亲眼见到高枕,亲口与之道谢,这也就意味着,黄粱派的高枕必须等得到这一天。

而一位修士,想要成为飞升境,至少得耗费光阴上千年,甚至是两三千年,就算此人是白玉京三掌教的嫡传,根骨好,当师父的陆沉也愿意亲传道法,再将机缘和天材地宝一股脑儿往他身上堆,那也得一千年,怎么都该是一千年以后的事情了。

就说那位纯阳真人,不也说了一句"得道年来八百秋,不曾飞剑取人头"?

吕喦所谓的"得道",是指自己结丹,而那不曾祭出飞剑的八百载寒暑,则是说证道飞升之前的修行岁月。

如剑气长城宁姚、蛮荒天下斐然之流,终究是一座天下独一份的孤例。

由此可得,剑修高枕的修道岁月,不会短了。想必这位结丹一事都算极为坎坷的黄粱派当代掌门,以后会别有一番造化。

陆沉笑道:"董三更他们几个呢,被你忘掉啦?还有近在眼前的隐官大人,你都敢视而不见?"

青同惴惴不安,陆掌教是不是在暗示自己,除了这位近在眼前的陈隐官,还有个远在天边的郑先生?

陆沉直翻白眼:"青同道友,你聪明过头了。"

陈平安提醒道:"稍后到了山上,你别闹幺蛾子。"

陆沉笑呵呵道:"贫道但凡出门,一贯与人为善。"

陈平安一笑置之。

陆沉问道:"你说高枕会不会兴师动众,喊了全部祖师堂成员,闹哄哄一起拥到山脚来接驾?"

倪元簪笑道:"黄粱派怎么说也是个见过世面的仙府,又不是那市井坊间,好似县太爷进了乡野村落,必须敲锣打鼓才显得礼数隆重。"

陆沉突然咦了一声,揉了揉下巴:"这都行?果然是道无高下之分、法无远近之别啊。"

除了玉璞境的倪元簪,依旧浑然不觉,陈平安和青同,都察觉到山中生出了一份玄之又玄的道法涟漪。

陈平安以心声问道:"是桃亭找到了一条道路?"

陆沉点点头:"不过离着'言下大悟'这种境界,还差点意思,这位桃亭道友,目前只能说是找到了一种可能,再不用心生绝望,混吃等死。"

青同轻声说道:"陈平安,先前既然是纯阳真人亲自开口,让你去找那部直指金丹的道法剑诀,方才我们都路过了,为何不去看一眼?"

陆沉忍俊不禁:"青同道友只管放心,贫道不会与隐官大人去抢这桩机缘的。"

哟呵,"女"大不中留哩,这么快就胳膊肘拐向隐官大人啦?也对,都是仙都山的客卿了。

陈平安说道:"已经在看了。"

娄山之上,一处极为雅静的小院凉亭内,掌门高枕正在与一位文士模样的年轻男子下棋。

与高枕对弈之人,正是梦粱国皇帝黄聪,身后站着一个水运浓郁的宫装女子,与一位道气深厚的魁梧老者。

一国之君,在大年三十这天,却不在京城宫中待着,好像还是梦粱国历史上头一遭。要知道一位君主,在这个时节总是最忙碌的。用黄聪自己的话说,就是躲清闲来了。不过这位年轻皇帝确实一心向道,亲近道门,反观如今作为梦粱国顶梁柱的云霞山,由于修行路数更近佛法,所以即便是更换山主这种大事,皇帝陛下也没有打算亲自过去道贺,只是准备让礼部尚书上山观礼。

黄聪看着棋盘上的局面,拈起一枚棋子,视线游移许久,始终举棋不定,自嘲道:"看来宫中的那些棋待诏,与山上精于弈棋的神仙相比,还是差了不少。"

高枕微笑道:"他们也可能是故意输给陛下的。"

显然在皇帝陛下这边,高枕没什么君臣忌讳,更不会说那么"我是一国山上弈棋第一人,陛下是一国山下弈棋无敌手"的客套言语。

黄聪笑着点头:"有可能。"

当然不是因为高枕作为一位金丹境的剑修地仙,便自视甚高,觉得足可傲视王侯了。可能在几十年前,宝瓶洲除了大骊王朝之外,大多是如此做派,等到大骊宋氏一国即一洲,尤其是立碑群山之巅,这种局面就已经为之改观,毕竟如今的黄粱派,就在这祖山娄山之上,祖师堂门外不远处,就还立着这么一块碑呢。即便宝瓶洲大渎以南都已复国,并且不再是大骊宋氏的藩属,但是这块碑,仍然没有任何一座仙府门派胆敢撤掉。

曾经有个小道消息,说之前有那么几个山上门派,觉得此碑碍眼,便与山下朝廷商议好了,既然都恢复了国祚,大骊再不是宗主国,搬走便是。

结果等到一封山水邸报从中土神洲传到宝瓶洲后,就彻底消停了,各门派纷纷通过自家邸报昭告一洲,不同的措辞,一样的意思。

绝无此事,谁敢肆意污蔑,定要追究到底!

没法子,大骊王朝没了一头绣虎,宝瓶洲又来了一个隐官。

而且这两位,刚好是同出一脉的师兄弟。

黄聪终于落下棋子,高枕扫了一眼,笑道:"陛下输了。"

黄聪点点头,欲言又止,话到嘴边又重新咽回肚子,起了别样话头,笑着打趣道:"高掌门,如今你们黄粱派终于可以阔气一回了,光是我,还有纳兰水神、梅山君,我们这三份贺礼,怎么都算是一笔不小的进账吧,更不谈云霞山那份,便是我都要羡慕,很是羡慕!"

那位姓纳兰的女水神,笑脸嫣然道:"我在登山之前就劝过陛下,不如将我与梅山君备好的贺礼,一起归入皇家财库得了,反正高掌门也不会计较什么。"

这位水神娘娘,一身碧纨,彩线缠臂,小符斜挂绿云鬟,只看装束,就知道是苏子的仰慕者了。

高枕朗声笑道:"这次确实没少挣,最重要的还是终于能够让云霞山道贺回礼,太不容易了!"

阔人过生发财,越过越富;穷人过生花钱,越过越穷。

不请客嘛,面子不好看;请客嘛,打肿脸充胖子,客人吃干抹净走了,自己回头悄悄饿肚子。

山上同理。

早年跟那云霞山当山上几步路远的近邻,真是有苦自知,一笔笔份子钱,花钱如流水,关键还是那种注定有去无回的红包。

只说那绿桧峰蔡金简,结金丹,开峰仪式,再到成为元婴,黄粱派这边就送出去好几份贺礼了,出手还不能太过寒碜吧?

此外,云霞山修道天才一个又一个的,某某跻身了洞府境,成为一位中五境神仙,一些个与黄粱派相熟的云霞山祖师堂老仙师,新收了嫡传弟子……反观自家黄粱派,也就是这几十年光景好转了,在那之前,真是哑巴吃黄连的惨淡岁月。

这次举办开峰典礼,黄粱派最初的打算,当然是大办一场,所以只求个……保本。

只因为那个意外之喜,如今何止是保本,简直就是赚了个盆满钵盈。

黄粱派对于能否请得动落魄山修士,早先是心里半点没底的,抱着试试看的心态,寄出了一封措辞恭谨的邀请帖。

虽说那位年轻隐官未能亲自赶来道贺,但是作为大管家的朱敛,以霁色峰祖师堂的名义,亲笔书信一份,解释了自家山主不能来参加庆典的缘由。

如果是陈山主不愿意来,其实完全没有必要如此费事,直接将黄粱派的邀请函晾在一边就是了。而且按照师伯的说法,年纪不大的陈山主,待人真诚,处世厚道,说一不二,绝不会在这种事上跟咱们拿捏架子,娄山祖师堂那边谁都别多想,多想就是眼窝子浅,以小人之心度君子之腹了。

最终落魄山还是来了两位登山道贺的贵客,元婴修士陈灵均,金丹地仙郭竹酒。

听说前者是最早走入落魄山的谱牒修士,平日里与陈平安都不用喊什么山主的,直接喊一声老爷。后者则是陈山主如今的小弟子,那么暂时可算是半个关门弟子了。既然她是年轻隐官的嫡传,万一将来再是一位剑修呢?

黄粱派都没敢将此事宣扬出去,就怕做事情没分寸,会让落魄山误会,那可就要好事变坏事了。

但是天底下哪有不透风的墙,一听说落魄山有两位身份不低的修士已经下榻娄山府邸,便一传十十传百的,闹了个路人皆知,结果主动要求观礼的客人,一些个原本请都请不动的客人,都来了,观礼人数至少翻了一番。

就连云霞山那边,都来了一位掌律祖师和两位老峰主。

梦粱国的皇帝陛下,更是亲自登山。一国五岳中的梅山君,与身为水神第一尊的纳兰水神娘娘,都来了,得护驾不是?

黄粱派管着迎来送往一事的老修士,每天一边嘴上埋怨不休,一边满眼笑意遮掩不住。

多少年了,黄粱派从未如此风光过!

黄聪起身前,再次欲言又止。

高枕依旧视而不见,视线低敛,盯着棋盘,其实他心知肚明,皇帝陛下为何会来山上,所谓的躲清闲或是观礼,当然都是蹩脚的借口了,黄聪真正的想法,还是想看看有无机会与落魄山结下一桩香火情,他既不奢望年轻隐官能够踏足梦粱国,也不奢望自己能够做客落魄山而不吃个闭门羹,只求那陈灵均、郭竹酒之类的落魄山谱牒修士,随便一人,担任梦粱国的供奉或客卿。

只是这种事情,高枕做不了主,既然皇帝陛下不开口,高枕也就只当装傻扮痴,绝不主动揽事。

这位在乱世里登基的年轻皇帝,心气还是很高的,不然如果只是为梦粱国求个供奉、客卿,大不了就是亲自走一趟云霞山,为梦粱国寻个元婴老神仙当那首席供奉,其实不是什么难事。

梦粱国周边诸国都知道,这个年轻皇帝当年是下了马背穿上的龙袍。在黄聪还是一位皇子时,他就曾主动率军去往大骊陪都战场,甚至躺在死人堆里,再被人翻找出来。

而梦粱国在那场战事中,只说兵部衙门,除了那些老人,那些青壮官员几乎全部换了一批。所以梦粱国在宝瓶洲,是大战落幕后最早复国、摘掉藩属身份的,甚至还有不少梦粱国人氏,如今依然在大骊陪都的六部衙门和小九卿衙署任职。

见那高枕不接话,黄聪便自嘲一笑,脸上与心里却无半点不悦,家家有本难念的经,就不要让高掌门和黄粱派为难了。山上的规矩门道,何尝比山下官场少了?

回头自己再去找一找那个自号"御江浪里小白条,落魄山上小龙王"的陈仙师,喝顿酒吧。

不过估计也就真的只是喝顿酒了。上次黄聪厚着脸去主动登门拜访,这位青衣小童模样的元婴境水蛟老神仙,好说话,平易近人,酒桌上尤其对胃口,很快就与自己称兄道弟了。

但在担任梦粱国供奉一事上,对方显得极为坚决,斩钉截铁说不成,万万不成,自家老爷又不在山上,这种大事,他可做不了主的。

黄聪当然有几分失望,不过也就跟此时在凉亭内与高枕对弈的情况差不多,强扭的瓜不甜,不宜为难他人。

而且那位与年轻隐官同姓的青衣小童,在喝过了酒后,一直将自己送出门,满脸愧疚说了一番不太像山上修士会说的诚挚言语："黄兄，对不住啊，这件事真不成，要是咱俩早点认识，我二话不说，你说让我当啥就当啥了，给天大的官帽子不嫌大，给芝麻小的官帽子不嫌小，都是朋友，就只是件黄兄你看着办的小事。但是如今咱们落魄山都等同于封山了，不是闹着玩的，这毕竟是我家老爷亲自发的话，你不熟悉咱们落魄山，可能不清楚，其实山上就数我上山最早，又数我最没给老爷帮上半点忙，如果再给老爷添了麻烦，节外生枝，我就会抬不起头做人的。"

黄聪当时虽然心中奇怪，为何一位堂堂元婴境修士，在那落魄山上，会是一个最帮不上忙的修士。

即便是年轻隐官的山头，照理说也不该如此。

只是当时看着那个青衣小童的黯然神色，黄聪便愿意相信了。

而且最后那个青衣小童，不知是想起了什么事，突然笑了起来，拍胸脯保证，说下次自己见着了老爷，可以帮忙说一说这个情况，只要老爷肯点头，黄兄你也不嫌弃，这个供奉，我就当了！黄兄你放心，在老爷那边，我是一向不要脸皮的。只要老爷不反对，我还可以帮忙拉来一个姓米的要好朋友，至少给你们梦粱国当个挂名的客卿，不在话下！

黄聪当然不会拒绝这番好意。

对方可能是一些酒醒后的客气话，也可能不是。

黄聪走出去一段路程后，再回头望去，青衣小童竟然还站在原地，咧嘴而笑，与自己挥手作别，最后甩着两只袖子，走入门内。

其实这位皇帝陛下的内心深处，在落魄山那边，最想要见上一面的人，除了肯定排在第一位的年轻隐官，紧随其后的，是一位女大宗师。

只要能够见着他们，黄聪甚至可以不谈供奉、客卿一事。

陈平安确实没有诓骗青同，事实上，陆沉的出窍阴神，与重新造就一处梦境的某个陈平安，此刻就一同在那处石窟内。

头别玉簪、一袭青衫的陈平安，与头戴莲花冠的陆掌教，一同站在石壁边缘，陆沉一抬手，就可以触摸到石窟顶部。

在这方丈之地，当初在此结金丹的纯阳真人，好像没有留下任何道痕，只余下一张老旧蒲团，还是用最简陋的菅草编制而成。

陆沉绕着那张蒲团走了一圈，一只手始终贴着墙壁，停步后说道："这张蒲团，贫道看不出有何稀奇的。"

陈平安一直双手笼袖，站在原地，问道："既然吕祖没有设置任何山水禁制，你说这么多年来，附近的樵夫和采药人，就没有谁进入此地？"

陆沉摇头道："多半没有。"

陈平安转过身,斜靠石壁道:"那个孩子?"

陆沉一屁股坐在蒲团上边,盘腿而坐,掌心朝上,双指掐诀,微笑道:"就是多给了那个孩子一条路走,不会画蛇添足的。祁真做事情最讲分寸,会将这个孩子放在秋毫观,既不会拔苗助长,也不会暴殄天物。对了,如今那个孩子名叫叶郎,树叶的叶,夜郎自大的郎。"

陈平安疑惑道:"那个孩子,真有修行资质?"

陆沉摇头道:"严格意义上说,不宜修行,就算在黄粱派的山门口磕破头,都上不了山,当不了神仙。但是这个孩子有慧根,慧根一物,说有用有大用,说无用毫无用处。打个比方,不管是在青冥天下,还是这浩然天下,许多寺庙里寂寂无名的僧人,只论佛法艰深的程度,未必就比那些有个上五境修士身份的佛门龙象差了,但是他们无法修行,所幸不耽误他们修习佛法。"

陈平安问道:"那个孩子,接得住你给的这份机缘?"

陆沉笑着点头:"那你是没见过他的地上画符,很不俗气了,可惜光有其神,不得其形,就是空中楼阁,所以要是没有遇到你跟我,他这辈子的境遇就类似我说的那些僧人了。"

陈平安转头看着坐在蒲团上边打坐的陆沉,一本正经道:"江湖演义和志怪小说,都有那么些桥段,比如被仇家追杀,失足坠落悬崖,嗯,此地就有点像了,然后再无意间遇见那高人枯骨,或是仙人遗迹,二话不说,先磕几个响头,说不定就可以触发某种机关禁制,得到一本练成了就可以天下无敌的武功秘籍,你不妨试试看,反正这里就我们俩,不丢人。"

陆沉点头如捣蒜:"是的是的,姜云生那崽子就喜欢看这些杂书,在倒悬山看门时是如此,等当上了城主还是照旧。"

陈平安对那个小道童可谓记忆深刻,每次见到,他都是在看书,陈平安问道:"是当上了神霄城城主,还是青翠城城主?"

陆沉笑道:"是那青翠城的城主,属于破格提拔,不是飞升境修士的白玉京一城之主,历史上很少见的。"

当然是陆沉略尽绵薄之力的缘故了,只不过与此同时,姜云生又面临着一个生死大劫,那才是一场真正的大考,活下来,就是名正言顺的青翠城城主,而不是一个空有城主头衔的看门人而已,若是不成事,那就下辈子再说吧。

因为陆沉当年从天外天返回白玉京时,拘押着一粒芥子大小的化外天魔,然后当着师兄余斗的面,丢入了姜云生的那颗道心中。

道高一尺,魔高一丈。

陆沉笑道:"是不是可以撤掉另外一个梦境了?"

陈平安置若罔闻。

陆沉叹了口气，因为在那座"吕公祠旧址"里边，一场梦境，就这么一直大道演化下去。

当下在那边，陆沉、卢生、少女牡丹精魅、那拨山泽野修、两位淫祠大仙……依旧在自说自话。

陈平安就像从来没有现身，那个陆沉也没有看破那少女牡丹的身份，继续与卢生同桌饮酒，院中不再缠斗的双方，依旧在听候发落……

陈平安说道："反正撑不了多久就会自行消散。"

就像一笔蘸浓墨，以草书一气呵成，字数再多，纸上的墨迹总是越发枯淡的。

陆沉也就不再纠结这种小事，没来由感叹一句："天底下到底有没有隐士！"

陈平安根本没有搭话的念头，见陆沉没有起身的迹象，就干脆坐在石窟边缘，双脚挂在崖外，安安静静眺望远方。

"陈平安，你说要是末法时代真的到来了，那会儿的人，会不会纠结、争吵一个问题，世间到底有无修道之人？"

陆沉自问自答道："天大的问题，好像只要有个一，就行了。

"我们好像都习惯了打雷下雨，烈日出汗，山下俗子有生老病死，天地间有草木枯荣……陈平安，你觉得被我们默认为是天经地义的事情，这种统称为因果关系的脉络，追本溯源，谁可以为这条脉络负责？ 如果说人生是一场欠债和还债，那么作为中间人的担保人到底是谁，又是一种怎样的存在？ 我曾经就这个问题问过师兄，师兄答非所问，与我说这只是个小问题。我就问，在师兄看来，那么真正的大问题，又是什么？

"师兄笑着回答，说如果将整座天地视为一个一，那么我辈修士，能否有那手段神通，为这个看似亘古不变的一，增加一毫，或是减少一毫？

"文字？ 好像依旧不能算。光阴长河？ 似乎更够不上。陈平安，你觉得呢？"

陈平安终于开口说话："我没什么觉得的，不过你是觉得梦境勉强能算一种，因为十二高位神灵之一的那尊想象者，在你看来，未必就真正置身于大道尽头了，否则就是六至高之一，而非五至高了。"

陆沉哀叹一声："愁死个人啊。"

陈平安问道："你好像很怕佛祖？"

"当年我自认已经彻底破开了文字障，就走了一趟西方佛国。"陆沉倒是没有隐瞒什么，"佛祖曾经为我解梦，在那场以梦解梦的境界里，佛祖以匪夷所思的大神通，彻底模糊了须弥芥子、永恒一瞬，我甚至都无法计算那处梦境里的岁月，到底过了多久，几千万年？ 几亿年？ 种种生，种种死，更换了无数身份，呈现出无数姿态，变幻不定，真假不定。"

陈平安笑道:"有仙法傍身,这就叫艺高人胆大。学了神仙法,走遍天下都不怕。"

听着耳熟,第一句是先前梦境里边的措辞,后边那句,好像是孙道长的口头禅。

陆沉站起身,再一个弯腰,就要将那张"看不出什么稀奇"的蒲团,给顺手牵羊了。

陈平安说道:"谁都别拿,就留在原地。"

陆沉一脸悻悻然,只得将那蒲团轻轻放回原地,装模作样拍了拍尘土,突然有几分好奇,问道:"你那梦境里边的故事,关于贫道的内容,发展到哪里了?"

陈平安说道:"莫名其妙丢了境界,被少女一边骂色坯,一边甩耳光呢,脸都被打肿了,还在那儿说贫道真是白玉京陆掌教,嚷嚷着日月可鉴,天地良心啊。"

陆沉痛心疾首道:"这么惨?!"

陈平安微笑道:"不然你以为?"

陆沉搓手道:"既然贫道都被骂色坯了,那有无搂搂抱抱?就算没有搂搂抱抱,总要摸过哪位姑娘的脸蛋、小手儿?"

陈平安说道:"耳光都打在脸上了,算不算你用脸摸了姑娘的手?"

陆沉嘿了一声:"这歪理儿,贫道喜欢。"

陈平安摸出一杆旱烟,熟门熟路,开始吞云吐雾。

一场大战过后,对浩然九洲而言,都像是经历了一场人心大考。

只说这宝瓶洲的一洲山河,便是移风换俗,如人脱胎换骨了。

陆沉来到陈平安身边坐下,随口问道:"你在去青冥天下之前,除了拉上刘景龙一起游历,此外就是修行修行再修行,一直修行下去了?"

陈平安摇头道:"当然不是,游历结束后,会在黄庭国当个乡塾的教书先生,还要给小米粒写一本山水游记。"

如今陈平安正在亲手编撰一部山水游记,写一个行走江湖的年轻游侠,在那哑巴湖与一位深藏不露的大水怪相识,主动邀请对方一起游历,很快就并肩作战一场,共同迎战那个为祸一方的黄沙老祖,双方斗智斗勇,险象环生,终于赢了之后,哑巴湖大水怪才知道,那位游侠就是曾经自己梦游落魄山的年轻山主,这就叫缘分,所以一路为那游侠出谋划策当军师,一起跋山涉水,所向披靡,令妖魔胆寒,尤其是经常与人斗诗,更是从无败绩……

陈平安没来由说了一句:"难为你跟小陌聊得来。驴为马之附庸,只是多出了一个'户'字。"

陆沉抖了抖袖子,嬉皮笑脸道:"心宽道不窄嘛,我与小陌是真的投缘。"

要知道"驴为马之附庸"之后,还有一句谁都可以不当回事,唯独陆沉不可忽略不计的话语。

蛛为蝶之敌国。

而陆沉的心相七物,七物分别为木鸡、椿树、鼹鼠、鲲鹏、黄雀、鹪鹩、蝴蝶。

陆沉转头看了眼陈平安。

陈平安的某处心宅木门之内,有一棵桃树。

只是不知今天过后,又是一年新春,桃叶能否见到桃花。

陈平安之后随便聊了一些以后的修道生涯。

兴之所至,隆冬大雪时分,撑一小舟,火炉煮酒,去湖心赏雪。

大雨时节,披蓑衣戴斗笠,江河之畔,看一条大水作龙蛇变化。

哪天武学破境了,就跟曹慈在那海上,约架一场。

听说今年九嶷山的梅花开得尤其动人,就去看看。

陆沉微笑道:"只是在旁听着,就要心神往之。"

第十章
倚天万里须长剑

娄山祖师堂得了纸鸢传信，立即飞剑传信此地凉亭。

剑光一闪，高枕微微皱眉，双指并拢，接住那枚传信飞剑，看了密信内容后，一惊，一愣，再一喜，之后便是满脸抑制不住的笑容。

黄聪倒也没有过问什么。

这次轮到高枕犹豫一番，微笑道："陛下稍等片刻，等不着某个消息，反正陛下什么都没有损失，等着了，就当是我们黄粱派的一份回礼。"

高枕走出凉亭，竟是直接御剑离去。

最后高枕只喊了两位黄粱派老修士，一起在山门口附近落下身形，快步走下台阶，迅速走过山门牌坊，三人联袂站定，高枕率先拱手低头，沉声开口道："黄粱派高枕，拜见陈山主。"

陈平安抱拳还礼道："落魄山陈平安，见过高掌门。"

一番客套寒暄过后，主客两拨人一同登上娄山。

高枕当然不会冷落了陈山主带来的另外三位贵客。能够与这位年轻隐官同行访山的修道之人，高枕便是用膝盖想，都晓得他们的身份不俗，道法之高。

之后高枕与陈平安并肩而行，其余两位黄粱派老修士，便负责与那三位一起走在后边，对于大门派里边的谱牒修士来说，这类应酬，都是熟能生巧的小事了，绝对不会冷场的。

不过好像都是那个来自秋毫观的年轻道士，一直在四处张望，问东问西，嘴上就没闲着,会冷场才是怪事。

只是那些问题,倒是挺冷门生僻的。

比如那个头戴鱼尾冠的神诰宗道士,会问那山上仙子与男子练气士的比例如何啊,可莫要太过阳盛阴衰啊。

陈平安解释道:"高掌门,这次登山拜访,并不在先前出门远游的既定路线之内,总之是一件比较偶然的事情了。而且我只能在山中逗留片刻,很快就需要下山,继续赶路。"

高枕笑道:"陈山主能来坐上片刻,就是万幸了。"

陈平安笑问道:"刘老仙师如今在不在山上?"

高枕摇头道:"刘师伯和宋师叔都要晚几天再来。"

衣带峰那边,刘弘文当年与黄粱派"分家",除了一拨嫡传弟子,只有一个姓宋的师弟,愿意与刘弘文同行,就连这位刘师伯的子女,也就是刘润云的父母,都没有搬迁去往衣带峰,选择留在娄山修行,早年刘弘文在黄粱派的人缘,可想而知。倒不是说刘弘文人品不济,只是他那个臭脾气,实在让人招架不住,每逢祖师堂议事,刘弘文必会翻老皇历,老生常谈,说那些车轱辘话:"瞧瞧人家云霞山,再看看咱们娄山,那十几座昔年办过开峰典礼的山头,真不知道挂像上边的祖师爷们在天之灵,会作何感想啊!"

陈平安轻声笑道:"刘老仙师素有古气,可能在某些事情上,某些心直口快的言语,会让你们难以接受,尤其越是谈不上对错,就越是掰扯不清。当然,我只是一个外人,在这儿说几句站着说话不腰疼的个人观感。不过相信以后的黄粱派修士,尤其是年轻一辈,回头再看当年的那些争执和重话,就会当成一场弥足珍贵的过往了。"

高枕点点头,亦是有感而发:"若有心思回头看,老人不忌讳,年轻人不排斥,容得下诸多'不一样'的人,说不一样的话,就证明我们黄粱派真的与以前不一样了。"

陈平安说道:"就是这么个道理。"

高枕说道:"来之不易,自当珍惜。"

陈平安笑着点头。

青同总觉得有几分别扭,你们俩怎么还聊上道理了。

陆沉双手抱住后脑勺,以心声笑道:"青同道友,不懂了吧,这就叫:对真人,休说假话;与豪杰,无须客气。"

同样是一位金丹客,是不是剑修身份,对那剑气长城的观感,又有不同。

高枕略带几分愧疚神色,以心声言道,而且换了一个称呼:"说出来不怕隐官大人笑话,哪怕撇开掌门身份,要我去剑气长城递剑杀妖,至多是心里边想一想,万万不敢下山远游,过倒悬山,再登城头,真的就只能躲在山上,想一想了。

"所以这次黄粱派和我高枕,先前厚着脸皮,斗胆邀请隐官大人参加观礼,实属冒犯之举。我高枕作为剑修,更是愧疚难当。"

陈平安摇头道:"学者立身希圣希贤,释者发心成佛成祖。取法乎上,仅得乎中,总是先有一等心思才能有二等人三等事,你我概莫能外,高掌门无须太过愧疚。"

陈平安转头笑道:"人生哪里不是剑气长城,有粹然剑修为不平事递剑处,我觉得就是剑气长城。高枕,你觉得呢?"

高枕点头道:"深以为然!"

虽然被直呼其名,高枕却没有半点不适。因为听说在那剑修如云之地,自古风俗,历来如此,称呼他人,极少用那姓氏缀以剑仙的方式,多是直呼其名而已。

"隐官大人,山上客人中,还有我们梦粱国的皇帝陛下,陛下对陈山主仰慕已久,要是陈山主觉得不宜见他一面,我就干脆不通知他了。"

陈平安说道:"要见黄聪一面,就算今天不这么赶巧,以后我也会去拜访这位皇帝陛下。"

高枕大为意外。因为年轻隐官直接就报出了黄聪的名字,显而易见,早就听说过这位梦粱国的年轻皇帝了。

青同心中有一个古怪的感觉,跟着陈平安见了这么多的山水神灵,再加上这座黄粱派,仔细翻检陈平安与人交往的所有言语、脸色、眼神以及举动,几乎没有变化,只是偶有起伏,比如与摇曳河河伯提起弟子裴钱,与穗山周游聊起他的先生,与高枕聊起剑气长城、纯粹剑修。

山门口那边,那男子偷偷撕下了某页纸,小心翼翼收入怀中。

青梅竹马长大的女修,也假装没看见。

只是黄粱派的真正门房老修士,急匆匆从一处峰头御风而至,翻了翻簿子,伸出手,笑呵呵道:"拿来,赶紧地。"

那男子可怜兮兮道:"窦师叔!就是写了几个字的一页纸而已,与我计较什么。"

老修士将那本簿子拿在手里,瞪眼道:"这几页纸,可是要请入密库档案房,好好珍藏起来的重要物品,你小子也敢私藏?信不信事后范掌律追查起来,发现少掉这页纸,在祖师堂那边直接记你一个大过?!多大人了,没个轻重,忒不懂事!"

年轻男子只得从怀中重新掏出那张纸,老修士以迅雷不及掩耳之势收入袖中,再与两位晚辈提醒一句,陈山主大驾光临娄山一事,暂时不要泄露出去。叮嘱几句后,老修士便急匆匆御风去找范掌律商量,几张纸而已,范掌律你只要愿意睁只眼闭只眼,以后一甲子的酒水,我来负责!

高枕领着陈平安来到娄山一处宅院门口,再与年轻隐官说了黄聪的住处,便带着另外两位黄粱派祖师告辞离去。

高枕不打算预先通知那位年轻皇帝,就当是一个惊喜好了。何况自己也没出力,这种好似白给的人情,就不白拿了。

院内,李槐正在与那郭竹酒,反复解释自己之前几次"请来"陈平安,都是误打误撞的,自己哪有什么本命神通,是装钱夸大其词了,结果门口那边就出现了一行人,郭竹酒满脸惊喜,朝李槐竖起大拇指:"如今都不用在地上画符了,功力见长!"

郭竹酒飞奔向那一袭青衫,笑容灿烂道:"师父!"

陈平安笑着点头道:"偶然路过,就来看看你们,很快就要返回桐叶洲。"

郭竹酒追问道:"多快?!"

陈平安想了想,道:"至多在娄山待上两刻钟,不是师父不想久留,只是桐叶洲还有要事等着处理。"

郭竹酒以拳击掌:"没问题!"

陈平安再为郭竹酒他们介绍了一下身边三人,来自桐叶洲云窟福地的倪夫子,至于青同先前在山门那边编撰的"仙都山客卿"身份,我身为上宗之主,可没答应。

李槐有点不敢确定,试探性问道:"陆道长?"

如果没看错,就是在自己家乡摆摊算卦的那个嘛,挺灵验的。

陈灵均咽了口唾沫,一点一点挪步,心中默念着"看不见我看不见我……"躲到了郭竹酒的身后。

陆沉看着这个儒衫青年,那也是相当无语啊。

当年穿着开裆裤乱逛,多虎头虎脑一娃儿。

那只陆沉用来测量文运多寡的黄雀,差一点,当真是只差一点,就要被这个小兔崽子随便一个蹦跳,给一把捞在手里了。

问题是这个李槐,的的确确,从来就只是个凡夫俗子。

李槐笑道:"陆道长,这么多年过去了,瞧着还是很年轻啊,我就猜嘛,陆道长肯定是个修道之人。"

陆沉笑容僵硬道:"好说好说。"

至今还是什么都不知道,反正这小子好像什么也不用知道。

没法子,那个杨老头,是真把这家伙当亲孙子看待了,而且是那种尤其隔代亲的。

嫩道人倒是看出了几分深浅,这个被陈平安说成是神诰宗秋毫观道士的家伙,不简单,金丹修士的气象,肯定是障眼法。

陆沉来到陈灵均身边,笑眯眯道:"一般水裔都是走江化蛟,你可是沿着一条大渎走水,辛苦不辛苦?"

陈灵均撒腿就跑,结果被陆沉一把按住肩头,陈灵均扯开嗓子喊道:"老爷救我!"

陈平安轻声笑道:"没事,有我在。"

陈灵均这才站定,抽了抽鼻子,臊眉耷眼的,闷不吭声。

嫩道人瞥了眼对方头顶鱼尾冠，以心声笑问道："陆道长来自神诰宗？"

陆沉笑道："当然可以这么算。"

嫩道人微笑道："那我以后哪天想要做客神诰宗，陆道长是不是可以帮忙在祁天君那边引荐一番，美言几句？"

神诰宗？小山头了。

身为宗主的天君祁真，不过是跻身仙人境没几年的山上晚辈，那么眼前这个秋毫观道士，撑死了就是个玉璞境。唯一可以拿出来说道说道的，就是那祁真的道统法脉，再往上攀亲戚，是白玉京的那位道老二。

倒是那个道号青同的桐叶洲"女修"，境界不低，要么是一位精通遮掩气机的仙人，要么就是飞升境修士了。

陆沉哈哈大笑道："小事一桩，贫道的秋毫观，虽说香火一般，但是每次授箓典礼，小道都是能够见着祁天君的。"

嫩道人眯眼笑道："这敢情好。"

啧啧，小道士在这儿跟我装神弄鬼，故弄玄虚呢？

以为自己戴了一顶鱼尾冠就是道老二啦？

呵呵，真无敌？有机会倒是可以领教一番，当然得等自己跻身了十四境。

陈灵均肩头一歪，想要脚底抹油，陆沉那只手掌便跟着下坠几分，反正就是别想跑。

陆沉转头笑道："景清道友，几天没见，怎么跟贫道如此见外了呢，笑脸都没有一个的。"

身体紧绷的陈灵均抬起头，朝那位白玉京陆掌教，硬生生挤出一个笑脸。

大丈夫能屈能伸，两刻钟而已，再说了，自家老爷可就在旁边，陆掌教你还真别跟我横，手上动作给我轻一点，再重几分试试看？陈大爷我就躺在地上打滚，号给你听。

陆沉笑眯眯道："景清道友，难道忘记咱俩是心有灵犀一点通，你那心声，落在贫道耳中，如打雷一般的。"

陈灵均颤巍巍抬起手，胡乱抹了一把脸上的汗水，竭力扯开嗓门，色厉内荏道："陆掌教，欺负人也要有个限度啊，你总这么有事没事就吓唬我，我也是个有脾气的……"

自以为嗓音如雷响，其实就是蚊蝇嗡嗡一般，陆沉一脸惊恐道："你脾气有多大，发出来给贫道瞧瞧？"

陆沉缓缓抬起那只手，这位白玉京三掌教的掌心处，确实有那山河震动的气象，刚才弯来绕去推演一番，算了一卦，有点佩服眼前这个青衣小童了。

不谈陈灵均在三教祖师那边的一连串豪言壮语、神仙事迹，只说在老观主那边，没有被那位以"能饶人处不饶人"著称万年的碧霄洞主，随手一巴掌拍成肉泥，真是……

个天大的奇迹。

一幅景象模糊的光阴长河画卷中，青衣小童踮起脚，拍了拍一根牛角，说那山上青草管够。

这要是青同之流的飞升境修士，估计这会儿已经转世投胎去了。

之后见那青牛扭头一眼，青衣小童满脸欣慰，结果又来了句，一听到吃，悟性就来了，是好事，说不定以后真能修习仙术。

估计换成嫩道人这种飞升境，也可以跟着青同一起去了，黄泉路上好做伴。

在十四境大修士当中，白也的杀力，僧人神清，也就是那个鸡汤和尚的防御，都是公认第一。但是十万大山的老瞎子，与东海观道观的老观主，在攻防二事上，也只是相较于白也和神清，才显得不那么突出。

在玄都观孙怀中眼中，三教祖师，连同小夫子、道老二、白泽，再加上这四位，就可以凑成万年以来的第二拨"天下十豪"了。

郭竹酒笑着不说话。

陈平安问道："怎么了？"

郭竹酒嘿嘿笑道："师父，不晓得咋个回事，想得越多话越少，也怪。"

陈平安板着脸点头道："很好，随师父。"

青同没有见过眼神如此温柔的年轻隐官。

李槐突然说道："陈平安，跟你商量个事儿。"

陈平安笑着点头，跟着李槐走入屋内。

杵在门口当门神的嫩道人，比李槐还紧张，站了一会儿，嫩道人觉得还是坐下更舒坦点。

就像一位风骨凛然的骨鲠之臣，奈何碰到了个油盐不进的昏君，难以施展抱负，所幸被那昏君钦点为顾命大臣，去那潜邸悉心辅佐太子殿下，然后有一天，那个老皇帝摆出一副托孤的架势，说要将国库家当全部交给太子殿下打理，就像打开天窗说亮话，以后就是你负责"监国"了。而这个太子殿下，在这种关键时刻，偏偏尿了。

差不多就是这么个意思吧，些许出入，可以忽略不计。

这让坐在门槛那边的嫩道人如何能够不紧张。

天下道理，大不过一句落袋为安。那些别人求都求不来的好东西，公子，李槐大爷，李槐小祖宗，求你先落袋为安啊。

那么多无所谓生死的金甲力士，再加上某些沦为鬼仙后被囚禁在金甲力士"腹中牢笼"的可怜虫，一旦都认李槐为主……

如果是在那个大伤元气的桐叶洲，只要没有一位十四境拦路，足可横扫一洲！

李槐在陈平安这边，从来都是没什么忌讳的。

反正自己是啥人，陈平安最清楚不过了。

之前老瞎子身在蛮荒天下，将李槐和嫩道人强行拽入梦中，重返十万大山。

结果在那山巅，出现了一尊之前从未见过的巨大神灵，对方哪怕是单膝跪地的姿态，那颗头颅也能够与山巅齐平。

差点没把李槐吓得直接离开梦境，当时还是老瞎子帮着稳住道心，李槐才没有退出梦境。

嫩道人当然很认可李槐，胆子小，却宅心仁厚，不是个读书种子，但是总能灵光乍现，从嘴里蹦出几个极好的道理。

至于老瞎子看待李槐，真是怎么看怎么好，反正就是万般顺眼。

须知李槐在老瞎子那边，既是"开山大弟子"，又是"关门弟子"。

陈平安耐心听过了李槐的言语，轻声道："你是有两个顾虑吧？"

李槐嘿嘿笑着，挠挠头："还是你最懂我。"

嫩道人颇为好奇，原本以为李槐就是怕担责任，才在老瞎子那边用了一个"拖"字诀。

陈平安思量片刻，缓缓说道："我觉得你暂时不收下那份馈赠，没有任何问题。"

李槐的担心分两种，一种是担心自己"德不配位"，细胳膊细腿的，一个儒家贤人的头衔，就已经让李槐战战兢兢。另一种，才是真正让李槐不敢去面对的，他怕那大半个师父的老瞎子，与家乡某个老人一样，什么都留下了，然后在某天说走就走了，都不打声招呼。

李槐轻声道："可我好歹是个儒家子弟，还是齐先生的学生，明明可以做点什么，就因为自己胆子小，一直躲着，像话吗？"

陈平安笑着不说话。

李槐问道："陈平安，你说的这个'暂时'，是多久啊？"

陈平安开口道："等你哪天自己都觉得不怕了，下定决心了，就可以。"

李槐问道："那如果连蛮荒天下的那场仗都打完了，我还是心不定呢？"

陈平安没有直接回答这个问题，而是笑问道："那我也有两种说法，一种好听的，一种难听的，你想先听哪种？"

李槐眼睛一亮："先听难听的。"

陈平安说道："从你小时候第一天进入学塾念书起，齐先生就只是希望你好好念书，书上内容可以背了又忘、忘了又背，但是不丢掉'努力'二字，长大以后，知书达理，是个正儿八经的读书人，识得字看得书，能写春联能记账，让你爹娘觉得脸上有光，就足够了。齐先生就没想过你李槐要做那种一般意义上的大人物，而我自从第一天认识你，就知道你是个怎样的人了，说实话，哪怕是现在，我也不觉得在读书这方面，你能跟小宝瓶、林守一他们做比较。"

陈平安还有句话没说出口,杨家药铺后院的那个老人,同样只希望你李槐的日子,就只是安安稳稳的。

而杨老头的这份嘱托,是不需要说的,所以齐先生清楚,陈平安也明白。

此外,那场发生于两座天下之间的大战,何等波谲云诡,山巅算计层出不穷,李槐一旦投身战场,置身其中,以斐然、甲申帐木屐之流的心性和手段,自然就会拿出与"李槐"对等的棋子去……兑子。李槐心性简单,性格温厚,一个不小心,心境就会倾覆倒塌,老瞎子怎么都不会让李槐夭折在战场上,即便人没事,心呢? 而人心补救之难,陈平安深有体会。

只需举一个小例子,在某处战场上,浩浩荡荡离开十万大山的金甲力士汇集成军,蛮荒军帐只要稍用手段,让那金甲力士"误伤"数十位浩然修士,或是数百上千的浩然兵甲锐士,如此一来,恐怕李槐这辈子都会愧疚难安,甚至一辈子都会无数次从噩梦中惊醒过来。

一场仗结束,熬不过去,李槐麾下的那些金甲力士,就像今天屋内书架上的那些书,成了摆设。可是整座浩然天下,偏偏都对李槐寄予厚望,你是山崖书院的贤人,是齐静春的弟子,是文圣一脉的再传弟子,你拥有那么关键的一股恐怖战力,为何不愿投身战场?

即便李槐熬得过这一道艰难心关,开始强迫自己去接纳战场上的某些道理,不得不去做那些与圣贤书相背离的事情,不断告诉自己战场上刀枪无眼,妇人心肠不掌兵权,最终继续率领金甲大军,一路南下,那么李槐未来的人生,就像拐入了另外一条道路,他可能会因此变得成熟,甚至可能会成为名副其实的书院君子,但是,更可能会长长久久地难以释怀,一辈子都活在愧疚当中,似乎道理都知道,就是……自己不放过自己。

但是这些话,这些个道理,陈平安同样"暂时"不想与李槐掰碎了敞开了说。

人生路上,有时接纳一个极有分量的道理,哪怕这个道理再好,还是像一个登山之人的背篓里添了一块大石头,会让人步履蹒跚,不堪重负,苦不堪言。

李槐疑惑道:"这就已经是难听的啦?"

陈平安微笑道:"好听的,就是你李槐是我们文圣一脉的弟子,从你的师祖文圣,到你的授业恩师齐先生,再到大师伯崔瀺、二师伯左右、三师伯刘十六、小师叔陈平安,我们在先前那席卷两座天下的大战中,都没少出力,论战功对吧,我们每个人稍微匀给你一点,也不算少了。"

李槐一脸错愕,随即闷闷道:"还不如难听的呢。"

门口的嫩道人立马就不乐意了,你这个姓陈的,咋就这么蔫儿坏呢。

当我嫩道人不存在是吧,敢这么明目张胆欺负我家公子?

咱俩划出道来,有本事就撇开各自的靠山,再去掉一些个虚头巴脑的身份,以及事后谁都不许记仇,练练手,切磋切磋道法?

陈平安继续说道:"李槐,要相信自己,在战场之外,你可以做很多事情,比如治学,当然还有治学以外的,可能其中有些事,绝大部分的事情,别人也能做,但是总归会有些事,真就只有李槐能做,不管是作为儒家弟子,还是自己为人处世,这点信心还是要有的。"

李槐抬起头,道:"我不太相信自己,但是我相信你。"

陈平安笑着一拍掌:"这不就得了。"

李槐记起一事,拿起桌上那本书,随口问道:"陈平安,你知道写这本书的吕喦吗?"

陈平安笑着点头道:"不但知道,而且我还见过。这位吕祖,道号纯阳,是一位极有学问的得道高真,吕祖与齐先生一样,在三教融合这条道路上,走得很高很远。"

陈平安扫了一眼书架,确定这本书原先的位置,不由得感慨,这都能被李槐翻出来?

自梦粱国开山,书架上某天被某人添了这本书,想必这栋宅子的过客不少,真正翻过此书的,可能就没几个。毕竟道书之外的杂书,在山上府邸,更多是作为一种装饰物。

嫩道人开始提心吊胆了。因为在陈平安走进屋子的那一刻起,嫩道人就开始恨不得求神拜佛,求自家公子千万莫要与陈平安这个人精儿,提及这本书和那吕喦。

要是陈平安一行人没有登山,这本书就算李槐不拿,嫩道人都会偷摸带走。

陈平安想了想,说道:"回头我跟高掌门打声招呼,让黄粱派将这本书送给你?"

李槐哈哈笑道:"别,我可看不懂,之前翻了一半就头疼,还是留在这边好了。"

门外院内,陆沉以心声与陈平安笑道:"贫道终于想明白了,为何纯阳真人在石窟那边没有留下任何道痕,青同道友所说的那本道书剑诀,某种意义上,其实就是李槐手上这本书了,只是需要翻书人诚心正意,真心认可书中所写的内容,才能够有那'至诚感神,天地共鸣'的效果,书本内外两两相契,心有灵犀一点通,即是言外不传之秘,无上之心法,就算在白玉京五城十二楼,这都是一种比较玄妙的口授亲传了,难为当年纯阳真人才是一位刚刚结丹的地仙,便拥有了这份道法造诣。如果贫道没有猜错的话,李槐要是愿意将此书大声朗诵几遍,或是在心中默默反复背诵,在某个关头,就会有异象发生,书上文字就会如同一场'沙场秋点兵',重新排列,变成一部真正的剑法道诀,直指金丹大道。"

陈平安接过那本书,翻了几页,书页材质寻常,就只是民间书肆版刻版本,这就意味着即便此书能够承载吕喦留下的那部剑诀的道法真意,但是这本书本身,很容易在各朝各代的天灾人祸当中销毁,便与陆沉问道:"只能是屋内的这本书?"

陆沉摇头道:"倒也未必,纯阳真人多半还有其他安排,否则那皇帝御赐匾额'风雷宫'的吕祖祠都没影了,要真是只有这本书,汾河神祠书楼库房只要走水一次,或是遭受几次兵戎,这份传承就要彻底断绝,以纯阳真人的手段,想来不会如此……孤注一掷。只是不管如何,这份道缘,如今就在李槐……不对,此刻是在你陈平安手上了。"

陆沉啧啧称奇道:"只用两枚谷雨钱,便买下一本直指金丹的道书,这笔买卖,真是赚大了。要是被中土顶尖宗门得知此事,别说两枚,两千枚谷雨钱都愿意点头,只怕你反悔,四千枚谷雨钱好商量,八千枚不是没得谈。若是无主之物,更要疯抢,搁在青冥天下,恐怕就是一场大乱了,不知有多少上五境要为此钩心斗角,多少地仙不惜大打出手,打得脑浆迸溅,为宗门香火千年大计而身死道消。

"纯阳真人留下的这部剑诀,简直就是为你们仙都山量身打造的秘籍,天下道书秘法千千万,哪本敢说自己'直指金丹'?关键还是剑诀。"

陈平安与李槐开口笑道:"这本书意义重大,因为涉及那位纯阳真人的剑术传承,所以价值连城,你要是不收,我就收下了。"

人间道门剑仙一脉,青冥天下玄都观是当之无愧的祖庭,但是至吕喦处,别开生面,另起高峰。

李槐满脸无所谓,手捧多大碗,就吃多少饭,知道自己有几斤几两,就使多大的气力,这就是我李槐一贯的为人宗旨。

这次轮到陆沉呆若木鸡了。陈平安真就收下了?不重操旧业当那善财童子啦?

嫩道人更是急眼了,火急火燎,以心声说道:"公子,给不得,机缘一物,可不能自己送上门来,却被你双手推出门外去啊,使不得使不得,别说蛮荒天下那边打破头都要抢到手,即便是在这喜欢讲礼讲规矩的浩然天下,不也有那句'天予不取反受其咎'?公子,就算要送给陈平安……咱俩好歹自己留下书本真迹,公子大不了让陈平安随便抄书便是了,谁都不少谁的,岂不是皆大欢喜?"

李槐摇头道:"想这么多干什么。"

嫩道人心中翻江倒海,只是憋了半天,还是苦笑摇头,不再继续劝说李槐。好公子唉,我老嫩怎么摊上你这么个不把机缘当机缘的大爷!

陈平安从袖子里摸出五本册子,交给李槐,笑道:"任务完成了。"

是李槐之前的一些读书疑难,他在文庙交给陈平安两本册子,文庙议事结束后,陈平安就一直比较上心,经常会拿出来细致解惑,甚至是只要偶有别样心得,就在空白处不断增添补注,在桐叶洲大泉王朝的那座望杏花馆,就曾取出笔墨,之后在仙都山那座暂时作为道场的长春洞天之内,陈平安也没闲着。提问题不容易,回答问题更难,所以李槐给了两本册子,陈平安今天归还时,就是五本了,而且陈平安那三本册子上边,字迹都是蝇头小楷,而且在最后一本册子的末尾,还细心开列出了一大串各种引用过的书名。

李槐接过册子,道:"我会认真看的,这就翻翻看。"

陈平安独自走出屋子,跨过门槛后,发现陆沉闲来无事,已经出门逛去了。

之前听说了,黄粱派女修比较多,尤其是这娄山,都快有阴盛阳衰的嫌疑了。

原本坐在门槛上的嫩道人站起身,跟陈平安一起站在门外廊道中。

陈平安以心声说道:"吕祖撰写的这本书,我下山之前,会重新交给李槐,让他闲暇时就多翻多读几遍,到时候你要借阅,就跟李槐要。"

嫩道人微笑道:"好说好说。"

这事闹得,兜兜转转的,倒也不算与这桩机缘失之交臂?

陈平安继续说道:"老话说,身怀利刃,杀心自起。这个道理,不可不慎重对待。"

嫩道人当下心情不错,才乐意敷衍这位年轻隐官几句,否则与我掰扯这些空话大道理,你小子找错人了吧? 我桃亭可不是你们儒家子弟,也不是那啥浩然修士,便随口说道:"隐官说得对,不愧是读书破万卷的圣人子弟。"

陈平安不以为意,只当没听出嫩道人言语中的那点讥讽之意,自顾自说道:"老瞎子将你安排在李槐身边,只是让你负责护道,就别做那种画蛇添足的'传道'事。

"如果不是在是否接纳金甲力士一事上,你还算厚道,只是心中想得迫切,到底没有如何撺掇着李槐答应下来。不然我就让你知道,敢坏我文圣一脉弟子的赤子之心,胆敢扰乱李槐的那颗平常心,下场会是什么。

"不管你信还是不信,只要我觉得你在这件事上做错了,只凭个人喜好,将李槐带到歧路上去,那就别怪我没提醒你,除非你桃亭能够赶在我出手之前,就已经一路逃到十万大山,不然老瞎子也护不住你。"

嫩道人脸色阴晴不定,一言不发。

很想撂句狠话,但是几次话到嘴边,嫩道人都克制住了。

到最后,只觉得万分憋屈的嫩道人,就只能憋出一句底气不足的怪话,根本就没敢在言语上边与这个年轻人正面交锋:"这才几天没见,隐官的官威更重了。"

但是今天这个语气平静却锋芒毕露的年轻隐官,依旧在那边自说自话:"退一万步说,就算你逃到了十万大山,老瞎子护得住你一时,依旧护不住你一世。"

嫩道人用眼角余光打量对方一眼,青衫长褂布鞋,双手笼在袖中,背靠着墙壁。

这才记起一事,按文庙那边的文脉辈分来算,这家伙好像确实是李槐的小师叔?

罢了罢了,文圣一脉的护短,嫩道人是晓得的,几座天下都清楚。嫩道人绝对不想去亲身领教,验证此事的真假。再说了,陈平安是李槐的小师叔,自己是李槐的护道人,就是半个自家人的关系了,关起门来说几句难听话而已,忍了。

只是嫩道人总觉得几天没见,身边这个家伙好像就大变样了。

是走过一趟蛮荒腹地和那托月山的缘故？不止，好像是当下这趟游历，又让这位年轻隐官在某条道路上有所收获。

刹那之间，只见陈平安蓦然眯眼笑道："被晚辈几句大话给吓到了？吹牛皮不打草稿，只见砍头的，何尝见着砍嘴的，对吧？"

陈平安挪步，笑着拍了拍嫩道人的肩膀："何况前辈身正不怕影子斜嘛。"

嫩道人发出一阵干笑，好像更窝囊了。

这算是被年轻隐官敲了一棒子再给了一颗枣？

陈平安最后说道："丑话说在前头，总好过以后心生怨怼，两两埋怨，都要打生打死了，还觉得谁都没错。"

嫩道人点点头，这个道理，还算简单粗浅，比较实在了。

陈平安与嫩道人一番叙旧过后，没了白玉京陆掌教，院内陈灵均依旧畏畏缩缩，神色拘谨，有口难开，这么多人在场，丢了面子在地上，捡都捡不起。

陈平安走下台阶，来到陈灵均身边，好似未卜先知，笑道："怎么，已经见过梦粱国皇帝？说吧，在酒桌上，跟黄聪夸下什么海口了？是承诺我肯定会担任梦粱国的首席供奉，记名客卿？"

陈灵均笑容尴尬道："那也太不懂人情世故了，不能够，绝对不能够。"

说完连忙朝郭竹酒使眼色，你是我家老爷的小弟子，说话比我管用。

郭竹酒果然信守承诺，帮忙解围，大致说了陈灵均与黄聪那顿酒的对话内容。

陈平安伸手按住陈灵均的脑袋，陈灵均缩了缩脖子。

陈平安笑道："你可以担任梦粱国的皇室记名供奉，至于首席头衔，就算了，蛟龙之属，一旦与国祚牵扯太深，以后会比较麻烦。另外米裕那边，你自己跟他商量去，米裕自己愿意多个供奉或是客卿身份，我不拦着。此外，谱牒修士担任别家供奉客卿，但凡是记名的，按例是需要在雾色峰祖师堂录档的，如果长命掌律问起来，就只管往我身上推。"

陈灵均猛然抬头，惊喜道："老爷答应这件事啦?!"

陈平安点点头，没好气道："出息！"

陈灵均抱住自家老爷的胳膊，感激涕零："老爷啥时候回家，我备好食材，让老厨子做一大桌子好吃的?"

早知道这样，先前见着了那个孤零零的陆掌教，怕啥怕，大爷我跳起来就是一顿唾沫星子喷你陆沉一脸。

陈平安按住那个脑袋，轻轻推开，瞪眼道："以后别怂恿白玄去参加什么夜游宴，压一压魏山君的风头？亏你想得出来！"

陈灵均哦了一声。

陈平安说道:"参加披云山夜游宴,贺礼不要钱啊?"

唉?陈灵均恍然大悟,笑容灿烂道:"还是老爷算无遗策!"

陈平安之后要去拜访梦粱国皇帝黄聪,问郭竹酒要不要一起,郭竹酒摇头说不去,好像没啥意思,陈灵均挺起胸膛,开始毛遂自荐,结果老爷没答应。

陈平安离开后,陆沉又不在,青衣小童就甩了甩袖子,开始好奇那个头戴幂篱的青同道友了。

陈灵均开始小心翼翼套近乎:"青同道友,如果我没有猜错的话,你是飞升境起步。"

青同摘了幂篱,小有意外,这条元婴境水蛟的眼光,如此之好?

不谈飞升境的修为深浅、杀力高低,只说在隐匿气象这件事上,青同还是颇为自傲的,不承想被这个青衣小童一眼看穿了。

见那青同道友没有承认也没有否认的,陈灵均就心里有数了,便有几分沾沾自喜,瞅瞅,什么叫滴水不漏,这就是了,猜那陌生修士的境界,其实就跟猜数字一样,只要经验足够丰富,那就简单得很了。

陈灵均与这位自称来自桐叶洲的青同道友寒暄了几句,好像想起什么,便跑出了院子找人去。

娄山一座宅子外,门前有二古松,各有凌霄花络其上。

山风清软,花大如碗,离了枝头也不分家,徐徐而落。

陆沉就蹲在树下看过一朵花飘落在地,依旧不愿起身,好像要等到再有花落。

有一拨过路女修,看到这一幕,又见那年轻道士生得神爽俊逸,更觉有趣,她们黛眉低横,秋波斜视,吃吃笑了。

陆沉站起身,与那些姐姐妹妹打了个道门稽首,刚要自报名号,可惜她们手头还有事要忙,只是稍稍还礼,便姗姗离去。

之后陆沉便继续一路闲逛,像那市井坊间游手好闲的架儿。

等到青衣小童终于遥遥看到那位陆掌教的身影,陆沉蹲在路边,正伸手指着一块地上的石头,骂骂咧咧:"人吃热饭,狗还要吃口热屎呢,你倒好,好吃懒做,喜欢招惹是非当那绊脚石是吧,惹恼了我,不打你,打狗吗?"

陈灵均壮起胆子,走向那个陆沉,然后蹲在一旁,也不说话。

陆沉转过头,笑问道:"干吗?"

陈灵均深呼吸一口气,眼神坚毅,道:"陆掌教,咱俩的事,别牵扯我家老爷和落魄山,行不行?"

陆沉笑道:"奇了怪了,咱俩有啥事了?"

陈灵均说出这番话,好像就已经把胆子用完了,容我先缓缓,在心里多念叨几句老爷,再与你讲道理。

陆沉笑道:"不喷我一脸唾沫星子了?"

陈灵均眼珠子急转,得赶紧找个法子找补找补。

陆沉啧啧道:"听说景清道友在落魄山那边,新认了一个姓郑的世侄。"

陈灵均尴尬道:"没有的事!"

之前自家山门口来了个姓郑的,瞧着就像个有点钱的读书人,一开始自称是自家兄弟陈浊流的徒弟,陈灵均也就没有太当回事。

只是后来见文圣老爷和大白鹅,对那个姓郑的读书人都是很客气的,甚至大白鹅难得在一个外人那边吃瘪,陈灵均就立马意识到不对劲了。

思来想去,只觉得那个姓郑的,只要不是白帝城那位魔头巨擘,那就万事好商量。

"嫩道人也就是不晓得你的一连串丰功伟绩,不然他就要甘拜下风了。"

陆沉笑着站起身,一脚踹掉那颗石头,如箭矢激射而出,掠过一棵古松树枝间,最终去往崖外,惊起天上雁群,点头道:"木雁之间,龙蛇之变。"

陈灵均跟着起身,轻声说道:"先前我说的那事儿,就当陆掌教答应了啊。"

陆沉双手负后,缓缓而走,道:"又不是什么坏事,你怕个什么? 走渎化蛟,只是跻身元婴境,都未能成为玉璞境,那你下次怎么办? 沿着齐渎走水入海? 成了玉璞境又如何,仙人境呢? 飞升境呢? 如今浩然天下,已经有了一条真龙,那位斩龙之人因合道所在,故而容得下一条,可是未必容得下两条啊。如果你去了青冥天下,可就是别有洞天,是另外一番景象了,到时候我只需送你一张白玉京的护身符……"

陈灵均摇头道:"我不想离开家乡那么远。"

然后陈灵均问出那个积攒多年都想不明白的问题:"陆掌教,你道法那么高了,身份那么显贵了,为啥跟我较这点劲嘞?"

其实陈灵均私底下问过自家老爷,但是陈平安的回答,是个比较"山上"的说法,叫终有水落石出的时候。还让陈灵均不用多想此事,总会水到渠成的。既然老爷都这么说了,陈灵均也就当真不多想了,如果不是今儿碰到陆沉,陈灵均就只当没这档子事呗,费那脑子想那些玄乎的作甚?

"与你较劲? 算不上。就是一笔陈年旧账,一直没能翻篇,不耽误修行,就是个挂念,总要抹平了。"

陆沉双指并拢,往青衣小童脑袋上就是一敲,笑道:"你就不能从你家老爷身上学半点好啊,你看看陈平安,一年到头都在外远游,修行破境一事,嗖嗖嗖地快,谁不羡慕?"

陈灵均摸了摸脑袋,也不抬头,陪着陆沉一起散步,瓮声瓮气道:"可老爷也不是自己想要一年到头在外不着家啊,还不是想着山主夫人,然后又想要帮着那位齐先生多看看江湖,你以为老爷不想求个安稳啊。"

陆沉一脸震惊道:"景清道友,以前是贫道眼拙了,原来你不是个傻子啊?"

陈灵均一听这个,再想到郭竹酒转述自家老爷的那番话,立即就腰杆硬了,摇头晃脑起来,当然没敢将那两只袖子甩得飞起。

陆沉突然一脚踹在陈灵均屁股上:"滚吧,等到以后哪天自己想要远游青冥天下了,可以来白玉京找我。"

陈灵均一个踉跄,揉了揉屁股,头也不回,飞奔离去,天高地阔喽。去白玉京找你?找你个大爷嘞……

陆沉笑眯眯道:"嗯?!"

这记性,真是被嫩道人吃了。

青衣小童心知不妙,只是哪敢停步,脚步更快,转眼间便跑得没影了。

青同闷得慌,出门散心去。

不知为何,先前青同竟然被那个叫郭竹酒的小姑娘,盯得有点发毛。

小姑娘也不开口说什么,就是在那儿假模假样走桩练拳,只是时不时看一眼青同。

青同一出门,就看到那个满头大汗的青衣小童,与自己擦身而过,飞快撞入门内。

结果青同发现在一座崖畔的翘檐凉亭内,莺莺燕燕中,陆掌教正在给一群女修看手相。

陆沉一手捏着一名女子的手掌,一手轻轻在那女子的掌心指指点点,说了些掌心纹路所对应的山形水势相貌,再夹杂几句感慨,说那自古以来,但凡女子,如姐姐这么好颜色的,与那才子总是少相遇,这就叫买金人偏遇不着卖金的。到头来只能求月老开开眼,垂怜些。有了姻缘,又怕那遇人不淑,到头来,傍了个影儿,国色天香,打了水漂,叫旁人瞧着都伤心,所幸小道看姐姐你这手相,却是不错的,财运稍微薄了点,只说这情路,却是定然顺遂了……

之后这位尤其精通手相面相的年轻道士,换了名女子继续看手相,说得那些娄山女修们个个笑靥如花。

一位少女姿容的年轻女修,缩回手后,好奇问道:"陆道长,我也曾跟随师父去过神诰宗,怎的就没听说过你们秋毫观?"

陆沉赧颜道:"小道观,就是座小道观,霖妹妹你没听说过,也实属正常。每逢诸峰庆典,或是宗门授箓,贫道都是能到会的,就是位置比较靠后,不显眼,想必因此错过了霖妹妹。"

那少女点点头,多半是如此了。听说神诰宗的大小道观数十座,道统法脉复杂得很,大山头嘛,谱牒就厚。

年轻道士心里急啊,你们咋就不问问贫道今儿是跟谁一起登山的?

可惜之后手相没少看,她们依旧没能询问此事。

罢了,事已至此,贫道也就不藏着掖着了。

贫道必须要与你们显露一下身份了。

不过在这之前,先与某位前辈闲聊几句。

院子那边,嫩道人其实一直在施展掌观山河神通,于心相中遥遥看那秋毫观道士的动静。

等到陆沉蹲在路边,对着一块石头在那边指桑骂槐,嫩道人便气不打一处来。

我拿一个年轻隐官没辙,还怕你一个神诰宗秋毫观的度牒道士?

只是嫩道人到底老辣,始终没有出声,一来跟在自家公子身边,很是修身养性了,再者嫩道人也生出了几分戒备,难不成这个自家祖师远在白玉京当那道老二的小道士,已经察觉到自己的窥探了?若真是如此,怎么都该是一位仙人境了,可是此人注定不是那个天君祁真,难道是神诰宗山里边某位从不抛头露面的老祖师?在这浩然天下,什么都不错,就是麻烦,半点不爽利,讲靠山讲道脉讲祖师……

陆沉一边给姐姐看手相,一边以心声笑道:"前辈还要看多久啊?"

嫩道人哈哈笑道:"陆道长神识敏锐,相当不俗啊。"

陆沉哀叹一声,好像是生怕对方察觉不到自己的心思,便自己说出自己的心声了,跺脚道:"小道那叫一个气啊。"

一个个的,都欺负贫道好脾气是吧?

陈平安也就算了,贫道毕竟是亲手帮这家伙牵红线的半个月老呢,可你一个嫩道人都敢这么肆无忌惮,好没道理啊。

一瞬间,嫩道人心弦紧绷。

下一刻,嫩道人竟是额头渗出汗水。

他置身于一片天地,白雾茫茫中,仰头望去,只见极远处出现了一处巍峨……白玉京!

一位头戴莲花冠的年轻道士,从那白玉京最高处一跃而下,芥子身影蓦然大如须弥山,飘落在地时,几乎已经与整座白玉京等高,居高临下,俯瞰着大地之上的嫩道人。

嫩道人一咬牙,正要现出真身,与这白玉京三掌教陆沉,斗上一斗,好好厮杀一场,哪怕必死无疑,终究没有引颈就戮的道理。

只是天地间再不见那陆沉的法相,也不见了白玉京,嫩道人却是纹丝不动,因为不知何时,那陆沉身形又缩为芥子,此刻就站在嫩道人的一侧肩头,好像在眺望远方某地某人。

倚天万里须长剑,好个"道长道长"。

图书在版编目(CIP)数据

剑来38：请君入梦来 / 烽火戏诸侯著. —杭州：
浙江文艺出版社，2023.5
ISBN 978-7-5339-7206-6

Ⅰ.①剑… Ⅱ.①烽… Ⅲ.①长篇小说—中国—当代
Ⅳ.①I247.5

中国版本图书馆 CIP 数据核字（2023）第 055983 号

选题策划　柳明晔
责任编辑　张　可
营销编辑　宋佳音
封面绘图　温十澈
责任印制　张丽敏

剑来38：请君入梦来

烽火戏诸侯　著

出版　　浙江文艺出版社
地址　　杭州市体育场路 347 号
邮编　　310006
电话　　0571-85176953（总编办）
　　　　0571-85152727（市场部）
制版　　浙江新华图文制作有限公司
印刷　　杭州杭新印务有限公司
开本　　710 毫米×1000 毫米　1/16
字数　　332 千字
印张　　16.5
插页　　2
版次　　2023 年 5 月第 1 版
印次　　2023 年 5 月第 1 次印刷
书号　　ISBN 978-7-5339-7206-6
定价　　48.00 元